Hubertus Grimm

Der Novize aus Corvey

Bibliografische Information der Deutschen Nationalbibliothek
Die Deutsche Nationalbibliothek verzeichnet diese Publikation in der Deutschen Nationalbibliografie; detaillierte bibliografische Daten sind im Internet über http://dnb.ddb.de abrufbar.

ISBN 978-3-940751-87-4

Durchgesehene Neuauflage, 2019

Umschlaggestaltung: Verlag Jörg Mitzkat
unter Verwendung eines Fotos von Sigurd Elert

Gestaltung: Verlag Jörg Mitzkat
www.mitzkat.de

Hubertus Grimm

Der Novize aus Corvey

Verlag Jörg Mitzkat
Holzminden 2014

PROLOG

Die Schatten der Nacht wurden länger und länger. Hatte bisher der Mond noch Licht gespendet, so wurde er nun immer mehr von dunklen Wolken verdeckt, die bald Regen bringen würden. Der junge Novize aus der Reichsabtei Corvey ärgerte sich, dass sich der Kanzler in Höxter, zu dem er vom Abt mit einem Schreiben geschickt worden war, für seine Antwort so lange Zeit gelassen hatte. Nun musste er den Heimweg im Dunkeln antreten und würde möglicherweise sogar noch nass werden. Er zog sich die Kapuze seines Novizengewandes fest über den Kopf und erhöhte seine Schrittfrequenz als er in Richtung Nikolaitor die Stadt verlassen wollte. Er hatte bewusst dieses Stadttor gewählt, um niemanden mehr in Höxter begegnen zu müssen, denn die Corveyer Mönche waren in der Stadt nicht gern gesehen und gerade im Schutze der Dunkelheit konnte man nicht sicher sein, ob sich nicht der ein oder andere Höxteraner an den Brüdern verging.

Der Novize war froh, endlich ungesehen am Stadttor angelangt zu sein. Er hatte sich stets eng an den Hauswänden orientiert und suchte nun den Weg ins freie Gelände. Doch gerade als er das Stadttor passieren wollte, hörte er Stimmen. Er hielt kurz inne und versuchte heraus zu finden, von woher die Stimmen kamen. Da er diesseits des Stadttores aber niemanden sehen konnte, vermutete er die Stimmen direkt vor dem Nikolaitor. Was sollte er tun? Neben dem Stadttor war eine Mauernische eingelassen worden. Hierein begab er sich nun, um abzuwarten. Vielleicht waren es ja nur zwei Höxteraner auf dem Weg nach Hause. Doch so sehr er sich auch anstrengte, er konnte nicht hören, was gesagt wurde, und auch die Stimmen konnte er nicht identifizieren. Doch plötzlich war ihm so, als wenn er einen dumpfen Schlag gehört hätte, und dann war es ganz still. Er blieb noch eine Weile in seinem Versteck und lauschte weiter aufmerksam in Richtung Nikolaitor. Die Zeit schien still zu stehen. Endlich war er sich sicher, dass dort niemand mehr war. So trat er aus der Mauernische und durchschritt das Stadttor. Inzwischen hatte es angefangen zu regnen. Er beschleunigte seine Schritte, machte einen kleinen Bogen um die Stadt und wandte sich dann in gerader Linie auf das Kloster Corvey zu. Wäre die Nacht nicht so dunkel gewesen, dann hätte er erkannt, wie eine andere Gestalt kurz vor ihm den gleichen Weg nahm.

TEIL I

1

Corvey, September 1504

Die Glocken der weithin sichtbaren Kilianikirche erfüllten die Weserebene mit ihrem Klang. Die warme Septembersonne ging soeben hinter dem Brunsberg unter. Einige Arbeiter waren seit Stunden in einem Weinberg etwa eine Meile westlich der Reichsabtei Corvey mit der mühevollen Pflege der Reben beschäftigt gewesen. Dass in dieser Region soweit nördlich überhaupt Wein gedieh, war schon ein kleines Wunder. Doch es war vor allem der Ehrgeiz von Abt Hermann von Bömelburg, der dieses Wunder geschehen ließ. Denn der Weinanbau war die einzige Leidenschaft, die sich der Abt gönnte.

„Weckt Bruder Stephanus, auf dass wir zurückkehren können", rief einer der Männer, die am Fuße des Berges ihre Arbeit verrichteten. Ein junger Mann mit kräftiger Gestalt im Habit eines Novizen löste sich aus der Gruppe der Arbeiter und stieg den Weinberg hinauf. Zwischen ihm und Bruder Stephanus hatte sich in den letzten Monaten so etwas wie Freundschaft entwickelt. Und so wusste er auch, wo er Bruder Stephanus finden würde. Der kleine, aber umso rundlichere Mönch hatte sich unter eine Baumgruppe gelegt, von wo aus er den gesamten Weinberg gut beobachten konnte. Aber wie immer war er schon recht bald tief und fest eingeschlafen.

„Bruder Stephanus, die großen Glocken von St.Kilian läuten den Abend ein", weckte der Novize den schnarchenden Mönch mit sanfter Stimme und leichter Berührung der Schulter. „Wir sollten langsam aufbrechen."

Noch schlaftrunken richtete sich Bruder Stephanus langsam auf und rieb sich seine Augen, ehe er mit tiefer Stimme antwortete: „Oh, Veit, mein Freund. Du hast Recht. Ich muss hier wohl ein wenig eingenickt sein. Sag den Leuten, dass wir zum Kloster zurückkehren."

Schnell wurden die hölzernen Hacken, Schaufeln, Rechen und Eimer zusammengepackt und auf den Eseln verstaut, die in störrischer Ruhe am Fuße des Berges ausgeharrt hatten. Sodann setzte sich der Zug in Bewegung. Ihr Ziel war Corvey, das altehrwürdige Kloster an der Weser, das das ganze Leben der Region seit Jahrhunderten bestimmte und dem Land auch seinen Namen gab.

„Ich bin froh, dass ich ab morgen wieder in der Bibliothek arbeiten darf", ließ sich Bruder Stephanus vernehmen, der zusammen mit Veit das Ende des Zuges bildete. Sie hatten mit ihrem Esel schon ein gutes Stück auf die vorauseilenden Arbeiter verloren.

„In der Bibliothek wäre es mir bei diesen Temperaturen viel zu stickig", antwortete Veit.

„Der Sommer ist bald vorbei. Die Ernte ist fast eingebracht und der morgendliche Nebel zeigt uns, dass der Herbst vor der Tür steht", verteidigte Bruder Stephanus seine Ansicht.

„Ich genieße dennoch lieber die frische Luft, als dass ich den ganzen Tag in die Enge eines Raumes eingesperrt bin."

„Dafür gibt es aber gerade in der Bibliothek so viele interessante Dinge zu erforschen, dass ich die Arbeit dort nicht missen möchte. Du glaubst ja gar nicht, welche Geheimnisse die Corveyer Bibliothek verborgen hält", deutete Bruder Stephanus an.

„Was soll das schon sein. Ich dachte, es gibt ein offizielles Verzeichnis aller Schriften mit Angabe der Fundstelle", zeigte sich Veit ein wenig überrascht.

„Das Obere ist wie das, was das Untere ist, und das Untere ist wie das, was das Obere ist. Veit, du darfst nicht alles glauben, was man dir glauben machen will. Vor allem nicht hier in Corvey. Manchmal ist es sehr hilfreich, die Welt auch einmal von der anderen Seite als vom offiziellen Standpunkt aus zu betrachten. Nur so kann man Geheimnisse entdecken."

„Aber ist es nicht verboten, im Geheimen zu forschen?"

„Ja, Du hast Recht. Bruder Severin will als Leiter der Bibliothek auch immer über alles genau informiert sein. Doch ich bin überzeugt, dass auch er sein eigenes Süppchen kocht. Erst kürzlich habe ich entdeckt, dass ein wertvoller Kodex, die Historia Romana des Eutrop, fehlt. Als ich ihm dieses pflichtgemäß mitteilte, benahm er sich sehr merkwürdig und hat mir verboten, diese Entdeckung irgendjemandem zu erzählen. Auch gegenüber dem Abt sollte ich Stillschweigen bewahren."

„Und warum hältst Du dich nicht daran? Du hast doch wie wir alle Gehorsam gelobt." Veit war seit einem halben Jahr Novize und kannte die Benediktinischen Regeln schon recht gut. Und er versuchte, nach diesen Regeln zu leben. Dazu gehörte vor allem auch das gehorsame Befolgen der Anweisungen älterer Brüder.

„Bis zu diesem Moment habe ich auch geschwiegen und niemandem von meiner Entdeckung erzählt. Doch ich traue Bruder Severin nicht mehr und ich befürchte, er mir auch nicht. Er führt irgendetwas Größeres im Schilde. Wenn ich nur wüsste, was es ist."

„Und warum vertraust Du deine Kenntnisse nicht dem Abt oder dem Prior an?" fragte Veit wie selbstverständlich.

Doch Bruder Stephanus blieb ihm eine Antwort schuldig, denn gerade hatten sie das Westtor der Reichsabtei erreicht und wurden vom Pförtner in Empfang genommen. Das Westtor der alten Reichsabtei Corvey hatte bereits seit Stunden offen gestanden. Aus dem gesamten Land waren Bauern herbeigeströmt, um ihre Abgaben zu leisten. Es war kurz vor Michaelis, dem vereinbarten Tag, an dem die Pächter Corvey zu beliefern hatten. Das Kloster war der größte Grundbesitzer und war auf die zumeist in Naturalien zu leistenden Pachteinnahmen angewiesen. Die meisten Bauern kamen nur mit einem Handkarren, den sie selbst zogen, um darauf die vorgeschriebenen Mengen Weizen, Hafer, Hirse, Dinkel, Leim oder Mohn zu bringen. Auch Erbsen, Linsen oder Bohnen wurden zumeist nur in kleinen Mengen angeliefert. Hinzu kamen Pilze, Kräuter und Beeren, aber auch Fisch aus der Weser. Wer jedoch große Felder von Corvey gepachtet hatte, der musste entsprechend mehr abliefern. So waren auch etliche Pächter mit Ochsen- oder Eselsgespannen in das Kloster gekommen und bildeten bei der Ankunft von Veit und Bruder Stephanus eine Schlange, die vom Dömanenhof bis fast bis zum Eingang des Westtors reichte. Die Abfertigung ging nur langsam vor sich. Alle angelieferten Waren mussten zunächst gewogen oder gezählt und schließlich in das Abgabenbuch eingetragen werden. Zwei Mönche führten die Aufsicht, während zwei Arbeiter für das Zählen und Wiegen eingeteilt waren.

Veit wollte gerade den Esel an den wartenden Fuhrwerken vorbei führen, als durch das Westtor ein weiterer Wagen mit großer Geschwindigkeit einrollte. Vor dem Wagen war ein Pferd gespannt, und gelenkt wurde das Gespann von einer jungen Frau. Die Frau hatte große Mühe, den Wagen zum Stillstand zu bringen. Mit aller Kraft zog sie an ihren Zügeln, doch ihr Pferd reagierte nicht in der gewünschten Weise. Statt sich in die Reihe der wartenden Gespanne einzuordnen, zog der Wagen linksseitig vorbei. Veit erkannte die Situation als Erster, ließ seinen Esel los und rannte auf das eigensinnige Pferd zu. Im letzten Moment gelang es ihm, das Zaumzeug zu erwischen. Obwohl sich Veit nun mit aller Kraft an das Pferd hing, um es damit zum Stillstand zu zwingen, entbrannte ein Zweikampf, wie ihn nur Mensch und Tier gegeneinander führen können. Das Pferd spielte seine Kraft weiter aus, Veit hing verzweifelt am Kopf und die Fahrerin zog unermüdlich an den Zügeln, dabei immer wieder auf ihr Zugpferd einredend. Zwar verlangsamte das Gespann nun zunehmend die Geschwindigkeit, doch es war bereits an der gesamten wartenden Schar der Fuhrwerke vorbeigerauscht. Erst kurz vor der Klostermauer blieb das Pferd endlich stehen. Veit holte tief Luft und war froh, dass sich sein Gegenüber nun endlich geschlagen gab. Er klopfte es mehrfach auf den Hals und redete ihm gut zu. Er hoffte damit, es endgültig zu beruhigen, während gleichzeitig die Zugführerin die Zügel an ihrem Wagen festband und abstieg.

Immer noch das Pferd streichelnd, drehte sich Veit langsam um. Trotz der tief stehenden Sonne, in die er blicken musste, erkannte er, wie die Frau auf ihn zukam. Die zierliche Gestalt, sicher zwei Köpfe kleiner als er, näherte sich mit kurzen Schritten, dabei darum besorgt, die schulterlangen, braunen, vom Fahrtwind jedoch arg zerzausten Haare wieder in eine passende Form zu bringen. Doch dieses gelang nur halbwegs, denn das für Kutschfahrten obligatorische Kopftuch hatte sie schon bei der Ausfahrt vom Feld verloren. Entsprechend wild sah es nun auf ihrem Kopf aus. Aber Veit nahm dieses überhaupt nicht wahr, denn sein Blick ging ausschließlich in das sonnengebräunte, von gleichmäßigen Zügen wohl geformte

Gesicht, in dem die Augen zusammen mit einem kleinen Leberfleck oberhalb des Nasenansatzes ein eigenwilliges, etwas schief geratenes Dreieck bildeten. Die dichten schwarzen Augenbrauen betonten die Augenpartie und sorgten dafür, dass die leicht in ihren Höhlen versteckten Augen noch besser zur Geltung kamen. Jetzt formten sich die schmalen, dunkelroten Lippen der Frau zu einem Lächeln, das die makellosen weißen Zähne zum Vorschein kommen ließ. Die Schneidezähne stachen aufgrund ihrer Größe ein wenig hervor, reihten sich aber nahtlos in die Anordnung der übrigen Zähne ein. Veit lief ein wohliger Schauer über den Rücken, als er dieses Lächeln wahrnahm, das offensichtlich ihm galt.

„Ich bin Euch zu Dank verpflichtet. Beinahe hätte mein Pferd Corvey um die Früchte unserer hart erarbeiteten Ernte gebracht."

Veit wusste nicht, was er hierauf antworten sollte. Zu sehr war er gefangen von der Schönheit der jungen Frau. So räusperte er sich zunächst, um ein wenig Zeit zu gewinnen.

„Hat es Euch die Sprache verschlagen oder habt Ihr ein Schweigegelübde abgelegt?" nutzte die junge Frau forsch die Unentschlossenheit Veits. Ihr zunächst unbeholfen wirkendes Auftreten war schnell in eine selbstsichere, gerade Haltung umgeschlagen, die die junge Frau nun viel größer erscheinen ließ, als sie eigentlich war. Und auch ihre Stimme war fest und klar.

Wieder räusperte sich Veit, um endlich von sich hören zu lassen: „Nun, ...äh, nein. Ich bin nur Novize und lerne noch. Und ein Gelübde...."

„Ihr lernt noch. Was lernt man denn so als Novize?" wurde Veit unterbrochen.

Er empfand die Frage als unpassend. Doch er wollte nicht unhöflich sein und grübelte über eine Antwort nach.

„Nun, ja, wie soll ich sagen. Vor allen Dingen ora et labora, beten und arbeiten. Aber im Moment zur Erntezeit eher das Letztere."

„Ja, ich sehe schon. Heute ist hier ja mächtig was los. Könnt Ihr denn nicht dafür sorgen, dass es ein bisschen schneller geht. Ich habe nämlich nicht ewig Zeit, hier auf meine Abfertigung zu warten. Außerdem wird es gleich dunkel."

Veit blickte sich verstohlen nach der immer noch sehr langen Schlange der wartenden Fuhrwerke um, die noch ein Stückchen länger geworden zu sein schien.

„Äh, ja, ich könnte mal nachsehen..."

„Nein, nein. Ich dachte, Ihr könntet mir vielleicht meine Lieferung abnehmen und quittieren. Denn wenn ich ehrlich bin, möchte ich mich nicht in die lange Schlange einreihen."

„Ach so. Und deshalb habt Ihr Euer Pferd auch im Schweinsgalopp durchs Klostertor getrieben, um gleich nach ganz vorn zu preschen."

Veit hatte den Satz kaum ausgesprochen, als er ihn auch schon bereute. Denn die junge Frau zog ihre rechte Augenbraue, und nur ihre rechte, in die Höhe und gab damit eindeutig zu verstehen, dass sie Veits Einlassung missbilligte. Veit nutzte diese ungewöhnliche Sprachlosigkeit, denn so hatte er die Chance erhalten, eine weitere Antwort nachzuschieben.

„Nun ja, da Ihr hier zur Zeit die einzige Frau mit einem Gespann zu sein scheint, werde ich angesichts der Tatsache, dass es gleich dunkel wird und Ihr ja schlecht im Kloster übernachten könnt, sehen, was ich tun kann."

„Das wäre zu liebenswürdig, verehrter Herr Novize."

„Ich heiße Veit und Ihr dürft mich ruhig duzen", ergriff nun Veit die Initiative und streckte der Frau sogar seine rechte Hand entgegen.

„Ich bin Alheyd. Alheyd Wulffes, die Tochter des Kaufmanns aus Höxter, der Corvey mit allem Möglichen und Unmöglichen beliefert. Selbstverständlich dürft auch Ihr mich duzen."

Dabei erfasste sie Veits ausgestreckte Hand und beantwortete seinen suchenden Blick mit einem strahlenden Lächeln.

Der Händedruck war nur kurz. Schnell trennten sie sich wieder und Veit wandte sich bereits zum Gehen.

„Du wirst mich doch nicht vergessen?" hörte er nun eine wesentlich wärmer klingende Stimme hinter sich. Noch einmal drehte er sich kurz um und antwortete so ernst wie möglich: „Natürlich nicht." Dann schob er leise und nur für sich hinterher: „Wie sollte ich auch."

Veit wollte sich nun zum Cellerar begeben, der die Oberaufsicht über die ankommenden Waren der Corveyer Pächter hatte und ihm sicherlich helfen konnte, Alheyds Wunsch auf schnelle Abfertigung zu erfüllen. Veit vermutete den Cellerar zu dieser Zeit in der Klosterküche, da das Abendessen anstand.

Auf dem Weg dorthin traf er wieder auf Bruder Stephanus, der das Refektorium ansteuerte, das oberhalb der Küche lag. Gemeinsam gingen sie die wenigen Schritte, wobei sie direkt an der Kanzlei des Abtes vorbeikamen.

Als die beiden Mönche unter dem Fenster der Kanzlei waren, hörten sie laute Stimmen von innen. Offensichtlich war der Abt fürchterlich erregt. Als sich die Tür zur Kanzlei öffnete, hörten sie den Abt rufen: „Du wirst die Schlüssel zur Bibliothek abgeben und ich werde dafür sorgen, dass niemand mehr die Räume ohne mein Wissen betreten wird."

In diesem Augenblick stürmte Bruder Severin ins Freie, noch sichtlich in Rage über das gerade beendete Gespräch mit dem Abt.

„Friede sei mit dir", kam es fast zeitgleich den beiden verblüfften Brüdern über die Lippen. Doch Bruder Severin fand keine Muße zur Erwiderung, wie es sich für einen Benediktiner gehörte. Lediglich ein wenig brüderliches „Tölpel, macht Platz" zischte er hervor, bevor er sich in Richtung Refektorium davon machte. Veit und Bruder Stephanus sahen sich an und schüttelten die Köpfe.

„Komm heute Nacht nach dem Nachtgebet zum Hintereingang der Abteikirche. Dann werde ich dich in die Geheimnisse der Bibliothek einweisen", raunte Bruder Stephanus schnell noch Bruder Veit zu. Dann trennten sich ihre Wege.

Veit blieb allein vor der Klosterküche stehen und überlegte, wie er möglichst unauffällig und schnell Alheyds Waren in das Magazin bringen konnte.

2

Zwei lang gezogene Holztische im Refektorium genügten, um die wenigen Mönche, Novizen und Laienbrüder, die sich im Kloster Corvey befanden, zu bewirten. Hinzu kamen noch einige Arbeiter und Hilfskräfte, die nach getaner Arbeit in Corvey versorgt wurden, ehe sie sich auf den Weg zurück ins nahe gelegene Höxter begaben. In früheren Glanzzeiten beherbergte das Kloster bis zu 400 Mönche gleichzeitig. Doch das gehörte längst der Vergangenheit an. In der Sommerzeit wurde die Hauptmahlzeit in den frühen Abendstunden eingenommen, wenn die Feldarbeit erledigt war. Der Cellerar kredenzte mit seinen Küchenjungen heute Fisch mit Brot und Bier.

„Ich hatte gehofft, heute mal wieder ein anständiges Stück Fleisch zu erhalten", ließ sich Bruder Stephanus vernehmen, der stets um sein leibliches Wohl besorgt war. Eigentlich sollte während des Essens geschwiegen werden. Doch diese Anweisung befolgte schon lange niemand mehr im Kloster Corvey. Ohnehin wurden viele Regeln des Heiligen Benedikt nur noch halbherzig oder gar nicht mehr befolgt.

„Du bist viel zu dick. Das fette Schweinefleisch tut dir gar nicht gut", antwortete Bruder Radbert, der Bruder Stephanus und dem Novizen Veit genau gegenüber saß und dabei schelmisch aus seinen dunklen Augen blinzelte.

„In unserem Kloster braucht man aber ein dickes Fell. Das ist im Winter gut, wenn der Wind mit seiner Kälte hier durch alle Ritzen pfeift und auch dann, wenn Bruder Severin mal wieder schlechte Laune hat", brummte Bruder Stephanus, während er einen Stockfisch mit den Fingern zerteilte und auf ein Stück Brot legte.

„Da es bis zum Winter noch ein wenig Zeit ist, hast du offensichtlich wieder einen Disput mit Bruder Severin?"

fragte Bruder Radbert nun mit deutlich gesenkter Stimme nach.

„Ach, sprich mich lieber nicht auf diesen Kerl an, der unser Mitbruder zu sein vorgibt. Lass uns lieber das bescheidene Mahl genießen.“ Er nahm einen kräftigen Zug aus seinem Bierglas und sagte: „Wenigstens das Bier ist wie immer gut.“

„Ja, das Einbecker kann man wirklich trinken. Aber ich habe gehört, dass die Höxteraner es lieber hätten, wenn wir ihr Bier bezögen. Ich hoffe, der Abt bleibt standhaft und lässt uns unser gutes altes Einbecker.“

„Ach Bruder Radbert, du weißt doch wie schwankend unser Abt in solchen Fragen ist. Wenn der Prior ihm einflüstert, dass das Höxteraner Bier besser ist als das Einbecker, dann wird er es ihm glauben und Corvey wird zukünftig das Bier aus Höxter beziehen. Außerdem ist es dem Abt ohnehin egal, welches Bier wir trinken, da er ja nur seinen Wein im Kopf oder besser im Gaumen hat.“

„Wird es denn in diesem Jahr eine gute Lese geben? Ihr wart doch heute wieder im Weinberg.“

„Das muss der Abt beurteilen. Du weißt doch, wie viel ich für unseren Wein übrig habe. Der Weinberg verschlingt Unsummen und das Ergebnis ist eher bescheiden.“

Bruder Stephanus senkte den Kopf und widmete sich nun mit noch mehr Inbrunst als zuvor seiner Mahlzeit. Bruder Radbert wusste, dass Bruder Stephanus jetzt nicht mehr gestört werden wollte, und damit war das kurze Gespräch beendet.

Auch am zweiten Tisch auf der anderen Seite des weitläufigen Raumes herrschte heute ausnahmsweise absolute Ruhe. Veit beobachte aufmerksam seine Mitbrüder, während er Fisch und Brot zu sich nahm und mit großen Zügen aus seinem Bierkrug das Essen hinunterspülte. Weder der Abt noch Bruder Severin sagten ein Wort. Ihr

Streit musste so heftig gewesen sein, dass sie sich keines Blickes würdigten. Ganz Corvey hatte inzwischen von dem lautstarken Disput erfahren, und so legte sich eine Glocke des Schweigens und des gegenseitigen Misstrauens über das Corveyer Refektorium. Endlich hob der Abt die Tafel auf, indem er einfach seinen Platz verließ und nur kurz die Worte „Friede sei mit Euch“ zu seinen Mitbrüdern sprach. Das war das willkommene Zeichen für die anderen Mönche, Novizen und Laienbrüder, sich ebenfalls zu erheben und sich in die Abteikirche zur Lesung zu begeben.

Veit wandte sich im Kreuzgang, der sie zur Abteikirche führte, an Bruder Stephanus: „Bleibt es bei heute Nacht?“

„Ja, natürlich.“

„Ich bin sehr gespannt, was du mir in der Bibliothek zeigen wirst. Werden wir denn auch ungestört sein?“ fragte Veit.

„Das will ich hoffen“, ließ sich Bruder Stephanus noch vernehmen, ehe sie die Abteikirche erreichten.

Jedes Mal wenn Veit in die Abteikirche eintrat, überkam ihn ein seltsames Gefühl. Er wusste um die Bedeutung dieser Kirche. Sie war das herausragende Bauwerk des gesamten Weserraumes. Ihr Westwerk zeugte von der Macht und dem Reichtum, den diese Abtei in den Jahren nach ihrer Gründung hatte. Könige und Kaiser waren hier zu Gast gewesen und hatten in der Abteikirche eine eigens für sie erbaute Empore, den Johanneschor, von dem aus sie die gesamte Kirche überblicken und dem Gottesdienst beiwohnen konnten. Veit fühlte sich jedes Mal, als wenn noch immer die Kaiser dort hoch oben thronten und auf die wenigen Mönche im Chorgestühl blickten. Doch Kaiser hatte Corvey schon lange nicht mehr in seinen Mauern beherbergt. Und auch sonst war längst der Mantel der Geschichte über die alte Reichsabtei gefallen. Nur wenige kannten die Schätze und Geheimnisse, die in Corvey noch verborgen waren.

3

Eine Stunde nach Mitternacht hatten sich die Mönche zur Nocturn wieder in der Abteikirche versammelt. Seit sich der Corveyer Konvent endlich dazu hatte durchringen können, sich doch noch der Bursfelder Kongregation anzuschließen, wurden zumindest die Gebetsstunden wieder beachtet. Die Bursfelder Kongregation war eine geistliche Erneuerungsbewegung, die vom nah gelegenen Kloster Bursfelde an der Weser seinen Ursprung genommen und viele Benediktinerklöster erfasst hatte. Allerdings war man bisher in Corvey nicht über eine Absichtserklärung hinausgekommen, da die erforderlichen Bedingungen noch nicht alle umgesetzt worden waren. Das lag vor allem am mangelnden Durchsetzungsvermögen von Abt Hermann. Und die alten Mönche, die bisher ein recht weltliches und bequemes Leben in Corvey geführt hatten, fanden immer neue Mittel und Wege, den Anschluss an die Kongregation hinauszuschieben. Doch in den letzten Monaten waren nach und nach einige der alteingesessenen Mönche abgefunden worden, und neue, gottgefällige Mönche aus anderen Klöstern waren nach Corvey gekommen. So war ihre Anzahl wieder gestiegen. Hinzu kamen einige Novizen wie Veit, die bald auch das Mönchsgewand für immer tragen würden. Die Laienbrüder dagegen lebten zwar vom und im Kloster, doch sie besuchten nur einmal täglich den Gottesdienst.

Für Veit war diese erste Stunde des Tages immer die schwierigste. Er hatte sich trotz der täglichen Übung während des Noviziats noch nicht an den benediktinischen Zeitrhythmus gewöhnen können. Stets hatte er Schwierigkeiten, nach nur kurzem Schlaf rechtzeitig zur

Nocturn zu erscheinen. Die Psalmen und Lieder ließ er an sich vorbeiziehen. Erst beim „Te deum laudamus“ verlor er dann seine Schläfrigkeit. Doch heute war es anders. Seit der Ankündigung von Bruder Stephanus, ihn zu nachtschlafender Zeit mit in die Bibliothek zu nehmen und dort in die Geheimnisse einzuweihen, hatte er keine Ruhe finden können. Und da war noch mehr, was ihm nicht aus dem Kopf ging: ein Lächeln, ein kleines schiefes Dreieck und eine einseitig hochgezogene Augenbraue. Immer wieder gingen ihm diese Bilder durch den Kopf, und so hatte Veit auf Schlaf in dieser Nacht verzichtet.

In der Abteikirche richtete er nun seine Augen während der Gebete immer mal wieder auf Bruder Stephanus. Doch dieser mied jeden Blickkontakt. Er schien ganz in das Gebet versunken zu sein. Endlich war das Ende der Nocturn erreicht. Die Mönche zogen sich nun schnell wieder in ihre Zellen zurück, um sich erneut schlafen zu legen. Die Zeit der Ernte bedeutete für alle Brüder eine schwere Belastung, und so war jede Minute Schlaf wichtig.

Bruder Stephanus kam im Kreuzgang, der die Abteikirche mit den eigentlichen Klosterräumen, der Klausur, verband, an die Seite von Bruder Veit und hielt ihn an langsamer zu gehen. Sie ließen alle anderen vorüber, bis sie schließlich allein im Kreuzgang waren. Schnell drehten sie sich um und gingen wieder in die nun verlassene Abteikirche zurück. Über einen Seitenausgang gelangten sie auf den Domänenhof. Von dort aus führte sie ihr Weg zu einem rechteckigen Gebäude im südöstlichen Teil des Klosters, in dem die Klosterbibliothek untergebracht war.

Im Corveyer Skriptorium, das zu seiner Glanzzeit im 9. und 10. Jahrhundert in ganz Europa für seine Werke berühmt war, war schon lange kein Buch mehr abgeschrieben worden. Und das würde nun auch nicht mehr passieren. Denn durch die Erfindung der Buchdruckkunst waren die Mönche in den Skriptorien weitgehend arbeitslos geworden. So wurde das Corveyer Skriptorium nur noch als Lese- und Studierraum genutzt, was sich in besonderer Weise anbot, da die Bibliothek direkt daneben lag.

Bruder Severin hatte sich als Leiter der Bibliothek vorgenommen, die vielen Schriftrollen und Kodices in eine Ordnung zu bringen, die sich zumindest ihm erschloss. Denn die Bibliothek war sträflich vernachlässigt worden. Über viele Jahre waren alle Werke einfach ohne jede Systematik irgendwo in der Bibliothek abgelegt worden. Trotz des noch vorhandenen Verzeichnisses aller in Corvey befindlichen Schriften wusste niemand mehr genau zu sagen, welche Bücher und Schriftrollen sich denn nun wirklich noch in der Corveyer Bibliothek befanden.

„Seit wie vielen Jahren arbeitest du eigentlich schon hier in der Bibliothek?“ wollte Veit von Bruder Stephanus wissen, als sie das frühere Skriptorium betraten.

„Ach mein Junge“, seufzte der alternde Mönch, „ ich habe die Jahre nicht so genau gezählt. Aber ich war schon hier, als Abt Hermann die Leitung in Corvey übernahm. Das ist schon über 25 Jahre her.“

„Und Bruder Severin, arbeitet der auch schon so lange in der Bibliothek?“

„Nein, Bruder Severin ist vor etwa 10 Jahren nach Corvey gekommen. Er war soviel ich weiß vorher im Kloster Fulda. Doch ich bin mit dir heute nicht hierher gegangen, um über Bruder Severin zu sprechen. Ich möchte dir viel lieber einige der wertvollsten Stücke unserer Bibliothek zeigen.“

Bruder Stephanus führte Veit an seinen ihm schon seit so vielen Jahren vertrauten Arbeitsplatz. Der kurze Schein der Kerze enthüllte nun, dass auf dem Pult einige Folianten und Kodices lagen. Veit betrachtete sie sehr ehrfurchtsvoll und berührte sanft die Rücken der sicherlich sehr alten Werke.

„Was du hier siehst, ist nichts Besonderes“, nahm ihm Bruder Stephanus die Illusion, dass die wirklich wertvollen und einmaligen Ausgaben einfach so herumliegen würden.

„Bruder Severin ist sehr wachsam und gibt zum Studium nur Werke von zweitrangiger Bedeutung heraus. Doch er hat über all die Jahre nicht gemerkt, dass ich mich in unserer Bibliothek mindestens genauso gut auskenne wie er. Schließlich habe ich vor ihm zwei Jahre die Bibliothek geleitet.“

„Das habe ich ja überhaupt nicht gewusst“, musste Veit zugeben.

„Das wissen auch nur noch die Älteren von uns. Ich habe das nie an die große Glocke gehängt. Schließlich wollte ich keinen Ärger mit Bruder Severin. Denn ich weiß, dass er nur sehr ungern hört, dass sich auch andere auf seinem Gebiet auskennen.“

Bruder Stephanus zupfte Veit nun sanft am Ärmel seiner Kutte und zog ihn um sein Pult herum.

„Komm, lass uns hinüber zur Bibliothek gehen.“ Durch eine große Holztür erreichten sie einen dunklen Raum, der voll mit Regalen war.

„Wir werden auf den Dachboden hinaufsteigen, dort sind die wirklichen Schätze verborgen“, ließ sich Bruder Stephanus im wahren Verschwörerton vernehmen. Von einem kleinen Nebenraum aus führte eine schmale Stiege nach oben. Hier war es noch finsterer als im Erdgeschoss. Veit musste niesen und löschte dabei seine Kerze aus, da auf seiner Laterne der Deckel fehlte.

„Das ist der Staub der Jahrhunderte, der hier liegt“, sagte Bruder Stephanus lächelnd und hielt Veit seine Kerze entgegen, auf dass er sich neues Licht nahm. Veit hatte große Mühe, seine Kerze gerade zu halten, damit sie ausreichend Licht spendete. Bruder Stephanus war da viel geübter.

„Wir tauchen nun in ein wahres Labyrinth“, flüsterte Bruder Stephanus. „Halt dich immer dicht an mich und stolpere nicht. Bruder Severin darf keinesfalls bemerken, dass hier oben jemand gewesen ist.“

Bruder Stephanus führte Veit um mehrere Ecken, so dass der junge Novize schnell die Orientierung verlor. Endlich waren sie am Ziel angekommen.

„Hier oben liegt ein Kodex, den die Welt noch nicht gesehen hat“, raunte Bruder Stephanus Veit zu. „Du wirst gleich Augen machen. Ich werde dich in ein Geheimnis einweihen, das sonst niemand hier in Corvey kennt und das dir vielleicht einmal von großem Nutzen sein kann. Hast Du schon einmal von den antiken Schriftstellern gehört?“

Noch ehe Veit antworten konnte, hörten die beiden nächtlichen Besucher ein Geräusch aus dem unteren Verbindungsraum. „Was war das?“ fragte Veit.

„Wir sind hier heute Nacht offensichtlich nicht allein. Das war die große Tür zur Bibliothek. Komm schnell, wir müssen hier heraus!“

Doch dazu war es bereits zu spät. Nun kam das Geräusch immer näher. Eindeutig hörten die beiden Mönche, dass jemand die Stiege hinaufkam. „Schnell, Veit, lösch die Kerze aus!“ Schon standen sie im Dunkeln. Doch Bruder Stephanus kannte sich auch so aus und zog den jungen Mitbruder tiefer in das Dunkel des Raumes hinein. Der neue Besucher hatte den Dachboden erreicht und erleuchtete sich mit seiner Kerze den Weg. Er blieb genau vor dem gleichen Regal stehen, zu dem soeben noch Bruder Stephanus Veit geführt hatte. Durch die Stapel von Papyrusrollen und dicken Kodices erkannten sie nun auch schemenhaft im diffusen Licht seiner Kerze die Gestalt vor dem Regal: es war Bruder Severin. Veit fragte sich, was der Leiter der Bibliothek um diese unchristliche Zeit hier zu suchen hatte, da er doch schließlich unbesehen zu jeder

Zeit hierher kommen konnte. Bruder Severin stellte seine Kerze vor sich im Regal ab und griff nach einem schweren Kodex.

„Verdammt, hier muss er doch sein", hörten sie ihn fluchen. Auch der zweite Versuch blieb erfolglos.

„Hätte ich vor Jahren doch ein besseres System entwickelt, ich Idiot. Ich wäre heute schon ein reicher Mann. Ah, da ist er ja."

Schnell griff Bruder Severin mit einer Hand wieder zu seiner Kerze, während er sich mit der anderen den Kodex unter den Arm klemmte.

„So, und nun zu den anderen", sprach er zu sich selbst. In diesem Moment stieß Veit gegen einen ganzen Buchstapel, der polternd aus einem Regal fiel. Bruder Severin erschrak fürchterlich. Seine Angst entdeckt zu werden, ganz sicher sein schlechtes Gewissen, wohl aber auch sein Gespräch mit dem Abt vom gestrigen Nachmittag lösten beim ihm Panik aus. Mit seiner Beute verließ er fluchtartig den Dachboden und rannte aus dem Bibliotheksgebäude heraus.

Bruder Stephanus und Veit blieben staunend zurück. Als sie keine Geräusche mehr von Bruder Severin vernahmen, fragte Veit: „Was hat das zu bedeuten? Was wollte Bruder Severin um diese Stunde hier?"

„Ich weiß es nicht, mein Bruder. Vielleicht hätten wir mehr erfahren, wenn du nicht so einen Krach gemacht hättest. Doch ich ahne nichts Gutes. Mir ist aufgefallen, dass in letzter Zeit immer mehr der alten wertvollen Bücher verschwinden. Zudem hast du ja selbst gehört, dass der Abt Bruder Severin die Gewalt über die Bibliothek entziehen will."

Nun sah Veit die Gelegenheit gekommen, seine Frage vom Vortag zu wiederholen:

„Hast du deine Beobachtungen dem Abt oder dem Prior mitgeteilt?"

„Nein, Veit, ich war bisher nicht sicher, welche Rolle Bruder Severin dabei spielt. Zudem glaubte ich bisher, dass den Abt die Bibliothek gar nicht interessiert."

„Und wie sieht es mit dem Prior aus?"

„Vor Prior Johann muss man sich besonders in Acht nehmen. Er ist vollkommen undurchschaubar. Wenn ich ehrlich bin, habe ich sogar Angst vor ihm. Und ich glaube, der Abt auch. Er soll ganz merkwürdige Verbindungen haben. Er ist ständig in Höxter und gibt dort viel Geld aus."

„Glaubst du, er hat etwas mit dem Verschwinden der Bücher zu tun?"

„Das weiß ich nicht. Aber ihm dürfen wir auf keinen Fall trauen. Merk dir das, was auch immer passiert. Und jetzt geh schnell in deine Zelle und versuch noch ein wenig zu schlafen. Morgen reden wir weiter."

Inzwischen hatten sie das Skriptorium passiert und eilten nun durch den Hintereingang der Abteikirche zum Dormitorium. Ohne weitere Worte zu wechseln, schlichen sie in ihre Zellen und hofften, dass niemand sie beobachtet hatte.

4

Höxter, September 1504

Am anderen Morgen direkt nach der Prim hatte der Abt Veit zu sich gebeten und ihm den Auftrag erteilt, erneut ein Schreiben an den Corveyer Kanzler zu überbringen, der die Interessen der Abtei im benachbarten Höxter vertrat. Veit war dankbar, wenn er die Abtei immer mal wieder verlassen durfte. Der Gang nach Höxter erfreute ihn aber heute aus einem ganz bestimmten Grund – hier konnte er Alheyd wiedertreffen. Über das Westtor verließ er Corvey und ging zunächst in gerader Richtung auf Höxter zu. Als er sich nicht mehr beobachtet fühlte, verließ er den breiten Weg und wechselte über einen abgeernteten Acker auf den Verbindungsweg, der direkt an der Weser entlang in die Stadt führte. Er wollte unbedingt vom Weserufer aus die Stadt erreichen, denn dort wohnte Alheyd im Haus ihres Vaters, des Höxteraner Kaufmannes Hinrik Wulffes.

Veit ließ sich Zeit. Je näher er seinem ersten Ziel in Höxter kam, je langsamer wurden seine Schritte und je höher schlug sein Herz. Vielleicht hatte er ja Glück und Alheyd würde zufällig vor dem Haus sein, oder er würde sie wenigstens an einem der großen Fenster des prächtigen Hauses erblicken können. Und vielleicht würde sie ihm ja auch ihre Dankbarkeit für die schnelle Abfertigung an der komplett wartenden Schlange vorbei irgendwie noch honorieren. Denn dazu war am Vortag keine Zeit mehr gewesen, wie Veit mit Bedauern hatte feststellen müssen.

Schon von weitem sah Veit das Haus von Hinrik Wulffes. Es überragte die Nachbarhäuser glatt um zwei Stockwerke. Im Gegensatz zu vielen anderen Gebäuden hatte dieses Haus einen frischen weißen Farbanstrich erhalten, und das

Fachwerk war mit Palmetten verziert, wie sie in jüngster Zeit immer stärker in Mode kamen. Eigentlich sollten auch noch einige Szenen aus der Bibel aufgemalt werden, aber diesen Vorschlag seines Baumeisters hatte Hinrik Wulffes dann doch abgelehnt, da ihm sein Haus sonst zu bunt geworden wäre. Auch so wurde aber jedem Betrachter sofort bewusst, dass hier ein wohlhabender Mensch wohnen musste. Veit ging nun wieder ein wenig schneller, um nicht aufzufallen. Zwar war ein Mönchsgewand in Höxter nicht ungewöhnlich, doch die Menschen schauten schon genauer hin, wenn sie einen Mönch sahen. Als Veit nur noch wenige Schritte vom Eingang des Wulffschen Hauses entfernt war, trat ein stattlicher Mann heraus, der einen fein geschneiderten Ausgehrock angelegt hatte, der sicher etliche Taler gekostet haben dürfte. Dazu trug er blitzblanke Schnallenschuhe, die ihm ebenfalls ein kleines Vermögen gekostet hatten. Der Spazierstock mit dem vergoldeten Knauf rundete die Erscheinung ab.

Veit wusste sofort, wem er gegenüberstand: dem Vater von Alheyd. Bisher hatte er den Kaufmann nur von weitem bei einem seiner Besuche in Corvey gesehen, doch noch kein Wort mit ihm gewechselt. Zögerlich schritt der junge Novize nun auf den Kaufmann zu. Dabei ging sein Blick einmal kurz in Richtung eines der Fenster im zweiten Obergeschoss und Veit war so, als wenn er dort schemenhaft die Umrisse von Alheyd wahrgenommen hätte. Doch schnell senkte er den Kopf wieder, da er spürte, dass ihn nun der Höxteraner Kaufmann ins Visier genommen hatte.

„Gott zum Gruße, lieber Bruder“, begrüßte ihn nun Hinrik Wulffes.

„Gott zum Gruße“, antwortete der Novize.

„Was führt Euch an einem so wunderschönen Morgen nach Höxter?“ wollte Hinrik Wulffes wissen.

Veit fühlte sich mit dieser Frage überrumpelt. Was ging

es den Kaufmann an, welchen Auftrag er in Höxter zu erledigen hatte. Doch er wollte nicht unhöflich sein und antwortete:

„Ich bin auf dem Weg zum Kanzler."

„Zum Kanzler? Dann könnt Ihr mich ein Stück des Weges begleiten, denn auch ich will in die Stadt."

Veit blieb nichts anderes übrig, als nun gemeinsam mit dem Kaufmann weiterzugehen. Hinrik Wulffes verließ seine Hausschwelle, und beide folgten zunächst der Weser stromaufwärts bis zur Weserbrücke.

„Hier sind normalerweise die Ankerplätze meiner Schiffe", setzte Hinrik Wulffes das Gespräch fort, indem er auf die zur linken Hand liegende Weser zeigte. „Letztes Jahr habe ich noch ein zweites Schiff gekauft, und ich habe es nicht bereut. Auch jetzt sind wieder beide Schiffe auf großer Fahrt und zwar für euch, für Corvey."

„Für uns?" fragte Veit höflich.

„Ja, für das große Erntedankfest, das bald in Corvey gefeiert wird. Der Abt hat hierfür Fisch bestellt, den meine Schiffe gerade aus Hameln und Bremen heranholen."

Der Handel mit Fisch hatte sich in den letzten Jahren zu einem einträglichen Geschäft für Hinrik Wulffes entwickelt. Obwohl er nicht der Groten Gilde angehörte, die die Fäden des Handels in Höxter fest in der Hand hielt, hatte er einen einzigartigen Aufstieg in den vergangenen 20 Jahren vollbracht.

Auf Höhe der Weserbrücke schwenkten sie nun in westliche Richtung. Nach wenigen Schritten kamen sie am Rathaus vorbei und gingen dann zielgerichtet weiter bis zum Neuen Markt. In Höxter war an diesem Morgen ein reges Treiben, denn für den bevorstehenden Michaelismarkt war viel vorzubereiten. Das Geklapper der Fuhrwerke, die Hämmer der Schmiede, die Sägen der Tischler, aber vor allem das vielstimmige Geschrei der vielen Menschen, die in der Stadt unterwegs waren, kauften und verkauften, handelten oder nur den Nachbarn trafen, ließen Höxter zu einem belebten Ort werden, der so gar nichts mit der Beschaulichkeit des nahen Umlandes gemein hatte und auch nichts mit der Ruhe, die zumeist in Corvey herrschte.

„Guten Morgen, Mester Wulffes“, grüßte nun Hinrik Mesterberndes, der am Straßenrand auf einem alten Schemel saß.

„Guten Morgen, Herr Marktmeister, was ist los? Habt Ihr etwa Zahnweh?“

„Ja, so ist es. Oder glaubt Ihr, ich setze mich freiwillig auf den Stuhl des Zahnbrechers so kurz vor Michaelis?“

„Das tut mir leid. Ich hoffe, der Zahnbrecher kann Euch schnell helfen.“

„Das hoffe ich auch, denn ich kann es mir nicht leisten, lange mit Schmerzen herum zu laufen.“

„Wie gehen die Geschäfte?“ wollte nun Hinrik Wulffes wissen.

„Noch geht alles seinen gewohnten Gang“, antwortete Hinrik Mesterberndes, „doch mir graut schon vor dem Wochenende, wenn jeder auf den Michaelismarkt drängt. Vor allem die auswärtigen Händler werden wieder versuchen, ihre Stände direkt vor den Höxteraner Geschäften aufzubauen.“

„Aber ich bin mir sicher, dass Ihr das zu verhindern wisst!“

„Ja, ja, notfalls holen wir wie im letzten Jahr die Stadtwache und lassen räumen. Auf Michaelis bekommen wir sicherlich auch noch alles in den Griff. Doch wenn wir in einigen Wochen den großen Markt zu Simon und Judas haben, dann kann auch die Stadtwache nicht mehr viel ausrichten. Wenn die Fremden erstmal in der Stadt sind, dann gibt es kein Halten mehr. Sie werden die ganze

Stadt überschwemmen, sich um die besten Plätze streiten und wieder für viel Ärger sorgen. Das wird eine grausige Woche."

„Ja, es nimmt immer schlimmere Auswüchse an", sagte Hinrik Wulffes nachdenklich, „deshalb bleiben auf Simon und Judas ja auch schon viele unserer Geschäfte geschlossen. Das ist wohl auch besser so."

Das Amt des Marktmeisters bedeutete für Hinrik Mesterberndes eine enorme zusätzliche Belastung, da er sich hierdurch nur ein geringes Zubrot verdienen konnte und seine Haupteinnahmequellen als Händler, Bauer und Zulieferer für Corvey nicht vernachlässigen durfte.

Der Marktmeister hätte sich gern noch ein wenig mit dem bekannten Geschäftsmann Hinrik Wulffes unterhalten. Denn im Gegensatz zu den meisten anderen erfolgreichen Geschäftsleuten hatte Hinrik Wulffes nie seine Herkunft vergessen und hatte auch stets ein freundliches Wort für alle, die ihn ansprachen. Doch nun wurde der Marktmeister recht grob vom Zahnbrecher angegangen. Hinrik Wulffes verspürte selbst einen leichten Schmerz an seinen Backenzähnen, als der Marktmeister nun seinen Mund weit öffnete und der Zahnbrecher mit einer unförmigen Zange in das geöffnete Rund eindrang. Die nächsten Minuten würden sicherlich sehr schmerzhaft sein.

So setzten Hinrik Wulffes und Veit ihren Weg lieber fort. Ihr nächstes Ziel war auch nicht der Neue Markt, sondern vielmehr an diesem Tag der Pferdemarkt, der einmal im Monat vor dem Nicolaitor nördlich der Stadt abgehalten wurde. Denn in nächster Zeit würde Hinrik Wulffes häufiger in der Umgebung von Höxter in Geschäften unterwegs sein, und dafür wollte er sich ein neues Pferd zulegen. So ging er recht achtlos an den zahlreichen Ständen vorbei, an denen vor allem Fisch, Brot, Rüben, Karotten und Bohnen angeboten wurden.

Veit folgte dem Kaufmann mit etwas Abstand und war froh, dass Hinrik Wulffes ihn nicht weiter mit Fragen bedrängte. Am Alten Markt, der im Herzen der Stadt lag, der aber nur an den großen jährlichen Markttagen seinem Namen noch Ehre machte, blickten sie auf die großen Kaufmannshäuser zu seiner Linken, die den Reichtum ihrer Besitzer widerspiegelten. Hier wohnten die Derndals, Wittehennens, Grovendes und Sifferdes, die zum Teil seit Jahrzehnten Höxter regierten und stets dafür sorgten, dass ihre Familien nicht nur in der Groten Gilde der Kaufleute Macht und Einfluss besaßen, sondern auch im Rat der Stadt das Sagen hatten. Direkt vor ihnen lag nun der Stockhof, ein Adelshof, der sich aber jetzt im Eigentum des reichsten Kaufmanns der Stadt, Hans Veltmans, befand. Neben dem Haus wurden gerade neue Dachziegel abgeladen. Hans Veltmans wollte offensichtlich noch rechtzeitig vor dem bevorstehenden Winter sein Haus auf Vordermann bringen und mit dem immer beliebter werdenden schweren Sollingsandsteinplatten eindecken.

„Das habe ich mir gedacht, dass Veltmans als einer der ersten sein Haus neu eindecken lässt, wo der Rat gerade beschlossen hat, einen Teil der Kosten für jedes mit Sollingsandsteinplatten eingedeckte Haus zu übernehmen", sagte Hinrik Wulffes im Vorbeigehen. Der Rat hatte dieses beschlossen, um das Ausbreiten von Bränden zu verhindern. Hinrik Wulffes fühlte, dass er aus dem Fenster des ersten Obergeschosses, in dem sich das Kontor von Veltmans befand, beobachtet wurde. Doch er ließ sich nichts anmerken, grüßte hier und da freundlich den Menschen zu, die ihm begegneten und richtete seine Schritte nun zum Nicolaitor. Veit folgte wortlos.

Vor dem Nicolaitor hatte sich eine Menschentraube versammelt. Zunächst glaubte Hinrik Wulffes, dass mal wieder einer der Taschendiebe ertappt worden sei, denn diese erleichterten gerade beim Pferdemarkt gern die Bauern um ihre stattlichen Börsen. Und wenn ein Dieb gefasst wurde, zog dieses jedes Mal ein Schauspiel nach sich, das für sich selbst ein kleines Volksfest darstellte. Denn die unglücklichen, meist noch jugendlichen Diebe hatten nicht viel zu lachen. Als erstes erhielten sie eine ordentliche Tracht Prügel von den Schaulustigen und vor allem von den Bestohlenen, ehe sie von den Stadtwachen an den Kak gebunden wurden, der sich auf dem Alten Markt gegenüber vom Stockhof befand. Dort waren sie dann dem Hohn und Spott der Vorübergehenden für mehrere Stunden ausgesetzt. Doch der Kak hatte zumindest für die Taschendiebe längst seine abschreckende Wirkung verloren, denn ihre Anzahl wollte einfach nicht zurückgehen. Und an Markttagen wie diesem machten sie einträgliche Geschäfte vor allem bei auswärtigen Besuchern, die mit jedem Bier, das an vielen Ständen rings um die Marktplätze angeboten wurde, immer leichtsinniger wurden.

Doch als Hinrik Wulffes und Veit sich nun dem Menschenauflauf näherten, bemerkten sie sehr schnell, dass es sich hier nicht um einen gefassten Dieb handelte.

„He, Berthold, sag, was ist hier los?“ fragte Hinrik Wulffes einen seiner Angestellten aus dem Kontor, den er in der Menschenmenge entdeckte.

„Oh, Mester Wulffes, ich war gerade auf dem Weg nach Albaxen, wie Ihr es mir aufgetragen hattet, als ein kleiner Junge hier hinter den Büschen direkt an der Stadtmauer einen toten Mann entdeckte und um Hilfe rief. Ich habe dann sofort nach dem Greven schicken lassen, der eben eingetroffen ist.“

„Eine Leiche hier vor dem Stadttor“, fasste Hinrik Wulffes etwas fassungslos den kurzen Bericht seines Mitarbeiters zusammen und auch Veit wurde mulmig. „Weiß man schon, wer der Tote ist?“ fragte Hinrik Wulffes seinen Angestellten.

„Nein. Nur soviel: er ist kein Höxteraner. Und auch sonst hat ihn bisher niemand erkannt."

Der Greve Arnd Neringes hatte bereits die Leiche inspiziert und gab den Wachsoldaten nun Anweisungen, den Leichnam in eine Decke einzuwickeln und auf einem Handkarren zum Rathaus zu bringen. Da erblickte er den stadtbekannten Kaufmann Hinrik Wulffes.

„Ah, Mester Wulffes", sprach er ihn an, „könntet Ihr einmal einen Blick auf diesen Mann werfen, der hier eben vor der Stadtmauer gefunden wurde. Niemand konnte ihn bisher identifizieren. Vielleicht kennt Ihr ihn ja." Neringes wusste um die weitläufigen Beziehungen des Kaufmanns und hoffte mit seiner Hilfe schnell in diesem Fall weiterzukommen.

Hinrik Wulffes trat zögerlich an den Leichnam heran. Veit folgte ihm und beide blickten in das blutverschmierte Gesicht eines Mannes, der höchstens 25 Jahre alt sein mochte. Seine Haut war, soweit sie das erkennen konnten, sonnengebräunt, sein Haar sehr dicht und tiefschwarz. Und um seinen Hals trug er ein Amulett, auf dem sechs Kugeln in eine Krone eingearbeitet schienen.

„Hm", räusperte sich Hinrik Wulffes, „ er macht einen sehr südländischen Eindruck.

Auf den ersten Blick würde ich ihn für einen Italiener oder Spanier halten. Was meint Ihr, Greve?"

„Ja, damit könntet Ihr richtig liegen. Sein Aussehen und auch seine Kleidung deuten darauf hin. Aber das müssen die weiteren Untersuchungen erst noch ergeben. Habt Ihr den Mann vor seinem Tode schon einmal gesehen?"

Bei seiner Frage blickte der Greve den Kaufmann direkt ins Gesicht, um die Antwort nicht nur zu hören, sondern um auch eventuelle Reaktionen genau beobachten zu können. Hinrik Wulffes, dem Schweißperlen auf der Stirn standen, antwortete kurz und knapp: „Nein, Greve, den

Mann sehe ich jetzt zum ersten Mal. Ich hoffe, Ihr könnt den Fall schnell klären."

„Das hoffe ich auch. Wenn Euch doch noch etwas einfällt, das im Zusammenhang mit dem Toten stehen könnte, dann lasst es mich wissen."

„Natürlich", antwortete Hinrik Wulffes pflichtgemäß und wendete sich zum Gehen. Während der Greve und seine Männer nun den Leichnam auf eine Handkarre hievten, entfernte sich Hinrik Wulffes so schnell es ihm im dichten Gedränge möglich war. Der Kauf eines neuen Pferdes würde warten müssen. Ihm stand nun nicht mehr der Sinn danach, ein gutes Pferd auszusuchen und mit den Bauern um einen annehmbaren Preis zu feilschen.

Veit blieb allein zurück. Auch er hatte einen Blick auf den Toten geworfen, ihn jedoch nie zuvor gesehen.

5

Hinrik Wulffes war mittlerweile 42 Jahre alt und ein gestandener Mann. Doch wenn er einen Toten zu Gesicht bekam, dann überfiel ihn ein beklemmendes Gefühl, das ihn dermaßen lähmte, dass er kaum noch einen klaren Gedanken fassen konnte. Glücklicherweise war er in den vergangenen Jahren nur selten mit Toten in Berührung gekommen, doch es ließ sich nicht immer vermeiden. So waren zwei seiner Onkel in seiner Anwesenheit gestorben und auch auf seinem Schiff hatte er den Tod schon erlebt. Doch das war alles nichts im Vergleich zum Tod seines Bruders Helmbolt.

Hinrik Wulffes hatte mit 20 Jahren von seinem Vater ein bescheidenes Vermögen geerbt. Sein Vater war Werkmaurer, und Hinrik hätte dieses Handwerk fortführen und damit über ein gesichertes Einkommen verfügen können. Doch er wollte mehr. Schon als junger Mann hatte er es verstanden, Marktlücken zu entdecken und Geld zu verdienen. Er hatte auf dem eine Woche dauernden Markt anlässlich des Festes Simon und Judas, das jährlich im Oktober gefeiert wurde, beobachtet, wie ein Händler ein gutes Geschäft mit seinen angebotenen Seilen und Tauen machte, die er in jeder nur erdenklichen Größe verkaufte. Hinrik erkannte schnell, dass in Höxter offensichtlich ein großer Bedarf an dieser Ware bestand. Er erkundigte sich und stellte fest, dass es aber in Höxter keinen Seiler gab und auch sonst niemand Seile und Taue regelmäßig anbot. So deckten sich die Fischer, aber auch die Bauhandwerker, die Bauern und wer sonst noch Seile benötigte, stets auf den Jahrmärkten ein. Hinrik Wulffes weitere Erkundigungen ergaben, dass es in Bodenwerder, eine Tagesreise von Höxter entfernt, einen Seiler gab.

Ohne Wissen seines Vaters, aber mit Hilfe eines geliehenen Pferdegespanns und eines klapprigen Wagens machte er sich auf den Weg nach Bodenwerder und begann sein erstes Handelsunternehmen, das schon bald ordentliche Gewinne abwarf. Das konnte er seinem Vater nicht lange verheimlichen, doch dieser stand kurz vor seinem Tod und war zu schwach, um Hinrik noch von seinem einmal eingeschlagenen Weg abzubringen. Und er hätte es wohl auch nicht geschafft.

Hinrik Wulffes beschränkte sich nicht nur auf Seile und Taue, sondern handelte sehr bald auch mit Häuten, Holz, Leitern, Schlössern und hin und wieder nahm er unterwegs aus den Dörfern, die an seinem Weg lagen, auch schon mal ein Schwein, Butter oder Getreide mit nach Höxter. So erwarb er sich einen guten Ruf als Händler, der sich auch für ungewöhnliche Arbeiten wie den Transport von Steinen und Schutt für die Stadt nicht zu schade war. Sein Reichtum wuchs praktisch täglich, und er suchte nach weiteren Herausforderungen. Zusammen mit seinem Schwiegervater Willeken Hadeler und seinem Schwager Gerd Dobbeler kaufte er sich schließlich ein Schiff und stieg in den lukrativen, aber auch risikoreichen Bremen-Handel ein. Seine zunehmenden Aktivitäten blieben nicht unbeobachtet. Die Kaufleute der Groten Gilde, die das Monopol für den Handel mit sämtlichen Tuch- und Leinenprodukten durch das ausschließliche Gewandschneiderecht besaßen, duldeten nur ungern Händler, die nicht ihrer Gilde angehörten. Doch Hinrik Wulffes verstand es geschickt, die Lücken des Gildebriefes der Groten Gilde von 1327 auszunutzen, und so wurde er im Laufe der Jahre ein immer schmerzhafterer Stachel im wohlgenährten Fleisch der Kaufleute der Groten Gilde.

Nachdem Hinrik Wulffes seinen ursprünglichen Plan, ein Pferd zu kaufen, aufgegeben hatte, begab er sich vom

Nicolaitor wieder zurück in die Stadt. Auf dem Rückweg machte er einen Abstecher zu seiner älteren Tochter Maria, die den armen Hutmacher Hans Kock vor kurzer Zeit geheiratet hatte. Schon vor dem bescheidenen Haus in der Nähe der Kilianikirche traf er seine Tochter an.

„Guten Tag, Vater, bist du auf dem Weg zu uns?"

„Nein, oder, na vielleicht doch. Ich wollte mir eigentlich ein neues Pferd kaufen, doch auf dem Pferdemarkt war mir zuviel Trubel. Zudem hat man dort einen Toten gefunden. Und da bin ich dann lieber wieder gegangen."

„Einen Toten? Was ist passiert? Wer ist gestorben?"

„Ich weiß nur, dass es wohl ein Südländer ist. Mehr habe ich auch nicht erfahren. Der Greve ist vor Ort und ermittelt. Offensichtlich ist der Mann erschlagen worden."

„Erschlagen, aber das ist ja grausam."

„Ja, Maria, das ist es. Aber sag mal, ist Hans zu Hause?"

„Ja, er arbeitet in seiner Stube an einem Auftrag von Bürgermeister Johann Sifferdes."

Ohne weitere Worte begab sich Hinrik Wulffes in das Haus und suchte die Stube auf, in der sein Schwiegersohn arbeitete.

„Gott zum Gruße, Hans", begrüßte der Kaufmann seinen Schwiegersohn.

„Willkommen, Schwiegervater. Was führt dich zu uns?"

„Ach, ich wollte nur mal vorbeischauen. Ich höre, du arbeitest an einem Auftrag vom neuen Bürgermeister?"

„Ja, stell dir vor, Bürgermeister Sifferdes war vor einigen Tagen bei mir und hat für die städtischen Bediensteten 50 Hüte in Auftrag gegeben. Ich konnte zunächst gar nicht glauben, dass der Bürgermeister persönlich in meiner Tür stand. Und als er mir dann diesen Auftrag erteilte, war ich vollkommen sprachlos. Aber er meinte es ernst, und für mich wird das ein gutes Geschäft. Und vielleicht erhalte ich dadurch auch noch einige Folgeaufträge."

Hinrik Wulffes freute sich für seinen Schwiegersohn, doch er wusste auch, dass dieser trotz aller Bemühungen nie ein reicher Mann werden würde. Dafür war im Beruf des Hutmachers einfach zu wenig zu verdienen. Und Hans Kock fehlte auch das nötige Durchsetzungsvermögen, um wirklich erfolgreich zu sein. Ihm genügte es, wenn seine Hüte seinen Kunden gefielen und diese ihn vielleicht weiterempfahlen. Da seine Tochter Maria aber mit ihm glücklich war, hatte Hinrik dieser Liebesheirat zugestimmt und Hans Kock in seine Familie aufgenommen. Das junge Paar war in das Haus der Mutter von Hinrik Wulffes gezogen und kümmerte sich nun um die alte Frau. Dass Hans Kock den städtischen Auftrag seinem Schwiegervater zu verdanken hatte, ließ Hinrik Wulffes lieber unerwähnt.

„Vater, möchtest du Großmutter noch besuchen?" fragte Maria, die die Stube betreten hatte.

„Nein, heute nicht. Ich muss jetzt weiter. Aber Hans, eine Frage noch: Könntest du dich mal umhören, was über den Toten in der Stadt gesprochen wird. Vielleicht hörst du ja heute Abend etwas im Gasthaus."

„Ja, wenn du möchtest, sperre ich meine Ohren auf und lasse dich wissen, was erzählt wird."

Nachdenklich verließ Hinrik Wulffes das Haus seiner Mutter, seiner Tochter und seines Schwiegersohnes.

6

Veit hatte zunächst überlegt, auf direktem Wege endlich zum Corveyer Kanzler zu gehen und seinen Auftrag auszuführen, als ihn Hinrik Wolfes am Nicolaitor so einfach hatte stehen lassen. Doch dann hatte er es sich anders überlegt. Schnell war er über den Neuen Markt an die Weser zurückgekehrt und stand nun wieder vor dem Haus von Hinrik Wulffes in der Hoffnung, dass sich eines der Fenster der oberen Etagen öffnen und Alheyd sich ihm zeigen würde. Doch im Haus blieb es still. Niemand war zu sehen. Als eine ältere Frau beladen mit einem Bündel Wäsche bereits zum zweiten Mal an ihm vorbeikam, wurde Veit bewusst, dass er schon viel zu lange vor dem Haus gestanden hatte und nun Aufmerksamkeit erregte. Jetzt erinnerte er sich an seinen Auftrag und brachte dem Kanzler das Schreiben des Abtes. Danach begab er sich auf den Heimweg. Als er die Stadtmauer hinter sich gelassen hatte, musste er an einer Gruppe von Brombeersträuchern und Hagebutten vorbei. Als er die Sträucher gerade passiert hatte, sprang eine zierliche Gestalt auf den Weg direkt hinter Veit, der sofort erschrocken herumfuhr. Bedeckt mit einem Kopftuch, das tief ins Gesicht gezogen war, und eingewickelt in einen weiten Umhang, glaubte er zunächst, ein Gespenst wollte ihn überfallen. Doch die Gestalt machte keinen Versuch sich ihm anzunähern, sondern blieb nun starr auf dem Weg stehen und lächelte ihn an, soweit Veit das erkennen konnte.

„Darf ich Dich ein Stück des Weges begleiten?"

„Wenn Ihr zuvor die Ehre hättet mir mitzuteilen, wer hier im Gebüsch auf mich gelauert hat", gab Veit zurück.

„Nun, Herr Novize, was glaubt Ihr wer ich bin?" Dabei

zog die Gestalt das Kopftuch noch ein wenig mehr ins Gesicht.

„Wenn ich es mir so recht überlege, dann würde ich Euch zum fahrenden Volk zählen, dass hier immer mal wieder auftaucht.“

„Zum fahrenden Volk, Ihr seid nicht ganz bei Sinnen. Genauso könnte man Euch in Eurem abgewetzten Habit für einen Bettler halten, der ehrbare Bürger um ihr wohlverdientes Geld betrügt.“

„Ihr nennt mich also einen Betrüger?“

Es trat ein Moment der Stille ein. Dann nahm die Gestalt ihr Kopftuch ab und entfernte auch den Umhang von ihren Schultern. Dabei kamen lange braune Haare zum Vorschein und eine zierliche, ja anmutige Gestalt, die Veit erneut die Sprache verschlug.

„Ich nehme das fahrende Volk zurück“, lenkte Veit ein.

„Und ich den Betrüger“, zeigte sich auch Alheyd versöhnlich.

„Wir sollten hier nicht zusammen gesehen werden, Alheyd.“

„Was schlägst du also vor?“

„Lass uns ein wenig an das Ufer der Weser gehen. Ich kenne dort einen schönen Platz, an dem man gut sitzen kann.“

So verließen sie den Weg nach Corvey und schlugen sich durch das hohe Schilf, dass das Ufer der Weser umsäumte. Direkt am Wasser fanden sie einen großen Stein, auf dem Platz für beide war, um sich niederzulassen. Die Sonne hatte den Stein bereits erwärmt, so dass er beiden einen angenehmen Aufenthalt bot. Veit sprang als Erster vom Ufer auf den Stein und streckte nun seine rechte Hand Alheyd entgegen. Diese nahm sie dankbar an und folgte dem Novizen. Durch ihren energischen Sprung hatte Veit Mühe, das Gleichgewicht zu halten. Doch auf einem Fuß balancierend schaffte er es, auf dem Stein zu bleiben. Beide setzten sich.

„Woher kennst du so verschwiegene Plätze?" begann Alheyd.

„Wenn du immer nur in Gemeinschaft mit anderen leben musst, dann bist du froh, wenn du auch einmal nur für dich ganz allein und unbeobachtet sein kannst."

„Also gefällt es dir in Corvey nicht?"

Veit räusperte sich. „Das wollte ich damit nicht gesagt haben. Doch manchmal braucht, so glaube ich, jeder Mensch mal etwas Abstand, so etwas wie ein eigenes Refugium. Und obwohl ich eine eigene Zelle im Kloster habe, in die ich mich zurückziehen kann, bin ich gern auch mal außerhalb der Klostermauern. Und dann gehe ich hierhin."

Veit blickte gedankenversunken in die Strömung, als würde dort die Bestätigung für das liegen, was er soeben gesagt hatte. Und wie immer, wenn er mit starrem Blick in das Wasser sah, vergaß er alles um sich herum.

Doch Alheyd befreite ihn schnell aus seiner Isolation.

„Ich habe gesehen, wie du mit meinem Vater von unserem Haus aus in die Stadt gegangen bist. Was hattet ihr zu besprechen?"

„Oh, nichts von Belang. Dein Vater hat mich lediglich eingeladen, ihn ein paar Schritte zu begleiten, da wir den gleichen Weg hatten."

„Und wohin führte euch dieser Weg", bohrte Alheyd nach.

„Ich musste zum Corveyer Kanzler und dein Vater wollte zum Pferdemarkt."

„Ach ja, er hatte heute Morgen verkündet, dass er sich ein neues Pferd kaufen wollte. Da bin aber gespannt, ob er fündig geworden ist."

„Ist er leider nicht."

„Nicht. Woher willst du das wissen?“

„Nun, wir sind zusammen zum Pferdemarkt gegangen. Doch als wir dort ankamen, hatte man dort einen Toten gefunden. Und dann war deinem Vater nicht mehr danach, ein Pferd zu kaufen.“

„Das kann ich verstehen“, seufzte Alheyd. „Wenn Vater einen Toten sieht, dann ist es um ihn bestellt. Wer war denn der Tote?“

„Das weiß man noch nicht.“

Nun trat wieder Schweigen ein, so als wollten beide im Stillen des Toten gedenken.

Doch Alheyd wurde es schon bald zu langweilig und sie suchte den Blickkontakt zu Veit, in dem sie sich tief niederbeugte und von unten in die niedergeschlagenen Augen des Novizen schaute. Veit bemerkte dieses und erwiderte den Blick.

„Was ist mit dir“, wollte nun Alheyd wissen.

Veit atmete tief ein und wieder aus.

„Ich bin..., ich bin ein Novize und soll bald Mönch werden.“

„Ja und?“

„Und? Und ich sitze hier mit einem bildhübschen Mädchen am einsamen Weserufer.“

„Und?“ Alheyd ließ nicht locker. „Gefällt es dir hier nicht?“

„Das ist es ja gerade. Es gefällt mir zu gut. Alheyd?“

„Ja, Veit.“

Veit ergriff nun beide Handgelenke der jungen Frau.

„Alheyd...“

Mehr wagte er nicht zu sagen. Dann stand er auf. „Ich muss jetzt gehen.“

Mit einem schnellen Satz war er wieder am Ufer und verschwand ohne ein weiteres Wort im hohen Schilf.

Nach seiner Rückkehr nach Corvey war Veit wieder zur

Feldarbeit geschickt worden. Unter seiner Aufsicht und tätigen Mitwirkung hatten die Corveyer Arbeiter Zentner um Zentner Äpfel in der Weseraue gepflückt und schließlich dem Cellerar übergeben, der die Äpfel in den weitläufigen Kellern der Abtei für den Winter aufbewahren würde. Im Gegensatz zu seinen Mitbrüdern sah Veit seine Aufgabe nicht nur darin sicherzustellen, dass alle Äpfel auch wirklich ihr Ziel, den Corveyer Keller, erreichten, sondern er ging mit gutem Beispiel voran und packte kräftig mit an. In Corvey hatte er sich schnell einen besonderen Ruf wegen seiner körperlichen Höchstleistungen erworben, einen fast schon legendären bei den Arbeitern und einen sehr zweifelhaften bei den Mönchen. Erst kürzlich hatte der Prior bei einem seiner Kurzbesuche im Kloster die Nase gerümpft, als er Veit beim Anpflanzen von Bäumen und Sträuchern mit Hand anlegen gesehen hatte.

„Unsere vornehmste Pflicht ist das Gebet, das Zwiegespräch mit Gott. Unser Werk verrichten wir mit dem Geist, nicht mit Muskelkraft", hatte sich Veit anhören müssen. Doch er hatte sich hiervon nicht beeindrucken lassen, auch wenn er großen Respekt vor dem Prior hatte. Für ihn galt eher das Wort des Heiligen Benedikt, das da lautete:"... denn dann sind sie wahre Mönche, wenn sie von ihrer Hände Arbeit leben."

Beim Apfelpflücken war er in die höchsten Baumkronen geklettert und hatte so viele Äpfel wie nie zuvor von den Bäumen herunter geholt. Doch im Gegensatz zu anderen Zeiten hatte er nicht einen Apfel zu sich genommen. Und auch jetzt im Refektorium verspürte er keinen Hunger. Sein Magen schien wie zugeschnürt zu sein.

Im Gegensatz zum gestrigen Tag herrschte heute im Refektorium große Betriebsamkeit und die Mönche unterhielten sich angeregt. Veit dagegen stocherte nur ein wenig in seinen Haferbrei herum, nahm ein kleines Stück

Brot und nippte ein paarmal an seinem Becher Bier. Dabei wirkte er abwesend.

„Was wollte der Florentiner wohl in Höxter?“ hörte Veit aber jetzt Bruder Radbert in die kleine Runde der speisenden Mönche fragen.

„Der Tote soll nicht das erste Mal in Höxter gewesen sein“, wusste Bruder Laurentius zu berichten und ergänzte: „Es gibt Höxteraner Kaufleute, die zur Zeit versuchen, Kontakte nach Italien zu den reichen Städten in der Toskana aufzubauen. Dabei nutzen sie auch ihre guten Beziehungen zu Augsburg. Ich frage mich allerdings, was sie den Südländern an Ware anbieten wollen. Bei deren weltweiten Beziehungen haben sie sicher nicht auf die Höxteraner gewartet.“

„Woher weiß man, dass der Mann aus Italien kam?“ mischte sich Veit in das Gespräch ein.

„Er soll – wie man hört – ein Schreiben dabei gehabt haben, das ihn als Mitarbeiter des bekannten Handelshauses der Medici ausweist.“

„Der Medici?“ fragte Veit nach.

„Ja“, antwortete Bruder Radbert, „die Medici waren die Herrscher von Florenz, bis sie von dort vor einigen Jahren vertrieben wurden. Doch auch heute sind sie noch sehr reich und vor allem mit großem Einfluss. Es wird auf jeden Fall großen Ärger für Höxter geben, es sei denn man findet rasch den Mörder. Und dann wird es am besten sein, ihn an die Medici auszuliefern.“

„Hat der Greve denn schon Anhaltspunkte, warum der Italiener umgebracht wurde?“ bohrte Veit weiter nach.

„Viel mehr wissen wir auch noch nicht. Und wir sollten uns auch nicht in diese Sache einmischen. Zum Glück ist die Stadt ja nun allein verantwortlich, nachdem sie vor fünf Jahren dem Abt die Polizei- und Bruchtgerichtsbarkeit unbedingt abkaufen musste. Wer weiß, wofür es gut war.

Der Greve soll ja recht tüchtig sein. Warten wir mal die weitere Entwicklung ab." Damit hatte Bruder Radbert praktisch ein Schlusswort gesprochen und das Thema beendet.

Während der Unterhaltung versuchte Veit immer mal wieder Blickkontakt mit Bruder Stephanus aufzunehmen, der sich auffallend still verhielt. Doch dieser war so in sich gekehrt, dass er auch auf Veits Blicke nicht reagierte. So wartete Veit, bis der Abt die Tafel aufhob. Im Kreuzgang schließlich sprach er Bruder Stephanus an.

„Bruder, was haltet Ihr von dem toten Florentiner?"

„Ich weiß nicht", antwortete Bruder Stephanus knapp.

„Können wir heute Nacht nochmals in die Bibliothek?" fragte Veit weiter nach, da er bemerkte, dass Bruder Stephanus nicht der Sinn nach Reden stand.

„Ja, nach der Nocturn, wie beim letzten Mal", war die kurze Antwort des älteren Mönches. „Gott sei mit dir!"

Damit verabschiedete sich Bruder Stephanus und eilte in seine Zelle. Auch Veit ging in sein Refugium, schloss die Zellentür und legte sich auf sein einfaches Bett. Da ihm reichlich Schlaf aus der letzten Nacht fehlte, dauerte es nicht lange, und er war eingenickt.

Das ausdauernde Klopfen des Vigilanten an seiner Zellentür riss Veit aus seinen kurzen, schweren Träumen. In der Abteikirche suchte er die Nähe von Bruder Stephanus, und gemeinsam bewältigten sie das erste Stundengebet des Tages. Danach begaben sie sich auf ihren heimlichen Weg in die Bibliothek. Nachdem sie die Stiege emporgeklettert waren, führte Bruder Stephanus Veit erneut in das Reich der alten Handschriften, Codices und Annalen.

„Als erstes möchte ich dir die Vita Adalhardi von Paschasius Radbertus zeigen. Du weißt ja, dass Adalhard der erste Abt von Corvey war. Und Paschasius Radbertus, ein Mönch des Corveyer Mutterklosters Corbie in der Picardie, hat seine Lebensgeschichte aufgezeichnet. Hier schau mal, wie gut dieser Band erhalten ist, trotz seiner fast schon 700 Jahre. Und die Schrift, wie gemalt, so gleichmäßig, sauber und gut lesbar."

Und während Veit mit Hilfe seiner Kerze die Seiten dieses wertvollen Bandes betrachtete, holte Bruder Stephanus bereits die nächsten Codices.

„Sieh mal hier, das sind Werke von Adalhard selbst. „De ordine palatii et rei publicae dispositione" hat er noch zu Zeiten seines Vetters, Karls des Großen, verfasst. Hier beschreibt er die Ämter des Karolingerhofes und das Zusammenspiel zwischen Hof- und Reichsverwaltung. Oder hier die „Statuta seu Brevia Adalhardi", in der er Anweisungen gibt, wie ein Kloster zu verwalten ist, wie ein Inventar angelegt wird und wie die königlichen Grundherrschaften geführt werden müssen. Ein absolutes Standardwerk für die damalige Zeit im ganzen Reich. Aber Adalhard hat sich nicht nur um die Belange des Königshauses gekümmert, aus dem er selbst abstammte, sondern er war auch ein großer Mönch. Seine „Capitula de admonitionibus in congregatione", die er nach der Rückkehr aus der Verbannung verfasste, in die ihn Kaiser Ludwig der Fromme geschickt hatte, beschäftigt sich mit der monastischen Disziplin und ist auch heute noch eine gute Anleitung zum demütigen Leben eines Mönches in der klösterlichen Gemeinschaft."

Veit blätterte vorsichtig die Seiten der ihm vorgelegten Werke um, bewunderte die feinen Handschriften und rieb das wertvolle Pergament zwischen seinen Fingern. Bruder Stephanus war nun in seinem Element und holte weitere wertvolle Codices aus den Regalen, so dass Veit schnell den Überblick verlor.

„Die Corveyer Bibliothek gehörte zu Zeiten eines Wibald von Stablo zu den bedeutendsten im ganzen Reich.

Abt Wibald war einer der engsten Berater von Kaiser Konrad III. und nutzte seine Stellung, um viele wertvolle Handschriften nach Corvey zu holen. Zudem beauftragte er sein Skriptorium, Werke, die er sich von anderen Klöstern lieh, zu kopieren. Oftmals erhielt er auch wertvolle Geschenke in Form von Handschriften. Außerdem wurde verfügt, dass Mönche, die in das Kloster eintraten, ein Buch mitbringen mussten. So mehrte er den Reichtum der Corveyer Klosterbibliothek ganz beträchtlich."

„Aber diese Codices sind nicht mehr alle hier?" fragte Veit vorsichtig nach.

„Nein, leider nicht. Nach dem Abbatiat von Wibald vor 350 Jahren ging es mit der Abtei abwärts. Die Äbte waren schwach, die Mönchsdisziplin lockerte sich stetig, und viele Reichtümer, die Corvey einmal besessen hatte, wurden verschleudert, um den Mönchen ein möglichst angenehmes Leben zu ermöglichen. Und auch um die großartige Bibliothek war es schlecht bestellt. Wenn die Werke nicht zu Geld gemacht wurden, verfielen sie nach und nach, oder das Pergament wurde für andere Zwecke genutzt. Es ist traurig, aber heute ist nur noch ein bescheidener Bruchteil der einstmals berühmten Corveyer Klosterbibliothek vorhanden."

„Und die Codices der antiken Schriftsteller, gibt es die noch?", wollte Veit wissen.

„Ja, einige Codices sind noch vorhanden. Doch man muss lange suchen, um sie hier noch zu finden. Auch hier spielte Wibald eine bedeutende Rolle. Er war sehr interessiert an den antiken Schriftstellern, vor allem der Römer Cicero hatte es ihm angetan. So hat er dafür gesorgt, dass Werke von Seneca, Maximus, Quintilian, Valerius, Cellius, Macrobius, Horaz sowie Virgil nach Corvey kamen, beziehungsweise hier abgeschrieben wurden. Und alle Schriften von Cicero, deren er habhaft werden konnte, fasste er in einem einmaligen Kodex zusammen."

„Ich dachte immer, in den Klöstern hätte man sich vorwiegend mit der Bibel und anderen kirchlichen Werken beschäftigt."

„Ja, Veit, das war auch so", bestätigte Bruder Stephanus.

„Dafür gibt es auch viele Beispiele. So verfügen wir etwa noch über die „Translatio sancti Viti martyris", in der ein leider nicht mehr bekannter Verfasser die Überführung unseres Klosterheiligen Vitus vom Kloster St. Denis bei Paris nach Corvey im Jahre 836 beschreibt. Das ist ein grundlegendes Werk für unsere Abtei. Oder auch der „liber vitae" ist ganz wichtig, warte, ich zeige ihn dir."

Und wieder verschwand Bruder Stephanus für kurze Zeit, um nun einen weiteren Folianten zu holen.

„Hier, Veit, sind alle für Corvey wichtigen Daten und Fakten zusammengefasst. Das Fraternitätsbuch Liber vitae ist für die Reichsabtei Corvey von großer Bedeutung. Der Kodex enthält 85 reich geschmückte Textseiten mit den Namen der in Gebetsbrüderschaft zu dem Weserkloster stehenden Mönche anderer Abteien. Hinzu kommt eine Widmungsminiatur, die den Heiligen Stephanus zeigt, der von den Äbten Warin von Corvey und Hilduin von St. Denis flankiert wird. Jeder befreundeten Abtei ist eine Seite eingeräumt, nur Corvey selbst nimmt fünf Seiten in Anspruch. Der Kodex ist ein bedeutendes Zeugnis des vergangenen Glanzes von Corvey. Der Liber vitae wurde unter Abt Wibald von Stablo und Corvey begonnen und kurz nach seinem Tode vollendet. Gestaltet wurde er von dem berühmten Künstler Roger von Helmarshausen aus dem dortigen Kloster, das für seine Buchkunst berühmt war. Doch Veit, es gibt noch viel mehr. Sogar arabische und hebräische Schriften sind hier in Corvey."

„Arabische und hebräische?" fragte Veit ungläubig nach. „Wie kommen die denn hierher?"

„Ein gewisser Johann von Mantrop brachte aus Pannonien ein arabisches Werk mit und schenkte es dem Kloster. Seitdem verwahren wir es hier. Ich habe es zwar schon mal in Händen gehalten, allerdings muss ich gestehen, dass ich im Moment nicht weiß, wo ich es suchen soll. Und aus dem 14. Jahrhundert stammen auch einige hebräische Bücher, die bei einem Kriegszug erbeutet wurden und daraufhin nach Corvey gekommen sind.

Du siehst, Klöster waren nicht nur die Träger des Glaubens, sondern auch die Bewahrer einer ganzen Kultur. Ohne die großen Klosterskriptorien und -bibliotheken wären viele Werke für immer verloren gegangen. Denn Bücher, ja überhaupt schriftliche Aufzeichnungen jeder Art, waren für die Menschen in früheren Jahrhunderten nur von minderer Bedeutung. Du musst wissen, dass die meisten Menschen weder lesen noch schreiben konnten und von daher auch kein Interesse an Schriftstücken hatten. Das, was für sie wichtig war, wurde mündlich weitergegeben oder sie verließen sich auf ihren Grundherren oder den Pfarrer. Und so wurden insbesondere die Klöster zu Zentren des Geistes, in denen sich die schriftkundigen Mönche nicht nur damit beschäftigten, die Bibel und die vielen Schriften der Religionsführer zu kopieren, sondern auch dafür sorgten, dass andere Literatur nicht verloren ging. Zudem schufen sie in unzähligen Annalen Aufzeichnungen, die uns heute einen guten Überblick über längst vergangene Zeiten geben."

„Wurden auch in unserem Kloster Annalen geführt?" wollte Veit wissen.

„Ja. Aber Veit es ist spät geworden, und ich möchte mich gern noch ein wenig hinlegen. Deshalb lass uns nun hier abbrechen. Ich werde dir beim nächsten Mal noch vieles zeigen, natürlich auch die Corveyer Annalen und vor allem auch die großartigen Evangeliare, die hier entstanden sind oder hier aufbewahrt werden." Nur ungern willigte Veit ein, der ganz offensichtlich von der großen Liebe zu Büchern, die Bruder Stephanus beseelte, angesteckt worden war. „Ich glaube, ab heute sehe ich die Bibliothek mit anderen Augen", raunte Veit seinem Mitbruder zu.

„Das freut mich, Veit. Nun aber eine gute Nacht."

Damit trennten sich die Brüder, und Veit fand in dieser Nacht erneut nur wenig Schlaf.

7

Seit Tagen war das Leben in Corvey sehr ruhig und beschaulich geworden. Das lag einerseits daran, dass die Ernte eingefahren war und deshalb viele Laien Corvey verlassen hatten, anderseits aber auch am Gesundheitszustand des alten Abtes. Hermann von Bömelburg war nun seit 26 Jahren in Corvey in Amt und Würden. Vor wenigen Tagen hatte ihn mitten im sonntäglichen Hochamt ein Schwächeanfall ereilt, und aufmerksame Mitbrüder hatten ihn schnell in die Abtswohnung gebracht. Seither war er vom Krankenlager nicht mehr aufgestanden. Die Sorgen um die ihm anvertraute Abtei hatten ihn aufgefressen. Er spürte, wie ihn die Kräfte langsam verließen und das mitten in einer Zeit, in der wichtige Fragen für die Zukunft zu entscheiden waren. Er wollte unbedingt noch den Anschluss an die Bursfelder Kongregation verwirklichen, um das religiöse Element, das Gebet wieder in den Vordergrund des mönchischen Tagesinhalts zu rücken. Es war sogar ein förmlicher Vertrag zwischen Abt, Prior, Propst, Kämmerer, Kapitular und Kapitel geschlossen worden, der von den mit der Durchführung der Reform in Corvey beauftragten Äbten der Klöster St. Michael und St. Godehard aus Hildesheim bezeugt wurde. Doch außer einigen neuen Mönchen, die im Sinne dieser Erneuerung tätig und aus anderen Klöstern nach Corvey gekommen waren, hatte sich im Konvent noch nicht viel verändert. Die Gebetsstunden wurden nun zwar wieder nahezu vom gesamten Konvent wahrgenommen, und einige der älteren Mönche waren zwischenzeitlich auch ausgeschieden, allerdings nicht ohne sich vorher eine gut dotierte Rente zu sichern. Und der Prior Johann von der Lippe mischte sich immer noch in die Belange der Abtei ein, ohne dass Abt Hermann in der Lage war, etwas dagegen unternehmen zu können. Dafür hatte der Prior einfach zu gute Beziehungen, vor allem nach Höxter und auch über Höxter hinaus. Zudem blieb die wirtschaftliche Situation sehr angespannt, und Corvey war bei etlichen Gläubigern verschuldet. Hermann von Bömelburg war stets ein frommer Mann gewesen, der Wert auf das Gebet legte. Doch so vorbildlich er in seinen Kontemplationen auch war, so wenig konnte er seine geistige Strenge auf seine Mitbrüder übertragen. Das schmerzte ihn am meisten. Und obwohl er viele Missstände sah, hatte er einfach nicht die Durchsetzungskraft, in seinen Konvent wieder Zucht und Ordnung zu bringen. Zu oft wurde er dabei von seinen Mitbrüdern hintergangen, die vor allem auf ihre Pfründe bedacht waren. Schließlich hatte er irgendwann resigniert. Nun fühlte er, dass er sich von seinem Krankenlager nicht mehr erheben würde, und seine Nachfolge bereitete ihm Sorge.

Nach einem leisen Klopfen trat Veit in die Krankenstube des Abtes ein. Er war vom Konvent dazu bestimmt worden, sich rund um die Uhr um den kranken Abt zu kümmern.

„Euer Hochwürden, der Prior möchte Euch sprechen."

Veit hörte den Abt schwer ausatmen. „Ja, das hab ich schon erwartet, und es muss wohl sein. Also, Bruder, ich lasse bitten."

Wenig später trat Prior Johann von der Lippe in den kargen Raum, in den sich Abt Hermann von Bömelburg zurückgezogen hatte. Veit blieb am Fenster stehen und verfolgte das Gespräch zwischen Abt und Prior.

„Wie geht es Euch, Hochwürden?"

„Ich will nicht lang herumreden, Prior, aber ich glaube, ich werde dieses Bett nicht mehr verlassen."

„Aber Hochwürden, wo bleibt Euer Gottvertrauen?"

„Eben Prior, ich vertraue auf Gott und begebe mich ganz in seine Hände. Auch Ihr solltet mehr Gottvertrauen zeigen und Euch wieder den geistlichen Dingen zuwenden."

„Ja Hochwürden, Ihr habt recht. Deshalb bin ich auch sofort gekommen, als ich von Eurer Krankheit erfahren habe. Ich werde selbstverständlich meiner Pflicht nachkommen und den Konvent leiten, solange Ihr daniederliegt."

„Haltet Ihr das für eine gute Idee?" fragte der Abt, der nicht gerade überrascht vom Vorhaben des Priors war, obwohl dieser förmlich auf seine Rechte verzichtet hatte. Und selbst für den Fall, dass er sich doch noch der angestrebten Reform anschließen würde, war festgelegt worden, dass er sich dann einer anderen Abtei anzuschließen habe.

„Nun ja, Hochwürden, mit allem Respekt, aber die Herde ist führerlos. Ich weiß um meine Verantwortung. Schließlich bin ich immer noch Euer Stellvertreter solange hierzu niemand anderes ernannt ist."

„Gedenkt Ihr, Eure Aufgabe wie in der Vergangenheit von Höxter aus wahrzunehmen?", spielte der Abt auf die weitgehende Abwesenheit des Priors an, der sich in den vergangenen drei Jahren vorwiegend in seinem Haus in Höxter aufgehalten hatte und nur noch selten nach Corvey gekommen war. Er war großzügig auf Kosten Corveys ausgestattet worden und hatte sich jüngst ein neues Anwesen errichten lassen.

„Nein Hochwürden, ich werde selbstverständlich hier in der Abtei meine alte Wohnung wieder beziehen und die Geschicke von hieraus leiten."

Und um die Ernsthaftigkeit seiner Absichten zu unterstreichen, fragte der Prior gleich unvermittelt nach: „Hochwürden, gibt es irgendwelche laufenden Dinge, über die ich in Kenntnis gesetzt werden müsste?"

„Ach, Prior, ich bin sehr geschwächt. Bitte lassen Sie uns unser Gespräch zu einem späteren Zeitpunkt fortsetzen. Ich muss ein wenig schlafen."

„Selbstverständlich, Hochwürden. Ich komme später noch einmal wieder. Gott sei mit Euch."

Abt Hermann wollte möglichst unverbindlich gegenüber dem Prior bleiben. Deshalb war er auch auf dessen letzte Frage nicht weiter eingegangen. Dennoch wusste er, dass er die Machtübernahme des Priors nicht verhindern konnte. Und auch Prior Johann hatte die Visite beim Abt lediglich als Höflichkeitsbesuch gesehen. Er würde nun in Corvey regieren und dafür sorgen, dass er vom Konvent nach dem Hinscheiden des alten Abtes zum neuen Herrn von Corvey gewählt würde. Dann wäre er endlich am Ziel seiner Wünsche.

Nach der Non versammelten sich die Mönche im Refektorium zur obligatorischen Mahlzeit. Als die Brüder gerade das Brot geteilt hatten, betrat Prior Johann von der Lippe den Raum. Sofort richteten sich alle Blicke auf den Prior, und die Mönche warteten gespannt, was nun folgen würde. Es war lange her, dass Johann von der Lippe das Essen mit seinen Mitbrüdern eingenommen hatte. Auch Veit war ins Refektorium gekommen und hatte sich von seiner Wache ablösen lassen. Er konnte sich nicht daran erinnern, jemals mit dem Prior gemeinsam gegessen zu haben. Ohne ein Wort zu sagen, setzte sich Prior Johann, nahm ein Stück Brot und begann zu essen. Die Mönche im Refektorium registrierten jede Bewegung des Priors und hatten natürlich auch sofort wahrgenommen, dass der Prior den Platz des Abtes besetzte. Nachdem auch der letzte Mönch seine Mahlzeit beendet hatte, erhob sich der Prior und wandte sich an den Konvent:

„Brüder im Herrn, wie ihr vernommen habt, ist Abt Hermann zurzeit nicht in der Lage die Herde zu führen.

Doch die Herde darf nicht führerlos sein. So habe ich heute den Abt aufgesucht, und er hat mich – wie es meine Aufgabe als Prior ist – mit der Leitung beauftragt bis unser ehrwürdiger Abt – Gott stehe ihm bei – wieder bei Kräften ist. Bis dahin erwarte ich von Euch den schuldigen Gehorsam und das erforderliche Vertrauen. Ich werde bis auf weiteres Quartier hier im Kloster beziehen, um euch nahe zu sein. Nun aber fahrt in euren Aufgaben fort. Der Friede des Herrn sei mit euch."

Die Mönche erhoben sich von ihren Plätzen und verließen wortlos das Refektorium. Veit hielt sich wieder an Bruder Stephanus, und als sie ins Freie getreten waren, fragte er den älteren Mitbruder:

„Sag, Bruder Stephanus, was hältst du davon, dass der Prior nun die Amtsgeschäfte des Abtes übernommen hat?"

„Ich kann nicht glauben, dass das dem Abt gefällt. Ich hoffe, er wird schnell wieder gesund. Doch das liegt nun in Gottes Hand."

„Das glaube ich auch nicht, denn sonst hätte er den Prior anders empfangen. Was glaubst du, wird der Prior die eingeleitete Reform rückgängig machen?"

„Lieber Veit, noch ist Abt Hermann nicht tot. Und der neue Abt wird immer noch durch den Konvent gewählt. Der Prior hat eigentlich durch den vor drei Jahren geschlossenen Vertrag gar kein Recht, in Corvey zu sein. Doch er setzt sich hierüber genauso hinweg, wie er sich auch sonst an nichts hält, was ihm nicht passt. Er kennt nur sich und seinen Vorteil. Doch noch ist der Prior nicht am Ziel, und ich werde alles dafür tun, dass er nicht unser neuer Abt wird."

Mit diesem Versprechen ließ Bruder Stephanus Veit stehen und entfernte sich in Richtung Klostergarten.

8

Hinrik Wulffes verließ in Begleitung seiner Frau St. Kilian, wo sie dem sonntäglichen Festhochamt anlässlich des großen Simon-und-Judas-Festes beigewohnt hatten. St. Kilian war die älteste und größte Kirche der Stadt und zur Pfarrgemeinde zählten vor allem die Mitglieder der Groten Gilde und die wichtigsten Handwerker Höxters. Dadurch war St. Kilian auch die reichste Pfarrgemeinde. Weder St. Peter, noch St. Nikolai und St. Marien oder gar St. Aegidien vor den Toren der Stadt erreichten nur annähernd das Spendenaufkommen von St. Kilian. Auch Hinrik Wulffes trug hierzu erheblich bei. Heute hatte er anlässlich des Hochfestes eine wie immer namhafte Spende in den Klingelbeutel gelegt und dieses durch das recht langsame Fallenlassen der Münzen auch weithin vernehmbar zelebriert. Denn zuletzt hatte ihm der Pfarrer angedeutet, dass die Spendenwilligkeit doch arg zu wünschen übrig lasse. Warum er gerade ihn darauf ansprach, konnte sich Hinrik Wulffes nicht erklären, denn er hatte stets verstanden, Gott für seinen eigenen Reichtum zu danken und für die Armen und Bedürftigen zu opfern.
Gleich würde er sich dem traditionellen Rundgang über den großen Jahrmarkt anschließen, der stets direkt nach der Messe in St. Kilian begann. Die beiden Bürgermeister Hans Bensen und Johann Sifferdes führten den Zug der Honoratioren an. Ihnen folgten die 10 weiteren Ratsherren. Für eine Woche stand nun Höxter ganz im Zeichen dieses bedeutenden Jahrmarktes. Viele der strengen Zunftbestimmungen, aber auch oftmals die Regeln des guten Anstandes schienen für diesen Zeitraum außer Kraft gesetzt zu sein. Die Innenstadt war übersät mit Buden, Ständen und Scharren, die sich eng an die vorhandenen

Häuser schmiegten und den Straßenzügen eine ganz neue, äußerst bunte Außenhaut verliehen.

Bei strahlendem Sonnenschein setzte sich der Zug der wichtigsten Bürger von Höxter langsam in Bewegung. Da allerdings ein kalter Ostwind blies, zog sich Hinrik Wulffes seinen Schal eng um seinen Hals zusammen und knöpfte auch seinen schweren, braunen Mantel zu, sobald er aus dem schützenden Windschatten der Kilianikirche trat. Neben ihm ging sein Schwager Gerd Dobbeler, und auch sein Schwiegervater Willeken Hadeler schloss sich ihnen an. An der Nordwand des der Kilianikirche gegenüber gelegenen Rathauses stießen sie auf die Kesselflicker und Scherenschleifer, die sich hier häuslich niedergelassen hatten und schon die ersten Kunden bedienten.

„Es ist immer wieder kaum zu glauben, wie der Markt von einer Minute zur anderen zum Leben erwacht und die Menschen die Scharren und Stände belagern, als wenn es morgen nichts mehr zu kaufen gäbe“, fasste Gerd Dobbeler seinen ersten Eindruck zusammen.

„Die Leute glauben, hier auf dem Markt sei alles viel billiger als sonst“, mischte sich Willeken Hadeler in das Gespräch ein. „Ein schöner Irrglauben!“

„Habt Ihr auch gehört, dass einige Mitglieder der Groten Gilde den Markt am liebsten abschaffen würden?“ fragte nun Gerd Dobbeler mit merklich gesenkter Stimme.

„Ja, aber das wird nicht geschehen“, ließ sich nun Hinrik Wulffes deutlich vernehmen. „Der Markt wurde vor gut 200 Jahren vom Corveyer Abt eingerichtet und seither mehrfach bestätigt, zuletzt vor genau zwei Jahren durch Abt Hermann von Bömelburg. Und die Stadtväter haben gelobt, die Bestimmungen über den Freimarkt auch zukünftig einzuhalten. Schließlich ist er vor allem für die Versorgung der umliegenden Dörfer, aber auch für die Geselligkeit und die Abwechselung der Bevölkerung nach der schweren Zeit der Ernte ganz wichtig. Gott sei Dank wird nicht alles so gemacht, wie es gewisse Herren gerne hätten!"

„Ah, Mester Wulffes und die Bremenfahrer! Gott zum Gruße! Darf man fragen, welche „gewissen Herren" Ihren Unmut erregen?" mischte sich nun von der Seite kommend ein Kaufmann der Groten Gilde in das Gespräch ein.

„Mester Veltmans, wie immer aufmerksam in alle Richtungen?" antwortete Hinrik Wulffes ohne auf die eigentliche Frage einzugehen und ergänzte:

„Ich hatte das Gerücht vernommen, Sie würden dem Simon-und-Judas-Markt in diesem Jahr aus dem Wege gehen und lieber ein paar Tage auf Ihrem Landgut verbringen."

„Ja, das war auch unsere ursprüngliche Absicht, denn Sie werden gleich sehen, wie es bei uns zugeht. Der ganze Bereich des Alten Marktes ist überschwemmt mit Scharren und Buden. Ich bin heute Morgen kaum aus unserem Haus herausgekommen und noch schwieriger wird es werden wieder hineinzukommen. Und dann das ganze Geschrei des Marktgesindels. Es ist unglaublich. Doch leider fühlte sich meine Frau nicht wohl, so dass wir auf den Ausflug verzichten mussten."

„Dann hoffe ich, dass Ihre Frau recht schnell wieder genesen wird", sagte Hinrik Wulffes pflichtgemäß, während er sich zusammen mit seinem neuen Begleiter den Weg vorbei an Gläsern, Krügen, Humpen, Trinkhörnern, Pfannen und hölzernen Tellern bahnte, die rechts und links zwischen Rathaus und Neuem Markt angeboten wurden.

„Vielen Dank, Mester Wulffes, ich werde Ihre Genesungswünsche übermitteln und meiner Frau zum Trost eines dieser schönen Gläser schenken. Doch sagt, wie gehen Eure Geschäfte mit Corvey? Ich hörte, dort stehen große Veränderungen an."

Seitdem Hans Veltmans nach Höxter gekommen war, versuchte er Geschäftsbeziehungen mit der Reichsabtei aufzubauen. Doch der alte Abt hatte dem Ansinnen des Kaufmanns bisher immer widerstanden. Lediglich kleinere Lieferungen Butter hatte Veltmans ab und zu für die Küche liefern dürfen. Und dies war allein seinen guten Beziehungen zum Prior geschuldet, der regelmäßiger Gast in seinem Wirtshaus war.

„Ihr sprecht von Veränderungen in Corvey, Mester Veltmans. Was meint Ihr damit?“ fragte Hinrik Wulffes nach, während er an einem Stand stehen geblieben war, um verschiedene Arten von Messern zu begutachten.

„Seid vorsichtig, Mester Wulffes, die Klingen sind scharf und schneiden tief ins Fleisch.“

„Seid wann seid Ihr so besorgt um mich?“ fragte Hinrik Wulffes zurück. „Also, was meint Ihr mit Veränderungen in Corvey?“

„Nun, habt Ihr noch nicht gehört, dass der Abt das Krankenlager aufsuchen musste?“

„Nein, das ist mir neu.“

„Und meine Informationen gehen dahin, dass er es wohl auch nicht mehr verlassen wird.“

„Ihr meint, er wird sterben?“

„Das liegt allein in Gottes Hand“, gab Veltmans vielsagend zurück. Dennoch war seiner Stimme deutlich ein Triumphgefühl zu entnehmen. „Es könnte gut sein, dass bald die Karten in Corvey neu gemischt werden.“

„Ihr solltet das Fell des Bären nicht verteilen, bevor er erlegt ist. Es sei denn Ihr habt den Todesdolch selbst in der Hand“, wurde Hinrik Wulffes nun deutlicher und legte ein schön gearbeitetes Klappmesser wieder an seinen Platz zurück.

„Ach, lieber Mester Wulffes, Ihr wisst so gut wie ich: Die Wege des Herrn...“

„… führen in unterschiedliche Richtungen. Meine Empfehlung.“

Damit drehte sich Hinrik Wulffes um und ließ den Kaufmann der Groten Gilde wie einen Schuljungen am Stand der tausend Messer stehen. Hans Veltmans sah ihm nach und sagte mehr zu sich selbst: „Du wirst schon bald erkennen, woher der neue Wind wehen wird, Hinrik Wulffes. Dann werden die Geschäfte wieder so gemacht, wie es sich gehört. Und zwar ohne dich.“

9

Abt Hermann von Bömelburg hatte sich nicht getäuscht. Seine irdische Uhr war abgelaufen. Er fühlte sich von Tag zu Tag schwächer und war kaum noch in der Lage, Anweisungen zu erteilen. Aber das war eigentlich auch nicht notwendig, denn Abt Hermann war bewusst, dass der Prior sich nun, da er in Corvey das Zepter übernommen hatte, von ihm nicht mehr hereinreden lassen würde.

Die alte Reichsabtei war tief im dichten Novembernebel versunken, und Abt Hermann hatte eine unruhige, von Schmerzen geplagte Nacht verbracht. In den frühen Morgenstunden bat er Veit, die Mitglieder des Konvents an sein Krankenbett zusammenzurufen. Veit wusste, was das bedeutete: der Abt wollte sich von seinen Mitbrüdern verabschieden.

Ein gutes Dutzend Mönche traten mit gesenktem Haupt, die Hände zum Gebet gefaltet, in den kleinen Raum ein, und fast alle Mönche betrachteten aus den Augenwinkeln den daniederliegenden Abt. Auch Prior Johann von der Lippe war gekommen und verfolgte ebenso stumm und zurückhaltend die Szene. Veit half dem Abt, sich im Bett aufzusetzen und schob ihm zur Unterstützung noch ein zusätzliches Kissen in den Rücken.

„Brüder im Herrn, der Friede sei mit euch“, begann der Abt mit brüchiger Stimme.

„Und mit deinem Geiste“, antworteten die versammelten Mönche wie aus einem Mund.

„Ich habe euch heute zu mir gebeten, da ich weiß, dass ich diese Welt nun bald verlassen muss.

Liebe Brüder, ich möchte euch danken. Danken für die vielen Jahre eures Vertrauens und eures Gehorsams. Wir haben gemeinsam schwierige Zeiten durchstanden. Dabei war es unser vorrangiges Interesse, das uns anvertraute alte Erbe zu bewahren, das Ansehen unseres Herrn zu mehren und für unser und unserer Herde Seelenheil zu beten. Heute müssen wir uns eingestehen, dass zwar oft der Wille vorhanden, das Fleisch aber schwach war. Wir haben viel versäumt und auch unsere Pflichten grob verletzt. Hierfür sollten wir um Verzeihung bitten. Ich hatte über 26 Jahre die Verantwortung für diese Abtei und muss am meisten Abbitte leisten. Ich habe meine Sünden gebeichtet und hoffe jetzt vor dem Herrn Gnade zu finden. Vor drei Jahren haben wir nach langem Kampf einen neuen Weg eingeschlagen. Leider sind diesem Pfad bisher nicht alle gefolgt, doch ich hoffe, auch sie werden noch den richtigen Weg finden."

Ein heftiger Hustenanfall unterbrach den Abt in seiner Ansprache, doch schließlich fuhr er langsam und mit noch schwächerer, aber dafur umso eindringlicherer Stimme fort:

„Liebe Brüder, ich will euch bestärken, wieder das Gebet und das Andenken an unseren Herrn in den Mittelpunkt all euren Handelns zu stellen. Ihr müsst diesen Weg konsequent weitergehen und euch endgültig und mit allen Erfordernissen der Bursfelder Kongregation anschließen. Es gibt dazu keine Alternative. Ich hoffe, das wird auch mein Nachfolger, euer neuer Hirte, so sehen."

Und nach einer weiteren kurzen Pause fügte er hinzu:

„Noch eins, liebe Brüder. Seid aufmerksam, was in Höxter geschieht. Wir dürfen diese Stadt nicht weiter verlieren. Unser Einfluss ist schon deutlich zurückgegangen. Ihr müsst Höxter wieder stärker in die Pflicht nehmen und zum Gehorsam zwingen. Seid auch wachsam, was die Auswahl der richtigen Geschäftspartner angeht. Hier gibt es viele schwarze Schafe. Vor allem aber nehmt euch vor den Mitgliedern des Rates in Acht. Sie sind die treibenden Elemente im Streben nach Unabhängigkeit von Corvey. Ihnen solltet Ihr nur soweit trauen, wie es unbedingt notwendig ist."

Erneut machte der Abt eine Pause und holte merklich Luft. Dann fuhr er fort:

„Ich hätte euch noch soviel zu sagen, doch meine Kraft geht zu Ende.

Liebe Brüder, gebet mir nun eure Hand zum Abschied. Betet für mich, damit ich armer Sünder vor dem Antlitz des Herrn Gnade finden werde."

Veit beobachtete, wie der Abt merklich in sich zusammensackte. Die Mönche traten nun der Reihe nach an ihn heran und gaben ihm ihre rechte Hand. Dabei hob der Abt bei jedem seiner Mönche den Kopf und blickte ihnen tief in die Augen, die sich bei einigen mit Tränen gefüllt hatten. Veit war sich sicher, dass der Abt genau wusste, bei wem die Tränen echt waren. Als Letzter kam der Prior zum Bett des Abtes. Doch nicht mehr als ein lauer Händedruck und ein kurzer wechselseitiger Blick bildeten den Abschied.

Der Nebel lichtete sich an diesem Tag nicht mehr in Corvey. Kurz vor der Vesper wurde die Totenglocke, die einzige in Corvey noch vorhandene Glocke, geläutet. Nun wussten die Mönche, die Laienbrüder und sonstigen Bediensteten in der Reichsabtei und schon bald danach die Menschen im ganzen Corveyer Land, dass ihr Landesherr, der Abt Hermann von Bömelburg, gestorben war.

Noch am gleichen Abend wurde vom Prior ein Brief aufgesetzt, der am kommenden Tag an alle Orte des Corveyer Landes, an benachbarte und befreundete Abteien, an die Geschäftspartner des Klosters sowie an die Schutzherren nach Braunschweig und Kassel verteilt werden sollte. Veit wurde zusammen mit zwei anderen

Novizen aufgetragen, den Brief mehrmals abzuschreiben. Der Brief hatte folgenden Inhalt:

Über Corvey brach heute Finsternis herein. Wir sind in tiefer Trauer. Denn heute ist von uns unser bester Hirte, unser Führer und starker Kämpfer, die Krone unseres Hauptes, unser ehrwürdiger Abt Hermann von Bömelburg im 26. Jahr seiner Regierung für immer von uns gegangen.

Er war ein großer und hervorragender Nachahmer Jesu Christi, ein gewaltiger Eiferer für regeltreues Leben im Sinne des Heiligen Benedikt, im Rate klug, in der Verhandlung geschickt, in der Tat beharrlich und tüchtig, gegen Gott voll heißer Liebe, bei den Brüdern angesehen wegen seiner Frömmigkeit, in allen seinen Sitten ehrenfest und streng, keinen Menschen scheuend, Gott allein fürchtend, immer voller Dankbarkeit gegen Gott, nie regungsloser Untätigkeit ergeben, immer mit Gebet, Lektüre oder Sorgen für das gemeinsame Haus beschäftigt, war er uns Vater und Vorbild, Hirte und Gehilfe, Bruder und Freund.

Wir bitten euch, dass Ihr für seine Seele in Psalmen und Messen betet, wie es nach eurer Gewohnheit so trefflicher Übung ist.

Gegeben zu Corvey im Jahre des Herrn 1504
Der Konvent des Klosters Corvey

Veit hatte wie die meisten anderen Menschen im Kloster diesen Tag zunächst überwiegend im Gebet zugebracht. Seit den frühen Morgenstunden wurden zudem Stundengebete in der Abteikirche abgehalten. Am frühen Abend versammelten sich dann alle Insassen des Klosters in der Abteikirche zum Totengebet. Veits Gedanken kreisten dabei zunächst um den verstorbenen Abt. Doch schnell musste er sich eingestehen, dass er mit Ausnahme der letzten Tage kaum eine greifbare Erinnerung an ihn hatte. Der Abt war für ihn immer eine unerreichbare Person gewesen, mit der er nur wenige Worte gewechselt hatte.

Seine Gedanken schweiften weiter und seine Erinnerung führte ihn zur Beerdigungsfeier seiner eigenen Mutter. Er war damals erst sechs Jahre alt gewesen und dieser Tag war der erste seines Lebens, den er bewusst in Erinnerung behalten hatte. Er hatte damals neben seinem Großvater in der ersten Reihe der kleinen Dorfkirche gesessen und seinen Blick fest auf den einfachen Holzsarg gerichtet gehabt, der vor dem Altar aufgebahrt gewesen war. Er hatte inständig gehofft, dass seine Mutter den Sargdeckel öffnen und wieder zu ihm zurückkehren würde. Doch nichts war geschehen. Noch heute spürte er die vielen Blicke der fast vollständig anwesenden Dorfgemeinschaft, die auf ihm und seinem Großvater geruht hatten. Er hatte sich nicht nur gebrandmarkt gefühlt, sondern diese Blicke, an jenem und an vielen folgenden Tagen, hatten ihm auch gesagt, dass sein Leben nun ein ganz anderes werden würde als das seiner Freunde und Spielgefährten. Mit einem Lied war der Sarg in die Gruft gelassen worden. Die letzten Worte hatten sich für immer bei ihm eingebrannt: „... und glorreich wie Du aus dem Grabe erstehen."

Seitdem fragte er sich immer wieder: würde er seine Mutter in einer anderen Welt einmal wieder sehen? Würde er ihr all das sagen können, was er nicht mehr hatte tun können? Was würde seine Mutter ihm zu sagen haben? Würden sie sich überhaupt noch etwas zu sagen haben?

Und er musste sich eingestehen, dass an jedem Tag, der seit jenem Ereignis vergangen war, die Erinnerung an sie mehr und mehr verblasste. Es kostete ihm eine immer größere Anstrengung, die richtige Erinnerung aufrechtzuerhalten. Es fiel ihm immer schwerer, sich ein Bild von ihr zu machen, sie sich vorzustellen. Den Klang ihrer Stimme hatte er schon lange vergessen, ihren Gang, ihre Haltung, ja ihr ganzes Auftreten konnte er nicht mehr genau bestimmen. Und auch die Züge ihres Gesichtes im Gedächtnis zu rekonstruieren, würde bald nicht mehr möglich sein. Das lag vielleicht auch daran, dass er schon seit vielen Jahren nicht mehr den Hof betreten hatte, auf dem er mit seiner Mutter und seinem Großvater zusammengelebt hatte. Doch andererseits verging auch kein Tag, an dem er sich nicht mit dieser Erinnerung konfrontiert sah. Ja, er hatte das Gefühl, dass in seinem Hinterkopf an jenem Tag ein eigener Speicher eingebaut worden war, der nur die Aufgabe hatte, ihn zu erinnern.

All diese Gedanken kreisten um ihn, als er an diesem trüben Novembertag in der Abteikirche für den Abt betete. In einer Woche würde die Beerdigung sein, und dann würde Veit erneut und wohl noch intensiver diese Gedanken haben.

10

Der Prior übernahm höchstpersönlich die Beerdigungsvorbereitungen. Ihm helfend zur Seite stand Bruder Severin, der schon immer ein gutes Verhältnis zum Prior hatte. Zur Beerdigung erwartete Corvey Abordnungen aus allen zur Landesherrschaft gehörenden Ortschaften, auch befreundeten Klöstern, sofern die Todesnachricht dort rechtzeitig eingetroffen war, schließlich Delegationen des Herzogs aus Braunschweig und des Landgrafen aus Kassel, den Schutzherren der Reichsabtei. Dafür musste das Kloster hergerichtet werden. Jede helfende Hand wurde gebraucht, und so blieb bis zur Beerdigung nur wenig Zeit für andere Tätigkeiten, zumal auch die Gebetsstunden strikt eingehalten wurden. Selbst der Prior nahm im Gegensatz zu früheren Zeiten an allen Gebeten aktiv teil. Ja, man hatte sogar den Eindruck, dass er mit besonderem Eifer und inniger Teilnahme dabei war. Er vermittelte das Bild eines besorgten Hirten, der den engen Kontakt im Zwiegespräch mit Gott suchte.

Veit hatte als Novize nur einen der hinteren Plätze in der überfüllten Abteikirche ergattert und verfolgte so aus gehöriger Distanz zum Altar die Totenmesse für Abt Hermann von Bömelburg, die vom Prior zelebriert wurde. Dennoch konnte er von dort aus die vorderen Reihen gut einsehen, da er sich ganz an der südlichen Außenwand befand. Im Chorgestühl hatten die Mitglieder des Konvents ihre angestammten Plätze eingenommen. Ehrenplätze hatten auch die Vertreter der Schutzherren aus Braunschweig und Kassel, die beiden Bürgermeister von Höxter sowie die Äbte und Äbtissinnen der befreundeten Klöster erhalten. Dann fiel Veits Blick auf eine Frau mittleren Alters, die, begleitet von einem Mann und einem kleinen Jungen, ebenfalls offensichtlich einen besonderen Platz einnahm. Das Gesicht der Frau war unter einem schwarzen Schleier verborgen, so dass er leider keine weiteren Hinweise zu ihrer Identität erhielt.

Der Prior verlas mit sonorer Stimme die vorgeschriebenen Totengebete und schien offen-sichtlich froh, möglichst fehlerlos durch die Messe gekommen zu sein, als er zum Schlussgebet ansetzte. Von der Klosterkirche bewegte sich schließlich ein großer Zug Trauernder in den Klosterinnenhof, wo Abt Hermann von Bömelburg neben seinen Vorgängern seine letzte Ruhestätte finden sollte. Nun nahm die Trauergemeinde endgültig Abschied. Als Erste trat die Frau mit dem Schleier zusammen mit dem Mann und dem Kind an das Grab. Nun wurde der Sarg des Abtes heruntergelassen und gestützt von dem Mann an ihrer Seite schaufelte sie ein wenig Erde in das Grab, sprach ein letztes Gebet, bekreuzigte sich und entfernte sich dann tief gebeugt vom Grab. Veit schaute in die Gesichter einiger anderer Mönche, um aus ihrer Mimik möglicherweise zu erfahren, wer diese Frau sein könnte. Doch niemand ließ auch nur das kleinste Anzeichen einer außergewöhnlichen Regung erkennen.

Nach der Beerdigung hatte der Prior zum Leichenschmaus in das Refektorium geladen. Veit suchte die Nähe der Mitbrüder und setzte sich neben Bruder Stephanus. Dieser war wie so oft nicht besonders gesprächig. Doch auch die anderen Mitbrüder blieben größtenteils stumm. Offensichtlich war jeder bemüht, den Gästen zu zeigen, dass der Konvent in Trauer war. Und auch Veit stand der Sinn nicht nach Unterhaltung. Als sich die ersten Gäste verabschiedeten, machten sich auch bereits einige Mönche auf und verließen das Refektorium. Veit schloss sich Bruder Stephanus an.

Beide begaben sich in den Klostergarten, um ein wenig frische Luft zu schnappen.

„So Veit, heute hast du alle Würdenträger gesehen, die in besonderer Beziehung zu Corvey stehen. Ich hoffe, du hast den ein oder anderen erkannt."

„Einige schienen mir bekannt zu sein, doch die meisten leider nicht. Aber sag, Bruder Stephanus, wer war die Frau, die zuerst an das Grab des Abtes getreten ist?"

„Oh, Veit, du bist doch ein scharfer Beobachter. Hast du sie nicht erkannt?"

„Nein, ihr Schleier hat ihr Gesicht fast vollkommen verdeckt."

„Und gerade in ihrem Gesicht hättest du wunderbar ablesen können, woher sie stammt."

„Also sag schon, wer ist sie?"

„Sie ist das lang gehütete Geheimnis unseres Abtes. Doch vor einigen Jahren kam es heraus und nun weiß es fast jeder: Es ist Ilseke, die Tochter des Abtes."

„Die Tochter des Abtes..." stotterte Veit. „Der Abt hatte eine Tochter?" fragte er ungläubig nach.

„Ja, Veit. Auch unserer ehrwürdiger Abt – Gott hab ihn selig – war einmal jung. Nun, du weißt ja, dass man es mit der sittlichen Strenge hier noch vor wenigen Jahren nicht so genau nahm. Und so war der Abt in seinen Anfangsjahren hier in Corvey mit einer Frau zusammen und aus dieser Beziehung stammt Ilseke. Sie lebt heute zusammen mit ihrem Mann, Hans Logeren, und ihrem Sohn in Höxter."

„Das kann ich gar nicht glauben", ließ sich Veit vernehmen, den diese neue Erkenntnis über den Abt tief beeindruckte.

„Nun nimm es nicht so tragisch, lieber Veit. Selbst der letzte Papst war nicht keusch. Er hatte sogar mindestens zwei Kinder und man sagte ihm nach, dass er sich selbst im Lateranpalast noch Mätressen hielte."

„Den Papst kannte ich nicht, aber Abt Hermann", antwortete Veit ganz in Gedanken versunken. Dann wandte er sich von Bruder Stephanus ab. Er hatte den Abt als sittenstrengen Hirten kennen gelernt, dem er eine Tochter als Allerletztes zugetraut hätte. Also war es ganz offensichtlich möglich, sowohl Mönch, ja sogar Abt zu sein und eine Familie zu haben. Und wenn selbst der Papst es mit der Keuschheit nicht sehr ernst nahm, dann sollte man diese Regel doch besser aufheben. Ohnehin fragte sich Veit in dieser Stunde, warum Priester, Bischöfe, Mönche und der Papst im Zölibat leben sollten. Würde er ein schlechterer Mönch sein, wenn er mit Alheyd zusammen eine Familie gründen würde? Würde er sich von einer Frau und Kindern zu sehr von seinen Aufgaben ablenken lassen? Würde er Gott nicht mehr so dienen können wie bisher? Warum sollte nicht beides miteinander in Einklang zu bringen sein – gottgefälliges Mönchtum und Familie?

In Kürze sollte er das ewige Gelübde ablegen und Mönch werden. War das für ihn die richtige Entscheidung?

11

Hinrik Wulffes saß an seinem großen Schreibtisch aus dickem Eichenholz und kalkulierte eine Schiffsladung nach Bremen. Es war schon seit Stunden dunkel und so arbeitete er im diffusen Schein einer bereits deutlich niedergebrannten Kerze. Er hatte im Sommer in den umliegenden Dörfern Roggen aufgekauft. Eigentlich müsste er mit dem Weiterverkauf noch bis zum Frühjahr warten, dann waren die höchsten Gewinne zu erzielen. Doch seine Bremer Handelspartner, mit denen er immer gute Geschäfte getätigt hatte, drängten auf die Lieferung Roggen. Im Gegenzug hatten sie ihm Trüffel oder wie die Bremer sagten Tartuffel versprochen. Eine exotische Frucht, die erst kürzlich auf dem neuen Kontinent jenseits des Atlantischen Ozeans entdeckt worden war. Die Tartuffel bestand aus mehreren Knollen, die unter der Erde reiften und sollte sehr nahrhaft sein. Sie könnte eine gute Alternative zum täglichen Einerlei aus Haferbrei und anderen Mehlspeisen werden. Das versprachen jedenfalls die Bremer. Doch der Bremer Geschäftspartner von Hinrik Wulffes hatte sein angepriesenes Produkt auch noch nicht gesehen und kannte es nur vom Hörensagen. Ein Genuese hatte dem Bremer von der Tartuffel berichtet und stand bei ihm nun im Wort zu liefern. Hinrik Wulffes glaubte nicht daran, dass sein Bremer Handelspartner in der Lage sein würde, diese Frucht zu liefern. Denn der neue Kontinent war weit und die Überfahrten keineswegs sicher. Er war als Geschäftsmann immer bereit, ein gewisses Risiko einzugehen, denn nur so konnte man gute Gewinne erzielen. Doch er war kein Träumer und ließ sich nicht über den Tisch ziehen. So hatte er seine Fäden weiter gesponnen und wusste nun, dass er seinen Roggen auch in Nienburg verkaufen könnte, wenn das doch sehr windige Geschäft mit den Tartuffeln scheiterte.

Hinrik Wulffes wollte gerade seine Kerze nehmen, das Kontor verlassen und sich schlafen legen, als es an der Haustür klopfte. Seine Mitarbeiter wussten, dass er es nicht gerade gerne sah, zu später Stunde noch gestört zu werden. Doch manchmal kam es natürlich vor, dass eine Angelegenheit keinen Aufschub duldete. Also ging Hinrik Wulffes zur Tür und öffnete.

„Mester Wulffes, verzeiht die späte Störung, doch ich kann nur zu dieser Stunde möglichst unbemerkt zu Euch kommen“, begrüßte ihn eine vertraute Stimme eines Mannes, der in eine graue Kutte eingehüllt war.

„Bruder Stephanus, alter Freund, schön Euch zu sehen. Kommt herein.“

Hinrik Wulffes führte seinen spätabendlichen Besucher in die Wohnstube, legte ein paar Scheite Holz auf das offene Feuer im Kamin nach, holte eine Flasche Wein aus dem Schrank und füllte zwei Becher, die er auf den Tisch stellte, an den sie sich setzten.

„Diesen Wein müsst Ihr probieren, Bruder Stephanus. Er stammt aus der Toskana und hinterlässt im Gaumen ein ganz anderes Gefühl als der Wein des Abtes aus den hiesigen Weinbergen.“

„Ja, wir werden wohl die längste Zeit Wein in Höxter und Corvey angebaut haben. Ich kann mir nicht vorstellen, dass unser verstorbener Abt für diese Leidenschaft einen würdigen Nachfolger finden wird.“

„Wird er denn überhaupt einen würdigen Nachfolger finden?“ fragte Hinrik Wulffes seinen Gast.

„Es sieht nicht so aus, Mester Wulffes. Seitdem der Prior wieder nach Corvey gezogen ist, mischt er sich dort in alles ein, überwacht sämtliche Geschäftsbeziehungen, entwickelt Ideen für das zukünftige Corvey und....“ - hier ließ der Mönch einen deutlichen Seufzer vernehmen – „ er lässt keinen Gottesdienst, keine Gebetsstunde aus."

„Saulus wird zum Paulus?"

„Ja, so könnte man es nennen. Und das Schlimmste dabei ist, dass einige Mitbrüder aus dem Konvent, die ihn bisher noch nicht kannten, ihn durchaus als würdigen Nachfolger von Abt Hermann ansehen."

„Also Bruder Stephanus, was sollten wir Eurer Meinung nach unternehmen, um den Prior als neuen Abt zu verhindern?"

„Es wird viel davon abhängen, wer bei der Wahl durch das Kapitel mitwählen darf und wer nicht. Nach dem Vertrag von 1501 sind hiervon der Prior, der Propst Hermann von Mandelslo und der Kämmerer Christian Torneyg ausgeschlossen. Von den restlichen 12 Mönchen sind mindestens drei sicher auf Seiten des Priors, nämlich Bruder Severin und Hartmann von Mandelslo sowie Bruder Johannes. Bruder Zacharias, Bruder Radbert und auch der Cellerar werden ebenso wie ich keinesfalls den Prior wählen. So bleiben noch fünf Stimmen, die wir noch gewinnen müssen. Dahinter stecken die neuen Mönche aus Bursfelde und den anderen Klöstern, die erst seit kurzer Zeit in Corvey sind."

Hinrik Wulffes schüttete in beide Becher noch ein wenig Wein nach, lehnte sich wieder in seinem Stuhl zurück und nahm sein Kinn zwischen Daumen und Zeigefinger, um in dieser Haltung nachzudenken.

„Gut, dann benötigen wir noch mindestens vier Stimmen, denn ich gehe davon aus, dass der Prior Mittel und Wege finden wird, dass der Propst und der Kämmerer und natürlich er selber mitstimmen werden, so dass es im Konvent insgesamt 15 Stimmen geben wird."

„Ja, so sehe ich das auch. Aber die alles entscheidende Frage wird sein, wer gegen den Prior antreten wird."

„Das, Bruder Stephanus, wird unsere Aufgabe sein. Wir müssen einen guten Kandidaten finden. Habt Ihr geeignete Vorschläge im Hinterkopf?"

„Ich denke schon seit dem Tod des Abtes über nichts anderes mehr nach. Doch ich sehe weit und breit keinen würdigen Nachfolger. Aus unserem Konvent kommt niemand in Betracht. Und auch in Bursfelde ist niemand mehr, der in der Lage wäre, Corvey zu führen. Je mehr ich über diese Frage nachdenke, je mehr schwindet bei mir die Hoffnung."

„Nun gebt nicht so schnell auf. Wir könnten beim Bischof in Paderborn nachfragen, oder auch die Herzöge von Braunschweig oder die Landgrafen von Kassel werden sich bestimmt schon mit dieser Frage auseinandergesetzt haben. Ich bin mir sicher, dass alle drei Johann von der Lippe als Abt verhindern wollen. Aber wir müssen behutsam und klug vorgehen. Denn ich weiß, dass auch andere nicht untätig sein werden."

Bei diesen Worten erinnerte sich der Haus- und Hoflieferant Corveys an die Aussage von Hans Veltmans auf dem Simon-und-Juda-Markt, dass in Corvey die Karten bald neu gemischt würden. Er wusste nur zu gut um die ausgezeichneten Beziehungen, die Hans Veltmans zum Prior unterhielt, und er konnte sich leicht ausrechnen, was damit gemeint sei. Umso größer war natürlich sein Interesse daran, dass Corvey von einem Abt geführt wurde, der ihm wohl gesonnen war.

„Hat der Prior denn schon Wahlversprechen abgegeben?" wollte nun Hinrik Wulffes wissen.

„Mir gegenüber noch nicht. Doch er weiß ganz genau, dass er mich nicht kaufen kann. Bei anderen Mönchen wäre ich mir da nicht so sicher. Aber im Moment sieht es eher so aus, als wenn er als guter Hirte die neuen Mönche überzeugen möchte. Und bei der Naivität einiger meiner

Mitbrüder, die leider auch die vergangenen Zeiten in Corvey nicht kennen, könnte er damit sogar Erfolg haben. Und wenn er dann erstmal gewählt ist, dann wird er sein wahres Gesicht zeigen."

„Nun gut, wie dem auch sei. Wir sollten uns schnellstens umhören und vielleicht gelingt es uns ja schon bald einen Namen zu präsentieren."

Hinrik Wulffes und Bruder Stephanus leerten ihre Becher und verabschiedeten sich voneinander. Ein kalter Dezemberwind vermischt mit einigen Schneeflocken pfiff Hinrik Wulffes entgegen, als er seinem Gast in der Haustür stehend nachblickte. Dabei war ihm, als ob sich ein Schatten von einer Hauswand gelöst und die Verfolgung des Mönches aufgenommen hätte. Doch wer sollte zu so später Stunde bei diesem unwirtlichen Wetter noch unterwegs sein? Hinrik Wulffes ging schnell wieder ins Haus und legte sich schlafen.

12

Am nächsten Morgen war das Corveyer Land mit einem dünnen Hauch von Schnee überzogen, der sich wie Puderzucker über die Felder und Wiesen legte und der alten Reichsabtei ein neues, vorweihnachtliches Gewand gab. Veit hatte sich nach der Nocturn wieder hingelegt und war nur mit Mühe eingeschlafen. Denn solange seine Füße zu Eisklumpen erstarrt waren, und das waren sie im Winter immer, konnte er nicht einschlafen. Schließlich aber hatte er seine Füße in den Kniekehlen aufwärmen können und so doch noch einige Stunden Schlaf gefunden. Zum Morgengebet versammelten sich die Mönche in der Abteikirche, und Prior Johann von der Lippe ging wieder mit gutem Beispiel voran. Veit fiel auf, dass Bruder Stephanus fehlte. Er nahm sich vor, nach der Gebetsstunde nach ihm zu sehen. Doch als sie durch den Kreuzgang die Kirche in Richtung Refektorium verließen, sprach der Prior den jungen Novizen an, indem er ihn leicht am Saum seiner Kutte zupfte und an die Seite zog.

„Bruder Veit, sag, wie lange bist du jetzt eigentlich schon als Novize bei uns?"

„Seid über einem dreiviertel Jahr, ehrwürdiger Prior."

„Dann sollten wir uns langsam Gedanken über das Ablegen deines Gelübdes machen, findest du nicht?"

„Ja, wenn Ihr meint, ehrwürdiger Prior."

„Hast du dich denn selbst geprüft und bist du fest entschlossen, diesen Schritt zu tun?" fragte der Prior nun mit väterlicher Stimme nach.

„Nun ja, ehrwürdiger Prior, es wäre mir eine große Ehre, dem heiligen Benedikt zu folgen und mich in die Reihe seiner Schafe einzureihen."

„Nun gut, aber du weißt ja, dass du einen Fürsprecher haben solltest, um aufgenommen zu werden. Da du nicht adeliger Herkunft bist, sollte der Fürsprecher aber auch ein gewisses Ansehen haben. Hast du dir darüber schon einmal Gedanken gemacht?"

„Nein, ehrwürdiger Prior, soweit bin ich noch nicht."

„Nun, Bruder Veit, ich könnte für dich dieser Fürsprecher sein, wenn du willst. Was hältst du davon?"

„Ja, aber Ihr kennt mich ja gar nicht", wehrte Veit nun ab und überlegte, wie er unbeschadet aus diesem Gespräch herauskommen konnte, ohne dem Prior etwas zu versprechen und ohne ihn zu brüskieren.

„Ach Veit, du kannst sicher sein, dass ich alle meine Schafe kenne. Also überlege es dir. Wenn ich für dich Fürsprache halte, könntest du sehr schnell in den Konvent aufgenommen werden und hättest vielleicht schon Stimmrecht bei der nächsten Abtwahl."

Beim letzten Satz spürte Veit, wie sich die Augen des Priors in die seinen bohrten und es bedurfte keiner weiteren Worte, um Veit klar zu machen, was der Prior als Gegenleistung von ihm dann im Konvent erwartete.

„Veit, überleg es dir. Wir sollten das Gespräch schon bald fortführen."

Veit konnte hierauf nichts mehr weiter sagen, da der Prior sich umgedreht hatte und sich gemessenen Schrittes durch den Kreuzgang entfernte. Veit überlegte, wie er mit diesem Gespräch umgehen sollte. Er kam zu dem Schluss, Bruder Stephanus davon zu erzählen. Da er ohnehin nach ihm sehen wollte, ging er umgehend zum Dormitorium. Als er die Tür von Bruder Stephanus Zelle erreichte, stand diese offen. Doch der Mönch war nicht in seiner Zelle. Und auch sonst deutete nichts darauf hin, dass er sich in der Nähe aufhielt. Veit überlegte kurz und entschied dann, in der Bibliothek nach ihm zu suchen. Er verließ das Dormitorium und wählte wie tags zuvor den Weg über den Kreuzgang zur Abteikirche und von dort zum Bibliotheksgebäude. So konnte er gleichzeitig auch im Innern des Klosters nach dem vermissten Bruder suchen. Doch weder im Kreuzgang noch in der Abteikirche war eine Spur von Bruder Stephanus zu entdecken. Als er die Bibliothek betreten wollte, war diese verschlossen. Da er dem Cellerar an diesem Morgen zur Hand gehen sollte, beschloss er, zunächst die Suche nach dem Mitbruder abzubrechen und Augen und Ohren offen zu halten, um etwas über dessen Verbleib zu erfahren.

„Bruder Veit, wenn du in den Keller gehst, denk bitte daran, die wurmstichigen und angefaulten Äpfel auszusortieren, sonst sind bald alle Äpfel ungenießbar“, erteilte der Cellerar Veit seinen ersten Auftrag.

„Ja, Bruder, ich werde mich um die Äpfel kümmern. Aber sagt, wisst Ihr, wo Bruder Stephanus sein könnte. Ich vermisse ihn seit der Nocturn und mache mir Sorgen.“

„Nein. Ich habe ihn heute auch noch nicht gesehen. Vielleicht hat er einen besonderen Auftrag vom Prior erhalten und ist unterwegs. Oder er hat seine eigenen Angelegenheiten zu regeln. Aber wenn du es genau wissen willst, frag doch beim Prior oder seinem Wachhund Bruder Severin nach. Der Prior hat nämlich verfügt, dass sich alle Mönche, sobald sie Corvey verlassen wollen, unter Angabe der Gründe bei ihm persönlich oder bei Bruder Severin abzumelden haben.“

„Vielen Dank, dann werde ich bei Gelegenheit einmal dort nachfragen.“ Doch das würde er ganz sicher nicht tun. Lieber würde er auf eigene Faust recherchieren, bevor er den Prior oder Bruder Severin, beide nicht gerade Freunde von Bruder Stephanus, einschalten würde.

Auch am anderen Morgen war Bruder Stephanus weder bei den Gebeten, noch in der Bibliothek. Und auch seine

Zelle war im gleichen unberührten Zustand wie am Abend zuvor. Veits Sorgen um seinen Mitbruder stiegen mit jeder neuen Erkenntnis, dass sein Mitbruder offensichtlich nicht mehr im Kloster war.

13

Veit machte sich ernsthaft Sorgen um Bruder Stephanus. Denn dieser war nicht einfach nur ein Mitbruder, sondern er war ihm ein väterlicher Freund, ja fast ein Ersatzvater geworden. Veit hatte nämlich nicht nur seine Mutter verloren, sondern auch nie seinen Vater kennen gelernt. Er wusste nur soviel: seine Mutter hatte sich mit einem Höxteraner eingelassen und durch seine uneheliche Geburt Schande über sich selbst und ihre ganze Familie gebracht. Seine Großmutter war kurz vor seiner Geburt voller Gram gestorben. Über seinen Vater hatten sowohl sein Großvater als auch seine Mutter stets ein großes Geheimnis gemacht. Seine Mutter, daran konnte er sich erinnern, hatte lediglich einmal seufzend zu ihm gesagt:

„Dein Vater wäre stolz gewesen, wenn er dich heute sehen könnte."

Er hatte die Chance genutzt und nachgefragt: "Mutter, wo ist denn mein Vater?"

Daraufhin antwortete sie nur: „Lieber Veit, er ist bei den Engeln im Himmel und sieht von dort aus zu, was wir hier auf der Erde machen. Denke immer daran."

Dann hatte sie sich mit Tränen in den Augen von ihm abgewandt und ihn allein gelassen.

Seit diesem Tag wusste er zumindest, dass sein Vater tot war. Als er dann auch noch seine Mutter verlor, die über mehrere Wochen hohes Fieber gehabt hatte, blieb ihm nur noch sein Großvater. Dieser hatte sich rührend um seinen einzigen Enkel gekümmert. Doch auch seine Kräfte waren im Laufe der Jahre immer mehr geschwunden, und er hatte sich große Sorgen um die Zukunft Veits gemacht. Eines

Sonntags nach dem Hochamt hatte er Veit auf dem Weg nach Hause gefragt:

„Sag mal, Veit, wie hat dir die Messe gefallen?"

„Nun Großvater, so wie immer. Warum, stimmte etwas nicht?" hatte Veit verwundert nachgefragt.

„Was hältst du davon, wenn du lesen und schreiben lernst. Und vielleicht auch Latein?"

„Latein, wozu denn das. Selbst wenn ich das Latein beherrschte, verstünde ich unseren Pfarrer trotzdem nicht, so wie der seine Litanei herunterrasselt."

„Ja, da hast du sicherlich recht. Doch ich bin überzeugt, du würdest es besser machen."

„Was, ich ein Pfarrer. Oh nein, Großvater. Das kann ich mir nun wirklich nicht vorstellen", hatte Veit lauthals gelacht und den Großvater anschließend gemustert, um festzustellen, ob er sich einen schlechten Scherz erlaubt hatte, oder ob er etwas anderes mit der Frage bezweckte. Da sein Großvater aber ernst, ja sogar sehr ernst geblieben war, war es Veit mulmig geworden.

„Veit, hör mir zu. Du bist nun bald 14 Jahre alt und weißt, dass du meinen Hof nicht übernehmen kannst, da bald die Pachtzeit abläuft und unser Verpächter ihn dann für sich selbst haben will. Also müssen wir für dich eine Versorgung finden. Hier im Dorf gibt es für dich keine Zukunft. Und in Höxter wird es ebenfalls schwierig werden, etwas zu finden, das dich ernähren wird. Ich sehe da aber eine andere Möglichkeit. Du kennst das Kloster Corvey..."

„Ich soll ins Kloster?" hatte Veit seinen Großvater schnell durchschaut und ihn barsch unterbrochen.

„Ja, warum denn nicht?"

„Weil, weil, ... weil ich nicht will", hatte Veit geantwortet und war ganz fassungslos gewesen.

„Du willst mich hinter diese dicken Klostermauern einsperren?"

„Veit, vom Einsperren kann keine Rede sein. Mönch kannst du nach Lage der Dinge ohnehin nicht werden, da man in Corvey nur Adelige in den Konvent aufnimmt. Aber vielleicht kannst Du als Laienbruder versehen mit den niederen Weihen dort leben und arbeiten."

Inzwischen hatten sie den kleinen Hof erreicht gehabt, der aus einem eingeschossigen Wohnhaus und einem angebauten Stall bestand. Zwei Hunde hatten sie freudig begrüßt.

„Veit, glaube mir, das Leben in einem Kloster kann um ein Vielfaches einfacher sein als hier draußen. Schau dich doch um: Ich habe mein ganzes Leben lang geschuftet und geschuftet und was ist dabei herausgekommen? Zuwenig, um in Ruhe sterben zu können und dir einen guten Start zu verschaffen. Du kannst nicht auf mich zählen. Du musst dein Leben selbst in die Hand nehmen. Ich kann dir nur helfen, das Richtige zu finden. Und ich bin fest davon überzeugt, dass Corvey die richtige Entscheidung wäre."

„Aber wie willst du mich dort unterbringen? Kennst du dort denn jemanden, der für mich Fürsprache hält?"

„Ja, Veit. Es gibt dort im Konvent einen Bruder, der eine Zeit lang in unserem Dorf die Pfarrstelle besetzt hatte bis unser heutiger Pfarrer die Pfarrei übernahm. Bruder Stephanus ist mir in dieser Zeit ein guter Freund geworden. Ich glaube, wenn ich zu ihm Kontakt aufnehme, wird er dir helfen. Er hat auch deine Mutter gekannt und oft mit dir gespielt, als du noch ganz klein warst."

In den Wochen nach diesem Gespräch hatte sich Veit wohl oder übel mit dem Gedanken vertraut gemacht, auf absehbare Zeit in das Kloster nach Corvey zu gehen. Und schließlich hatte er eines Tages seinen Großvater auf den Weg nach Corvey begleitet und Bruder Stephanus kennengelernt. Der kleine, etwas rundliche Mönch mit den hellwachen, blauen Augen, die sein glattrasiertes Gesicht dominierten, war ihm auf Anhieb sympathisch gewesen. Denn Bruder Stephanus hatte es sofort verstanden, das Eis zu brechen, indem er Veit Geschichten aus seiner Kinderzeit erzählte. Und ohne dass Veit es sich selbst eingestehen wollte, hatte Bruder Stephanus etwas in ihm berührt, was er nicht genau beschreiben konnte. Es musste wohl die Erinnerung an seine Mutter sein, denn sie wurde durch Bruder Stephanus Erzählungen wieder lebendig.

„Nun Veit, was hältst du von Bruder Stephanus und dem Kloster Corvey?" hatte ihn sein Großvater am Abend zu Hause auf dem Hof gefragt.

„Ich bin mir noch nicht ganz sicher, aber ich glaube Bruder Stephanus meint es ehrlich mit mir. Was glaubst du?"

„Ja, du darfst ihm wirklich vertrauen. Er hat mir gesagt, dass er dich für einen aufgeweckten Burschen hält. Doch es liegt ganz allein an dir, was du aus deinen Talenten machst. Nur wenn du fleißig und gehorsam bist, kann etwas aus dir werden. In zwei Wochen sollen wir wieder zu Bruder Stephanus kommen. Dann wird er uns sagen, ob du aufgenommen werden kannst."

Bruder Stephanus hatte Veits Aufnahme beim Abt bewirkt und sich fortan persönlich um den Jungen gekümmert. Da es in Corvey keine richtige Klosterschule mehr wie in früheren Jahrhunderten gab, hatte Bruder Stephanus Veit selbst das Lesen und Schreiben beigebracht, und schließlich hatte er ihn auch in die lateinische Sprache eingeführt. Nach und nach hatten sich Schüler und Lehrer immer besser kennen gelernt. Und wann immer es das klösterliche Leben und die vielfältigen Verpflichtungen von Bruder Stephanus erlaubten, verbrachten sie die Zeit der Muße miteinander.

Seit dem Eintritt von Veit in das Kloster Corvey waren inzwischen vier Jahre vergangen. Vor einem halben Jahr war er schließlich zum Novizen geworden, nachdem das Kloster nun auch Nichtadelige aufnahm. Wenn Bruder Stephanus nicht wiederkehren sollte, war er wieder allein. Er musste unbedingt herausfinden, was mit Bruder Stephanus geschehen war. Vielleicht würde er mehr in Höxter erfahren, denn in Corvey lief er überall gegen eine Mauer des Schweigens.

14

Die Rodewiekstraße war eine der wenigen mit grobem Kopfsteinpflaster ausgelegten Straßen in Höxter. Sie führte vom Corveyer Tor am Minoritenkloster vorbei in westlicher Richtung ins Zentrum von Höxter. Hier waren Menschen ganz unterschiedlicher Herkunft beheimatet. Vorwiegend lebten in der Straße allerdings allein stehende Frauen mit ihren Kindern, die von den Minoriten oder von den ebenfalls dort ansässigen Beginen unterstützt wurden. Auch Hinrik Wulffes hatte hier ein Haus erworben. Es hatte ihm ursprünglich als eine seiner breit gestreuten Geldanlagen gedient, zuletzt hatte er es aber vorwiegend als Lagerstätte genutzt. Im Obergeschoss hatte zudem ein kleiner Krämer gewohnt, der sein Geld damit verdiente, dass er billige Ware wie Schnürriemen, Stoffreste, Knöpfe, hölzernes Besteck und einfachen Schmuck in den umliegenden Dörfern feilbot. Als dieser im Sommer gestorben war, hatte sich Hinrik Wulffes entschlossen, das Haus nicht wieder zu vermieten. Er hatte die Zeit für gekommen gehalten, ähnlich wie andere Kaufleute der Stadt, die vermögend waren, der Kirche eine großzügige Spende zukommen zu lassen. Dafür hatte er das Haus auf der Rodewiek ausgewählt. In feierlicher Zeremonie sollte es in der vorweihnachtlichen Woche als Geschenk an die Vikari von St.Kilian übergeben werden. Hinrik Wulffes hatte zusammen mit dem Pfarrer von St.Kilian die Ratsherren und die wichtigsten Honoratioren der Stadt wie die Zunftmeister, die Marktmeister und den Greven sowie die gesamte Kilianigemeinde zum feierlichen Übergabegottesdienst eingeladen. Auch eine Abordnung des Corveyer Konventes wurde erwartet. Prior Johann von der Lippe führte die Delegation an. Er hatte Wert darauf gelegt, dass möglichst viele Mönche und auch Novizen mit nach Höxter kamen, um ein gutes Bild abzugeben. So hatte er auch Veit gebeten mitzukommen. Trotz der winterlichen Temperaturen waren sie zu Fuß nach Höxter gegangen und betraten nun die große Kilianikirche. Selbstbewusst steuerte der Prior die erste Reihe der linken Bankseite in der Kirche an. Auf der anderen Seite hatte bereits Hinrik Wulffes zusammen mit seiner fast vollständig versammelten Familie, zu der neben seiner Frau und seiner Mutter sieben zum Teil schon erwachsene Kinder gehörten, Platz genommen. Veit erkannte sofort Alheyd, die sich beim Einzug der Corveyer Mönche verstohlen umgeblickt hatte. Veit war froh, dass für ihn nur ein Platz in der dritten Reihe übrig geblieben war. So konnte er leicht das Geschehen vor ihm verfolgen und immer mal wieder unbemerkt zu Alheyd hinüberschauen.

Der Pfarrer feierte in seiner Dankespredigt die Großzügigkeit von Hinrik Wulffes und hoffte natürlich darauf, dass es noch viele Nachahmer, vorrangig zugunsten der Kilianigemeinde, geben werde. Dabei blickte er wie immer diejenigen, die er dabei im Sinn hatte, direkt an. Sie sollten ruhig merken, was ihr Pfarrer von ihnen erwartete. So drängten sich die Mitglieder der reichsten und bekanntesten Familien der Kilianigemeinde schon lange nicht mehr in die vorderen Reihen, sondern gingen in den Gottesdiensten auf erträgliche Distanz zu ihrem als unersättlich geltenden Hirten.

Hinrik Wulffes gehörte nicht zu der Sorte Mensch, die sich gern öffentlich feiern ließ. Er brauchte diese Belobigungen nicht, da er selbst sehr gut einschätzen konnte, zu welchen Leistungen er fähig war und zu welchen nicht. Zudem wusste er nur zu genau, dass jede öffentliche Lobrede auch eine Widerrede hervorrief, die von Neidern, die allen alles neideten, nur zu gern gehalten wurde. So würde es auch in diesem Fall sein. Doch eine Stiftung dieser Größenordnung konnte nur schwerlich geheim erfolgen, und sie hatte ja auch einen Zweck zu erfüllen. Da es Hinrik Wulffes von den Mitgliedern der Groten Gilde verwehrt wurde, ihrer Zunft beizutreten, musste er sich auf andere Weise Anerkennung verschaffen, wenn er in Höxter seine mühsam erarbeitete Position behaupten wollte. Da er keiner Zunft angehörte, war er auch nicht ratsfähig, so dass ihm jegliche politische Mitwirkung versagt war. Doch immerhin hatte man ihn zum Büwemeister gemacht, einem Amt, das vorwiegend vermögenden Bürgern zuviel. Als Büwemeister hatte er insbesondere Strafgelder für die Stadt einzutreiben und die Aufsicht über die gemeinschaftlich genutzte Feldmark auszuüben. Mit dieser Stiftung wollte er zeigen, dass er es sich leisten konnte, großzügig zu sein. Und er wollte den alt eingesessen Pfeffersäcken auch demonstrieren, dass er sich für Höxter und die hier lebenden Menschen sowie die Mutter Kirche einsetzte. Das konnte man längst nicht von allen Höxteranern behaupten. Eine Stiftung war ein untrüglicher Beweis für ein gutes Herz, für einen wohlanständigen Menschen und einen gehorsamen Diener der Kirche.

In feierlicher Prozession verließ nun die Kilianigemeinde ihre große, mächtige Kirche und folgte dem Pfarrer und der Familie Wulffes unter dem Absingen frommer Lieder zum Stiftungsobjekt. Da es bereits dunkel geworden war, trugen einige Ministranten Laternen und gaben dem Prozessionszug dadurch ein noch festlicheres Gewand.

Am Haus von Hinrik Wulffes angekommen, würdigte der Pfarrer nochmals den edlen Spender und lobpreiste den Herrn. Danach übergab Hinrik Wulffes mit wenigen schlichten Worten und knappen Gesten den Schlüssel des Hauses an den Pfarrer von St.Kilian, der damit auch öffentlich zum neuen Eigentümer geworden war. Die Schenkungsurkunde war bereits am Tag zuvor im Rathaus bezeugt und besiegelt worden.

Ein solches Ereignis musste natürlich gefeiert werden. So warteten die vielen neugierigen Zeugen dieses Stiftungsaktes ungeduldig darauf, dass Hinrik Wulffes sie endlich zum Umtrunk in eine der nahen Gaststätten einlud. Hinrik Wulffes hatte damit geliebäugelt, zur allgemeinen Überraschung seine Gäste in das Gasthaus von Hans Veltmans einzuladen, allein um das verblüffte Gesicht des bekannten Kaufmanns zu sehen, der sich wie viele andere Kaufleute unter den Gästen befand. Doch schließlich hatte er es sich noch einmal anders überlegt und rief nun allen zu: „Auf in den Ratskeller, liebe Höxteraner, lasst uns dieses Ereignis gebührend feiern und seid dort meine Gäste!“

Unter lautem Jubel marschierte die versammelte männliche Gemeinde wieder zurück an St. Kilian vorbei direkt in den fast gegenüberliegenden Ratskeller. Als einzige Frauen durften die weiblichen Familienangehörigen von Hinrik Wulffes mit in die Gaststätte.

Der Wohltäter nahm an einem der großen Tische Platz, und zu ihm gesellten sich der Pfarrer von St. Kilian, der seit Beendigung der Messe kein Jota von ihm gewichen war, Bürgermeister Johann Sifferdes und Prior Johann von der Lippe, der schon auf dem gesamten Rückweg in ernstem Gespräch mit dem jungen Bürgermeister vertieft war. Auch jetzt führten sie ihr Gespräch noch einige Zeit weiter. Veit hatte mit seinen Mitbrüdern einen Tisch direkt daneben erhalten, so dass er die geführten Gespräche recht gut verfolgen konnte. Und direkt daneben hatte sich die Familie von Hinrik Wulffes niedergelassen. Veit spürte, wie Alheyd immer wieder zu ihm hinüber sah. Doch er traute sich in dieser großen Runde vor aller Öffentlichkeit nicht, Alheyds Blicke zu erwidern.

Nachdem der Prior seine Unterhaltung mit dem Bürgermeister beendet hatte, wandte er sich an den Pfarrer von St. Kilian:

„Na Herr Pfarrer, sagt ehrlich, was werdet Ihr mit dem neuen Haus der Gemeinde anstellen?"

„Oh, ehrwürdiger Vater, da gibt es genügend Möglichkeiten. Wir werden uns da genau beraten, doch nicht mehr vor dem Fest der Geburt des Herrn."

„Es soll sehr geräumig sein?" fragte der Prior weiter nach.

„Oh nein, ehrwürdiger Vater. Es ist ein bescheidendes Haus. Es hat bei weitem nicht so viele Zimmer wie Eurer neues prunkvolles Anwesen auf der Rodewiek beim Minoritenkloster."

„Woher kennt Ihr mein Haus, Pfarrer?" war Prior Johann von der Lippe erstaunt.

„Wer kennt es nicht, solltet Ihr lieber fragen. Ganz Höxter scheint während des Baus darin ein und ausgegangen zu sein. Habt Ihr noch nicht davon gehört. Scheinbar wollte jeder wissen, wie ein bald emeritierter Prior des Klosters Corvey so seinen wohlgenährten Ruhestand verbringt."

„Ihr seid bekannt für Eure lose Zunge, Pfarrer. Ich warne Euch: hütet sie in Zukunft besser."

„He, Prior, lasst unseren Pfarrer in Ruhe! Ihr habt ihm gar nichts zu sagen!" mischte sich nun ein sichtlich angetrunkener Mann von großer Statur in das Gespräch ein, das er wohl vom Nachbartisch aus mitbekommen hatte.

„Ihr wisst wohl nicht, mit wem Ihr sprecht?" entrüstete sich der Prior.

„Oh, doch, doch, Eurer Hochwürden. Aber ich habe

keine Angst vor Euch und Eurem Gesindel aus Corvey. Hier seid Ihr in Höxter, und wir Höxteraner lassen uns nicht länger von Corvey aus gängeln."

Mit verschränkten Armen vor breit geschwellter Brust baute sich der stämmige Gast nun vor dem Prior auf und erwartete dessen Antwort. Doch Johann von der Lippe war so beeindruckt von der freimütigen Rede dieses Unholds, dass er nicht zu antworten wusste. Er hatte immer wieder von der Renitenz der Höxteraner gehört, doch bisher hatte man ihm gegenüber stets Respekt gezeigt. Da der kräftige Mann offensichtlich weiteren Streit suchte, hielt es der Prior für angeraten, den Ratskeller lieber zu verlassen.

„Mester Wulffes, ich wünsche Euch und Euren Gästen noch einen schönen Abend in dieser Gesellschaft." Dabei betonte er die beiden letzten Wörter in besonderer Weise und wies mit seinem Kopf in die Richtung des Nachbartisches, ehe er aufstand. Ihm folgten sofort die ihn begleitenden Mönche wie auf ein unsichtbares Zeichen hin. Auch Veit blieb nichts anderes übrig, als den Ratskeller zu verlassen. Dabei wagte er nun endlich doch zu Alheyd zu schauen und stellte fest, wie ihr die Enttäuschung über den plötzlichen Aufbruch ins Gesicht geschrieben stand. Irgendwie versuchte sie ihm ein Zeichen zu geben, doch Veit verstand es nicht. Während der Prior vorausgestürmt war, hörte Veit noch den jungen Bürgermeister Johann Sifferdes sagen:

„Da wart Ihr wohl wirklich ein wenig vorlaut, Herr Pfarrer."

„Ach, Herr Bürgermeister, Ihr müsst noch viel lernen im Umgang mit Corveyer Mönchen und insbesondere mit Prior Johann von der Lippe. Ich meine, man fährt mit der Wahrheit immer am Besten und deshalb schmiere ich ihm auch keinen Honig ums Maul, nur weil er vielleicht schon bald der neue Abt von Corvey ist."

„Wer sagt denn das?“ fragte der Bürgermeister überrascht nach.

„Na, Mester Sifferdes, nicht nur der Pfarrer, sondern gerade der Bürgermeister sollte immer das Ohr am Volke und der Bürgermeister von Höxter auch ein Ohr im Corveyer Konvent haben.“

„Ja, Ihr seid wie immer gut informiert. Aber nun sagt, will der Prior wirklich Abt werden?“

„Wenn ich es Euch sage.“

Veit schwirrten viele Gedanken durch den Kopf, als er die Treppenstufen aus dem Ratskeller emporstieg. Oben angekommen, suchte er nach den anderen Corveyer Mönchen, doch es war niemand mehr zu sehen. Da fiel ihm ein, dass der Prior für den Rückweg Kutschen bestellt hatte. Diese waren aber auch verschwunden, so dass ihm nun nichts anderes übrig blieb, als in der dunklen Winternacht den Heimweg allein zu Fuß anzutreten. Vermutlich hatte keiner seine Abwesenheit bemerkt. Als er die ersten Schritte in Richtung Corveyer Tor zurückgelegt hatte, spürte er, wie jemand von hinten auf ihn zugelaufen kam. Noch ehe er sich umdrehen konnte, schmiegte sich jemand fest an ihn. Alheyd war ihm gefolgt.

„Was machst du hier?“ fragte er verblüfft.

„Ich wollte dich sehen und mit dir reden, da du ja nicht mehr zu uns kommst.“

„Es ging zuletzt wirklich nicht. In Corvey hat sich so viel verändert und ich weiß nicht, wo mir der Kopf steht.“

„Soviel ich sehe, sitzt er fest auf deinen Schultern.“

„Danke, da bin ich ja beruhigt.“

„Veit, nimmst du mich mit nach Corvey?“ Alheyd schmiegte sich jetzt noch fester an ihn heran.

„Nach Corvey, bist du von Sinnen?“

„Hm, nun, wenn ich in der Begleitung eines gewissen

Herrn bin, nun, ich glaube, ja. Ja, da bin ich manchmal wie von Sinnen. Weißt du, mir ist da so komisch, so…"

„Alheyd, hör auf. Ich bin Novize und werde bald Mönch sein."

„Aber willst du das wirklich?"

Veit blieb nun stehen und machte sich von Alheyd los. Er faltete seine Hände vor der Brust, in dem er die Handflächen aufeinander legte, und schaute über Alheyd hinweg in die sternklare Nacht.

„Ich weiß nicht, was ich will. Ich weiß es wirklich nicht."

Alheyd umfasste Veits Hände und sah flehentlich zu ihm auf. Er senkte nun leicht den Kopf und schaute in die großen braunen Augen Alheyds. Alheyd kam noch etwas näher und stellte sich auf die Zehenspitzen, so dass sie sich nun fast auf Augenhöhe gegenüberstanden. Ihre Nasenspitzen streiften sich und ihre Blicke ließen nicht voneinander. Alheyd griff nun mit ihrer rechten Hand in Veits Nacken und zog den jungen Novizen zu sich herunter. Ihre Lippen berührten sich erst leicht, dann immer intensiver.

15

Hinrik Wulffes war jemand, der unangenehme Dinge nicht auf die lange Bank schob. Er wusste, dass mit jedem Tag, den er länger wartete, die Situation nicht besser wurde. So machte er sich wenige Tage vor dem Weihnachtsfest auf den kurzen Weg nach Corvey. Als er das Corveyer Tor in Höxter passiert hatte, konnte er schon die Zwillingstürme der Corveyer Abteikirche sehen, und so hielt er seinen Blick zielgerichtet in östliche Richtung. Mit jedem Schritt der alten Reichsabtei entgegen wuchs seine innere Anspannung. Das Kloster Corvey war in den letzten Jahren unter der Ägide von Abt Hermann von Bömelburg zu Hinrik Wulffes wichtigsten Geschäftspartner geworden. Er belieferte das Kloster mit allen nur möglichen Waren. Als Bremenfahrer verfügte er über beste Kontakte über den Weserhandel hinaus und konnte nahezu alles beschaffen. Zudem nahm er dem Kloster aus seinen vielen Schaftriften im großen Stile Wolle ab. Zunächst hatte er die Wolle als reinen Rohstoff weiterverkauft. Doch in den letzten drei Jahren hatte er eine kleine Manufaktur aufgebaut, in der die Wolle zu dem Mischgewebe Szardock verarbeitet wurde. Er hatte die Idee von einem Augsburger Geschäftsmann übernommen, der ihm davon erzählt hatte, dass die Kaufleute in den reichen Städten Norditaliens ihren Gewinn noch um ein Vielfaches steigerten, in dem sie Rohmaterialien durch eigene Arbeiter weiterverarbeiten ließen. Hinrik Wulffes hatte mit Abt Hermann vereinbart, dass er die komplette Wolle der Corveyer Schafe erhielt. In einer eigens hierfür gepachteten Scheune in Höxter ließ er die Wolle bearbeiten und schließlich zu Szardock veredeln. Szardock fiel nach seiner Interpretation nicht unter das ausschließliche Gewandschneiderecht der Groten Gilde, und so konnte er Szardock in Höxter auf den Markt bringen, aber auch in auswärtige Städte weiterverkaufen. Das Geschäft florierte gut. Doch Bedingung hierfür war die Lieferung der Wolle aus Corvey.

Mit all diesen Gedanken im Kopf meldete er sich beim Pförtner. Zunächst wollte er den Cellerar, Bruder Meinolfus, aufsuchen, da dieser für die Versorgung der Mönche verantwortlich war. Der Pförtner schickte Hinrik Wulffes zur Klosterküche, da er dort den Cellerar vermutete.

Als Hinrik Wulffes die Tür zur Küche öffnete, begegnete ihm ein aufgeregtes Treiben von vielen Menschen. So kurz vor dem Fest der Geburt des Herrn waren viele Vorbereitungen zu treffen. Prior Johann von der Lippe hatte verfügt, dass sich am Weihnachtstage alle Corveyer vom Mönch bis zum geringsten Arbeiter zu einem Festessen im Refektorium zu versammeln hätten. Zahlreiche Gänse und Puten waren geschlachtet worden, die nun gerade in der Klosterküche gerupft wurden. Der Cellerar befand sich mitten in der Schlacht und gab lautstarke Anweisungen an sein Personal. Als er Hinrik Wulffes in der Tür erblickte, kam er schnellen Schrittes auf ihn zu.

„Mester Wulffes, Ihr heute hier? Was führt Euch zu uns?"

„Seid gegrüßt, Bruder Meinolfus. Ich würde Euch gern auf ein Wort sprechen."

„Oh, das ist heute ganz ungünstig. Ihr seht doch, was hier los ist. Was gibt es denn so Dringendes so kurz vor dem Fest?"

„Können wir irgendwo ungestört sprechen?" fragte Hinrik Wulffes zurück.

„Hm, schwierig. Kommt lasst uns in den Klosterinnenhof gehen."

Hinrik Wulffes folgte dem Cellerar durch eine Tür, die die Küche vom Innenhof des Klosters trennte.

„Nun, Mester Wulffes, was gibt es?" fragte der Mönch und wischte sich seine Hände an einer Schürze ab, die er um die Hüften trug.

„Bruder Meinolfus, mir geht es um die zukünftigen Geschäftsbeziehungen zwischen Corvey und meinem Hause. Ich mache mir Sorgen, dass vielleicht demnächst meine Dienste nicht mehr erwünscht sein könnten."

„Die Sorge ist nicht unbegründet, wenn ich mir überlege, wer hier zurzeit das Sagen hat und wenn das auch zukünftig so bleiben sollte."

„Seht Ihr, Ihr wisst, was ich meine. Wie beurteilt Ihr die Sache?"

„Mester Wulffes, Ihr wisst sehr gut, dass, wenn es nach mir ginge, alles beim Alten bleiben könnte. Doch auch ich muss mich fügen, wenn ein neuer Abt etwas anderes möchte."

„Ja, das verstehe ich. Doch noch habt Ihr keinen neuen Abt."

„Ja, leider. Und so lange bestimmt der Prior, was zu geschehen hat."

„Hat er denn schon Entscheidungen gefällt, die mich betreffen?" wollte nun Hinrik Wulffes wissen.

„Nein, da ist mir noch nichts bekannt."

„Gut, dann bleiben wir also erst einmal miteinander im Geschäft?"

„Ja, natürlich. Die Lieferungen für das Weihnachtsfest sind ja bereits alle pünktlich wie immer eingetroffen. Und über...."

„Und über die Zukunft werden Mester Wulffes und ich allein weiterreden", wurde Bruder Meinolfus jäh unterbrochen. Der Prior hatte sich unbemerkt den beiden genähert.

„Der Friede sei mit Euch."

„Und mit Deinem Geiste", antwortete Bruder Meinolfus seinem Prior und entfernte sich, als wenn ihm der Leibhaftige persönlich erschienen wäre.

Hinrik Wulffes hatte sich langsam an den Prior herantasten und zunächst einmal die Lage im Kloster erkunden wollen. Doch dem Prior entging scheinbar nichts, was in Corvey vor sich ging.

Der Mönch drehte sich nun in seiner schwarzen Soutane um und blickte Hinrik Wulffes direkt in die Augen. Ihre Blicke begegneten sich auf Augenhöhe, da sie beide in etwa gleich groß waren. Doch der Prior hatte einen deutlich massigeren Körper und flößte allein dadurch seinem jeweiligen Gegenüber Respekt ein. Hinrik Wulffes stellte sich für einen kurzen Moment seine Situation vor, wenn der Prior ihm zum Zweikampf fordern würde. Da wäre er wohl chancenlos. Doch er spürte, dass das nun folgende ganz sicher auch ein Zweikampf werden würde, ein Zweikampf der Worte. Und er begann zu frieren.

„Nun Mester Wulffes, was führt Euch nach Corvey?"

„Eurer Hochwürden, ich wollte mich persönlich davon überzeugen, ob meine letzte Lieferung für das bevorstehende Weihnachtsfest die allgemeine Zufriedenheit gefunden hat."

„So, so. Immer der besorgte Kaufmann. Ja, so kennen wir Hinrik Wulffes." Bei diesen Worten rieb sich der Prior die Handflächen ineinander, als wenn ihm die Hände kalt geworden wären.

„Die allgemeine Zufriedenheit, ja, ja", setzte der Prior seine Rede fort. „Das mag schon sein, doch die besondere, die fehlt."

„Wie meint Ihr?" fragte Hinrik Wulffes zurück.

„Die besondere Zufriedenheit fehlt. Die Zufriedenheit

desjenigen, der hier in Corvey darüber zu bestimmen hat, was gefällt und was nicht."

„Wie darf ich das verstehen, Hochwürden?"

„Ihr habt mich sehr gut verstanden. Ich glaube, es wäre für Euch und Euer Geschäft zukünftig besser, wenn Ihr Euch nach anderen Geschäftspartnern umsehen würdet."

„Darüber sollten wir noch einmal in aller Ruhe sprechen, Hochwürden", startete Hinrik Wulffes einen zaghaften Versuch, mit dem Prior ins Gespräch zu kommen.

„Das glaube ich nicht. Eure Zeit hier in Corvey ist abgelaufen. Mehr gibt es dazu nicht mehr zu sagen. Und nun bitte ich Euch zu gehen."

„Nun gut, Hochwürden. Erlaubt Ihr, dass ich aber wenigstens noch für ein kurzes Gebet die Abteikirche aufsuche?"

„Wenn Ihr glaubt, dass Euch das helfen wird, bitte. Der Weg zum Herrn steht auch den Ungläubigen offen."

Noch während er diesen Satz sagte, drehte sich Prior Johann von der Lippe um und ging zurück in das Klostergebäude. Hinrik Wulffes schaute voller Abscheu dem Prior nach und ärgerte sich, dass er ihm so unvorbereitet in die Arme gelaufen war. Andererseits war ihm aber mehr als deutlich geworden, dass der Entschluss des Priors, die Geschäftsbeziehungen zu ihm aufzukündigen, unumstößlich war. Über eine Nebentür trat er in die große Corveyer Abteikirche und kniete sich vor einen der Seitenaltäre, um zu beten.

Nachdem er eine Weile im Gebet versunken war, ließ sich ein junger Mann im Habit eines Novizen direkt neben ihm nieder. Hinrik Wulffes war ein wenig überrascht und blickte seinen Nachbarn von der Seite aus an, um festzustellen, wer er war. Der Novize hatte seine Kapuze tief ins Gesicht gezogen.

„Mester Wulffes, ich muss Euch dringend sprechen“, flüsterte der Novize.

„Wieso wollt Ihr mich sprechen?“

„Weil Ihr unser Haus- und Hoflieferant seid und als solcher ein Interesse daran haben solltet, dass in Corvey vieles beim Alten bleibt.“

„Wie kommt Ihr darauf, dass sich etwas verändern wird?“

„Bitte, lasset uns das an einem anderen Ort besprechen, hier haben die Wände oft zu viele Ohren.“

„Nun gut, was schlagt Ihr vor?“

„Am unauffälligsten kann ich Corvey verlassen, wenn es dunkel geworden ist. Ich könnte nach der Vesper zum Corveyer Tor kommen, und dann sehen wir weiter.“

„Gut, abgemacht. Nach der Vesper heute Abend am Corveyer Tor“, bestätigte Hinrik Wulffes, der neugierig geworden war, die Vereinbarung.

Nachdenklich blieb er noch eine Weile knien, während sich der junge Novize schnell wieder aus der Abteikirche entfernte. Er war sich nicht ganz sicher, doch er glaubte die Stimme des Novizen erkannt zu haben.

16

Veit hatte in den letzten Tagen überall verzweifelt nach Bruder Stephanus gesucht. Unauffällig war er in dessen Zelle eingedrungen, um einen Hinweis auf den möglichen Aufenthaltsort von Bruder Stephanus zu finden. Doch da war nichts. Dann hatte sich endlich eine Möglichkeit ergeben, an dessen Arbeitsplatz im Skriptorium zu gelangen. Veit hatte Bruder Severin nach erbaulicher Lektüre für die vorweihnachtliche Zeit gefragt. Bruder Severin hatte ihn mit in die Bibliothek genommen und ihm geheißen, im Bereich des früheren Skriptoriums zu warten, solange er ein paar Bücher auswählte. Veit hatte die Gelegenheit genutzt und das Pult von Bruder Stephanus unter die Lupe genommen. Dabei war ihm ein kleiner Zettel aufgefallen, der sich scheinbar als Lesezeichen in einem der auf dem Pult abgelegten Bücher befand. Darauf stand:

Danke!

Und darunter befand sich ein Siegel, aus dem die Buchstaben H und W zu erraten waren. Die senkrechten Striche des H waren unterschiedlich hoch und von zwei schmalen wellenförmig gestalteten waagerechten Strichen durchzogen, die auf ihrem rechten Ende in zwei Knoten endeten. Das W begann am rechten unteren Ende des H und war ebenfalls geschwungen. Wie eine Berglandschaft setzte es die Silhouette des H fort und endete in einem großen C.

Nun hatte Veit endlich einen kleinen Anhaltspunkt gehabt. Das H schien in eindeutiger Weise auf Höxter hinzuweisen. Denn es wies nicht nur auf den Anfangsnamen der Stadt hin, sondern mit den unterschiedlich hohen senkrechten Strichen war es auch klares Indiz für die Abbildung des imposantesten Gebäudes der Stadt, die Kilianikirche. Mit ihren unterschiedlich hohen Türmen bildete sie das unverwechselbare Wahrzeichen der Stadt. Die geschwungenen Linien, die das H waagerecht durchliefen, könnten für die die Stadt durchfließenden Arme des Bollerbachs stehen, die den uralten Siedlungskern umströmten und gleichzeitig sicherten. Und das eng mit dem H verbundene W könnte auf die Weser, den großen Strom, an dem Höxter lag, hindeuten. Nur die Knoten und auch das aus dem W entstehende C hatten sich für Veit nicht deuten lassen.

In Höxter hatten sich in den letzten Jahrzehnten eine Reihe von nichtadeligen Kaufleuten und sogar Handwerkern ein eigenes Siegel anfertigen lassen. Das Siegel wurde in erster Linie zu repräsentativen Zwecken genutzt. Es war Symbol des Wohlstands und der herausragenden Stellung in der Höxteraner Gesellschaft. Und es war ein Schritt in Richtung Gleichberechtigung zu den adeligen Siegelträgern, ja sogar eine Annäherung an den Landesherrn, den Corveyer Abt, der immerhin reichunmittelbarer Fürst war. Es gab zwar keine Stelle, die die private Siegelführung erlaubte oder versagte, dennoch wurde die Siegelführung mit Argusaugen beobachtet und nur den wirklich wichtigen Personen beziehungsweise Familien auch tatsächlich gestattet. Insgesamt waren nur 23 unterschiedliche Siegel in Höxter bekannt und akzeptiert.

Da Veit sich in diesen Dingen überhaupt nicht auskannte, hatte er sich an Bruder Meinolfus, den Cellerar, gewandt und ihm nach dem Siegel auf den kleinen Zettel gefragt, den er auf dem Pult von Bruder Stephanus gefunden hatte. Bruder Meinolfus hatte ihm erklärt, dass es sich um ein ganz neues, bisher wenig bekanntes Siegel aus Höxter handele, das dem Kaufmann Hinrik Wulffes gehöre, der als Büwemeister viel bestätigen müsse und sich deshalb ein Siegel zugelegt habe.

Nun wusste Veit, dass Bruder Stephanus in Verbindung mit dem bekannten Höxteraner Geschäftsmann Hinrik Wulffes stand, der in Corvey ein und ausging. Vielleicht war das eine Spur, die es lohnte weiterzuverfolgen. Schon beim Stiftungsakt von Hinrik Wulffes hatte Veit versucht, den Kaufmann zu sprechen. Doch es hatte sich keine Gelegenheit ergeben. Und seine Tochter Alheyd hatte er auf seine Sorgen um Bruder Stephanus nicht ansprechen wollen. So war es ein schöner Zufall, als er Hinrik Wulffes in der Klosterküche im Gespräch mit Bruder Meinolfus erblickte. Er hatte ihn nicht mehr aus den Augen gelassen, bis er endlich mit ihm in der Abteikirche allein sprechen konnte.

Danach hatte Veit an der Vesper teilgenommen und sich dann, als die Reichsabtei schon fast in komplette Dunkelheit gehüllt war, durch das Düstere Tor auf den Weg entlang der Weser nach Höxter gemacht. Er fror in seiner Kutte, obwohl er sich extra noch Beinkleider besorgt hatte. Ein eisiger Ostwind trieb ihn vor sich her der Stadt entgegen. Er hoffte inständig, dass der Höxteraner Geschäftsmann sein Wort halten und kommen würde. Das Corveyer Tor in Höxter lag nun nur noch wenige Schritte von ihm entfernt, als aus der Dunkelheit plötzlich ein bulliger Mann hervortrat und sich ihm in den Weg stellte.

„Na, Mönchlein, wohin des Weges?“ fragte ihn der Unbekannte und verschränkte seine massigen Arme vor seiner Brust.

„Was geht Euch das an?“ fragte Veit zurück.

„Hoho, Ihr wollt doch wohl nicht frech werden?"

„Lasst mich passieren, ich habe es eilig", ging Veit nun in die Offensive und machte gleichzeitig einen Schritt nach vorn.

Sein Gegenüber reagierte darauf, in dem er seine Arme ausstreckte und sich ein wenig in die Knie beugte, um damit anzudeuten, dass er Veit so einfach nicht vorüberlassen würde.

„Also, was wollt Ihr von mir?" wollte Veit nun wissen.

„Ich will Euch!" kam die schnelle Antwort.

„Dann müsst Ihr mich fangen!" rief Veit seinem Gegenüber zu und rannte gleichzeitig so schnell er konnte auf den großen bärtigen Mann zu. Im letzten Moment schlug er einen Haken, um den fangbereiten Häscher ins Leere laufen zu lassen. Veit hoffte damit, so den Koloss ausmanövrieren zu können. Diese Finte hatte aber nur bedingt Erfolg. Im letzten Moment erwischte der Unbekannte Veit am Saum seiner Kutte und zog ihn nun langsam zu sich heran. Veit versuchte sich loszureißen, doch er war in einem eisernen Griff gefangen. In seiner Verzweifelung drehte er sich nun zu seinem Häscher um, holte mächtig Schwung und trat seinem Gegner mit voller Wucht gegen das Schienenbein. Damit hatte dieser nicht gerechnet, knickte mit dem getroffenen Bein ein und ließ Veit unter Schmerzen los. Veit nutzte diese Schwäche und begann zu rennen. Doch schon nach wenigen Metern spürte er den Verfolger in seinem Rücken, der sich offensichtlich schnell erholt hatte. Wohin sollte er sich wenden?

Vielleicht gab es einen Unterschlupf im nah gelegenen Minoritenkloster, das direkt vor ihm lag. Doch im letzten Moment überlegte er es sich anders. Denn selbst wenn die Klosterpforte ihm Durchlass gewährte, wäre er im Kloster gefangen gewesen. So drehte er vor dem Kloster in eine Seitengasse ein, folgte der Gasse aber nur kurz, um schon um eine weitere Ecke zu biegen. Vor ihm lag nun eine nicht allzu hohe Mauer, die er mit dem nötigen Anlauf ohne Probleme überwand. Hinter der Mauer war ein Garten. Er schlich an der Innenseite der Mauer in gebückter Haltung entlang und verlangsamte dabei seine Schritte, um sich besser zu orientieren. Dabei horchte er, ob ihm sein Verfolger noch auf den Fersen war. Als er glaubte, keine Schritte mehr zu hören, richtete er sich wieder auf. Doch im selben Moment wurde er von hinten gefasst, sein Mund zugehalten und nach hinten in eine Mauernische gezogen. Veit glaubte schon, sein Duell nun endgültig verloren zu haben. Doch dann wurde er langsam wieder losgelassen und Veit erkannte, als er sich umdrehte, dass er nicht von seinem Verfolger erwischt worden war, sondern dass Hinrik Wulffes ihn in die Mauernische gezogen hatte. Dieser bedeutete ihm mit auf den Mund gelegten Zeigefinger ruhig zu bleiben. Dann zog Hinrik Wulffes den jungen Novizen mit sich durch den Garten auf die andere Seite des Grundstücks und von dort durch einige Winkel und Gassen, bis sie unerkannt den hinteren Eingang des Wulffschen Hauses erreichten. Bevor Hinrik Wulffes mit Veit in sein Haus eintrat, vergewisserte er sich noch einmal, dass ihnen niemand gefolgt war und öffnete die Hintertür.

„Auf den Schreck sollten wir uns erst einmal einen guten Schluck Wein gönnen, findest du nicht auch?“ fragte Hinrik Wulffes seinen Gast, den er in sein Kontor geführt hatte.

„Ja, da bin ich ganz Eurer Meinung“, antwortete Veit, der immer noch ein wenig außer Atem war.

„Wer hat dich da verfolgt?“ wollte Hinrik Wulffes wissen.

„Ich habe nicht die leiseste Ahnung. Ich kannte den Riesen nicht. Glücklicherweise war er etwas steif, sonst hätte er mich wohl erwischt.“

„Hat er etwas zu dir gesagt“, fragte Hinrik Wulffes nach.

„Nein.“

„Dann war es wohl einer der Wegelagerer, die man hier und da antrifft. Gerade vor dem dunklen Corveyer Tor ist das in letzter Zeit häufiger vorgekommen.“

Veit musterte nun sein Gegenüber und fragte sich, ob er ihm vertrauen konnte. Da Hinrik Wulffes jedoch seine einzige Chance war, etwas über den Verbleib von Bruder Stephanus zu erfahren, verdrängte er jeden weiteren zweifelnden Gedanken und nahm einen großen Schluck des vorzüglichen Weines, den ihm sein Gastgeber kredenzt hatte.

„So, nun bin ich aber gespannt zu erfahren, was dich so dringend zu mir geführt hat“, begann Hinrik Wulffes den eigentlichen Grund ihres Treffens anzusprechen.

„Ihr kennt Bruder Stephanus, nicht wahr?“

„Wer sagt das“, wehrte Hinrik Wulffes erst einmal ab.

„Ich weiß es!“

Hinrik Wulffes hatte sich seit dem überraschenden Zusammentreffen mit dem jungen Novizen in der Abteikirche sein Hirn zermartert, woher dessen Interesse für ihn herrührte. Nun brachte er jemanden ins Spiel, der ihm ein enger Vertrauter geworden war. Ihm war bei seinem Besuch in Corvey aufgefallen, dass er Bruder Stephanus nirgends gesehen hatte. Doch das war nichts Ungewöhnliches, da Bruder Stephanus viel beschäftigt war, so dass Klostergäste ihn nur selten zu Gesicht bekamen. Hinrik Wulffes hatte sich deshalb keine Sorgen gemacht.

„Gut, junger Mann. Bevor ich dir etwas von mir erzähle und deine Frage beantworte, möchte ich zunächst einmal etwas über dich wissen. Denn außer dass du offensichtlich ein Novize des Klosters Corvey bist, weiß ich nichts von dir.“

Veit bemerkte erst jetzt, dass er sich noch gar nicht vorgestellt hatte. In aller Kürze erzählte er, wie er ins

Kloster gekommen war und wie sich Bruder Stephanus um ihn gekümmert hatte. Und er machte Hinrik Wulffes auch klar, dass er in besonderer Weise ein Interesse daran hatte zu erfahren, wo der Mönch geblieben sei. Dabei erwähnte er allerdings ihre nächtlichen Besuche in der Bibliothek besser nicht.

„... und Ihr seid nun meine letzte Hoffnung, mehr über den Verbleib von Bruder Stephanus zu erfahren, denn in Corvey ernten meine Fragen nur eisiges Schweigen“, beendete Veit seinen Bericht.

„Nun aber sag, wie bist du ausgerechnet auf mich gekommen.“

Veit stutzte ein wenig über die Frage und überlegte, ob er preisgeben konnte, dass er in Bruder Stephanus Unterlagen geschnüffelt hatte. Doch er wollte Hinrik Wulffes keinen Grund zum Misstrauen geben und erzählte so auch noch von seinen Nachforschungen und dem gefundenen Zettel, dem er dem Geschäftsmann wie zum Beweis seiner Aussagen nun über den Tisch schob. Hinrik Wulffes begutachtete das Stück Papier und bestätigte, dass es sein Siegel war.

„Du hast gut daran getan zu mir zu kommen. Verzeih bitte, dass ich mich zunächst ein wenig über dich informieren musste. Du hast Recht, ich kenne Bruder Stephanus gut. Wir sind noch vor wenigen Tagen hier in Höxter zusammen getroffen. Doch seither habe ich ihn auch nicht mehr gesehen. Seid wann vermisst du ihn denn?“

„Seit genau sieben Tagen ist er wie vom Erdboden verschwunden.“

Hinrik Wulffes dachte kurz nach und zählte an seinen Fingern die letzten Tage ab. Bei der Zahl acht blieb er stehen.

„Vor acht Tagen war unser Zusammentreffen spät abends. Dann ist er scheinbar nicht wieder nach Corvey zurückgekehrt, als wir auseinander gingen.“

„So muss es gewesen sein“, bestätigte Veit. „Ich habe ganz Corvey durchsucht, doch dort war er seither offensichtlich nicht mehr. Wo kann er nur geblieben sein?“

In seiner Frage lag mehr Verzweifelung denn die Hoffnung darauf, eine befriedigende Antwort zu erhalten.

„Sei unbesorgt, Veit, wir werden ihn finden“, versuchte Hinrik Wulffes den jungen Novizen zu beruhigen. Er stand nun auf und drückte sanft die Schulter seines Gastes. „Menschen verschwinden nicht einfach so. Sie hinterlassen Spuren. Und auch Bruder Stephanus wird Spuren hinterlassen haben. Da bin ich mir sicher.“

17

Die Corveyer Abteikirche war erfüllt vom Weihrauch, der sich wie die Nebelschwaden des Herbstes in den Flußauen nun vom Altar langsam in den ganzen Chorraum und dann auch in die anderen Teile der Abteikirche verteilte. Dem Aufruf des Priors zur gemeinsamen Christmette waren alle Konventsmitglieder, die Laienbrüder und die vielen Arbeiter und Gehilfen zusammen mit ihren Familien gefolgt. Der Prior leitete die Geburtsfeier des Herrn persönlich, assistiert wurde ihm dabei von Bruder Severin. Der Prior wollte sich diese letzte Chance der Selbstdarstellung nicht nehmen lassen und die Gelegenheit nutzen, mit einer großartigen, überzeugenden Predigt nochmals seine Ansprüche auf das Amt des Abtes zu unterstreichen. Auch Veit hatte sich in die Schar der Gottesdienstbesucher eingereiht und ließ sich gefangen nehmen von der besonderen Atmosphäre der Heiligen Nacht. In der Stille der heiligen Nacht betrachtete er die festlich geschmückte Abteikirche, die vor allem mit Tannengrün ausgelegt war. Die Kerzen, die überall in der Kirche verteilt standen, die bis auf den letzten Platz gefüllten Kirchbänke und nicht zuletzt der Weihrauch erinnerten ihn daran, dass es ein ganz besonderer Gottesdienst war. Als jedoch Prior Johann von der Lippe zu seiner Festpredigt ansetzte, wanderten Veits Gedanken zunächst zu Bruder Stephanus, dann zu seinem Großvater und schließlich zu seinen Eltern. Weihnachten sollte das Fest der Familie sein. Doch Veit hatte keine Familie mehr. Und seit dem spurlosen Verschwinden von Bruder Stephanus hatte er auch keinen Freund mehr. In Corvey ging jeder seinen eigenen Weg. Da war nur wenig Platz für ein Miteinander. Natürlich war da noch Alheyd. Doch sobald sie ihm in den Sinn kam, war er geplagt von Schuldgefühlen. Wenn er ehrlich war, dann musste er sich eingestehen, dass er sie liebte. Und es war ein so herrliches Gefühl, mit ihr zusammen zu sein, in ihre strahlenden Augen zu sehen, ihr ein Lächeln abzugewinnen oder einfach nur mit ihr still zusammen zu sitzen. Doch all das war ihm als Novize, der bald die Absicht hatte Mönch zu werden, nicht erlaubt. Es war mit seinen Zielen unvereinbar. Und mit niemandem konnte er über seine Situation sprechen, sich niemanden anvertrauen. Das war vielleicht das Schlimmste. Veit fühlte sich einsam, so einsam wie noch nie zuvor in seinem Leben. So wie die mitternächtliche Kälte langsam an ihm hoch kroch, so setzte sich mit jedem weiteren Gedanken an seine Situation die Einsamkeit in seinem Herzen fest.

„.... Und das heißt, dass ihr euch gegenseitig beistehen müsst, dass ihr euch gegenseitig helfen müsst, so wie der Herr uns geholfen hat, dadurch dass sein Sohn Mensch geworden ist. Denkt an die christliche Nächstenliebe, denkt daran was Jesus uns gesagt hat: Liebt euren Nächsten wie euch selbst. Amen."

Das war die Botschaft, die der Prior der Corveyer Gemeinde in dieser Nacht mit auf den Weg gab. Veit hatte nur diese letzten Sätze gehört und war überrascht, dass der Prior gerade die Nächstenliebe in den Mittelpunkt seiner Weihnachtsbotschaft gestellt hatte. Doch etwas sagen und etwas vorleben waren zwei verschiedene Paar Schuhe. Das wurde Veit in diesem Augenblick mal wieder ganz klar. Worte können nur die gewünschte Wirkung erzeugen, wenn derjenige, der sie ausspricht, auch glaubhaft ist und seinen Worten die entsprechenden Taten folgen lässt.

„Gaudete, gaudete, Christus est natus ex Maria virgine, gaudete" sang nun die Corveyer Gemeinde zum Abschluss der Christmette voller Inbrunst. Freuet Euch, freuet Euch, Christus ist geboren von der Jungfrau Maria, freuet Euch. Doch bei Veit kam keine Freude auf. Schließlich war er froh, als die Messe beendet war. Während sich die Menschen im Innenhof des Atriums, das der Abteikirche vorgelagert war, ein frohes und gesegnetes Weihnachtsfest wünschten, ging Veit, die Kapuze seiner Kutte über den Kopf gezogen und den Blick starr auf den Boden gesenkt, ohne auf jemanden zu achten und ohne jemanden zu grüßen auf direktem Wege in seine Zelle. Dort legte er sich auf seine einfache Pritsche und versuchte zu schlafen. Doch die Erinnerung vor allem an seine Familie übermannte ihn, dicke Tränen lösten sich und rannen ihm die Wangen hinunter. Die Erinnerungen an seinen Großvater, seine Mutter und seinen unbekannten Vater waren in dieser Nacht so stark wie nie zuvor. Veit gab sich seinen trüben Gedanken hin und schämte sich auch seiner Tränen nicht. So weinte er sich in den weihnachtlichen Schlaf.

Das Weihnachtsfest verbrachte Veit vorwiegend in der Abteikirche im stillen Gebet oder in den festlichen Gottesdiensten und den gemeinsamen Andachten der Mönche. Mit dem Stephanusfest folgte am Tag nach Weihnachten ein weiterer hoher Festtag in Corvey, da Stephanus neben Vitus einer der beiden Patronatsheiligen war und seine Gebeine in Corvey ihre letzte Ruhestätte hatten. Dann sollten noch die Gedenktage für Johannes, den Evangelisten und der Tag der Unschuldigen Kinder folgen. Auch diese Tage wurden in Corvey festlich begangen. Doch Veit spürte deutlich die Unruhe, die den Konvent erfasst hatte, denn unmittelbar nach diesen Tagen wollte man den neuen Abt wählen. Darauf hatten sich die Mönche verständigt, und Prior Johann war das schnelle Vorgehen auch ganz recht, denn der Schwebezustand, in dem er sich befand, wurde ihm mehr und mehr zur Last.

So hatte man den 30. Dezember als Wahltag bestimmt. Johann von der Lippe ließ keine Möglichkeit ungenutzt, die Mönche, die als Konventsmitglieder wahlberechtigt waren, nach ihrer Stimmung zu befragen, um festzustellen, ob er eine Chance hatte, neuer Abt von Corvey zu werden. Doch noch wusste er nicht, ob es einen Gegenkandidaten geben würde. Und so lange er seinen möglichen Gegner nicht kannte, konnte er auch nicht viel unternehmen.

Veit hatte das Weihnachtsfest nicht nur betend sondern auch vorwiegend schlafend verbracht, soweit ihm seine düstere Stimmung den Schlaf erlaubte. Doch dieses hatte zur Folge, dass er sich nach dem Nachtgebet am St. Stephanustag noch so hellwach fühlte, dass er sich unmöglich schlafen legen konnte. Er beschloss die mondklare Nacht zu nutzen und noch einen Gang an der südlichen Klostermauer entlang durch die winterliche Idylle zu unternehmen. Die eiskalte östliche Luft würde auch den letzten trüben Gedanken vertreiben, war seine Hoffnung. Nach einer Weile war er jedoch so durchgefroren, dass er sich zurück zur Abteikirche begab, um dann weiter über den Kreuzgang das Dormitorium aufzusuchen. Als er die Abteikirche betrat, hörte er leise Stimmen, die aus dem Johanneschor über ihm zu kommen schienen. Zunächst wollte er sich nicht weiter darum kümmern und die Abteikirche schnell wieder verlassen. Doch dann glaubte er die Stimme des Priors erkannt zu haben und wurde stutzig. Mit wem traf sich der Prior mitten in der Nacht im Johanneschor? Veit beschloss nachzuforschen. Zum Johanneschor ging eine enge Treppe von der Abteikirche nach oben, die nicht im ehemaligen Kaisergestühl endete, sondern weiter nach oben bis in die Glockentürme des Westwerks führte. Wenn er sich am Kaisergestühl, in dem sich der Prior offensichtlich befand, vorbeischlich, würde er sicher unerkannt bleiben und konnte hören, was der Prior zu dieser Stunde hier zu besprechen hatte. Schnell und gewandt nahm er die Stufen, und die Stimmen wurden deutlicher. Nun erkannte er auch, dass sich der Prior mit Bruder Severin hierhin zurückgezogen hatte. Schnell nahm er einen sicheren Platz im oberen Treppenhaus ein und hörte nun den Prior sagen:

„Bevor es in die Abstimmung geht, muss ich Gewissheit haben, wer für und wer gegen mich ist. Wir müssen sicherstellen, dass die Mehrheit bei mir liegt. Notfalls müssen wir dafür selber sorgen. Ihr wisst, was ich meine?"

„Ja, ich verstehe. Aber noch immer scheinen einige Mönche sich nicht entschlossen zu haben, ob sie Euch Eure Stimme geben sollen."

„Dann müssen wir Ihnen endlich zeigen, was sie zu tun haben. Wenn wir nur wüssten, ob es noch einen weiteren Kandidaten geben wird."

„Ehrwürdiger Prior, wir sollten von dieser Möglichkeit ausgehen. Bruder Stephanus ist nun schon über zwei Wochen nicht mehr gesehen worden. Ich bin mir sicher, dass er in Verhandlungen mit möglichen Kandidaten steckt, seitdem der Konvent beschlossen hatte, noch in diesem Jahr einen neuen Abt zu wählen."

„Na ja, vielleicht ist es auch ganz gut, dass der alte Büchernarr nicht hier ist. Dann kann er wenigstens die anderen Mönche nicht weiter gegen mich aufwiegeln", brachte der Prior gequält hervor. „Doch sagt, Bruder Severin, glaubt Ihr, dass Bruder Stephanus etwas über den Verkauf unserer alten Handschriften und Kodices in Erfahrung gebracht haben könnte?"

„Nein, das glaube ich nicht. Ich halte die Bibliothek so gut es geht unter Verschluss. Zudem weiß ohnehin niemand mehr, welche Schätze in der Bibliothek aufbewahrt wurden. Ich habe vorsichtshalber auch die Bibliothekskataloge manipuliert und die alten dort verzeichneten Codices ausradiert."

„Aber er war immerhin einmal Bibliothekar in Corvey", gab der Prior zu bedenken.

„Ich weiß, doch das ist lange her. Seitdem hat sich viel in der Bibliothek geändert. Er kann unmöglich einen Überblick über die Bestände haben."

„Oder könnte es sein, dass der alte Abt ihn ins Vertrauen gezogen und seine Erkenntnisse ihm mitgeteilt hat?" wog der Prior eine weitere Möglichkeit ab.

„Nein, ehrwürdiger Prior, das glaube ich kaum. Der Abt hatte zu niemanden Vertrauen, auch nicht zu Bruder Stephanus."

„Nun gut, wie dem auch sei. Doch Bruder Severin, wir müssen uns dringend etwas zum toten Italiener einfallen lassen. Der Greve ist eindeutig zu dem Schluss gekommen, dass der Tote ermordet worden ist. Und das wird sich schnell bis nach Italien herumsprechen. Hans Veltmans bekommt es langsam mit der Angst zu tun."

„Wir sollten schnellst möglichst den Mörder präsentieren, dann kann uns nichts geschehen. Und ich weiß auch schon, wem wir den Mord in die Schuhe schieben können", hatte Bruder Severin bereits eine Antwort parat.

Veit erstarrte bei diesen Worten und konnte sich gut vorstellen, wie Bruder Severin gerade wieder sein engelhaftes Lächeln aufsetzte, das sich bei ihm immer dann einstellte, wenn er boshafte Gedanken nach außen freundlich verkaufte. Veit war bestürzt von dem, was er gehört hatte und wollte nun seinen Horchposten verlassen. In diesem Augenblick flog etwas direkt auf ihn zu. Veit riss beide Arme vor das Gesicht, um sich zu schützen. Vermutlich hatte er eine der zahlreichen im Turm nistenden Fledermäuse aufgescheucht. Dabei bekam er aber Übergewicht und stürzte nach vorn einige

Treppenstufen hinunter. Das verursachte einen solchen Lärm, dass Veit sofort wusste, dass der Prior und Bruder Severin ihn entdecken würden, wenn er jetzt nicht schnell reagierte. Und tatsächlich: er hatte es gerade geschafft sich aufzurichten, als er im Treppenhaus auch schon die ersten Schritte vernahm. Veit hatte keine Wahl, er musste weiter nach oben steigen. Ihm blieben nur die Glockentürme als Fluchtweg. Doch die Glockentürme waren eine Falle. Veit überlegte angestrengt, wohin er sich wenden sollte, während er die Stufen nach oben rannte. Sein Verfolger kam nicht so schnell nach. Sicher hatte der Prior Bruder Severin hinter ihm hergeschickt. Das gab ihm ein wenig Zeit zu überlegen. Und Veit kam eine Idee. Die großen Fenster im Glockenturm waren offen, um den Glockenschlag in das gesamte Wesertal zu tragen. Da aber die Glocken bis auf eine kleine Totenglocke verkauft worden waren, war hier oben schon lange niemand mehr gewesen. Veit hatte sich einmal hierhin verirrt und sich dann in aller Ruhe umgesehen und den schönen, weiten Ausblick nach Westen in Richtung Höxter und nach Osten in den Solling genossen. Dabei hatte er festgestellt, dass man durch die östlichen Öffnungen mit ein wenig Geschick auf das Dach der Abteikirche gelangen konnte. Das war nicht ungefährlich, aber jetzt seine einzige Fluchtmöglichkeit. Das Mondlicht kam ihm zur Hilfe und so fand er schnell seinen Weg. Sein Verfolger hatte den Glockenturm noch nicht erreicht, als sich Veit bereits auf dem Dach befand. Er hangelte sich in Schwindel erregender Höhe zunächst am Dachfirst entlang, ehe er den Weg nach unten wagte. Sein Ziel war ein flacherer Anbau im Süden der Abteikirche. Von dort war es nicht schwierig, wieder sicheren Boden unter die Füße zu bekommen. Veit hatte Glück, dass er auf dem gefrorenen Dach nicht ins Rutschen kam. Als er gerade das Dach des Anbaus verlassen wollte, sah er eine Gestalt im offenen Fenster des Westwerks nach ihm Ausschau halten. Auf die Entfernung konnte er nur erahnen, dass es Bruder Severin war. So konnte er sicher sein, dass auch Bruder Severin ihn wohl nicht erkennen konnte. Endlich erreichte er wieder festen Boden unter seinen Füßen. Aber er durfte keine Zeit verlieren. Schnell rannte er in östliche Richtung um die Abteikirche und begab sich so schnell wie möglich zum Dormitorium. Völlig außer Atem warf er sich auf sein Bett und betete inständig, dass Bruder Severin ihm nicht auf die Schliche kommen würde.

18

Am Tag nach St. Stephanus klopfte nach Einbruch der Dunkelheit Bürgermeister Johann Sifferdes an die Tür von Hinrik Wulffes Haus. Der Kaufmann öffnete selbst und ließ das junge Stadtoberhaupt eintreten. Hinrik Wulffes spürte sofort, dass dem Bürgermeister der Besuch unangenehm war. Als dieser eintrat, rieb er sich aufgeregt die Hände, bis er sie schließlich in den tiefen Taschen seines weiten Mantels versteckte. Hinrik Wulffes führte seinen Gast in die Wohnstube und bot ihm ein Glas Wein an. Doch der Bürgermeister lehnte ab. Auch seinen Mantel wollte er nicht ablegen.

„Mester Wulffes", begann er stockend, „ es ist mir unangenehm, aber was ich Euch zu sagen habe, duldet keinen Aufschub. Deshalb verzeiht die Störung. Ich muss Euch bitten, am 30. dieses Monats vor dem Rat zu erscheinen. Bevor der neue Rat gewählt wird, müssen wir uns unbedingt mit dem Mordfall beschäftigen, der vor einiger Zeit – Ihr erinnert Euch – hier in Höxter geschehen ist. Der Greve hat eindeutig festgestellt, dass es Mord war und ...", hier legte er eine längere Pause ein und suchte merklich nach den richtigen Worten, "... und Ihr, Mester Wulffes, wie soll ich sagen, Ihr sollt vor dem Rat einige Fragen beantworten."

„Sagt Herr Bürgermeister, was wird mir vorgeworfen?"

„Mester Wulffes, das kann ich heute nicht sagen. Bitte kommt vor den Rat und stellt Euch den Fragen."

„Heißt das, ich werde in irgendeiner Weise verdächtigt, mit dem Mordfall in Verbindung zu stehen?"

„Ja, so könnte man das sagen, Mester Wulffes."

Hinrik Wulffes hatte bisher das Gespräch mit dem kurz

angebundenen Bürgermeister auf Augenhöhe im Stehen geführt, doch nun musste er sich setzen. Hastig schüttete er sich ein Glas Wein ein, wobei er einiges vom Wein auf dem Tisch verschüttete. In einem Zug trank er sein Glas aus.

„Aber wie kann es sein, dass man mich verdächtigt. Ich kannte den Mann ja überhaupt nicht und habe ihn zum ersten Mal gesehen, als ich zufällig am Tatort vorbeikam, als man ihn gerade gefunden hatte."

„Erzählt es nicht mir, Mester Wulffes, sondern spart Euch Eure Worte für den Rat auf. Ich muss nun gehen. Wir sehen uns vor dem Rat."

Damit drehte sich Johann Sifferdes um und suchte sich allein den Weg zur Tür. Hinrik Wulffes konnte diese ungeheuerliche Anschuldigung nicht fassen und überlegte, wer oder was ihn in diese Situation hatte bringen können. Doch eine plausible Antwort wollte ihm nicht einfallen.

Ihm blieb nicht viel Zeit, weiter über seine Situation nachzudenken, denn erneut klopfte es an seiner Tür. Hinrik Wulffes öffnete und Veit schob sich wie ein langjähriger Hausbewohner schnell an ihm vorbei.

„Veit, du bist es. Was führt dich zu so später Stunde zu mir?" begrüßte Hinrik Wulffes seinen Gast erstaunt.

„Verzeiht die Störung, doch ich muss dringend mit Euch sprechen", stieß Veit kurzatmig hervor. Er war vom Kloster nach Höxter so schnell gelaufen wie er nur konnte. Die Erfahrung des letzten Besuchs hatte ihn gelehrt, vorsichtig und schnell zu sein. Gerade als er aus einer Seitengasse kommend zu Hinrik Wulffes Haus hatte gehen wollte, sah er den Bürgermeister dort anklopfen. So hatte er zwangsläufig in der eisigen Kälte verharren und warten müssen, bis der Bürgermeister wieder gegangen war.

„Was wollte denn der Bürgermeister Sifferdes zu so später Stunde bei Euch?" begann Veit das Gespräch und zitterte vor Kälte.

„Das erzähle ich dir später. Komm erst mal mit an den Kamin und wärm dich dort auf. Und dann sag mir, was dich zu mir führt?"

Veit nahm das Angebot dankbar an und ging nahe an das offene Feuer des Kamins. Während er sich die Hände über den Flammen rieb, sagte er: „Mester Wulffes, der Prior und Bruder Severin besprechen sich im Geheimen und schmieden Pläne, von denen Ihr wissen solltet."

„Und woher weißt du das?"

Nun berichtete Veit von seinem nächtlichen Zusammentreffen im Westwerk, wobei er allerdings seine gefährliche Flucht über das Dach der Abteikirche lieber verschwieg.

„Du meinst also, dass der Prior und Bruder Severin alte Handschriften aus dem Kloster verkaufen und das der Tod des Italieners damit in Zusammenhang steht?" fasste Hinrik Wulffes Veits Beobachtungen in einer Frage zusammen.

„Ja, so scheint es zu sein", antwortete Veit.

„Und nun sucht man ganz schnell einen Mörder, da man um die guten Beziehungen nach Italien fürchtet. Jetzt wird mir einiges klar", sinnierte Hinrik Wulffes mehr für sich selbst als an Veit gewandt. „Und du sagtest, Bruder Severin wüsste schon, wem man den Mord in die Schuhe schieben könnte?"

„Ja, Mester Wulffes, aber er hat keinen Namen genannt."

„Das ist jetzt auch nicht mehr wichtig, denn der Bürgermeister hat mich in dieser Mordsache vor den Rat zitiert und zwar als Verdächtiger. In drei Tagen ist die letzte Ratssitzung des Jahres und da will man sich mit dem Fall beschäftigen."

Veit sah entsetzt zu Hinrik Wulffes und wusste nicht, was er sagen sollte. Doch Hinrik Wulffes hatte seine erste Niedergeschlagenheit längst überwunden und fand zu seiner alten Kämpfernatur zurück.

„Veit, wir müssen nun schnell handeln und unsere nächsten Schritte genau überlegen. Hast du etwas von Bruder Stephanus gehört?"

„Nein, bis heute kein Lebenszeichen."

„Ich bin mir sicher, dass er rechtzeitig zur Abtwahl zurück sein wird, wo immer er sich auch gerade befindet. Und ich hoffe, dass er einen würdigen Gegenkandidaten präsentieren wird. Denn als wir uns das letzte Mal getroffen haben, da wollte er sich auf den Weg machen und nach geeigneten Kandidaten Ausschau halten."

„Aber was können wir jetzt tun", fragte Veit den erfahrenen Kaufmann.

„Erstmal nichts. Aber Veit sei vorsichtig und bleibe unauffällig. Wenn man mich wirklich anklagen will, dann kannst du für mich ein ganz wichtiger Zeuge werden. Doch ich hoffe, dass es soweit nicht kommen wird."

Hinrik Wulffes reichte dem jungen Novizen zum Abschied seine Hand und klopfte ihm zudem auf die Schulter, ehe er ihn zum Hinterhof hinausließ, damit Veit möglichst unerkannt zurück nach Corvey gelangen konnte. Veits Beobachtungen waren für Hinrik Wulffes von großer Bedeutung. Nun hatte er den endgültigen Beweis, was seine Gegner planten, um ihn aus dem lukrativen Geschäft mit der Reichsabtei auszubooten. Prior Johann von der Lippe und Hans Veltmans hatten eine Allianz geschmiedet, die für sein Geschäft ruinös und für sein Leben bedrohlich werden konnte.

19

Der vorletzte Tag eines jeden Jahres war ein Festtag in Höxter. Der alte Rat traf sich zu seiner letzten Sitzung und bestimmte dabei auch das Wahlmännerkollegium, das zwei Tage später in der Kilianikirche die Hälfte der Ratsmitglieder neu wählte. Die Ernennung zum Kürherrn war eine Ehre, die ein jeder Höxteraner gern annahm und die ein sichtbares Zeichen für Anerkennung und Wertschätzung war. Zu Kürherren konnten aber nur Mitglieder der privilegierten Gilden berufen werden. Die Ratswahlordnung von 1314 legte fest, dass hierzu die Kaufleute, Kürschner, Wollweber, Gerber, Bäcker, Schmiede und Knochenhauer gehörten. Alle anderen Berufe waren ausgeschlossen. Und ebenso konnte nur ein Mitglied dieser Gilden in den Rat gewählt werden. Der Rat hatte 12 Mitglieder, wobei die beiden ersten Plätze den Bürgermeistern vorbehalten waren. Die Bürgermeister wurden vom Rat bestimmt. Jeder Ratsherr konnte nur für die Dauer eines Jahres dem Rat angehören, dann musste er eine Pause einlegen. Gleiches galt für die Bürgermeister. Die Wahlordnung hatte sich bewährt, denn dadurch, dass nur die Hälfte der Ratsmitglieder und immer nur ein Bürgermeister halbjährlich ausgewechselt wurden, war für Kontinuität gesorgt. 1484 hatte der Rat die Wahlordnung dann erweitert und sich vorbehalten, von dem Wahlmännerkollegium gewählte neue Ratsmitglieder ablehnen zu können, wenn sie nicht „genehm" waren. So war es nahezu unmöglich, gegen den Willen der wenigen Familien, die sich in Höxter die Ratsherrenmandate untereinander aufteilten, in den Rat gewählt zu werden. Während es bei den Handwerkern immer mal wieder zu

Wechseln kam, schafften es die Kaufleute, die meistens mehr als die Hälfte der Ratsmitglieder und fast immer auch die Bürgermeister stellten, ihre Kandidaten über viele Jahrzehnte hinweg im Rat zu platzieren.

Schon am frühen Morgen versammelte sich der komplette Rat von Höxter in der Kilianikirche. Im letzten halben Jahr hatten Ludeke Godeludeken, Hermann Knoke, Volquin Grovende, Floreke Wittehennen, Hans Remensnider, Cort Swertinges, Cort Frederikes, Herman Wesefeld, Hinrik Henninges und Hans Derndal dem Rat angehört. In ihren feinen Roben fielen die Ratsmitglieder im Chor der Kilianigemeinde auf. Nach der Messe schritt Johann Sifferdes zusammen mit seinem scheidenden Bürgermeisterkollegen Hans Bensen als erster in feierlichem Zuge aus der Kilianikirche. Ihnen folgten die anderen Ratsherren. Sie hatten nur wenige Meter zurückzulegen, um den Eingang des Rathauses zu erreichen. Das war auch ganz gut so, denn es war recht kalt, und es begann leicht zu schneien. Der Ratssaal war schon bestens vorbereitet. Die Ratsdiener hatten ordentlich geheizt, und der lange Tisch war festlich eingedeckt. Es roch nach frischem Brot, Wurst, Schinken und Käse. Vor ihrer letzten Beratung wollten sich die Ratsherren ordentlich stärken. Doch schon bald rief Hans Bensen als der dienstältere der beiden Bürgermeister zur Beratung. Als erster Punkt stand die Wahl der Kürherren auf der Tagesordnung. Die entscheidenden Gespräche waren bereits im Vorfeld gelaufen, und so war die Wahl eine reine Formsache. Die Ratsdiener wurden gerufen und damit beauftragt, die gewählten Kürherren zum Rathaus zu holen. Schon bald trafen die Kürherren ein und Hans Bensen nahm ihnen den feierlichen Eid ab, wobei die Kürherren antworteten:“ So wahr mir Gott und seine Heiligen helfen.“ Damit war der erste Teil dieses Tages abgehandelt. Erst am Neujahrsabend würden die Kürherren dann in der Kilianikirche den neuen Rat wählen.

Hans Bensen war ein erfahrener Ratsherr, der bereits vor zehn Jahren das erste Mal zum Bürgermeister bestimmt worden war. Er hatte die Zügel straff in der Hand und Johann Sifferdes war froh, sich an ihm aufrichten zu können. Nun ging es in die letzte Beratung des Jahres. Viele Themen kamen zur Sprache, die Finanzen standen dabei zumeist im Mittelpunkt. Aber auch Anträge der Gilden, einzelner Bürger und Ansinnen benachbarter Orte, die die Unterstützung Höxters suchten, wurden behandelt. Zuletzt rief schließlich Hans Bensen die Mordsache an den Italiener auf. Nun machte sich deutliche Unruhe unter den Ratsherren breit. Denn sie wussten um die weit reichenden Folgen dieses Falls, der für Höxter ziemlich unerfreulich enden konnte. Vor allem für die Kaufleute stand der gute Ruf der Stadt und die sich gerade erst im Entstehen befindlichen Handelsbeziehungen nach Italien auf dem Spiel.

Der Greve Arnd Neringes wurde in die Ratsversammlung gerufen und berichtete über den Stand der Ermittlungen:

„Der Italiener, dessen Namen wir nicht kennen, ist eindeutig erschlagen worden. Der Mörder hat sich wohl von hinten genähert und ihm dann einen kräftigen Schlag mit einer Eisenstange auf den Kopf versetzt. Um ganz sicher zu gehen, hat er dann noch mehrmals zugeschlagen. Da wir kaum Blut an der Stelle fanden, wo er vor dem Stadttor gelegen hat, gehen wir davon aus, dass er nicht dort, sondern an einem anderen Ort ermordet wurde. In seinen Taschen haben wir ein Schreiben des Hauses Medici gefunden, die ja seit einigen Jahren von Rom aus ihre Geschäfte betreiben. Man konnte dieses leicht an dem Wappen erkennen, das auf einem mit einer Krone versehenem Schild sechs Kugeln zeigt. Diese Kugeln, so sagt man, symbolisieren das Geld, das den Medici zu ihrem Reichtum verholfen hat, indem sie es in ganz Europa verliehen haben. Das Schreiben wurde inzwischen übersetzt, doch es enthält nicht viel mehr als allgemeine Anweisungen des Handelshauses an seine Mitarbeiter, die sich auf Handelsreisen begeben. Aufgrund dieses Schreibens gehen wir davon aus, dass der Tote ein Mitarbeiter der Medici war."

Bürgermeister Bensen dankte dem Greve für seinen Vortrag und forderte die Ratsmitglieder auf, Fragen an den Greve zu diesem Fall zu stellen. Als Einziger meldete sich Hans Derndal, der Schwager von Hans Veltmans, zu Wort. Hans Derndal gehörte dem mächtigen Haus der Kaufmannsfamilien Grovende, Sifferdes und Derndal an. Sein Großvater und sein Vater hatten über Jahrzehnte als Bürgermeister die Geschicke Höxters mitbestimmt. Nun sollte er das politische Erbe antreten. Hans Derndal erhob sich von seinem Platz und stellte seine erste Frage:

„Greve, ich gehe davon aus, dass Ihr den Toten gründlich untersucht habt. Habt Ihr noch andere Gegenstände bei ihm außer dem erwähnten Schreiben des Hauses Medici gefunden?"

„Ja, Mester Derndal. Er hatte ein wenig Geld dabei, zudem eine Taschenuhr, und er trug einen Ring."

„Also kann man einen Raubüberfall ausschließen?" fragte der Ratsherr nach.

„Ja, Mester Derndal, dessen bin ich mir sicher. Es sieht so aus, als wenn der Mörder nicht viel Zeit hatte und sich daher nicht weiter um den Toten und seine Wertgegenstände gekümmert hat. Das Motiv ist eindeutig ein anderes."

„Greve, seid Ihr bei der Motivsuche schon weiter gekommen?"

„Nein, leider nicht. Wir haben natürlich ausführliche Befragungen vorgenommen. Aber da hat sich nicht viel ergeben. Noch am Tatort habe ich mit den Befragungen angefangen. Als ersten habe ich den Kaufmann Hinrik Wulffes befragt, der aber…"

„Den Kaufmann Hinrik Wulffes, hört, hört!" unterbrach ihn der Ratsherr Derndal. „Was wollte denn Mester Wulffes am Tatort?"

„Das kann ich nicht sagen, doch er war dort, kurz nachdem wir zum Tatort gerufen wurden."

„Und wie hat er sich verhalten?" bohrte Derndal nach.

„Er machte mir einen verwirrten, oder besser gesagt, einen verstörten Eindruck. Und nach meiner Befragung hat er den Tatort dann auch schnell verlassen."

„Aha, das ist aber interessant", fasste Derndal diese Aussage zusammen.

„Greve, gibt es Hinweise darauf, warum sich der Italiener in Höxter aufgehalten hat?"

„Nein, Mester Derndal. Da laufen unsere Ermittlungen bisher ins Leere."

„Bürgermeister Bensen, erlaubt mir bitte, einen Zeugen in dieser Angelegenheit hier vor den Rat laden zu dürfen", setzte Hans Derndal die Verhandlung fort.

„Ja, natürlich, wenn uns das helfen wird, diesen Fall zu lösen", stimmte der Bürgermeister zu.

Ein Ratsdiener wurde gerufen und Hans Derndal teilte ihm mit, dass er Hermann Heise herbeiholen solle. Hermann Heise stellte sich als Mitarbeiter im Kontor von Hans Veltmans vor.

„Mester Heise, wiederholt hier bitte vor dem Rat, was Ihr mir über den Toten Italiener erzählt habt", forderte ihn Hans Derndal auf.

„Verehrte Bürgermeister, verehrter Rat, ich habe den Italiener vor seinem Tode in Höxter gesehen. Ich war gerade in einer geschäftlichen Angelegenheit unterwegs, als ich sah, wie der Ermordete sich in das Haus von Hinrik Wulffes begab."

„Warum seid Ihr Euch so sicher, dass es der ermordete Italiener war, den Ihr gesehen habt?“ hakte Hans Derndal nach.

„Er war leicht als Ausländer an seinem Äußeren zu erkennen. Zudem habe ich ihn nach seinem Tode auch vor dem Stadttore liegen sehen. Denn ich wollte an jenem Morgen zum Pferdemarkt vor dem Klaustore. Und da habe ich ihn eindeutig wiedererkannt.“

„Warum habt Ihr mir nicht von Eurer Beobachtung berichtet?“ mischte sich nun der Greve ein.

„Ich hielt diese Beobachtung nicht für wichtig. Erst Mester Derndal, mit dem ich in den letzten Tagen eher zufällig über den Fall sprach, meinte, dass es von Bedeutung sein könne.“

„Ja, das könnte es in der Tat sein. Denn meine Herren, es gibt noch etwas“, deutete Hans Derndal an und blickte dabei in die Runde der Ratsherrn, „das für eine Verbindung von Hinrik Wulffes zum Toten spricht.“

Die Ratsherren rutschten nun unruhig auf ihren Sitzen hin und her und schauten sich ungläubig an. Wie konnte der angesehene Kaufmann Hinrik Wulffes in einen Mordfall verwickelt sein?

Gespannt schauten sie zu Hans Derndal, der gerade dabei war, ein Dokument zu öffnen.

„Verehrter Rat, hier habe ich einen weiteren Beweis für die Verwicklung von Hinrik Wulffes in den Fall.“ Inzwischen hatte Hans Derndal das Dokument entfaltet und auf den großen Ratstisch gelegt, so dass Bürgermeister Bensen es begutachten konnte. Hans Bensen entzifferte als Absender die Handelsniederlassung der Medici in Augsburg. Dann las er den Text laut vor, der vor ihm ausgebreitet lag:

„Mester Wulffes,

Ihr werdet letztmalig aufgefordert, dem Überbringer

dieses Schreibens den von uns gewährten Kredit samt den uns geschuldeten Zinsen auszuzahlen. Wir brechen hiermit jeden weiteren Kontakt zu Euch ab, da Ihr Euch als unzuverlässig erwiesen und Eure Versprechungen nicht eingehalten habt."

Hans Derndal lehnte sich in seinem hohen Ratsstuhl zurück und verschränkte die Arme vor seiner Brust. Er genoss die Reaktionen der anderen Ratsherren, denn diese schüttelten mit ihren Köpfen und konnten nicht fassen, was sie da gerade gehört hatten.

„Nun, meine Herren, ich glaube, wir sollten nun Mester Wulffes vorladen", schlug Hans Derndal in Richtung Bürgermeister Bensen vor.

„Ja, das müssen wir wohl tun", antwortete Bürgermeister Bensen noch sichtlich kraftlos und erste Schweißperlen standen ihm auf der Stirn. Johann Sifferdes, der zweite Bürgermeister, hatte ihm bisher nur in soweit ins Bild gesetzt, dass er ihm mitgeteilt hatte, dass es erforderlich werden würde, Hinrik Wulffes vor dem Rat zu vernehmen, um in der Mordsache weiter zu kommen. Dass aber so schwere Vorwürfe gegen den angesehen Kaufmann vorlagen, hatte er bis zu diesem Zeitpunkt nicht gewusst. Hans Derndal hatte Johann Sifferdes davor gewarnt, die Beweise bereits vor der Sitzung mit anderen Ratsherren oder mit Bürgermeister Bensen zu besprechen. Nur so könne es möglich sein, Hinrik Wulffes dingfest zu machen. Johann Sifferdes hatte sich hieran gehalten.

Hinrik Wulffes betrat den Ratssaal, und der Ratsdiener wies ihm einen Stuhl mitten im Ratssaal an. Doch Hinrik Wulffes zögerte, sich auf diesen Stuhl zu setzen, der ihn eindeutig als Angeklagten vor dem Rat erscheinen ließ.

„Mester Wulffes, so nehmt doch bitte Platz", forderte ihn Hans Bensen auf.

„Herr Bürgermeister, ich ziehe es vor stehenzubleiben",

antwortete Hinrik Wulffes und versuchte gleichzeitig in den Gesichtern der Ratsmitglieder abzulesen, was ihn erwarten würde. Doch bis auf Hans Derndal blickten alle auf die Tischplatte oder kramten in den vor ihnen liegenden Papieren. Hans Derndal dagegen saß mit ungerührter Mine am linken seitlichen Ende des großen Ratstisches und betrachtete Hinrik Wulffes. Ihre Blicke kreuzten sich und Hinrik Wulffes war bewusst, dass er vom Schwager von Hans Veltmans nichts Gutes erwarten durfte.

„Mester Wulffes, wir haben Euch heute vor den Rat gebeten, da wir den Mordfall an den Italiener aufklären wollen. Uns liegen inzwischen neue Erkenntnisse vor. Und dabei scheint auch Ihr eine gewisse Rolle zu spielen", begann Hans Bensen das Verhör.

„Habt Ihr den Italiener gekannt?" begann er die Befragung, die er beabsichtigte, nun persönlich zu führen.

„Nein."

„Aber Ihr habt Euch mit dem Italiener getroffen?"

„Nein, wer behauptet das?"

„Mester Wulffes, verzeiht bitte, aber die Fragen stelle ich. Ihr sagt also, dass Ihr den Italiener nicht getroffen habt?"

„Nein."

„Und er war auch nicht in Eurem Haus?"

„Nein, ich habe ihn nicht bei mir empfangen."

„Und Ihr standet auch in sonst keinem Kontakt zu dem Ermordeten?"

„Nein und nochmals nein. Ich habe den Toten erstmals gesehen, nachdem er vor dem Stadttore gefunden worden war."

„Was hattet Ihr dort an jenem Morgen zu suchen?"

„Das, was viele andere dort auch wollten. Ich wollte mir ein Pferd kaufen."

„Und, habt Ihr ein Pferd gekauft?"

„Nein, mir stand nicht mehr der Sinn nach Pferden, nachdem ich den Toten gesehen hatte."

„Ihr wart also schockiert?"

„Ich weiß nicht, wie es Euch ergeht, aber der Anblick eines Toten ist kein schöner Anblick und nimmt mich immer sehr mit."

„Hört, hört, es hat ihn sehr mitgenommen", mischte sich nun Hans Derndal ein.

„Nun gut", ließ sich Bürgermeister Bensen die Gesprächsführung nicht nehmen, „sagt uns, Mester Wulffes, steht Ihr in geschäftlichen Kontakt mit dem Haus Medici?"

„Ihr meint das berühmte Handelshaus aus Italien, nein."

„Und Ihr habt auch nicht die Absicht?"

„Nein, wie kommt Ihr darauf?"

„Alles zu seiner Zeit. Noch eine letzte Frage: Habt Ihr einen Kredit genommen, den Ihr im Moment weder tilgen noch die Zinsen bezahlen könnt?"

„Wer sagt das. Herr Bürgermeister, ich dachte, Ihr ermittelt in einem Mordfall. Was haben meine Geschäfte und meine Kredite hiermit zu tun. Ich verlange Aufklärung, bevor ich auch nur noch eine weitere Frage beantworte."

„Nun, Mester Wulffes, uns liegt ein Zeugenbericht vor, der aussagt, dass der Italiener in Euer Haus gekommen ist. Und wir haben ein Dokument, aus dem eindeutig hervorgeht, dass Ihr der mediceischen Handelsvertretung in Augsburg die Bedienung eines Kredites schuldig geblieben seid."

„Das sind schamlose Verleumdungen. Zeigt mir bitte das Dokument."

Hans Bensen winkte Hinrik Wulffes an den Ratstisch und hielt ihm das Schreiben entgegen. Hinrik Wulffes las es und ließ es anschließend entsetzt sinken.

„Nun, Mester Wulffes, was sagt Ihr jetzt?" fragte Hans Bensen nach.

„Das sind infame Lügen!“ antwortete Hinrik Wulffes und schleuderte das Schreiben über den Ratstisch dem Bürgermeister an den Kopf.

„Ihr wollt also immer noch leugnen?“ fragte Hans Bensen nach.

Hinrik Wulffes hatte sich nun doch auf den für ihn bereit gestellten Stuhl gesetzt, den Kopf in beide Hände genommen und begann angestrengt darüber nachzudenken, wie er aus dieser Situation herauskommen könnte. Das Schreiben machte einen echten Eindruck, auch wenn es nicht unterzeichnet war. Doch für die Echtheit bürgte der Überbringer, so dass gerade im Geschäftsverkehr Schreiben dieser Art oft nicht unterzeichnet wurden. Auch das Wappen der Medici sah echt aus. Hinrik Wulffes erfasste die ganze Tragweite der Anschuldigungen. Seit dem Besuch von Veit hatte er überlegt, wie er sich der Situation stellen sollte. Doch ihm war nicht viel eingefallen. Zunächst wollte er erst einmal die Anschuldigungen, die gegen ihn erhoben wurden, abwarten. Nun kannte er sie, und sie beliefen sich nicht nur auf Mord, sondern sie diskreditierten ihn auch als soliden Kaufmann, was für ihn mindestens genauso schwer wog.

Hinrik Wulffes sammelte sich wieder, stand auf und sagte in Richtung Bürgermeister Bensen:

„Ich verlange ein gerechtes Verfahren, in dem mir die Möglichkeit gegeben wird, alle Anschuldigungen zu entkräften.“

„Das sollt Ihr erhalten. Solange bleibt Ihr aber in Gewahrsam“, schloss Bürgermeister Bensen die Verhandlung und ließ Hinrik Wulffes abführen.

20

Nicht nur in Höxter war dieser 30. Dezember ein wichtiger Tag. Nach dem Tod des Abtes sollte noch im alten Jahr ein Nachfolger gewählt werden. Zur Terz versammelten sich die Mitglieder des Konventes in der Abteikirche, um in einer gemeinsamen Messfeier den Segen Gottes für ihre Wahl zu erbitten. Prior Johann von der Lippe hatte Bruder Severin mit der Durchführung des Gottesdienstes beauftragt, da er sich selbst so kurz vor der Entscheidung nicht noch in die Gefahr begeben wollte, einen vielleicht entscheidenden Fehler zu machen und durch eine Unachtsamkeit allen Mönchen zu zeigen, dass er das Einmaleins eines Gottesmannes nur bedingt beherrschte. Auch Veit nahm als Novize am Gottesdienst teil. Bruder Severin hatte ihn beauftragt, das Protokoll der heutigen Zusammenkunft zu führen und gegebenenfalls als Zähler bei der Wahl zu fungieren.

Nach der Messe begaben sich die Wahlberechtigten in den großen Saal des Refektoriums. Veit musste direkt an der Seite von Prior Johann Platz nehmen, der den Vorsitz führte und das Procedere erläuterte, das auf den Konvent wartete. Er machte zunächst lange Ausführungen zur Geschichte der Reichsabtei, zur Bedeutung des Abbatiats und schließlich würdigte er auch noch einmal die Verdienste von Abt Hermann von Bömelburg, wobei ihm Letzteres schwerfiel. Am liebsten hätte er die Versammlung dann zur Wahl aufgerufen, doch die war erst für den Nachmittag zur Non vorgesehen. Bevor es zu einem gemeinsamen Essen kommen sollte, waren die Mönche zur allgemeinen Aussprache aufgerufen und sollten ihre Sorgen und Nöte vortragen können.

Die meisten Konventsmitglieder machten von diesem Recht auch Gebrauch und nutzen die Gelegenheit, allgemeine Missstände anzusprechen. Vor allem die schlechte wirtschaftliche Situation der Abtei mit dem Verlust von vielen früheren Pfründen kam dabei immer wieder zur Sprache. Doch auch die Rückbesinnung auf die ursprünglichen Aufgaben eines Mönches im Sinne der benediktinischen Regeln wurde thematisiert. Während Prior Johann die Vorträge regungslos zur Kenntnis nahm und hoffte, dass dieser Teil bald zu Ende gehen würde, notierte Veit alle Wortmeldungen so gut er konnte. Als letzter Punkt der morgentlichen Zusammenkunft standen schließlich die Wahlvorschläge und die Aussprache hierüber an. Kurz vor der Sext, zu der man sich zu den obligatorischen Psalmen wieder in der Abteikirche versammeln wollte, rief Prior Johann diesen Punkt auf. Dabei schlug ihm das Herz schneller als gewohnt und in seinen Händen bildete sich kalter Schweiß. Doch ein Blick in die Runde sagte ihm, dass seiner Wahl nichts mehr im Wege stehen werde, denn wer sollte gegen ihn kandidieren? Bruder Severin würde ihn gleich vorschlagen, und ein Gegenkandidat war nicht vorhanden. Der Weg war endlich für ihn frei. Auf diesen Augenblick hatte er seit seinem Eintritt in das Kloster Corvey vor fast 25 Jahren gewartet.

„So, liebe Brüder", setzte Prior Johann an, „nun rufe ich den letzten Punkt unserer Zusammenkunft auf: Vorschläge zur Wahl des neuen Abtes der Reichsabtei Corvey."

Bruder Severin musterte jeden einzelnen der versammelten Mönche und wartete ab, ob jemand einen Vorschlag machen würde. Doch niemand erhob sich. Die Blicke der Mönche hingen versteinert am Boden, denn ein jeder wusste, was jetzt geschehen würde. Bruder Severin zögerte den Moment noch ein wenig hinaus. Dann stand er von seinem Platz auf, nahm seinen Kopf langsam nach hinten, ließ seine Augen noch einmal genüsslich in die Runde schweifen und sagte feierlich: „Mein Vorschlag lautet: Prior Johann von der Lippe."

Veit notierte gerade den Namen des Priors, als sich die Tür zum Refektorium öffnete und zwei Männer in langen Mänteln und mit Kapuzen auf den Köpfen schnellen Schrittes hereinkamen. Der Erste von beiden ging bis in die Mitte des Raumes, während der Zweite an der geöffneten Tür stehen blieb.

„Der Friede sei mit Euch!" sagte der Erste zur Begrüßung.

„Und mit Deinem Geiste", antworteten einige der Mönche reflexartig.

„Was erlaubt ihr Euch, diese wichtige Versammlung zu stören?" beschwerte sich Prior Johann bei den Eindringlingen, nachdem er seine erste Verblüffung überwunden hatte. Als der angesprochene Mönch seine Kapuze vom Kopf nahm, ging ein allgemeines Raunen durch die Mönchsversammlung und auch Prior Johann fiel wie vom Schlag getroffen in seinen Stuhl zurück.

„Oh, nein, Bruder Stephanus", entfuhr es dem entsetzten Prior.

„Liebe Mitbrüder, ich bitte Euch um Vergebung, dass ich Eure Versammlung störe, doch leider war es mir nicht eher möglich, zurück nach Corvey zu kommen. Und ich wollte heute unbedingt dabei sein und auch noch einen Vorschlag für die anstehende Abtwahl unterbreiten. Ich hoffe, ich komme nicht zu spät?"

„Bruder Stephanus!" rief nun Veit, während er von seinem Platz aufsprang und dem vermissten Bruder entgegenlief und dabei auf dessen Frage antwortete: „Nein, es ist gerade erst der erste Vorschlag gemacht worden." Bruder Stephanus nahm Veit in seine Arme und beide freuten sich, sich endlich wiedergefunden zu haben.

„Gut, liebe Mitbrüder", beeilte sich nun Bruder Stephanus, „dann schlage ich den ehrwürdigen Bruder Franz von Ketteler aus dem Kloster Liesborn vor. Er ist mit mir mitgekommen, um sich persönlich bei Euch vorzustellen." Dabei streckte er seinen rechten Arm aus und lud Bruder Franz ein, näherzukommen. Franz von Ketteler stülpte nun auch seine Kapuze vom Kopf und begrüßte den Konvent mit den bei den Benediktinern üblichen Worten: „Der Friede sei mit Euch!"

Bruder Stephanus führte Bruder Franz durch die Reihen der Mönche und stellte den Abtkandidaten vor. Prior Johann konnte nicht glauben, was in den letzten Minuten im Refektorium vor sich gegangen war und saß wie ein Häufchen Elend auf seinem Stuhl. Bruder Severin war gefasster, hatte sich zum Prior gesellt und flüsterte ihm zu: „Ihr werdet dieses Schauspiel ja wohl schnell beenden, oder?"

„Aber was soll ich denn machen?" war die verzweifelte Antwort.

„Schmeißt den dahergelaufenen Mönch aus dem Kloster Liesborn einfach hinaus."

„Aber womit soll ich das begründen?" zeigte sich der Prior ratlos.

„Zweifelt seine Wählbarkeit an. Oder fordert Nachweise über seine Laufbahn. Oder noch besser, droht damit, dass die Stadt Höxter sich nie einen fremden Abt als Landesherrn vorsetzen lassen würde. Denkt nach und Euch werden weitere Argumente einfallen. Ihr müsst unbedingt verhindern, dass es zu einer Wahl kommt!"

Bruder Severin war es tatsächlich gelungen, den Prior wieder aufzubauen. Er klopfte nun mit seiner Faust auf den Eichentisch, an dem er saß und unterbrach dadurch die Vorstellungsrunde des neuen Abtkandidaten. Bruder Stephanus und Bruder Franz entledigten sich ihrer Mäntel und suchten sich in den Reihen der anderen Brüder ihre Plätze.

„Ich dulde es nicht, dass das wichtige Zeremoniell einer Abtwahl zu einer Farce verkommt. Liebe Mitbrüder, ich rufe Euch auf, nach dieser ungehörigen Unterbrechung Euch nun wieder mit dem nötigen Ernst Eurer Aufgabe zu stellen. Protokollführer, wo waren wir stehen geblieben?“ wandte sich der Prior an Veit, einerseits um den Faden wieder aufnehmen und andererseits auch, um ein wenig Zeit gewinnen zu können.

„Ich habe als Letztes die Meldung von Bruder Stephanus notiert, der Bruder Franz von Ketteler aus dem Kloster Liesborn zur Wahl des neuen Abtes vorschlägt“, antwortete Veit geistesgegenwärtig. Denn tatsächlich notiert hatte er den Vorschlag natürlich noch nicht, da weder seine Augen noch seine Gedanken von Bruder Stephanus loskamen.

„Ihr seid sehr voreilig mit Euren Notizen, Novize. Bevor jemand endgültig vorgeschlagen werden kann, müssen wir streng nach den Regeln unserer Abtei prüfen, ob er überhaupt wählbar ist.“

„Was meint Ihr damit, Prior?“ mischte sich nun Bruder Stephanus ein.

„Ich meine damit, dass wir nichts, aber auch wirklich nichts von einem Bruder Franz von Ketteler wissen und deshalb auch nicht sagen können, ob er überhaupt im Fall des Falles gewählt werden könnte.“

„Das lässt sich leicht ändern. Wenn Ihr gestattet, stelle ich Euch, liebe Mitbrüder, in aller Ausführlichkeit Bruder Franz vor.“

Der Prior suchte sich Rat bei Bruder Severin, wie er sich nun verhalten sollte, doch dieser zuckte nur mit den Achseln. „Also bitte, stellt uns den Bruder vor“, gab der Prior seine Zustimmung.

Bruder Stephanus war erleichtert, holte tief Luft und

schilderte nun ausführlich den Lebenslauf von Franz von Ketteler. Dieser gehörte dem Ministerialengeschlecht derer von Ketteler an, die ihren Stammsitz auf der Burg Assen hatten. Dort war Franz 1477 als einer von drei Söhnen dem Gotthard von Ketteler und seiner Gemahlin Margarete von Bronckhorst-Batenburg geboren worden. Sein Großvater war der bekannte Ritter Goswin von Ketteler, der auf seiner zweiten Pilgerreise in das Heilige Land auf Rhodus verstorben war und seine letzte Ruhestätte im Kloster Liesborn fand. Im gleichen Kloster, in das Franz frühzeitig eintrat und in dem er sich trotz seiner Jugend schon einen Namen gemacht hatte. Das Kloster Liesborn gehörte zu den Klöstern, die sich ohne Kompromisse der Bursfelder Kongregation angeschlossen und inzwischen vorbildlich reformiert hatten. Franz von Ketteler war einer der eifrigsten Verfechter der Erneuerungsbewegung gewesen, und sein guter Ruf war längst über Liesborn hinausgegangen. Er hatte das Leben in anderen reformierten Klöstern kennen gelernt. Dabei hatte er einen guten Eindruck hinterlassen und Bruder Stephanus war auf ihn durch einen befreundeten Mönch im Kloster Abdinghof in Paderborn aufmerksam gemacht worden.

„Liebe Mitbrüder, ich bin der festen Überzeugung, dass Bruder Franz von Ketteler ein würdiger Nachfolger für unseren verstorbenen Abt Hermann von Bömelburg ist, und deshalb sollten wir ihn auch wählen“, fasste Bruder Stephanus seine Vorstellung zusammen.

„Danke, Bruder Stephanus, aber so weit sind wir noch nicht“, übernahm nun wieder der Prior die Gesprächsführung.

„Bruder Franz, ich habe die Pflicht zunächst zu prüfen, ob Ihr wirklich wählbar seid, oder ob es nicht Hinderungsgründe für Eure Wahl gibt.“

„Verehrter Prior, bitte fragt, was Euch auf der Seele

brennt. Ich werde versuchen, alle Fragen nach bestem Gewissen und mit Gottes Hilfe zu beantworten", antwortete nun Bruder Franz in ruhigem Ton und lächelte in Richtung Prior Johann.

„Bruder Stephanus hat behauptet, Ihr seid adeliger Herkunft. Worauf basiert diese Aussage?" begann der Prior seine Befragung.

„Im Jahr 1384 erhielt mein Urahn Röttger von Ketteler vom Kloster Abdinghof in Paderborn die Burg Assen zu Lehen. Seither sind wir treue Lehnsmannen des Klosters. Und auch unser Wappen ist im westfälischen Raum bekannt. Ich habe Euch zum Beweis einen Abdruck mitgebracht. Es zeigt eindeutig meine ritterliche Herkunft."

Prior Johann hatte mit seiner Frage versucht, wie es ihm Bruder Severin geraten hatte, die adelige Herkunft von Bruder Franz in Frage zu stellen. Denn bisher waren ausschließlich Mitglieder von Adelshäusern zu Äbten von Corvey gewählt worden. Ein Kriterium, das allein schon aufgrund der Reichsunmittelbarkeit der Abtei unumstößlich war. Doch Franz von Kettelers Abstammung war über alle Zweifel erhaben. Das musste Prior Johann anerkennen.

„Erlaubt eine weitere Frage, Bruder Franz", ließ der Prior nicht locker. „Ihr habt vielleicht, wenn Ihr gewissenhaft informiert wurdet", und dabei konnte sich der Prior einen

Seitenblick auf Bruder Stephanus nicht verkneifen, „davon gehört, dass es um die wirtschaftliche Situation unserer Abtei nicht sonderlich gut bestellt ist. Wie gedenkt Ihr im Falle einer Wahl, die Abtei wieder zu ihrem alten Glanz zu führen?"

„Verehrter Prior, ich weiß nicht, ob es so erstrebenswert ist, den alten Glanz von Corvey wieder herzustellen. Natürlich muss Corvey auf einer soliden wirtschaftlichen Basis stehen, doch das Vermögen sollte nie im Vordergrund des monastischen Lebens stehen. Ich glaube, das war der Kardinalfehler, der in den vergangenen Jahrhunderten gemacht wurde. Wir sollten nur soviel besitzen, wie wir für die Versorgung der Menschen, die hier im Kloster leben, benötigen. Alles andere ist unnötiger Ballast, von dem wir uns trennen sollten."

„Ihr wollt also, wenn ich Euch richtig verstehe", und nun erhob der Prior seine Stimme und sagte die nächsten Worte betont akzentuiert, „die über die Jahrhunderte erworbenen Besitztümer der Reichsabtei Corvey aufgeben?"

„Das, was überflüssig ist, ja", war die kurze, aber ebenso deutliche und langsam gesprochene Antwort von Bruder Franz.

„Brüder im Herrn, ich kann nicht glauben, was ich da gerade gehört habe. Hier kommt ein Mönchlein von irgendwo her, wird als Abt vorgeschlagen und hat nichts anderes im Sinn, als unsere altehrwürdige Abtei für immer zu ruinieren. Das kann ich wirklich nicht glauben!"

„An was, verehrter Prior, glaubt Ihr denn?" fragte nun Bruder Franz zurück.

„An was ich glaube? Was soll die Frage? Natürlich an all das, wofür ich seit so vielen Jahren hier als Prior gearbeitet, ja manchmal sogar gekämpft habe. Ich glaube an Corvey und an seine Rechte!"

„Und wie haltet Ihr es mit der Rückbesinnung auf die wahren Inhalte unseres Glaubens?"

„Rückbesinnung auf…" Der Prior ertappte sich dabei, wie er die Frage nochmals wiederholte, als wenn er sie gar nicht verstanden hätte.

„Bei allem steht der Glaube an Jesus Christus, Gottes Sohn, an erster Stelle. Ihr wollt doch wohl nicht ernstlich in Zweifel ziehen, dass das anders ist?"

„Nein, natürlich nicht. Doch Corvey hat sich immer noch nicht mit allen Konsequenzen der Bursfelder Kongregation angeschlossen. Wie haltet Ihr es mit Bursfelde?"

„Ihr könnt gar nicht ermessen, welche Schwierigkeiten auf dem Weg zum Anschluss hier zu bewältigen sind. Das ist nicht von heute auf morgen mit einem Federstrich zu erledigen. Leider hat unser verstorbener Abt, Gott habe ihn selig, schon viele alte Traditionen auf dem Altar der Kongregation geopfert. Stellt Euch vor: Jahrhunderte war Corvey die erste Adresse für Adelige, die ihre Kinder für eine geistliche Laufbahn vorgesehen hatten. Und dadurch war Corvey auch beim jeweiligen Kaiserhaus sehr angesehen. Doch glaubt Ihr, unser König Maximilian, der noch auf seine Kaiserkrönung wartet, würde Corvey kennen? Sicher nicht!"

„Aber verehrter Prior, seid Ihr denn nicht der Meinung, dass es besser ist, einen nichtadeligen Konvent zu haben, als gar keinen?" fragte Bruder Franz weiter.

„Schaut Euch doch um. Was will man von diesen dahergelaufenen Jungen erwarten. Glaubt Ihr ernsthaft, dass mit Ihnen Corvey zu alter Blüte wiedererstehen kann?"

Bruder Severin, der immer noch neben dem Prior sitzend diesen Disput verfolgte, hatte bei den letzten Worten den Prior am Ärmel gezupft. Doch Prior Johann war nun in Fahrt und ließ sich nicht mehr bremsen. Dass er dabei möglicherweise auch seine letzten Wahlchancen verspielte, darüber machte er sich jetzt keine Gedanken mehr.

„Unser erster Abt Adalhard aus dem glorreichen

Hause der Karolinger würde sich im Grabe umdrehen, wenn er sehen könnte, wie all das, was er und seine Mitbrüder aufgebaut haben, all das, was er an Privilegien erwirkt hat, nun im Strom der Beliebigkeit, im Strom der Gleichgültigkeit mitgerissen wird. Wenn sich Adalhards Nachfolger immer nur nach dem gerade herrschenden Zeitgeist gerichtet hätten, dann wäre Corvey schon längst untergegangen und wir alle nicht hier."

„Also verstehe ich Euch recht, dass Ihr den Anschluss an die Bursfelder Kongregation ablehnt?" fragte Bruder Franz nach.

„Ja. Eindeutig ja. Denn nur so können wir den Untergang Corveys verhindern."

Bisher hatten die anwesenden Mönche dem Disput still gelauscht. Doch nun ging ein Raunen durch den Konvent. Aber Prior Johann hatte seine letzte Trumpfkarte noch nicht ausgespielt. Mit seiner rechten Hand gebot er den Mönchen wieder zu schweigen. Er räusperte sich vernehmlich und fuhr nun wieder im ruhigen, ja fast väterlichem Ton fort:

„Brüder im Herrn, wir haben hier und heute eine Entscheidung von großer Tragweite für die Zukunft unseres Klosters zu treffen. Viele von uns sind noch neu und kennen die Zusammenhänge, die zu beachten sind nicht. Ihr wisst, dass Corvey nicht auf einer Insel erbaut ist, sondern im engen Geflecht einer größeren Gemeinschaft eingebunden ist. Da sind einerseits die Schutzherren aus Braunschweig und Hessen und da ist vor allem die unmittelbar vor unseren Toren liegende Stadt Höxter. Zu unserem Leidwesen ist es den Höxteraner in den vergangenen Jahrzehnten mehr und mehr gelungen, sich von Corvey zu emanzipieren. Insbesondere die Stadt Höxter wird genau verfolgen, wer heute zum Abt gewählt wird. Und Ihr könnt mir glauben, dass sie mit allen Mitteln verhindern wird, dass ein ihr nicht genehmer Abt wird Fuß fassen können. Das sollten wir unbedingt bei unserer Wahl bedenken.“

Mit diesem eindringlichen Appell schloss der Prior seine Ausführungen und das betretene Schweigen der versammelten Mönchsgemeinschaft zeigte ihm, dass seine Botschaft auf fruchtbaren Boden gefallen war. Da offensichtlich niemand mehr gewillt war, seinen Worten etwas hinzuzufügen oder eine Gegenrede zu beginnen, entließ er die Mönche zum Gebet in die Abteikirche und dem anschließenden Mittagsmahl.

21

Pünktlich zur Non versammelte sich der Konvent wieder im Refektorium, um nun die Wahl des neuen Abtes von Corvey vorzunehmen. Nach dem Essen hatten sich alle Mönche in ihre Zellen zurückgezogen. Franz von Ketteler war eine Gastzelle zugewiesen worden, wo er sich von der Anreise erholen konnte. Schweigend betraten nun fünfzehn wahlberechtigte Mönche und der Kandidat Franz von Ketteler den Speisesaal des Klosters. Wie schon am Vormittag bildeten sich drei Gruppen, die ihre Plätze einnahmen. Um Bruder Stephanus scharten sich Bruder Zacharias, Bruder Radbert und der Cellerar. Sie würden ganz sicher ihre Stimme für Franz von Ketteler abgeben. Auf der anderen Seite des Raumes platzierten sich Bruder Severin, der fruhere Propst Hermann von Mandelslo und dessen Bruder Hartmann, der ehemalige Kämmerer Christian Torneyg und Bruder Johannes. Sie standen fest auf der Seite von Prior Johann von der Lippe, der wieder den Vorsitz übernommen hatte. Eine dritte Gruppe bildeten die jungen Brüder, die erst im Laufe der letzten drei Jahre in Corvey aufgenommen worden waren. Sie kamen aus umliegenden Klöstern und waren die ersten nichtadeligen Mönche in Corvey. Auf ihre Stimmen würde es ankommen. Entsprechend hatte Prior Johann in den letzten Wochen versucht, sie auf seine Seite zu ziehen. Doch es hatte keine Anzeichen gegeben, ob ihm das auch tatsächlich gelungen war.

Der Prior eröffnete die Wahlversammlung, stellte die Anzahl der stimmberechtigten Konvent Mitglieder fest und beauftragte Veit als Wahlhelfer 15 Stimmzettel anzufertigen. Der Prior hatte erwartet, dass sich noch

Widerstand regen würde, weil der ehemalige Propst und der ehemalige Kämmerer an der Wahl teilnehmen wollten. Doch weder Bruder Stephanus, noch ein anderer Mönch intervenierten. So schrieb Veit 15 Mal die Namen von Prior Johann von der Lippe und Franz von Ketteler untereinander auf die vorbereiteten Zettel und gab jedem Mönch einen davon. Die Mönche wurden nun einzeln aufgerufen, gingen zu einem separaten Tisch, kreuzten dort ihren Kandidaten an und warfen anschließend ihre Zettel in eine kleine bereitgestellte Holzschale. Bruder Zacharias wählte als Letzter. Daraufhin gab der Prior Veit ein Zeichen, und Veit holte die Holzschale, um nun die Stimmen auszuzählen. Veit stellte die Schale vor Prior Johann ab und begann damit, den ersten Zettel zu ziehen. Laut las er den angekreuzten Namen vor: "Prior Johann von der Lippe". Er gab dem Prior den Zettel zur Kontrolle und dieser legte den Zettel vor sich ab. Auch der zweite Zettel trug dessen Namen. Doch dann kamen drei Stimmen für Franz von Ketteler. Die Spannung stieg bei allen im Refektorium versammelten Mönchen. Der sechste Zettel votierte für den Prior – drei zu drei. Dann kamen drei Stimmen für Franz von Ketteler, und Bruder Stephanus konnte sich ein breites Grinsen nicht verkneifen. Aber noch war nichts entschieden. Und tatsächlich, der Prior holte auf. Vier zu sechs, fünf zu sechs, sechs zu sechs. Nun nahte der Zeitpunkt der Entscheidung. Bruder Stephanus rechnete im Geiste mit und stellte fest, dass der Prior nun genau seine sechs Stimmen, die ihm auch im Vorfeld zugeschrieben wurden, erreicht hatte. Zwei der fünf unsicheren Mönche hatten bereits für Franz von Ketteler gestimmt. Der dreizehnte Stimmzettel lautete auf den Mönch aus dem Kloster Liesborn – sieben zu sechs. Doch der Prior war noch nicht geschlagen, denn die nächste Stimme war wieder für ihn. Der letzte Stimmzettel musste entscheiden. Die Mönche waren inzwischen von ihren Plätzen aufgestanden und umlagerten den Tisch, an dem Veit und der Prior vor der Holzschale saßen. Jeder wollte mit eigenen Augen sehen, was Veit verkündete, als er nun langsam seine Hand zum letzten Mal in die Schale führte und den 15. Zettel an sich nahm. Er öffnete ihn direkt vor seinen Augen, um vor allen anderen den Ausgang der Wahl zu erfahren. Dann legte er ihm den Prior vor und sagte laut: „Die letzte Stimme ist für Franz von Ketteler!“

Damit war die Wahl entschieden. Der Prior sackte in seinem Stuhl in sich zusammen und blieb dort fassungslos sitzen. Währenddessen bejubelten Bruder Stephanus und seine Mitstreiter die Wahl und beglückwünschten Franz von Ketteler. Bruder Severin fand als erster aus dem geschlagenen Lager die Fassung wieder und überprüfte noch einmal den Ausgang der Wahl. Doch das Ergebnis blieb. Franz von Ketteler war vom Corveyer Konvent zum neuen Abt gewahlt worden.

22

Die Rechnung von Bruder Stephanus war aufgegangen. Gerade noch rechtzeitig hatte er es geschafft, Franz von Ketteler nach Corvey zu bringen und dem Konvent vorzustellen. Der Wahlausgang war knapp und vor dem neuen Abt würde viel Arbeit liegen. Doch nun sollte die Wahl erst einmal gefeiert werden. Bruder Stephanus orderte beim Cellerar Wein, den dieser auch umgehend besorgte. Prior Johann von der Lippe und seine Wähler jedoch verließen das Refektorium. Noch nicht einmal einen Glückwunsch an den neuen Abt brachte der Prior zustande. Ein tiefer Riss ging durch den Corveyer Konvent.

Bruder Stephanus schenkte sich ein Glas des guten rheinischen Weins ein und nahm Veit zur Seite.

„Sag, Bruder, was hat es während meiner Abwesenheit gegeben? Wie ist es gegangen?"

„Oh, Bruder Stephanus, es war eine aufregende Zeit. Wenn ich doch nur gewusst hätte, wo du gewesen bist. Ich habe mir große Sorgen gemacht. Und...."

Der Novize legte eine kleine Pause ein, um seinen Worten noch mehr Gewicht zu verleihen.

„Und?" fragte Bruder Stephanus.

„Und ich war mit meinen Sorgen nicht allein", sagte Veit und blickte in das erstaunte Gesicht seines Mitbruders.

„So", tat Bruder Stephanus überrascht, „und wer hat sich noch um mich gesorgt?"

„Ein gewisser Hinrik Wulffes", antwortete Veit prompt.

Das war nun wirklich eine Überraschung für Bruder Stephanus, der eher an das Mitgefühl seiner Konventbrüder gedacht hatte.

„Hinrik Wulffes – woher kennst du den denn?“ fragte Bruder Stephanus nach.

„Ich habe deine Spuren verfolgt und bin dabei auf den Höxteraner Kaufmann gestoßen. Doch jetzt steckt er in großen Schwierigkeiten.“

„Hinrik Wulffes ist in Schwierigkeiten. Erzähl mir, was du weißt.“

Veit berichtete von seinen Treffen mit Hinrik Wulffes und dem Komplott, das gegen diesen geschmiedet worden war. Und er erzählte Bruder Stephanus auch, dass Hinrik Wulffes vor dem Rat erscheinen musste.

„Die letzte Ratssitzung des Jahres fand heute statt. Veit, wir müssen wissen, was man Hinrik Wulffes vorwirft und wie die Ratssitzung verlaufen ist. Du musst Dich morgen unbedingt nach Höxter begeben, um herauszufinden, wie es Hinrik Wulffes ergangen ist.“

In diesem Moment kam der neue Abt Franz von Ketteler auf die beiden Mönche zu. In seiner linken Hand hielt er ein Glas Rotwein, das ihm der Cellerar eingegossen hatte, die Rechte aber streckte er Bruder Stephanus entgegen.

„Bruder Stephanus, ich glaube ich habe mich noch gar nicht bei Euch bedankt. Ohne Euch wäre ich jetzt nicht Abt von Corvey.“ Mit diesem Worten drückte er die Hand von Bruder Stephanus und sah im dabei geradewegs in die Augen. Der Händedruck des neuen Abtes war fest, aber nicht zu fest. Schließlich wollte er seinem Gegenüber keine Schmerzen zufügen, so wie das bei einigen Menschen geschah, die der Meinung waren, je fester der Händedruck, je stärker die Persönlichkeit.

„Darf ich Euch den Novizen Veit vorstellen, ehrwürdiger Abt?“ ging Bruder Stephanus gar nicht auf das Lob ein.

„Der Stimmauszähler. Der Friede sei mit Euch!“ begrüßte der neue Abt Veit und reichte ihm zu dessen Überraschung ebenfalls seine Hand.

„Und mit Deinem Geiste“, antwortete Veit zunächst. Dann fügte er hinzu, während er die Hand des Abtes festhielt: “Ehrwürdiger Abt, ich gratuliere sehr herzlich zu Eurer Wahl und wünsche Euch Gottes Segen für all Euer Handeln hier in Corvey.“

„Danke, Veit. Das kann ich gebrauchen. Bruder Stephanus, habt Ihr eine Ahnung, was der Prior nun tun wird? Ich glaube, ich sollte dringend mit ihm sprechen. Oder?“

„Ja, das ist sicherlich unumgänglich. Doch heute sollten wir erst einmal Eure Wahl hier mit dem Konvent oder zumindest mit dem noch anwesenden Teil feiern. Morgen, nachdem Ihr den Menschen hier in Corvey vorgestellt worden seid und die Boten in das Corveyer Land unterwegs sind, um Eure Wahl bekannt zu machen, ist es immer noch zeitig genug, um mit dem Prior zu sprechen.“

„Gut, Bruder Stephanus. Ich vertraue Euch und Ihr habt sicherlich Recht. Genießen wir den Abend.“

Der Abt prostete den Brüdern zu und alle erhoben ihr Glas auf den neuen Landesherrn. Der Cellerar hatte nicht nur den besten Wein aus seinem Keller geholt, sondern er ließ nun auch ein reichhaltiges, mehrgängiges Essen auftragen. Die Mönche erfreuten sich der dargebotenen Speisen und sprachen auch dem Wein ordentlich zu. Veit freute sich, dass die Wahl so glücklich ausgegangen war. Doch schon bald verspürte er große Müdigkeit, und so verabschiedete er sich von der ausgelassenen Gesellschaft. Bevor er seine Zelle aufsuchen wollte, musste er bei den Latrinen vorbei. Diese lagen am östlichen Rand des Konventgebäudes. Da das Refektorium aber genau entgegengesetzt lag, verließ Veit den Gebäudekomplex durch die Küche und gelangte um das Konventgebäude herum zu den Latrinen. Auf dem Weg von den Latrinen zurück zum Konventgebäude hörte er ein lautes Rascheln, das dadurch hervorgerufen wurde, dass sich jemand schnell über das überall im Kloster verstreute Laub bewegte. Die Herbststürme hatten es zunächst von den Bäumen geweht und verteilten es nun den ganzen Winter über innerhalb der Klostermauern von einem Platz zum anderen. Wer sich im Kloster unbemerkt bewegen wollte, der musste schon genau aufpassen, dass er nicht durch das Laub verraten wurde. Veit blieb an der nordwestlichen Ecke des Konventgebäudes stehen und spähte in die Richtung, aus der er die Schritte vernahm. In einiger Entfernung sah er Bruder Severin, der mit einer Laterne zur Abtswohnung hinüber ging. Unmittelbar nach dem Tod von Abt Hermann von Bömelburg hatte sich der Prior die Abträumlichkeiten angeeignet und residierte dort. Eigentlich war Veit zu müde, um sich noch um irgendetwas zu kümmern. Doch Bruder Severins schneller, zielgerichteter Schritt ließ erkennen, dass er etwas vorhatte. Und an der Pforte schien auch noch etwas vor sich zu gehen. Denn von dort schimmerten ebenfalls einige Laternen durch den dunklen Abend. Offensichtlich waren noch Gäste nach Corvey gekommen. Veit wartete, bis Bruder Severin im Abtgebäude verschwunden war, dann folgte er ihm.

Wenn er herausfinden wollte, was Bruder Severin noch beim Prior wollte, dann musste er unerkannt in die Gemächer des Priors kommen. Durch den Haupteingang, durch den der Prior Bruder Severin nach dessen Anklopfen hereingelassen hatte, war für Veit die Gefahr zu groß erkannt zu werden. So überlegte er einen Augenblick, ging dann aber zielgerichtet um das Abtgebäude herum und probierte es an einer seitlichen Tür, die in Richtung Paradies und weiter zum Westwerk der Abteikirche führte. Diesen Ausgang nutzen die Äbte, um den Weg zu den Stundengebeten und Gottesdiensten zu verkürzen. Die Tür war nicht verschlossen. Veit öffnete sie langsam, um ein Knarren zu vermeiden. Er kannte sich seit der Zeit, als er Abt Hermann in dessen letzten Tagen gepflegt hatte, gut im Abtgebäude aus. Vermutlich hatte der Prior Bruder Severin in sein Arbeitszimmer geführt. Direkt neben dem Arbeitszimmer lag das Schlafzimmer. Über den kleinen Flur, in dem sich Veit nun befand, gelangte er direkt in das Schlafzimmer. Und tatsächlich, Prior Johann und Bruder Severin waren im Arbeitszimmer. Veit schlich an die Verbindungstür zum Arbeitszimmer und lauschte angestrengt der Unterhaltung der beiden Mönche.

„Wir hätten die Wahl verhindern müssen", hörte er gerade den Prior mit bitterer Stimme sagen, als er sich im Schlafzimmer nahe der Tür eingerichtet hatte.

„Das war aber nicht mehr möglich, wie Ihr selbst gesehen habt", antwortete Bruder Severin. „Wir sollten vielmehr überlegen, was wir jetzt unternehmen."

„Und an was habt Ihr gedacht?" fragte der Prior seinen Vertrauten.

„Nun, noch weiß niemand außerhalb von Corvey wie die Wahl ausgegangen ist."

„Was wollt Ihr damit andeuten?"

„Wenn wir noch heute Nacht neue Tatsachen schaffen, wird niemand hinterfragen können, was sich wirklich im Konvent abgespielt hat."

„Aber das bedeutet..." der Prior sprach seinen Gedanken nicht aus.

„Das bedeutet, dass wir, solange die anderen Mönche mit Franz von Ketteler feiern, zuschlagen müssen."

„Und wie stellt Ihr Euch das vor?"

„Hans Veltmans hat Euch jederzeit seine Hilfe angeboten, nicht wahr?"

„Das ist richtig, Bruder Severin. Ihr meint, wir sollten ihn und seine Leute nach Corvey holen?"

„Ja, das sollten wir unverzüglich tun. Und dann werden wir die ganze Brut dort im Refektorium einfach aus Corvey vertreiben und Euch zum Abt ausrufen."

In diesem Moment klopfte es an der Tür zur Abtswohnung.

„Bitte seid so gut, Bruder Severin, und schaut nach, wer zu so später Stunde noch zu uns kommt."

Bruder Severin verließ das Arbeitszimmer und ging zur Tür. Kurze Zeit später kam er in Begleitung eines kräftigen Mannes zurück, der einen langen Mantel mit Kapuze trug.

„Ehrwürdiger Prior, das ist der päpstliche Legat Arcembold."

„Willkommen in Corvey, Euer Eminenz. Legt doch bitte ab und nehmt Platz", begrüßte der Prior seinen Gast. Bruder Severin half dem Mann, seinen Mantel auszuziehen und reichte ihm anschließend ein Glas Wein.

„Wir haben schon lange auf Euch gewartet", eröffnete der Prior das Gespräch und musterte dabei den Legaten.

„Ja, ehrwürdiger Prior, ich weiß. Doch es hat Verzögerungen gegeben. Und ich musste vorsichtig sein. Denn mein Bote, den ich vor einigen Wochen vorgeschickt hatte, ist bisher nicht zurückgekommen. Er sollte in Höxter Quartier beziehen und dort Erkundigungen einziehen. Habt Ihr vielleicht etwas von ihm gehört?"

Der Prior und Bruder Severin sahen sich kurz an, dann antwortete der Prior: „Nein, leider nicht. Doch wir wissen vieles nicht von dem, was in Höxter vor sich geht. Vielleicht ist er ja auch unterwegs aufgehalten worden."

„Ja, das kann gut sein. Ich werde jedenfalls nachforschen. Ehrwürdiger Prior, ich bin im Auftrag von Papst Julius in den nordischen Ländern unterwegs gewesen, um dort für den Bau der neuen Peterskirche Geld zu sammeln. Doch zu Euch komme ich eher in einer Privatangelegenheit. Wie Ihr mir mitgeteilt habt, verfügt die alte Abtei Corvey über ein ganz besonderes Exemplar einer alten Handschrift, dass ich gern erwerben würde."

Prior Johann lehnte sich in seinem Sessel weiter zurück und überlegte, wie er in den nun folgenden Verhandlungen einen möglichst hohen Preis für das Objekt der Begierde würde erzielen können. Und ihm kam eine Idee.

„Das ist richtig", antwortete der Prior. „Wir würden Euren Wunsch auch gern erfüllen. Da es sich jedoch um das wertvollste Stück unserer gesamten Bibliothek handelt, hat es natürlich seinen Preis."

„Das verstehe ich", sagte der Italiener und faltete seine Hände wie zum Gebet vor seinem Gesicht.

„Ich verstehe", wiederholte der Legat, „nennt mir Euren Preis."

„Das ist nicht ganz einfach, Euer Eminenz. Ich besitze bereits viele irdische Reichtümer und bin eigentlich saturiert."

„Nun, ehrwürdiger Prior, das Himmelreich kann ich Euch leider nicht versprechen", antwortete der Legat und lachte dabei.

Auch der Prior lächelte, wenn auch merklich gequält. Doch er musste sich auf das Spiel des Italieners einlassen. Und wenn er eines gelernt hatte in seinem Leben, dann war es erfolgreich zu verhandeln. Den Gegenüber in Sicherheit wiegen, ihm scheinbar Zugeständnisse machen, aber nie als erster ein ernsthaftes Angebot unterbreiten, es sei denn man hatte eine komfortable Verhandlungsposition. Und die hatte Prior Johann von der Lippe in der Tat. Und dessen war er sich mehr als bewusst. Deshalb konnte er sich auch in die Offensive wagen.

Und so antwortete er: „Nein, das Himmelreich sicher nicht. Aber Ihr könntet zu meinem Seelenheil erheblich beitragen, wenn es mir mit Eurer Hilfe gelänge, Abt von Corvey zu werden."

Legat Arcembold zog unwillkürlich seine linke Wimper in die Höhe und drückte damit seine Überraschung über den Wunsch des Priors aus.

„Wie ich hörte, ist Euer Abt kürzlich verstorben. Ihr seid der Prior. Da dürfte es Euch doch wohl nicht schwer fallen, vom Konvent zum neuen Abt gewählt zu werden."

Legat Arcembold unterlegte seine Worte erneut mit einem süffisanten Schmunzeln. „Oder gehe ich fehl in dieser Annahme?"

„Na ja, die Situation ist ein wenig kompliziert", redete der Prior um die Tatsache herum, dass bereits ein neuer Abt gewählt worden war.

„Aber wie soll ich Euch helfen?" war dem Gast nicht ganz klar, welche Rolle von ihm erwartet wurde.

„Nun, Euer Eminenz. In Corvey kann niemand auf Dauer Abt sein, wenn er nicht die Bestätigung aus Rom bekommt. Ich erwarte von Euch nichts anderes, als dass Ihr mir die Bestätigung des Papstes verschafft, wenn ich Euch die alte Handschrift aushändige."

„Ah, jetzt verstehe ich Euch", und dabei blies der Gesandte einen leichten Pfeifton durch seine Lippen.

„Da Ihr Schwierigkeiten mit dem Konvent habt, wollt Ihr die Beglaubigung aus Rom im Gegenzug zur Handschrift."

„Ganz recht", antwortete der Prior und atmete auf, dass ihn der Vertraute des Medici-Kardinals auf Anhieb verstand. „Alles andere hier vor Ort werde ich selbst erledigen können. Bruder Severin und ich haben soeben alles Notwendige besprochen."

„Gut, abgemacht. Nun lasst mich aber das Werk begutachten. Und es handelt sich tatsächlich um eine Abschrift der Annalen des römischen Historikers Tacitus?"

Der Prior antwortete voller Stolz: „Ja, zweifelsohne, Eminenz. Es ist eindeutig ein Tacitus. Er ist sehr gut erhalten und ich bin mir sicher, dass der Kodex einmalig ist."

Dann gab er Bruder Severin ein Zeichen und forderte ihn auf: "Bruder Severin, holt uns nun bitte den Tacitus herbei."

Veit traute kaum seinen Ohren. Der Prior hatte also noch längst nicht den Kampf um die Abtwürde von Corvey verloren gegeben. Und soeben hatte er sich einen mächtigen Verbündeten gesichert. Veit hörte, wie sich Bruder Severin zum Haupteingang des Abtgebäudes begab. Er überlegte kurz, ob er Bruder Severin folgen oder besser in seinem Versteck bleiben sollte. Intuitiv entschied er sich, Bruder Severin zu folgen, denn eigentlich hatte er hier alles gehört, was er hören musste. Bruder Severin ging mit seiner Laterne in Richtung Abteikirche und von dort zielgerichtet zur Bibliothek. Veit blieb ihm knapp auf den Fersen. Bruder Severin betrat das Bibliotheksgebäude und begab sich auf den Dachboden, um die alte Handschrift zu holen. Veit folgte ihm vorsichtig nach, um in etwa feststellen zu können, von welcher Stelle Bruder Severin das alte Werk entnahm. Dann versteckte er sich auf dem Dachboden und ließ Bruder Severin den Vortritt beim Absteigen. Dabei spielte er alle Möglichkeiten durch, die sich ihm boten. Sollte er den Bibliothekar einfach mit der kostbaren Handschrift ziehen lassen? Oder sollte er versuchen, sie ihm zu entreißen? Oder sollte er die Entwicklungen umgehend Bruder Stephanus berichten und von ihm weiteren Rat erfragen? Veit war sich unschlüssig. Der Bibliothekar hatte inzwischen die Bibliothek bereits wieder verlassen und hielt den alten Kodex unter seiner Kutte verborgen, als er schnellen Schrittes zur Abtswohnung zurückeilte. Veit folgte jetzt in sicherem Abstand und entschloss sich, wieder im Schlafgemach der Äbte Stellung zu beziehen.

Der päpstliche Legat nahm voller Hochachtung den Kodex entgegen. Mit seiner rechten Hand strich er über den roten Buchrücken. Dann öffnete er behutsam die Eisenbeschläge des Buches, ehe er langsam die Seiten durchzublättern begann. Das Pergament wies an vielen Stellen Feuchtigkeitsflecken auf, die darauf schließen ließen, dass die Handschrift nicht immer sachgerecht gelagert worden war. Auf jeder Seite waren die Buchstaben TS, die Sphragis, das Erkennungszeichen der Corveyer Bibliothek, eingraviert. Die Titel der einzelnen Kapitel waren in roter Farbe dargestellt, die Seiten in lateinischer Schrift nummeriert. Am rechten Rand der einzelnen Seiten war vom Schreiber reichlich Platz gelassen worden. Vermutlich, um Lesern Raum für Randnotizen zu bieten.

Der Legat Arcembold begutachtete mit großer Begeisterung das Werk.

„Gibt es Anhaltspunkte, wann und wo die Handschrift entstanden ist?“

Das war das Gebiet von Bruder Severin und so antwortete dieser: „Es könnte hier in Corvey in unserem großen Skriptorium abgeschrieben worden sein. Ihr müsst wissen, dass das Corveyer Skriptorium vor einigen Jahrhunderten noch zu den bedeutendsten seiner Art diesseits der Alpen gehörte. Damals entstanden hier viele wichtige Werke. Aber leider ist seither auch vieles wieder verlorengegangen. Wir dürfen davon ausgehen, dass die Tacitus-Handschrift vor etwa sechshundert Jahren entstanden ist. Darauf lässt die Karolingische Schrift schließen, die zu dieser Zeit im Deutschen Reich üblich war. Wie man unschwer erkennen kann, ist sie durch verschiedene Hände geschrieben worden. Dabei ist nicht klar, ob mehrere Mönche gleichzeitig an der Abschrift arbeiteten oder ob sie nacheinander tätig waren. Als Entstehungsort kommt übrigens auch das Kloster Fulda in Frage, zu dem Corvey immer in engen Beziehungen stand.“

„Fulda ist mir durch meine Reisen bekannt. Und dort

hatte ich natürlich auch nach einem Werk von Tacitus gefragt. Denn der große deutsche Gelehrte Nikolaus von Kues, der bei uns Cusanus genannt wurde, hat vor einigen Jahrzehnten behauptet, unter anderem auch eine Handschrift des Tacitus in Fulda entdeckt zu haben. Doch der Fuldaer Bibliothekar konnte mir nicht helfen."

„Aber jetzt seid Ihr ja an die richtige Adresse gelangt", mischte sich nun der Prior wieder in das Gespräch ein. „Und wir können liefern."

Der Legat blätterte immer noch die Handschrift durch, befühlte immer wieder neu die Seiten und versuchte auch den einen oder anderen Satz zu lesen, um wirklich sicher zu gehen, dass es sich um einen Tacitus handelte. Schließlich klappte er das Buch wieder zu und verschloss es.

„Dann sind wir uns also einig?" fragte der Prior nach einer endlos scheinenden Pause.

„Amen. So sei es", lautete die Antwort des Italieners.

Veit hatte nun genug gehört und verließ schnell seinen Horchposten.

23

Hinrik Wulffes, seid Ihr da?"

Eine eindringliche Flüsterstimme weckte den Höxteraner Kaufmann auf. Nach der Vernehmung vor dem Rat hatte man ihn direkt zwei Etagen tiefer in das Stadtgefängnis im Ratskeller gebracht. Glücklicherweise hatte er seinen dicken Mantel mit, da es hier unten nicht nur feucht, sondern vor allem auch kalt war. Zudem war er froh, in dieser Nacht der einzige Gefangene zu sein, so musste er sein Verlies nicht noch mit anderen teilen. Die Ratten, die er hier und da rascheln hörte, waren ihm Gesellschaft genug.

„Mester Wulffes, meldet Euch!" war die Stimme wieder zu vernehmen.

Hinrik Wulffes rieb sich die Müdigkeit aus seinen Augen, erhob sich langsam von seiner einfachen Holzpritsche und ging zu dem kleinen, nur mit Eisenstäben vergitterten Kellerfenster, von wo aus er glaubte, die Stimme gehört zu haben.

„Wer ruft?"

„Hier ist Bruder Stephanus", antwortete die Stimme von draußen. „Ihr müsst fliehen, und Veit und ich werden Euch dabei helfen."

„Aber das wäre ein Schuldeingeständnis", antwortete Hinrik Wulffes, der die Notwendigkeit dieses Planes noch nicht sah. „Ich bleibe, denn ich bin unschuldig."

„Das wissen wir. Doch die Dinge entwickeln sich leider zu unserem Nachteil. Glaubt mir, Ihr müsst Höxter und wir müssen Corvey verlassen. Sagt schnell, wie können wir Euch am besten befreien?"

Hinrik Wulffes ließ seinen Blick durch das Gefängnis schweifen und versuchte sich an den Weg vom Ratssaal bis hierhin zu erinnern.

„Sagt, was ist geschehen, dass wir fliehen müssen?" fragte Hinrik Wulffes.

„Später, Mester Wulffes, später. Nur soviel schon: Prior Johann und Hans Veltmans haben eine unheilvolle Allianz gebildet, die Euch an den Galgen bringen kann."

Hinrik Wulffes sah ein, dass jetzt nicht die Zeit für lange Erklärungen war. Und wenn Bruder Stephanus, der immer gut unterrichtet war, ihm zur Flucht riet, dann wusste er, dass er diesen Rat besser annehmen sollte.

„Könnt Ihr die Gitterstäbe dieses kleinen Fensters soweit auseinander biegen, dass ich hindurch komme?" arbeitete der Kaufmann nun am Fluchtplan mit.

„Veit, gib mir das Brecheisen" flüsterte Bruder Stephanus seinem Begleiter zu. Kaum hatte er das Eisen in der Hand, das die beiden vorsorglich aus Corvey mitgebracht hatten, entwickelte der Mönch ungeahnte Kräfte und schaffte es, den ersten Eisenstab zu verbiegen. Doch die Lücke reichte noch nicht. Der zweite der insgesamt vier Eisenstäbe gab nicht so leicht nach. Bruder Stephanus quälte sich und legte alle Kraft gegen das Stück Eisen in seinen Händen. Doch es reichte nicht. Erschöpft ließ er das Brecheisen sinken, um sich eine kleine Pause zu gönnen. Da nahm ihm Veit das Brecheisen ab und versuchte sich seinerseits. Und tatsächlich, langsam gab der Gitterstab nach und die Lücke wurde schließlich groß genug, um Hinrik Wulffes ins Freie schlüpfen zu lassen. Schnell führten Veit und Bruder Stephanus den Kaufmann zu den Pferden, die sie an einem Baum hinter der benachbarten Kilianikirche festgebunden hatten. Für Hinrik Wulffes hatten sie ein eigenes Pferd mitgebracht. Um möglichst wenig Aufsehen zu erregen, führten sie die Pferde an der Leine zur Weser. Von dort aus wollten sie weiter zur Weserbrücke und dann auf die andere Weserseite.

„Wir treffen uns bei St. Aegidien", raunte Hinrik Wulffes kurz vor der Weserbrücke seinen Begleitern zu und bog in nördliche Richtung ab. „Ich muss noch einmal nach Hause und einige Dinge holen sowie mich von meiner Frau verabschieden, da sie sonst vor Kummer sterben würde."

„Gut, dann bis gleich bei St. Aegidien", bestätigte Bruder Stephanus.

Veit fühlte sich hin- und hergerissen. Auch er wollte, nein er musste sich verabschieden. Doch wie sollte er das verständlich machen? Schließlich kam ihn eine Idee:

„Ich begleite Mester Wulffes besser, denn schließlich ist er ein entflohener Gefangener."

Bruder Stephanus wollte zuerst protestieren, doch Veit hatte schon die Richtung von Hinrik Wulffes eingeschlagen und sich einige Meter von seinem Mitbruder entfernt. So ließ ihn Bruder Stephanus ziehen, um kein unnötiges Aufsehen zu erregen.

Hinrik Wulffes führte sein Pferd durch den Hintereingang in den Garten und Veit folgte.

„Pass auf die Pferde auf. Ich bin gleich wieder da", gab der Kaufmann dem Novizen einen knappen Befehl und verschwand in seinem Haus. Veit band die Pferde schnell am Eingangstor fest und begab sich ebenfalls über die hintere Tür in das Wulffsche Haus. Wo hatte Alheyd ihren Schlafraum?

Veit schlich leise die Treppe in das erste Obergeschoss hoch. Dort hörte er leise Stimmen, die von Hinrik Wulffes und seiner Frau zu stammen schienen. Da er glaubte, Alheyd ein Stockwerk höher am Fenster stehen gesehen zu haben, schlich er weiter und versuchte sich zu orientieren. Von den sechs sich ihm nun anbietenden Türen wählte er eine der mittleren aus und trat leise ein. Langsam ging er zu dem Bett, das an der linken Wand stand und beugte sich über die dort schlafende Person. Er hatte richtig vermutet. Hier lag Alheyd. Mit einer leichten Berührung an der Schulter weckte er sie und hielt gleichzeitig eine Hand auf ihren Mund. Alheyd wurde sofort wach und erschrak. Doch genauso schnell fasste sie sich wieder.

„Veit, was machst du hier?“

„Ich muss mich von dir verabschieden“ hauchte er.

„Verabschieden. Warum?“

Veit legte seinen rechten Zeigefinger auf ihre Lippe und bedeutete ihr dadurch leise zu sein.

„Psst. Deine Mutter wird dir Morgen alles erklären. Wir müssen fliehen.“

„Wir? Wer ist wir?“

„Dein Vater, Bruder Stephanus und ich.“

„Mein Vater sitzt im Gefängnis des Rathauses.“

„Nein, wir haben ihn befreit. Er spricht gerade unten mit deiner Mutter und verabschiedet sich. Und das wollte ich auch tun.“

„Oh Veit. Das kannst du nicht tun. Liebst du mich denn nicht?“

„Alheyd, du weißt, dass ich die liebe. Doch wir müssen Höxter verlassen und wir wissen noch nicht, wohin uns unsere Mission führen wird. Doch ich werde in Gedanken immer bei dir sein.“

„In Gedanken ... das ist mir zu wenig.“

„Alheyd, bitte.“

Jetzt beugte sich Veit zu ihr hinunter und gab ihr einen Kuss auf die Stirn. Dann stand er schnell vom Bett auf und verließ das Zimmer. Er schaffte es gerade noch rechtzeitig, vor Hinrik Wulffes bei den Pferden im Garten zu sein.

24

Nachdem Veit seinen Horchposten im Schlafzimmer der Äbte verlassen hatte, war er zu den feiernden Brüdern zurückgekehrt und hatte Bruder Stephanus berichtet, was er gehört hatte. Bruder Stephanus hatte schnell erfasst, in welch bedrohlicher Lage sich der neue Abt und seine Mitbrüder befanden. Wenn des Priors Plan gelänge, dann würden alle, die Franz von Ketteler zum neuen Abt gewählt hatten, schon bald Gefangene in Corvey sein. Und wer weiß, ob sich der Prior nicht zu noch Schlimmeren würde hinreißen lassen. Wenn es um die Macht ging, kannte dieser keine Skrupel. Bruder Stephanus hatte sich kurz mit Franz von Ketteler beratschlagt, und dann hatten sie entschieden, dass der Abt in Begleitung einiger Mönche Corvey verlassen und wieder in sein Stammkloster Liesborn zurückkehren solle, bis sich die Lage in Corvey für ihn wieder günstig entwickelt habe. Bruder Stephanus und Veit hatten sich dagegen aufgemacht, um Hinrik Wulffes zu befreien. Gemeinsam mit dem erfahrenen Kaufmann wollten sie sich auf die Verfolgung des Handschriftenjägers begeben. Einerseits wollten sie Hinrik Wulffes nicht seinem Schicksal überlassen, andererseits konnte Hinrik Wulffes mit seiner weltläufigen Erfahrung eine wertvolle Hilfe sein. Dabei ging es Bruder Stephanus nicht nur um die bedeutende Corveyer Handschrift, die Annalen des Tacitus, sondern auch darum, wer zukünftig in Corvey als Abt fungieren würde. Er hatte Veits Bericht entnommen, dass nun beides eng miteinander verknüpft war, und dass die Entscheidungen über die Zukunft der alten Reichsabtei in Italien getroffen würden. Denn dahin wollte der Handschriftenjäger zurückkehren.

Als Veit die Pferde für Bruder Stephanus, Hinrik Wulffes und sich selbst aus dem Stall hatte holen wollen, war Bruder Severin an ihm auf einem Rappen vorbeigejagt. Veit hatte sich im letzten Moment noch in Sicherheit bringen können. Soweit er hatte erkennen können, war der Bibliothekar in Richtung Höxter davon geritten. Und noch bevor Veit und Bruder Stephanus ebenfalls nach Höxter unterwegs gewesen waren, verließ ein weiterer Reiter Corvey. Es war der italienische Handschriftenhändler.

Trotz eisiger Kälte waren die beiden Mönche und Hinrik Wulffes die ganze Nacht und den folgenden Morgen weseraufwärts geritten. Ihr Ziel war das Kloster Bursfelde. Dort erhofften sie sich weitere Informationen zu dem italienischen Handschriftenjäger, eine warme Mahlzeit und eine Unterkunft für die Nacht. Am frühen Nachmittag setzte Schneetreiben ein, das schließlich so stark wurde, dass man kaum noch die Hand vor Augen sah. Durch den immer höher werdenden Schnee fiel es den drei Reitern immer schwerer voranzukommen. Immer wieder blieben die Pferde im tiefen Schnee stecken oder weigerten sich weiterzugehen. So waren die Reiter schließlich gezwungen abzusteigen und den beschwerlichen Weg zu Fuß zurückzulegen. Als bereits die Dunkelheit einzusetzen drohte, erreichten sie ein kleines Dorf, das im engen Tal zwischen Weser und Solling eingebettet war. Allein schon wegen der Pferde hatten sie keine Wahl: hier mussten sie sich ein Nachtlager suchen. Dieses fanden sie dann auch bei einem Bauern, der gegen ein geringes Entgelt die Pferde in seiner Scheune versorgte und den Reisenden Unterkunft in seiner kargen, aber dafür trockenen und warmen Stube gewährte. Auf Stroh wurde ein Nachtlager hergerichtet, auf dem Veit, kaum, dass er sich hingelegt hatte, auch schon eingeschlafen war. Bruder Stephanus sah neidvoll auf den jungen Novizen, wie schnell sich dieser mit den Umständen abfand und seinem Körper den dringend notwendigen Schlaf gönnte. Doch auch Bruder Stephanus und Hinrik Wulffes waren durch die Ereignisse der letzten Nacht und dem beschwerlichen Ritt so ermüdet, dass sie nicht mehr mitbekamen, wie wenig später noch zwei weitere Besucher in das Dorf kamen und ebenfalls um ein Nachtquartier baten.

Am anderen Morgen weckte Bruder Stephanus seine Begleiter und sie stärkten sich mit einer Milchsuppe und reichlich Brot. Dann machten sie sich auf ihren Weg in Richtung Bursfelde. Das Kloster hatten sie nur um wenige Meilen verfehlt. Schon nach kurzer Zeit sahen sie die Abtei mit ihren stolz aufragenden Westtürmen im klaren Licht eines schönen Neujahrstages. Der Schneesturm des Vortages war wie weggeblasen und die Sonne spiegelte sich auf dem Schnee, der die gesamte Landschaft eingehüllt hatte. Der nahe Bramwald blickte majestätisch mit seinen eisstarrenden Bäumen, die zu einem großen bizarren Strauß zusammengewachsen schienen, auf die Landschaft herab. Einzig die Weser zog wie immer ihre gleichmäßige, jetzt winterlich ruhige Bahn und bildete den Trennstrich zwischen dem Hügelland diesseits und dem Weideland jenseits des Flusses. Das Kloster Bursfelde war an den Unterlauf des kleinen Flusses Nieme, der hier in die Weser mündete, gebaut worden. Eine alte Sage überlieferte, dass an dieser Stelle die Franken und die Sachsen nach den langen Kriegen in der Zeit Karls des Großen Frieden geschlossen hätten. Vielleicht war das der Grund, warum gerade hier Heinrich von Northeim, der auch der Fette genannt wurde, dieses Kloster gegründet hatte. Erst kürzlich hatte man dem Gründer eine Grabplatte über seiner angeblichen Grablege in Bursfelde geschaffen. Die ersten Mönche, die in die Einsamkeit von Bursfelde vor über 400 Jahren gezogen waren, kamen aus Corvey. Sie bewirtschafteten das Kloster gut und erhielten weiteren reichhaltigen Besitz durch Schenkungen wie sie allerorten für Klöster üblich waren. Doch im letzten Jahrhundert war auch Bursfelde soweit abgewirtschaftet worden, dass es dem Verfall preisgegeben war. Erst mit dem Einzug von Abt Johannes Dederoth ging es wieder aufwärts. Abt Johannes hatte von einem Aufenthalt im Kloster St. Giustina aus Italien ein Reformprogramm mitgebracht, das er konsequent in Bursfelde umsetzte. Die Konzile von Konstanz und Basel hatten Pate gestanden. Seine Erneuerungsbewegung fand große Resonanz in vielen Klöstern, die sich schließlich zur Bursfelder Kongregation zusammenschlossen, jenem Verbund, dem auch Corvey bereits unter Abt Hermann beizutreten beabsichtigt hatte, dessen spirituelle Erneuerung aber längst noch nicht umgesetzt war. Seit zwei Jahren stand Bursfelde unter der Leitung des noch jungen Abtes Heinrich Ohm, der der vierte Nachfolger des Reformbegründers Johannes Dederoth war.

Die drei Reiter näherten sich nun langsam der Abtei. Die beiden Mönche hatten trotz der strahlenden Sonne ihre Kapuzen über ihre Köpfe gezogen und ihre schweren Mäntel bis zum Hals zugeknöpft. Vor allem Veit machte die winterliche Kälte zu schaffen, auch wenn er sich extra lange Beinkleider vor ihrer Abreise besorgt hatte. Auch Bruder Stephanus konnte sich Besseres als einen Ritt durch eine tief verschneite Winterlandschaft vorstellen, doch er zeigte es nicht. Hinrik Wulffes hingegen war es gewohnt, bei Wind und Wetter unterwegs zu sein. Der Kaufmann saß entsprechend locker auf seinem Pferd, hatte jetzt gar seinen Mantel ein wenig geöffnet und genoss die klare Luft.

„Wart Ihr schon mal im Kloster Bursfelde“, unterbrach Veit die Stille, durch die sie fast die ganze Zeit seit ihrem Nachtlager in dem kleinen Weserdorf geritten waren, an Bruder Stephanus gewandt.

„Ja, vor allem in meiner Zeit als Bibliothekar von Corvey. Die Bursfelder Mönche versuchen seit einigen Jahren ihre Bibliothek weiter auszubauen. Wir haben sie dabei von Corvey aus unterstützt. Etliche Werke, die wir doppelt hatten und gut entbehren konnten, sind nach Bursfelde gewandert. In dieser Zeit stand ich in regem Kontakt mit dem dortigen Bruder Bibliothekar und auch dem Abt, der leider vor zwei Jahren verstorben ist."

„Und der Bibliothekar, lebt der noch?" fragte Veit weiter nach.

„Das weiß ich leider nicht. Ich habe von ihm nichts mehr gehört, nachdem Bruder Severin die Bibliothek in Corvey übernommen hat."

Inzwischen hatten die drei Reisenden die Abteikirche erreicht und stiegen nun von ihren Pferden. Kaum hatten sie festen Boden unter ihren Füßen, als auch bereits ein Mönch kam, sie begrüßte und sie auf Wunsch von Bruder Stephanus zum Abt geleitete. Abt Heinrich war ein asketischer junger Mann, der im Habit des Abtes viel Würde ausstrahlte. Seine Augen musterten aufmerksam seine Gäste, wobei ein freundliches Lächeln seine Mundwinkel umspielte. In seinem Arbeitszimmer türmten sich gleich auf mehreren Tischen Stapel von Büchern, Pergamenten und Schriftrollen.

„Verzeiht, ehrwürdiger Abt, dass wir Euch in Eurem Studium stören. Ihr habt gewiss viel zu tun", eröffnete Bruder Stephanus das Gespräch.

„Ja, mein Bruder", antwortete der Abt, „ wir leben in einer Zeit der geistigen Erneuerung. Ich stehe in regem Schriftverkehr mit allen Abteien, die sich unserer Kongregation angeschlossen haben, und immer wieder gibt es neue Fragen, auf die Antworten nicht leicht zu finden sind. Doch sagt, wie steht es um Corvey? Habt Ihr bereits einen Nachfolger für Abt Hermann gefunden?"

Natürlich waren auch die Mitbrüder in Bursfelde vom Tod Abt Hermanns von Bömelburg unterrichtet worden. Bruder Stephanus berichtete über die schwierige Suche nach einem Nachfolger und schließlich über die Wahl von Franz von Ketteler zum neuen Abt. Und dann erzählte er von den Ereignissen der letzten Tage.

„Und so haben wir uns zum Verlassen von Corvey entschlossen. Einige Brüder sind mit Franz von Ketteler in dessen Stammkloster Liesborn aufgebrochen und wir sind hierher gekommen", schloss Bruder Stephanus seinen Bericht.

„Das ist keine gute Nachricht. Ich hatte gehofft, dass Corvey, das wir immer noch als unser Mutterkloster betrachten, endlich wieder in die richtigen Bahnen gelenkt würde. Abt Hermann hat mir mehrfach über die großen Schwierigkeiten berichtet, doch er klang eigentlich ganz hoffnungsfroh, dass mit dem Ausscheiden der älteren, uneinsichtigen Brüder nun auch Corvey ein vollwertiges und wichtiges Glied unseres Verbundes werden würde. Im nächsten Generalkapitel sollte die formelle Aufnahme Corveys beschlossen werden. Ich hätte nie erwartet, dass Prior Johann so wenig Skrupel hat, seine Ziele gegen den Willen der Mehrheit des Konvents durchzusetzen."

„Wir haben das auch nicht geglaubt, doch dem Prior und seiner Gruppe geht es nur um zweierlei: Macht und Wohlstand."

Zur Unterstreichung seiner letzten Worte klopfte Bruder Stephanus auf einen dicken Ledereinband, der direkt vor ihm auf einem Bücherstapel zuoberst lag.

„Augustinus, Haymo von Auxerre, Heinrich von Friemar und Johannes Hagen", ließ sich nun der Abt vernehmen.

„Verzeihung, Hochwürden?" blickte Bruder Stephanus ungläubig zu seinem Gegenüber, dessen Einlassung er nicht zuordnen konnte.

„Erbauliche Lektüre für uns alle, auf die Ihr gerade geklopft habt. Unsere Bibliothek ist zwar längst nicht so vielfältig wie die Eure in Corvey, doch dafür besitzen wir viele neuere Werke, die sich zu lesen allemal lohnt."

„Ich verstehe", gab nun Bruder Stephanus zurück. „Doch wir sind nicht wegen Eurer Bücher hier, sondern uns ist ein ganz wichtiger Kodex, ja wie soll ich sagen, abhanden gekommen."

Bruder Stephanus berichtete nun von dem Handschriftenhändler aus Italien. Und da er schnell Vertrauen zum Bursfelder Abt gewonnen hatte, ging er schließlich auch ausführlich auf die Vereinbarung, die zwischen Prior Johann und dem Handschriftenhändler geschlossen worden war, ein.

„Ihr seht, wie wichtig es für uns sein wird, den Tacitus zurückzubekommen", schloss Bruder Stephanus.

„Ich werde noch heute ein Schreiben aufsetzen, das über die skandalösen Vorgänge in Corvey nach der Abtwahl berichtet. Ich werde dieses an alle angeschlossenen Abteien versenden. Eine Ausfertigung aber solltet ihr mitnehmen. Vielleicht kann sie Euch helfen. Nun aber stärkt Euch erst einmal und ruht Euch ein wenig aus."

Abt Heinrich reichte seinen Gästen die Hand zum Abschied und setzte sich wieder an seinen dicken Eichentisch, auf dem sich die Korrespondenz stapelte, während Bruder Stephanus, Hinrik Wulffes und Veit zum Refektorium geleitet wurden.

Wenig später näherten sich zwei weitere Reiter dem Kloster Bursfelde. Bevor sie jedoch in Sichtweite kamen, trennten sich ihre Wege. Während der eine Reiter abstieg und sein Pferd in den nahen Wald lenkte, ritt der andere direkt auf das Kloster zu.

25

Der neue Gast wurde im Kloster genauso herzlich empfangen, wie die Reisenden zuvor. Doch er hatte keine Zeit für eine freundliche Konversation, sondern verlangte umgehend Abt Heinrich zu sprechen. Als er das Arbeitszimmer des Abtes schnellen Schrittes betrat, erkannte ihn Abt Heinrich sofort.

„Der Friede sei mit Euch", begrüßte der Abt seinen Gast.

„Und mit Deinem Geiste", leierte der Ankömmling ohne besondere Betonung zurück.

„Bruder Severin, was führt Euch in dieser garstigen Jahreszeit von Corvey hierher?" fragte der Abt.

„Ehrwürdiger Abt, ich habe den Auftrag, Euch von der Wahl Prior Johanns von der Lippe zum neuen Abt von Corvey zu unterrichten."

„So, Prior Johann wurde gewählt. Da bin ich aber überrascht. Ich dachte, er hätte sich nach Höxter begeben und dem mönchischen Leben weitgehend entsagt."

„Die Pflicht hat ihn gerufen, und er hat sich seiner Aufgabe selbstverständlich gestellt", gab Bruder Severin salbungsvoll zurück. „Und es war der ausdrückliche Wunsch von Abt Hermann, dass der Prior seine Nachfolge antritt", setzte Bruder Severin noch eine weitere Lüge obendrauf.

Ohne weitere Umschweife fuhr der Corveyer Mönch fort:

„Ehrwürdiger Abt, Prior, äh..., ich meine Abt Johann, verzeiht, auch ich muss mich daran erst gewöhnen, also Abt Johann bittet Euch, an alle an die Kongregation angeschlossen Abteien die Nachricht von seiner Wahl zu verkünden. Und er lädt Euch ein, Corvey, sobald es Euch möglich ist, einen freundschaftlichen Besuch abzustatten."

„Vielen Dank für Eure Einladung. Gern komme ich nach Corvey, sobald es meine Zeit erlaubt. Dann darf ich also davon ausgehen, dass Prior, äh... Abt Johann, den von Abt Hermann eingeleiteten Anschluss an unsere Kongregation schnellst möglichst umsetzen wird?“

„Ja, ehrwürdiger Abt. Corvey ist sehr bemüht und Abt Johann wird alles daransetzen, den Konvent auf den richtigen Weg zu bringen.“

„Die Wege des Herrn sind voller Güte und Wahrheit denen, die seinen Bund und seine Zeugnisse halten. Er wird ihn unterweisen den besten Weg. So heißt es in Psalm 32“, antwortete der Abt viel sagend und sah dabei Bruder Severin an, der seinen Blick aber schnell abwandte und lieber auf die verschneite Weserlandschaft richtete.

„Nun, ich denke, auch Corvey wird noch den rechten Weg finden und dabei will ich gern helfen, Bruder Severin.“

„Dafür wird Euch unser Dank ewig gewiss sein.“ Mit diesen Worten drehte sich Bruder Severin wieder um und sah dem Bursfelder Abt kurz in die Augen, wobei Abt Heinrich seinen Blick erwiderte. Bruder Severin tippelte nervös von einem Bein auf das andere und durchmaß den Raum mehrfach. Dabei überlegte er, ob sein Gegenüber seine Botschaft auch tatsächlich geschluckt habe. Doch er konnte keinen Grund finden, warum der Abt zweifeln sollte.

Der Abt seinerseits begann nun auch im benediktinischen Pilgerschritt, die Schritte ruhig und bedächtig vor und zurückwiegend, durch sein Arbeitszimmer zu schreiten. Bruder Severin bemerkte es kaum, so sehr war er mit sich und seinen Gedanken beschäftigt. Bruder Severin sah jetzt seine Aufgabe als erfüllt an. Schnell schritt er auf die Tür zu und sagte:

„Wenn Ihr mich nun entschuldigen wollt, ehrwürdiger Vater. Mein Abt braucht mich bei den vielen anstehenden

Aufgaben in Corvey. Ich möchte deshalb keine Stunde versäumen und mich umgehend auf den Rückweg begeben. Durch den gestrigen Schneesturm habe ich schon wertvolle Zeit verloren."

„Das verstehe ich. Ich wünsche Euch eine gute und schnelle Heimreise. Der Friede des Herrn sei mit Euch." Damit entließ der Abt Bruder Severin, der zügig von Bursfelde davon ritt.

Abt Heinrich ließ anschließend sofort seine anderen Gäste aus Höxter und Corvey rufen, um ihnen von diesem überraschenden Besuch zu berichten. Hinrik Wulffes wurde beauftragt, die Spur von Bruder Severin aufzunehmen, um in Erfahrung zu bringen, ob er auch tatsächlich nach Corvey zurückreisen würde. Bruder Stephanus und Veit dagegen wollten so lange in Bursfelde warten.

Im frischen Schnee fiel es Hinrik Wulffes nicht schwer, der Fährte von Bruder Severin zu folgen. Sie führte zunächst in Richtung Norden, bog dann jedoch außerhalb der Sichtweite des Klosters in östliche Richtung in den nahen Wald ab. Hier entdeckte Hinrik Wulffes noch eine zweite Spur, die in die gleiche Richtung wies. Der Pfad durch den Wald stieg nun an. Kurz bevor er die Kuppe des kleinen Berges erreicht hatte, hörte Hinrik Wulffes Stimmen. Schnell band er sein Pferd an einen Baum, um selbst nicht aufzufallen. Langsam schlich er den Berg hinauf in die Richtung, aus der er die Stimmen vernommen hatte. Oben angelangt, blieb er in geduckter Haltung und sah in der vor ihm liegenden Mulde Bruder Severin auf seinem Pferd, der mit einem unbekannten Reiter sprach. Von dem Gespräch bekam er allerdings nichts mehr mit. Denn gerade lenkten die Reiter ihre Pferde wieder auf den Pfad, der weiter in den Wald führte. Als jedoch Bruder Severin sein Pferd anspornte, rief er laut und vernehmlich:

„Auf nach Italien. Florenz und Rom wir kommen!“

Hinrik Wulffes hatte genug gehört. Bruder Severin hatte Veits Erzählung bestätigt. Der Handschriftenhändler und der Vertraute von Prior Johann würden zusammen nach Italien reisen. Der eine, um dort eine wertvolle Handschrift zu verkaufen, der andere, um für Prior Johann die Wahlbestätigung zu erhalten. Offensichtlich fühlten sich die beiden recht sicher und schienen keinen Verdacht zu haben, dass sie verfolgt würden. Hinrik Wulffes kehrte auf dem gleichen Weg, auf dem er gekommen war, ins Kloster Bursfelde zurück. Mit Hilfe des Bursfelder Abtes wurde die bevorstehende Reiseroute nach Italien ausgearbeitet. Trotz des strengen Winters machten sich noch am gleichen Tage Bruder Stephanus, Hinrik Wulffes und Veit auf die Verfolgung von Bruder Severin und den italienischen Handschriftenhändler.

TEIL II

26

Florenz, 1505

Eine zweispännige Kutsche fuhr mit großem Tempo am Torrente Mugnone entlang, einem kleinen Fluss, der sich aus den toskanischen Bergen direkt nach Florenz hineinschlängelte. Erst als die Bebauung dichter wurde, nahm der Kutscher seine Pferde zurück. Gleich würde er den ersten Teil seines Auftrages erfüllt haben. Der winterliche Regen prasselte unaufhörlich nieder und sorgte dafür, dass die Straßen von Florenz wie ausgestorben waren. Doch genau das sollte auch so sein. Denn in der Kutsche saß Kardinal Giovanni de Medici, seit gut einem Jahr das Oberhaupt der bekanntesten und reichsten Familie, die Florenz je gesehen hatte. Aber seit über einem Jahrzehnt war Florenz für die Medici terra indicta, verbotenes Land. Nie würde Giovanni die schändliche Flucht vergessen, zu der er im einfachen Mönchsgewand, obwohl schon längst Kardinal, in jenen trüben Novembertagen des Jahres 1494 gezwungen war. Er hatte wenigstens noch versucht, die Familienehre zu retten und sich gegen die wütende, von der Signoria aufgestachelte Meute zu wehren. Mit „palle,palle“-Rufen, dem alten Schlachtruf der Medici, war ein kleiner Stoßtrupp unter seiner Führung aus dem Palazzo Medici auf die Straße gegangen, während sein älterer Bruder Piero, seit dem Tod ihres Vaters Lorenzo de Medici Oberhaupt der Familie, bereits die Flucht ergriffen hatte. Doch die großen Glocken des Doms, der größten Kirche der gesamten Christenheit, hatten unaufhörlich geläutet und immer mehr Florentiner auf die Straße gelockt, bis der Mob schließlich den Palazzo Medici in der Via Larga geplündert hatte. Glücklicherweise hatte es Giovanni zuvor noch geschafft, die kostbarsten Schätze der Medici in das nur wenige Hundert Meter entfernte Kloster San Marco bringen zu lassen, darunter vor allem auch die große Sammlung von Handschriften, die sein Urgroßvater Cosimo zusammengetragen hatte. In großen Kisten verstaut, war der Bücherbestand unauffällig in die Keller des Klosters geschafft worden. Alles war so geheim abgelaufen, dass selbst Savonarola, der Abt von San Marco, von der Transaktion nichts mitbekommen hatte.

Florenz hatte sich in jenen Tagen in einer erdbebengleichen Erschütterung von den Medici befreit, die über sechzig Jahre die Geschicke der Stadt geleitet hatten. Um eine Rückkehr auszuschließen, hatte die Signoria, die gewählte Stadtregierung, zudem ein Kopfgeld auf Piero und Giovanni ausgesetzt. Seither zogen die Mitglieder dieses Zweiges der großen Medicifamilie durch Europa und waren dem Wohlwollen ihrer Gastgeber ausgeliefert. Giovanni hatte dabei zwar viel gesehen, viele Menschen kennengelernt, viele neue Erfahrungen gesammelt, doch Florenz war seine Heimat und würde es auch immer bleiben. Regelmäßig hatte er sich über die Entwicklungen unterrichten lassen und war erleichtert, als das fanatische Zwischenspiel der klerikalen Diktatur Savonarolas, des Priors vom Kloster San Marco, endlich zu Ende gegangen war. Nun wurde Florenz von Piero Soderini regiert, der zum Gonfaloniere auf Lebenszeit berufen worden war. Endlich kehrte in Florenz wieder Ruhe und Ordnung ein. Doch für die Medici war kein Platz in diesem Gefüge, zu groß war der Hass und wohl auch Neid der

Florentiner auf die einstmals so erfolgreichen Kaufleute und Bankiers, die Florenz in wenigen Jahrzehnten zur wichtigsten Metropole Italiens neben Venedig gemacht hatten.

Lange hatte Giovanni abgewogen, ob es das Risiko wert sei, inkognito nach Florenz zu reisen, nur um im Kloster San Marco die alte Handschriftensammlung zu inspizieren und über eine Transferierung nach Rom zu verhandeln. Doch Giovanni de Medici war ein Mensch, der sich gern auf sein Bauchgefühl verließ, und dieses hatte ihm dazu geraten, diesen Schritt zu wagen. Er war jedoch zu klug, um nur seinem Bauch zu folgen. Entsprechend sorgfältig hatte er seine Rückkehr nach Florenz vorbereitet und Kontakt mit Prior Bartolomeo aufgenommen. Mit dem Nachfolger von Savonarola im mediceischen Hauskloster San Marco stand er seit Jahren in regelmäßigem Briefkontakt, und so war es nicht schwer, ihn von seinem Wunsch eines Besuchs zu überzeugen. Giovanni ließ die Kutsche nicht direkt am Kloster halten, sondern in sicherer Entfernung direkt am Fluss. Von dort machte er sich allein auf den kurzen Weg zum Kloster. Eingehüllt in eine lederne Pellerine, die er sich über den Kopf zog, hätte niemand einen Kardinal vermutet, der mitten in der Nacht durch Florenz schlich. Vereinbarungsgemäß klopfte Giovanni am hinteren Eingang von San Marco und der Sekretär des Priors, der als einziger eingeweiht war, öffnete unverzüglich. Stillschweigend wurde der Kardinal durch den kleinen Garten in das Innere des Klosters geführt. Gemeinsam stiegen sie die Treppe zum ersten Obergeschoss empor. Dort lagen die Zellen der Mönche. Für Giovanni war der Zellenkomplex seines Urgroßvaters hergerichtet worden, der aus drei Räumen bestand, die durch eine kurze Treppe mit wenigen Stufen miteinander verbunden waren. Die hinteren, oberen zwei Zellen dienten als Schlaf- und

Rückzugsraum. Cosimo de Medici hatte sich dieses Refugium für seine regelmäßigen Meditationen herrichten lassen, als er für eine grundlegende Renovierung von San Marco vor siebzig Jahren gesorgt hatte. Der erste, untere Teil der Zellenkombination diente als eine Art Empfangsraum, der nur mit einem Tisch und zwei Stühlen ausgefüllt war. Mit Hilfe des jungen Mönches entledigte sich hier Giovanni seines Regenumhangs, der eine kleine Pfütze am Boden hinterließ, und setzte sich an den Tisch, auf dem bereits ein kleines Nachtmahl vorbereitet war.

„Ich werde nun den Prior über Eure Ankunft informieren, Eminenz“, wollte sich der junge Mönch mit einer tiefen Verbeugung verabschieden.

„Vielen Dank für Eure Bemühungen, Bruder, doch stört den ehrwürdigen Vater bitte nicht in seiner wohlverdienten Ruhe“, antwortete Giovanni de Medici freundlich und schenkte seinem Begleiter ein Lächeln.

„Ich habe alles, was ich brauche, werde mich ein wenig stärken und mich dann auch erst einmal von der anstrengenden Fahrt erholen. Ich werde mit dem Prior dann in der Frühe sprechen.“

Der junge Mönch verneigte sich nochmals vor dem Kardinal, um zu zeigen dass er ihn verstanden hatte und zog die Zellentür hinter sich zu.

Ohne weitere Umschweife machte sich Giovanni de Medici an das Nachtmahl, das aus ein wenig Brot, Ziegenkäse und Oliven bestand. Schon beim bloßen Anblick war ihm das Wasser im Munde zusammengelaufen. Er war ein großer Genießer, und vor allem das Essen war für ihn ein besonderer Spaß. Stundenlang konnte er sich den Gaumenfreuden hingeben und kannte kein Maß. Entsprechend ausgeprägt war inzwischen trotz seiner 28 Jahre sein Leibesumfang geworden.

Als er auch den letzten Rest seines Nachtmahls vertilgt

hatte, stieg er die wenigen Stufen zu den beiden hinteren Zellen empor und sah sich um im düsteren Lichtschein einer kleinen Kerze, die in einem einfachen eisernen Halter an der Wand angebracht war. Lange Zeit war er nicht mehr im Kloster San Marco gewesen. Sein Vater Lorenzo de Medici, man nannte ihn „il Magnificio", den Prächtigen, hatte ihn früher mehrmals zu besonderen Anlässen hierhin mitgenommen. Doch seit er mit 13 Jahren, bereits in pectore, also heimlich, zum Kardinal ernannt, nach Rom ging und Savonarola die Herrschaft zunächst über das Kloster San Marco und später über ganz Florenz antrat, war Giovanni nicht mehr nach San Marco gekommen. Als er sich nun auf das Bett in seiner Schlafzelle setzte, erkannte er nur schemenhaft die zwei prächtigen Gemälde von Fra Angelico, einem Mönch, der über viele Jahre in San Marco gewirkt und hier viele Bilder mit vorwiegend biblischen Szenen hinterlassen hatte.

Es gibt niemanden, der schöner und einfühlsamer Geschichten aus der Bibel gemalt hat, dachte Giovanni. Doch zu unserem Leidwesen ging Fra Angelico in seinen letzten Lebensjahren nach Rom und damit für Florenz verloren. Aber mir ist ja der gleiche Weg vorgezeichnet, sinnierte Giovanni weiter. Florenz ist für mich verloren, wie ein Verbrecher muss ich mich bei Nacht über die Hintertür hineinschleichen und auch auf gleichem Wege wieder hinaus. Giovanni stand nun auf und ging zum einzigen Fenster seiner Zellen. Doch zu seinem Leidwesen führte dieses in den Innenhof des Klosters. Um etwas sehen zu können, war es nicht nur zu dunkel, sondern der unaufhörlich auf Florenz niedergehende Regen verhinderte auch jede Sicht. Giovanni fühlte sich müde, legte sein Obergewand ab und ließ sich auf die einfache Pritsche fallen, in der Hoffnung, dass die Müdigkeit die dunklen Gedanken schnell besiegen würde.

„Er ist da, er ist da! Wacht auf und kommt. Er ist wieder da! Wacht auf!“

Eine schrille, ja fast unmenschliche Stimme durchbrach die Stille der Nacht im Kloster San Marco. Jemand rannte über die Gänge des Obergeschosses und klopfte, nein hämmerte an die Türen der Mönchszellen. Giovanni de Medici war sofort wach und fragte sich sorgenvoll, was das zu bedeuten hatte. Er blieb jedoch auf seiner Pritsche liegen und rührte sich nicht. Jetzt kam die Stimme immer näher und gerade bollerte jemand auch an seine Zellentür, als ein Tumult entstand. Andere Stimmen mischten sich mit der des Rufers, doch noch immer war die schrille Stimme zu erkennen. Wieder schlug etwas gegen die Zellentür Giovannis, doch diesmal war es eher ein dumpfer Ton, als wenn ein Körper gegen die Tür gefallen wäre, und nun schienen sich mehrere Körper auf dem Steinboden zu tummeln. Dann verstummten die lauten Rufe, Schritte entfernten sich und auch die anderen Stimmen waren nicht mehr zu hören. Offensichtlich hatten andere Mönche den Rufer überwältigt und führten ihn ab. Giovanni lauschte noch eine Weile, doch es blieb ruhig.

Als es leise an seiner Zellentür klopfte, nahm Giovanni dieses zunächst nur im Unterbewusstsein wahr. Doch jetzt war es ein anderes, mehr fragendes Klopfen und Giovanni wurde langsam bewusst, dass jemand Einlass begehrte. Er erhob sich von seinem Nachtlager und rief: „Ich lasse bitten.“

Prior Bartolomeo trat in den Empfangsraum ein und Giovanni kam ihm die Stufen der Verbindungstreppe entgegen. Die beiden Kirchenmänner umarmten sich freundschaftlich.

„Hattet Ihr eine planmäßige Anreise“, begann der Prior das Gespräch, in dem er zusammen mit Giovanni de Medici am Tisch Platz nahm.

„Ja, vielen Dank, ehrwürdiger Vater. Das Wetter hat zudem dafür gesorgt, dass ich unbehelligt zu Euch kommen konnte."

„Ich habe Euch ein wenig zum Frühstück mitgebracht. Ihr wollt Euch sicherlich stärken."

„Vielen Dank, ehrwürdiger Vater, Ihr seid sehr um mein leibliches Wohl bemüht." Dabei strich Giovanni de Medici über seinen wohl genährten Bauch, was der Prior mit einem Lächeln quittierte. Der Kardinal nahm ein Stück vom frischen, noch warmen Brot und träufelte sich ein wenig Honig, den der Prior ebenfalls mitgebracht hatte, darauf.

„Ich hoffe, Ihr habt Euch ein wenig von der Reise ausruhen können?" fragte nun der Prior.

„Ja, vielen Dank. Ich hatte eine angenehme Nacht hier in der Zelle meines Urgroßvaters."

„Ihr habt sicherlich heute Nacht den kleinen Tumult vernommen. Einer unserer Mönche halluziniert gelegentlich und glaubt, dass Savonarola wiederkommt. Aber wir fangen ihn dann schnell wieder ein, so dass er weder sich noch andere in Gefahr bringt."

„Ja, ich bin kurz erwacht, als es auch an meiner Tür klopfte. Doch dann muss ich wohl wieder eingeschlafen sein."

Giovanni de Medici biss ein gutes Stück von seinem Brot ab und ein wenig vom Honig drohte herunterzufallen. Schnell nahm er eines der auf dem Tisch bereitgelegten Tücher und legte es geschickt um sein Brotstück. Als er den Mund wieder frei hatte, fragte er:

„Nun, ehrwürdiger Prior, wie steht es um unser altes Florenz? Was gibt es Neues?"

„Seit meinem letzten Brief nicht viel. Piero Soderini führt, soweit ich dass beurteilen kann, sehr umsichtig und zur allgemeinen Zufriedenheit die Geschäfte des Gonfaloniere. Die Signoria verhält sich ruhig und die

Florentiner scheinen mehr denn je ihren Geschäften nachzugehen."

„Das freut mich für Florenz und für die Florentiner. Es ist wichtig, dass Florenz seinen guten Namen in der Welt zurück erhält. Auf meinen ausgedehnten Reisen durch Europa waren viele im Zweifel, ob es nach den Jahren des Chaos jemals wieder so sein wird, wie zu Zeiten meines Vaters oder Urgroßvaters. Aber ich traue Piero Soderini zu, dass er das große Schiff Florenz wieder seetüchtig macht und auf einen guten Kurs steuert – auch wenn er kein Medici ist."

Giovanni nahm den letzten Bissen zu sich und säuberte anschließend Hände und Mund an dem Tuch, mit dem er zuvor sein Brot umwickelt hatte.

„Ich schlage vor, wir gehen nun zur Bibliothek, da sich die Mönche beim Morgengebet befinden", kam der Prior auf den eigentlichen Besuchszweck zu sprechen.

„Das ist eine gute Idee", stimmte Giovanni zu und beide Männer erhoben sich. Der Prior ging voran, öffnete die Zellentür, vergewisserte sich, ob sich auch tatsächlich niemand auf dem Flur befand und gab dem Kardinal ein Zeichen ihm zu folgen. Glücklicherweise lag die Bibliothek von San Marco direkt neben dem Zellentrakt Cosimo de Medicis, so dass sie nur wenige Schritte zu gehen hatten, um ihr Ziel zu erreichen. Der Prior öffnete die Tür zur Bibliothek und verschloss sie anschließend vorsichtshalber. Die Klosterbibliothek war nach Entwürfen des Künstlers Michelozzos entstanden und als erste öffentliche Bibliothek von Florenz eingerichtet worden. Zahlreiche der hier gelagerten Manuskripte waren in San Marco selbst verfasst worden. Hinzu kamen Bücher und Handschriften, die vor allem auf Veranlassung von Niccolo Niccoli, dem großen Florentiner Humanisten, angeschafft wurden.

Immer wieder blieb Giovanni de Medici voller Bewunderung vor den prall gefüllten Regalen stehen. Gleich beim Betreten der Bibliothek hatte er sich eine Lupe zur Hilfe genommen, denn er war stark kurzsichtig. Er nahm hier und da einen Kodex heraus, strich liebevoll über die zumeist ledernen Buchrücken, öffnete dieses und jenes Buch und stellte es dann wieder sorgfältig auf seinen Platz zurück.

„Ich glaube, es ist langsam an der Zeit, die Bibliothek wieder der Öffentlichkeit zugänglich zu machen, so wie es Eurer Urgroßvater vorgesehen und auch umgesetzt hatte", unterbrach der Prior nun den Rundgang. Er glaubte, damit im Sinne von Giovanni gesprochen zu haben. Doch dieser, noch immer in die Pracht der Bibliothek vertieft, war vom Vorschlag des Priors überrascht.

„Ich weiß nicht, Hochwürden, ob die Zeit dazu wirklich schon gekommen ist." Giovanni hatte andere Pläne, die er nun dem Prior mitteilen würde. Doch er musste behutsam vorgehen, um den Erfolg seiner Mission nicht zu gefährden. Zunächst wollte er überprüfen, ob die Medici-Bestände noch vollzählig vorhanden waren, die er vor über zehn Jahren vor der Flucht aus Florenz hier deponiert hatte. Eine entsprechende Nachfrage beantwortete der Prior voller Stolz damit, dass es dem Kloster San Marco stets eine große Ehre und Pflicht zugleich gewesen sein, diesen „Schatz", wie er es nannte, zu hüten. Zudem berichtete er davon, dass er auch immer ein Augenmerk darauf gelegt habe, die Bestände zu erweitern und neue Handschriften hinzuzufügen. Giovanni de Medici war erfreut, dieses zu hören und lobte den Prior ausdrücklich für sein Handeln.

„Ehrwürdiger Vater", begann er nun vorsichtig, „ wie Ihr wisst, hat sich die Zeit weiterentwickelt und vieles ist nicht mehr so wie es einmal war. Die Familie de Medici war über viele Jahre die wichtigste und bekannteste Familie der Stadt

Florenz. Meine Vorfahren, vor allem mein Vater, haben viel für Florenz getan. Ich muss Euch das nicht im Einzelnen aufführen, Ihr könnt es ja jederzeit auch im Straßenbild unserer Heimatstadt sehen. Doch durch die schändliche Vertreibung im Jahre 1494 sind uns viele wertvolle und schöne Dinge verlorengegangen. Nach dem plötzlichen Tod meines Bruders im Kampf gegen die Spanier um das Königreich Neapel vor einigen Monaten bin ich nun das Oberhaupt unserer Familie. Da mir eine Rückkehr in mein geliebtes Florenz aber verweigert wird, muss ich für meine Familie eine neue Heimat aufbauen, und die wird in Rom sein. Ihr versteht, was ich sagen will, ehrwürdiger Vater?"

Prior Bartolomeo antwortete mit einem Kopfnicken, wusste jedoch noch nicht, worauf der Kardinal hinaus wollte.

„Zur neuen Heimat meiner Familie gehören auch unsere alten Besitztümer", fuhr Giovanni de Medici fort. „Die Immobilien in Florenz sind zur Zeit nicht erreichbar, doch das ein oder andere, was meine Vorfahren an Besitz zusammengetragen haben, möchte ich nun gern nach Rom bringen. Und dazu gehört auch die Handschriftensammlung hier in Eurer Bibliothek."

Giovanni schaute den Prior kurz an, um dessen Reaktion auf diesen Wunsch zu erfahren. Der Prior hatte konzentriert zugehört, zeigte nun aber deutlich Falten auf seiner Stirn, als er antwortete:

„Excellenz, ich verstehe Eurer Anliegen. Keine Frage, ich verstehe Euch wirklich sehr gut. Doch ich kann Euren Wunsch nicht allein entscheiden, das müsst Ihr wissen. Hier geht es um eine Frage mit großer politischer Dimension. Ich werde das Kapitel einberufen müssen und ich werde sicherlich auch den Gonfaloniere informieren müssen."

„Ja, ehrwürdiger Vater, ich weiß um Eure Verantwortung. Doch ich bitte Euch inständig darum, nicht den Gonfaloniere einzuschalten und erst recht nicht die Signoria. Eine Beratung im Kapitel ja, aber keine weiteren Konsultationen. Wir Medici haben einfach noch zu viele Feinde in dieser Stadt, und die Handschriftensammlung ist mir zu wichtig."

„Bitte versetzt Euch in meine Lage, Excellenz", antwortete der Prior fast schon flehentlich. „Wenn bekannt wird, dass ich Euch die alten Handschriften übergeben habe, und es wird bekannt werden, darauf könnt Ihr Euch verlassen, Ihr kennt Florenz, dann werde ich die längste Zeit Prior von San Marco gewesen sein. Ihr unterschätzt die Dimension Eures Wunsches."

„Ihr sollt mir die Sammlung ja auch nicht ohne Gegenleistung überlassen. Ihr könnt sicher sein, dass ich gut für Euch sorgen werde. Solltet Ihr wirklich Schwierigkeiten bekommen, was ich nicht glaube, dann kann ich Euch jederzeit in Rom einen guten Posten verschaffen."

„Versteht mich bitte nicht falsch, aber verehrter Kardinal de Medici", ganz bewusst wählte der Prior nun diese Ansprache, „ich bin Florentiner und möchte es bleiben. Ihr wisst zu ermessen, wie schlimm das Exil ist. Ihr habt es selbst anklingen lassen, und das möchte ich mir ersparen."

Giovanni de Medici setzte sich an eines der Lesepulte, die in der Bibliothek aufgestellt waren. Es fiel ihm sichtlich schwer zu verkraften, was er gerade vernommen hatte. Er liebte Bücher über alles. Er hatte die gleiche Liebe zu ihnen entwickelt, die schon sein Urgroßvater Cosimo hatte. Und seine Lehrer, vor allem Pico della Mirandola und Angelo Polizano, hatten dieses Interesse weiter gesteigert. Ein Buch war für Giovanni de Medici wie ein guter Freund. Er hatte unzählige gelesen, ja der größte Teil seines Wissens, der größte Teil seines Denkens kam aus Büchern. Vor allem das antike Wissen, die einstige Größe Roms, die einstige Größe Italiens hatte er durch Bücher kennen gelernt. Es gab für ihn nichts Schöneres, als ein gutes Buch mit einem guten Glas Wein. Stundenlang hatte er sich schon als Junge, als er in Rom war, so zurückziehen können. Nun befand er sich so nah am mediceischen Erbe und dennoch so weit entfernt. Er malte sich aus, wie man im Kapitel von San Marco darüber streiten würde, die Sammlung an das Haus Medici zurückzugeben. Und wenn sich erst die Signoria damit befassen würde, dann war es fast aussichtslos, auch nur ein Buch zurückzuerhalten. War es also damals doch ein Fehler gewesen, die Bücher in das Kloster San Marco bringen zu lassen? Giovanni tröstete sich damit, dass sie immerhin noch existierten und nicht wie viele andere Dinge aus dem Palazzo Medici von der marodierenden Menge einfach verschleudert, verbrannt oder auf andere Weise für immer zerstört worden waren. Giovanni de Medici vergrub sein Gesicht in seinen Handflächen. Was sollte er nun tun? Würde er noch einen Weg finden, den Prior zu überzeugen? Sollte sein großes Wagnis, trotz strikten Verbots nach Florenz zurückzukehren, fruchtlos enden?

27

Nähe von Florenz, 1505

Die beiden vierspännigen Kutschen jagten mit großer Geschwindigkeit auf dem engen Weg am kleinen Flüsschen Torrente Mugnone entlang. Der Weg war etwas erhöht angelegt worden, so dass er einerseits vom Fluss und andererseits von einem tiefen Graben gesäumt wurde. Nicht mehr lange und sie würden sich auf dem engen Pfad begegnen, der Florenz mit dem nördlichen Umland verband. Beide Kutscher spornten ihre Pferde mit knallenden Peitschenhieben an. Ihre Insassen hatten zur Eile gemahnt. Und beide Kutscher wussten, dass sie gut entlohnt würden, wenn sie zur Zufriedenheit ihrer Herren ihre Arbeit verrichteten. Noch konnten sie einander nicht sehen, noch ahnten sie voneinander nichts. Die Dunkelheit hatte bereits seit einigen Stunden Einzug gehalten. Doch Laternen am vordersten Gespann sowie auf dem Kutschbock sorgten neben dem Mondlicht für ausreichend Helligkeit, so dass die Kutscher den Weg erkennen konnten. Noch eine Biegung und nun sahen sie das jeweilig andere Licht auf sich zufahren. Die Pferde zum Stehen zu bringen, dazu war es bereits zu spät. Das wussten beide Kutscher sofort. Also hieß es drauf halten und hoffen, dass der andere die Nerven verlor und seine Kutsche in den Graben lenkte. Doch beide Kutscher waren vielgereiste Fahrensleute und zählten zu den besten ihres Fachs. Keiner ließ nach und beide steuerten ungebremst aufeinander zu. So kam, was kommen musste: die Pferde erkannten allmählich auch die Situation und wichen zwangsläufig einander aus, als sie sich begegneten. Eisen berührte Eisen. Das Geräusch ging durch Mark und Bein.

Kurzzeitig schien es so, als wenn sich die beiden Wagen ineinander verkeilen würden. Doch die Pferde hatten soviel Geschwindigkeit, dass sie ihren jeweiligen Anhang durch das Nadelöhr zogen. Dadurch kamen die Kutschen aber nur wenige Meter nach dem Zusammentreffen in Schieflage, und beide Fuhrwerke kippten samt Pferden, Kutsche, Kutscher und Insassen in den Graben.
Veit bekam kaum Luft. Er hatte das Gefühl, als wenn er lebendig begraben worden wäre. Auf ihm lagen mehrere menschliche Körper. Und die Dunkelheit tat ein Übriges. Sein Kopf brummte, was bei dem harten Zusammenstoß mit dem Türrahmen kein Wunder war. Langsam versuchte er, seinen rechten Arm zu bewegen. Das ging erstaunlich gut, da dieser im Gegensatz zu seinem restlichen Körper nicht eingezwängt war. Offensichtlich waren die anderen Insassen auf ihn geschleudert worden, und die Kutsche hatte sich zunächst auf die Seite und dann auf ihr Dach gedreht. Mit Hilfe seines freien Armes drückte er nun den über ihm liegenden Körper ein wenig zur Seite. Es musste Bruder Stephanus sein, denn der hatte in der Kutsche neben ihm gesessen. Und tatsächlich bekam Veit ein wenig von Bruder Stephanus Kutte zu fassen und konnte sich dadurch etwas Platz verschaffen. Gleichzeitig bemerkte er eine Bewegung zu seinen Füßen. Hier schienen sich Hinrik Wulffes und der vierte Mitfahrer, ein Kaufmann aus Augsburg, aus ihrer misslichen Situation befreien zu wollen. Endlich gelang es Veit, Arme und Beine frei zu bekommen und sich in der kopfüber liegenden Kutsche neu zu orientieren. Mit großer Kraftanstrengung erreichte er schließlich die Tür und öffnete sie mit einem Tritt. Auf Armen und Knien kroch er durch dieses Schlupfloch ins Freie. Um sich einen Überblick zu verschaffen, krabbelte er aus dem Graben, in dem sich die Kutsche befand, zurück auf den Weg. Das Mondlicht gab ihm genügend

Licht, um das ganze Ausmaß des Unfalls zu überschauen. Die Pferde lagen jämmerlich im Graben, verhakt in ihrem Geschirr. Einige bewegten ihre Köpfe, schienen nach Luft zu schnappen, waren aber völlig hilflos. Ihnen würde nicht mehr zu helfen sein. Hinter den Pferden schließlich die Kutsche, die wie ein Käfer auf dem Rücken lag und die Beine in den Himmel streckte. Die Räder drehten sich noch. Doch wo war der Kutscher? Veit konnte ihn nirgends entdecken. Wie hatte es nur zu diesem Unfall kommen können, überlegte er. Als er wenig später seinen Blick zur anderen Wegseite wendete, erkannte er die Ursache: dort lag ein zweites Pferdegespann mit einer Kutsche. Auch diesen Pferden war übel mitgespielt worden. Die Kutsche lag seitlich zur Hälfte im Wasser des Flusses. Veit glaubte ein lautes Stöhnen oder Wimmern von dort zu hören. Intuitiv sprang er die Böschung hinunter und kletterte auf eines der Hinterräder der Kutsche. Mit all seiner Kraft gelang es ihm, die nicht im Wasser liegende Kutschtür zu öffnen und in das Innere hineinzublicken. Aus dem mannshohen Wasser ragten zwei Arme und ein Kopf hervor. Sie gehörten zu einem Mann scheinbar mittleren Alters, der sich erfolglos gegen das steigende Wasser wehrte. Als dieser Veit wahrnahm, gab er unverständliche Hilferufe auf italienisch von sich. Veit antwortete auf Latein, dass er ihm helfen werde. Dann kletterte er in die umgestürzte Kutsche hinab und sprang in das Wasser, um neben den Mann zu kommen. Wenn sie nicht ertrinken wollten, mussten sie so schnell wie möglich die Kutsche verlassen. Veit versuchte den Mann zu umfassen und anzuheben, doch seine Leibesfülle und der mit Wasser voll gesogene Hermelinmantel verhinderten dies. Kompromisslos riss Veit den Mantel von den Schultern des schwergewichtigen Mannes und versuchte ihn erneut anzuheben. Nun ging es besser. Und tatsächlich, durch Veits Hilfe gelang es dem Fahrgast, sich im Innern der Kutsche einen Angelpunkt zu suchen und daran hochzuziehen. Veit kletterte von unten so gut es ging nach und schob den schweren Passagier langsam nach oben zur offenen Kutschtür. Von dort aus schafften es beide, die Kutsche zu verlassen, zur Böschung zu kriechen und dort zu verschnaufen. Dabei musterten sie sich gegenseitig. Erst jetzt erkannte Veit, dass er offensichtlich einen Kirchenmann gerettet hatte. Möglicherweise sogar einen hohen Kirchenmann, denn seine Kleidung war äußerst fein. Und der Hermelinmantel, den sie in der Kutsche zurückgelassen hatten, war ganz sicher auch sehr wertvoll.

„Junger Mann, ich danke Euch von Herzen. Ohne Euch wäre ich wohl jämmerlich ertrunken“, ergriff der Gerettete, immer noch kurzatmig, zuerst das Wort. Er nutzte die lateinische Sprache, da Veit diese offensichtlich beherrschte.

„Unsere Kutschen sind wohl auf der engen Straße zusammengestoßen“, wollte Veit gerade die Ursache für die missliche Situation erklären, als ihm wieder ins Gedächtnis kam, dass ja Bruder Stephanus und Hinrik Wulffes noch in der Kutsche auf der anderen Straßenseite lagen. Schnell stürmte er die Böschung wieder hoch und sprang in den Graben zurück zur Kutsche seiner Begleiter. Die Kutschtür stand noch immer offen, so dass Veit wieder hindurch kriechen konnte. In der Kutsche hatten sich seine drei Mitfahrer inzwischen voneinander befreit und aufrecht hingesetzt, soweit das möglich war.

„Wie geht es dir?“ wollte Veit wissen.

„Nun, es hat mächtig gerumpelt“, antwortete Bruder Stephanus, „und mein Schädel brummt ordentlich. Aber sonst scheint bei mir noch alles am richtigen Ort zu sein. Weißt Du schon, was passiert ist?“

„Wir hatten einen Zusammenprall mit einer entgegenkommenden Kutsche auf dieser engen Straße. Die andere Kutsche liegt im Fluss auf der anderen Straßenseite. Und in ihr saß ein Kirchenmann, den ich soeben aus der Kutsche befreien konnte."
„Ein Kirchenmann?" fragte Bruder Stephanus. „Dann sollten wir mal nach ihm sehen."
Da auch Hinrik Wulffes und der Augsburger Kaufmann von kleineren Blessuren abgesehen, keine ernsthafteren Verletzungen erlitten hatten, krabbelten sie nacheinander auf allen Vieren aus der Kutsche heraus. Veit führte sie über die Straße zur Böschung, wo der Kirchenmann unverändert saß.
„Wie geht es Euch, verehrter Vater?" sprach Bruder Stephanus den immer noch reichlich erschöpft wirkenden Reisenden an.
„Euer Begleiter hat mir das Leben gerettet. Von diesem Schock muss ich mich erst einmal erholen."
„Können wir Euch irgendwie helfen?" fragte Bruder Stephanus weiter.

„Ja, mein Kutscher muss hier irgendwo sein. Er wird sicherlich Hilfe benötigen."

„Ich werde ihn sowie auch unseren Kutscher suchen", gab Veit zurück und machte sich auf den Weg. Hinrik Wulffes begleitete ihn.

„Ihr seid auf dem Weg nach Florenz?" fragte nun der Kirchenmann.

„Ja, wir kommen aus Deutschland und konnten dankenswerterweise in der Kutsche dieses Augsburger Kaufmanns mitfahren", erläuterte nun Bruder Stephanus.

„Ein Kaufmann aus Augsburg?" fragte nun der Kirchenmann.

„Mein Name ist Jakob Fugger", war die trockene Antwort des Kaufmanns.

„Aus der berühmten Faktorei der Fugger, die auch in Rom eine Handelsniederlassung hat?“

„So ist es Excellenz.“

„Und Ihr seid nun auf dem Weg nach Florenz in Geschäften?“ fragte der Kirchenmann weiter, bei dem sich ein besonderes Interesse einzustellen schien.

„Verzeiht bitte, dass ich eine Antwort schuldig bleibe, Excellenz. Doch es ist nicht die Sache eines Kaufmanns, geschwätzig wie ein Waschweib zu sein.“

„Verzeiht meine Neugierde, Mester Fugger. Es ist auch nicht meine Art, Fremde auszuhorchen.“

In diesem Moment kamen Veit und Hinrik Wulffes zurück. Sie schienen sehr niedergeschlagen zu sein. Veit ließ seine Arme hängen, öffnete zunächst die Handflächen, um sie dann aber wie zum Gebet miteinander zu verbinden.

„Da ist nichts mehr zu machen“, erklärte nun Hinrik Wulffes, was sie gesehen hatten. „Beide Kutscher sind von ihren Kutschen erschlagen worden und liegen unter diesen. Und auch alle Pferde werden wir töten müssen. Sie leiden schrecklich.“

Man verständigte sich darauf, dass Hinrik Wulffes die Pferde mit einem Messer tötete. Da man ohne fremde Hilfe nichts mehr würde ausrichten können, folgte man dem Vorschlag des Kirchenmannes und machte sich zu Fuß auf den Weg in eines der benachbarten Dörfer. Bruder Stephanus hatte zunächst vorgeschlagen, direkt nach Florenz zu gehen, doch das hatte der Kirchenmann abgelehnt. Nach einer knappen Stunde erreichten sie schließlich ein kleines Dorf, und auf einem stattlichen Hof erhielten sie eine Unterkunft. Von den Ereignissen des Abends waren alle Reisenden so erschöpft, dass sie schnell in einen tiefen Schlaf versanken. Bruder Stephanus war am anderen Morgen als erster wach. Als er sich umsah, fehlte der Kirchenmann.

28

Voller Tatendrang waren Veit, Bruder Stephanus und Hinrik Wulffes vom Kloster Bursfelde aus an die Verfolgung von Bruder Severin und des italienischen Handschriftenhändlers gegangen. Doch der strenge Winter mit seiner bitteren Kälte, dem vielen Schnee und unangenehmen Winden hatte das Unternehmen zu einer großen Herausforderung werden lassen. Im Kloster Fulda hatten sie gleich mehrere Tage festgesessen, da alle in den Süden führenden Wege durch Schneeverwehungen blockiert waren. Immer wieder hatten sie große Mühe gehabt, die Verfolgungsspur neu aufzunehmen. Doch auch Bruder Severin und sein Begleiter hatten schließlich den widrigen Bedingungen Tribut gezollt und sich für längere Zeit in Augsburg einquartiert.

Hinrik Wulffes hatte den Aufenthalt dort genutzt, um sich in dieser großen Handelsstadt umzusehen. Augsburg gehörte mit seinen fast 30.000 Einwohnern nach Köln und Prag zu den größten Städten des Heiligen Römischen Reiches Deutscher Nation und war mit seinen vielen bekannten Handelshäusern wirtschaftlich mit ganz Europa verflochten. Namen wie Jakob Fugger und Anton Welser hatten überall einen guten Klang und waren zu Vorbildern anderer Kaufleute geworden. So war Hinrik Wulffes äußerst interessiert gewesen, mehr über die großen Handelshäuser und ihre Erfolge zu erfahren. Während Veit die Beschattung von Bruder Severin und des Handschriftenhändlers übernommen hatte, war Hinrik Wulffes durch die Markthallen gezogen und mit den dortigen Händlern ins Gespräch gekommen. An einem Stand hatte er sich länger aufgehalten. Denn dort wurde

Szardock angeboten. Hinrik Wulffes hatte sich sehr interessiert gezeigt. Auf entsprechende Nachfrage hatte er sich als Kaufmann aus Höxter an der Weser zu erkennen gegeben. Das wiederum hatte bei seinem Gegenüber Interesse geweckt, und er hatte ihn gebeten, am nächsten Tag zur gleichen Stunde wiederzukommen. Hinrik Wulffes war überrascht gewesen, war aber gern zurückgekommen. Als man ihm dann den berühmten Kaufmann Jakob Fugger, größter Kreditgeber des Königs Maximilian, vorgestellt hatte, war er zunächst sprachlos gewesen. Doch schnell waren beide miteinander ins Gespräch gekommen. Jakob Fugger hatte nach neuen Absatzmärkten vor allem für seine Luxusprodukte aus aller Welt gesucht. Und er hatte Hinrik Wulffes von der neuen Welt jenseits des Atlantiks berichtet, was den Höxteraner besonders interessiert hatte. Schließlich hatten sich Jakob Fugger und Hinrik Wulffes darauf verständigt, Handelsbeziehungen aufzunehmen. Hinrik Wulffes sollte im Auftrag von Jakob Fugger zukünftig das gesamte Wesergebiet beliefern. Als Hinrik Wulffes erwähnt hatte, dass er sich aber gerade auf den Weg nach Italien befände, war Jakob Fugger hocherfreut gewesen, denn er hatte das gleiche Ziel, sobald das Wetter es zulassen würde. Allerdings wollte Jakob Fugger nicht nach Florenz, sondern nach Venedig, da dort der Fondaco dei Tedeschi, das Handelskontor der Deutschen, abgebrannt war. Jakob Fugger wollte persönlich dafür sorgen, dass es so schnell wie möglich wieder aufgebaut würde. So hatte er Hinrik Wulffes und seine Begleiter eingeladen, in seiner Kutsche zumindest über die Alpen mitzufahren. Dieses hatten sie sehr gern angenommen. Als zum Ende des Winters Tauwetter eingesetzt hatte, waren sie aufgebrochen und zunächst bis nach Innsbruck gefahren. Hier, im Zentrum des Fuggerschen Reichtums, das sich auf den dortigen Kupfer- und Silberminen gründete, hatte Jakob Fugger die Nachricht erhalten, dass der Papst ihn dringend zu sprechen wünschte. Daraufhin hatte er seine Reisepläne umgeworfen und nun statt nach Venedig den Weg über Florenz nach Rom gewählt. Bis zu ihrem Unfall kurz vor Florenz war die weitere Reise reibungslos verlaufen. Bruder Severin und der Handschriftenhändler waren ihrerseits bereits etwas früher in Augsburg aufgebrochen und deshalb der Reisegruppe immer ein wenig voraus gewesen.

Bruder Stephanus weckte seine Begleiter, als der Morgen dämmerte. Dann stellten sie fest, dass der Kirchenmann nicht mehr da war. Niemand hatte mitbekommen, wann er fort gegangen war. Auch der Bauer, bei dem sie ihr Nachtquartier genommen hatten, wollte nichts bemerkt haben. So beschloss die kleine Reisegesellschaft unverzüglich nach Florenz aufzubrechen. Mit Hilfe des Geldes von Jakob Fugger wurde eine neue Kutsche organisiert und dafür gesorgt, dass die Kutscher, die bei dem nächtlichen Unfall ihr Leben gelassen hatten, ein ordentliches christliches Begräbnis erhalten würden. In der vergangenen Nacht hatten sie nichts mehr für sie tun können. Wieder führte ihr Weg am Torrente Mugnone entlang. Am Unfallort hielten sie noch einmal kurz an, um den Kutschern im Gebet die letzte Ehre zu erweisen. Schon wenig später gelangten sie an den Stadtrand von Florenz. Veit blickte voller Staunen aus dem Fenster der Kutsche hinaus. Jede neue Stadt, die er auf der Fahrt kennen gelernt hatte, hatte ihn überwältigt. Doch was er jetzt in Florenz zu sehen bekam, das sprengte sein Fassungsvermögen. Wie konnten nur so viele Häuser aneinandergereiht werden? Wie konnten nur so viele Menschen in einer Stadt wohnen? Wie konnte man die Häuser nur so hoch bauen? Und als er erstmals die Kuppel des Florentiner Doms sah, kam ihm dieses wie ein Wunder aus einer anderen Welt vor. Die mächtige Kuppel ragte wie eine Boje aus einem Häusermeer wie es Veit noch nie gesehen hatte. Und sie war nicht allein. Denn in unmittelbarer Nachbarschaft stieg der Campanile, der Glockenturm des Doms, zu fast gleicher Höhe empor. Und als wenn man den Florenzbesucher damit nicht schon genug zugemutet hätte, konnte man in einiger Entfernung noch einen dritten hohen Turm erkennen, der zum Palazzo Vecchio gehörte.

Veit wäre am liebsten ausgestiegen und hätte das Bild, das sich ihm bot, in einer Zeichnung festgehalten, um es nie wieder zu vergessen. Doch die Kutsche fuhr weiter, und so gelangten sie immer tiefer in das Gewirr der Gassen von Florenz. Schließlich wurden die Häuserfronten rechts und links des Weges so hoch, dass sich Veit nun eher auf die Menschen konzentrierte, an denen sie vorbeifuhren. Einige waren fein gekleidet und stellten ihren Wohlstand zur Schau. Doch die meisten hatten einfache, wollende Gewänder an, die größtenteils verdreckt waren. Und neben den großen aus Stein erbauten Häusern erblickte Veit in den Gassen auch einfache Holzbaracken, manchmal sogar nur Hütten, die provisorisch an eine Hauswand angebaut worden waren. Also gab es auch im viel gerühmten Florenz arme Menschen, dachte Veit. Menschen, die hart für ihr tägliches Brot arbeiten mussten und dennoch am Ende des Tages nur das Nötigste hatten. Und Menschen, die vielleicht noch nicht einmal dieses hatten. So hat jede noch so glänzende Medaille also immer auch eine Schattenseite, stellte Veit für sich fest.

Jakob Fugger dirigierte die Kutsche direkt zur Handelsniederlassung der Fugger. Er kannte sich in Florenz noch ganz gut aus, denn er hatte in seiner Lehrzeit auch einige Monate in Florenz verbracht und war in den folgenden Jahren immer mal wieder in die Stadt am Arno zurückgekehrt. Die Handelsniederlassung der Fugger befand sich im Viertel Santa Croce, ganz in der Nähe des Arno.

Die Kutsche hielt vor dem viergeschossigen Haus, und unter der Führung von Jakob Fugger betrat die kleine Gruppe die Handelsniederlassung der Fugger. Ihre Ankunft wurde im geschäftigen Treiben der Stadt nicht weiter wahrgenommen, da ein ständiges Kommen und Gehen herrschte und die Faktorei der Fugger davon nicht ausgenommen war. Erst als Jakob Fugger den Pförtner passieren wollte, änderte sich dies. Der Pförtner begrüßte Jakob Fugger in ungewöhnlich lautem und feierlichem Ton in gebrochenem Deutsch. Das erregte sofort die Aufmerksamkeit anderer Mitarbeiter und schon sprach sich die Ankunft des Mester Fugger wie ein Lauffeuer im Haus herum. Hinrik Wulffes war beeindruckt, welche Aktivitäten ihr Erscheinen auslöste. Hier herrschte offensichtlich ein großer Respekt vor dem Herrn aus Deutschland.

Jakob Fugger musste nicht lange warten. Schnellen Schrittes kam Johann Vondeck, der Leiter der Fuggerschen Handelsniederlassung in Florenz, die breite Treppe heruntergestürmt und hieß den großen Augsburger Kaufmann in der Eingangshalle willkommen. Sämtliche Angestellte waren zuvor aus ihren Kontoren gekommen und bildeten eine breite Gasse für ihren Herrn. Als Johann Vondeck Jakob Fugger die Hand zum Gruße reichte, brandete großer Beifall auf. Jakob Fugger nahm die Ovationen gelassen entgegen, richtete ein paar Worte des Dankes an seine Mitarbeiter und bat sodann darum, wieder an die Arbeit zu gehen und von seinem Besuch kein großes Aufsehen zu machen. Dann stellte er Johann Vondeck seine Begleiter vor, und sie zogen sich in das Kontor des Niederlassungsleiters im zweiten Obergeschoss zurück.

„Ich hatte Euch bereits einen Tag früher erwartet",

begann Johann Vondeck die Unterredung, als sie sein Kontor betraten und er seinen Gästen die Tür aufhielt.

„Wir hatten leider einen bedauerlichen Unfall kurz vor Florenz, so dass es zu Verzögerungen gekommen ist. Doch nun berichtet", antwortete Jakob Fugger in seiner betont schlichten Redeweise. Dabei nahm er seinen Umhang ab, faltete ihn fein säuberlich und hängte ihn über die Lehne eines der im Raum stehenden Stühle. Dann setzte er sich an den großen Tisch, der offensichtlich für Besprechungen gedacht war. Mit einer knappen Handbewegung forderte er auch die anderen auf Platz zu nehmen.

„Die Geschäfte stehen inzwischen wieder gut, Mester Fugger. Wir arbeiten Hand in Hand mit Piero Soderini, der für eine gewisse Stabilität in Florenz sorgt und uns weitgehend freie Hand lässt. Nach den Jahren des Niedergangs erholt sich Florenz zur Zeit prächtig. Die Menschen sehnen sich nach den vergangenen Zeiten und sind nun auch wieder gewillt, Geld für schöne Dinge auszugeben. Die Bildhauer und Maler können sich vor Aufträgen kaum retten und täglich erhalten wir Anfragen nach den exotischsten Artikeln. Unsere Auftragsbücher sind gut gefüllt."

„Und, könnt Ihr den Wünschen auch nachkommen?" wollte Jakob Fugger wissen.

Johann Vondeck wartete mit einer Antwort, da eine der Angestellten mit einem großen Tablett mit Wein und Weißbrot kam. Diskretion war eine der Säulen, auf denen der Fuggersche Erfolg ruhte. Zum Weißbrot gab es guten Schinken und Käse aus der Toskana. Jakob Fugger griff gleich zu, da er hungrig war. Gleichzeitig setzte Johann Vondeck seine Ausführungen fort:

„Nun ja, vieles ist vorhanden oder lässt sich organisieren, doch gerade im Winter, wenn der Nachschub aus Deutschland immer geringer wird, kommt es zu

Engpässen. Die guten Felle aus Russland waren schon vor Weihnachten ausverkauft und neue sind nicht mehr nachgekommen. Und die Nachfrage nach den Gewürzen aus Indien ist so stark wie nie zuvor. Doch leider fehlt es auch hier an den nötigen Mengen. Wir könnten viel mehr verkaufen."

„Da hoffe ich, dass wir bald mehr anbieten können. Ich habe mich an einer portugiesischen Flotte unter der Führung des Admiral Francisco de Almeida beteiligt, die sich auf den Seeweg nach Indien gemacht hat. Sie ist vor wenigen Tagen von Lissabon aus in See gestochen. Von ihr erhoffe ich mir einerseits, dass sie reichlich neue Gewürze mitbringen wird, und andererseits, dass sie den von Magellan gefundenen Weg nach Indien sichern und vielleicht noch verbessern wird, damit er zukünftig von vielen Schiffen genutzt werden kann."

„Das sind gute Nachrichten. Doch auch ich hab eine gute Nachricht für Euch, Mester Fugger. Johannes Zink, der Leiter unseres Kontors in Rom, hat mitgeteilt, dass Euch Papst Julius dringend persönlich zu sprechen wünscht."

Jakob Fugger huschte ein Lächeln über die Mundwinkel.

„Guter Vondeck, Ihr unterschätzt das Fuggersche Informationssystem. Glaubt Ihr wirklich, dass ich das noch nicht weiß?"

Bei der ausgesprochenen Frage zog er seine linke Augenbraue in die Höhe und wartete gespannt auf die Antwort seines Kontorleiters. Denn die Firma Fugger war berühmt und berüchtigt dafür, dass sie ihre Informationen in unglaublicher Geschwindigkeit durch ganz Europa transportierte. So waren ihre fast 50 größeren und kleineren Handelsniederlassungen von Ofen bis Antwerpen und von Danzig bis Lissabon stets bestens und vor allem aktuell informiert und konnten früher als alle anderen reagieren, wie es die Situation erforderte.

„Ich bin mir sicher, dass Ihr darüber bereits informiert seid. Doch..." und hier machte der Niederlassungsleiter eine kleine, bedeutungsvolle Pause, „kennt Ihr auch schon den Grund, warum Euch der Papst sprechen möchte?"

„Ich denke, es wird um den Kredit gehen, den ich dem Heiligen Vater großzügigerweise gewährt habe, damit er sich das Papstamt erkaufen konnte", antwortete Jakob Fugger im geschäftsmäßigen Ton. Für ihn war selbst ein so ungeheuerlicher Vorgang wie die Simonie auf höchster Ebene zuallererst ein Geschäft. Und so hatte er auch wenig Skrupel gehabt, Giuliano della Rovere, Neffe des Papstes Sixtus IV., tatkräftig mit einem Kredit zu unterstützen, damit sich dieser im Konklave genügend Wahlstimmen erkaufen und die Papsttiara aufsetzen konnte. Der neue Papst hatte insgesamt 2.500 Dukaten von der Fuggerschen Gesellschaft erhalten. Doch schon einen Monat nach seiner Wahl hatte er gut die Hälfte des Darlehens getilgt, in dem er Jakob Fugger die Einbehaltung von Servitiengeldern gestattete. Servitiengelder waren Bestechungsgelder, die vor allem Bischöfe und Äbte an die römische Kurie leisteten, um die Bestätigung für ihr Amt zu erhalten. Jakob Fugger hatte sich zunächst darüber gewundert, dass der neue Papst so zügig einen Teil seiner Schulden beglichen hatte. Doch recht schnell war ihm klar geworden, dass Julius II. nach neuen finanziellen Quellen suchte und dabei die Fuggersche Handelsgesellschaft im Auge hatte. Und deshalb wollte er sich als zuverlässiger Partner ins rechte Licht rücken.

Als Veit die Worte Jakob Fuggers vernahm, suchte er sofort Blickkontakt mit Bruder Stephanus, um auf diese Weise zu erfahren, ob es stimmen konnte, was der Augsburger Kaufmann soeben von sich gegeben hatte. Denn schon wieder bröckelte ein Puzzleteil aus seinem Bild, das er sich von der Welt im Allgemeinen und der

Kirche im Besonderen gemacht hatte. Dass Abt Hermann eine Tochter hatte, nun gut, das hatte ihn auch schon erschüttert, aber nicht umgeworfen. Dass sich aber der Papst sein Amt schamlos erkauft hatte, das sprengte seine Vorstellungskraft oder besser sein Bild von der Kirche. Wachte denn nicht der Heilige Geist über jedem Konklave? Wurden die Kardinäle denn nicht durch ihn inspiriert? War es nicht Gottes Hand, die bei der Stimmabgabe die Namen des Auserwählten auf die Stimmzettel schrieb? Sollte das alles falsch sein, was man ihm in Corvey beigebracht hatte? Was geschah nur mit seiner Kirche, was mit seinem Glauben? Dies fragte sich Veit ein weiteres Mal. Von Bruder Stephanus erhielt er keine Antwort, denn dieser schaute angestrengt auf das auf den Tisch gestellte Brot, da er die auf ihn gerichteten Blicke von Veit spürte und keineswegs Jakob Fugger mit einer unbedachten Mimik verprellen wollte. Es würde sich sicherlich schon bald eine Gelegenheit ergeben, um mit Veit über die brennendsten Fragen der Kirche zu sprechen.

Während Veit und Bruder Stephanus in diese Gedanken vertieft waren, fuhr Johann Vondeck fort:

„Ja, sicherlich wird es auch um den Kredit gehen, doch..."

Hier unterbrach sich Johann Vondeck erneut und sah Jakob Fugger fragend an. Dann neigte er den Kopf ein wenig zur Seite und deutete auf Hinrik Wulffes, Bruder Stephanus und Veit, die bisher alles mit angehört hatten. Jakob Fugger verstand und sagte:

„Sprecht ruhig offen. Ich glaube, meine Freunde hier werden nichts von dem ausplaudern, was sie in unserer Niederlassung hören."

„Seid unbesorgt", sagte Bruder Stephanus schnell mit noch vollem Mund, da er gleichzeitig ein großes Stück Weißbrot mit reichlich Schinken zu verarbeiten hatte, das er sich gerade genommen hatte.

„Doch wenn es Euch lieber ist, lassen wir Euch gern allein."

„Nein, das ist nicht nötig", antwortete Jakob Fugger schnell. „Also Mester Vondeck, warum will der Papst mich so dringend sprechen?"

„Nun", setzte der Gefragte erneut an, „Mester Zink hat mir gestern aus Rom vertraulich mitteilen lassen, dass sich der Papst Sorgen um seine Sicherheit macht und Euch um seine Hilfe bitten werde."

„Das ist in der Tat neu", sagte nun Jakob Fugger und blickte dabei in Gedanken versunken aus dem Fenster.

„Hat er sonst noch etwas mitgeteilt?"

„Nein, Mester Fugger. Nur dass ich es Euch bei Eurer Ankunft sofort ausrichten möge."

Jakob Fugger schaute noch immer zum Fenster hinaus, doch jeder im Raum merkte, dass er angestrengt nachdachte und eigentlich gar nicht wahrnahm, was sich in seinem Blickfeld auf der Straße abspielte. Schließlich drehte sich Jakob Fugger um und wandte sich an seine Reisebegleiter:

„Ich werde erst in einigen Tagen nach Rom weiterreisen können. Wenn Ihr soviel Muße habt, lade ich Euch sehr herzlich ein, für diese Zeit meine Gäste hier im Handelskontor der Fugger zu sein."

„Das ist sehr großzügig von Euch", antwortete Bruder Stephanus, „ doch das können wir nicht annehmen. Dass Ihr uns bis hierher mitgenommen habt, war schon soviel, dass wir es nicht wieder gutmachen können."

„Man muss nicht immer alles wieder gutmachen, Bruder Stephanus. Für einen Kaufmann ist es eine schöne Sache, wenn auf der Seite seiner Aktiva nicht nur Geld und Vermögenswerte in die Bilanz eingehen, sondern auch hin und wieder mal eine gute Tat. Zudem Mester Wulffes, könntet Ihr die Zeit hier nutzen, und aus erster Hand ein wenig mehr über unsere Handelsunternehmungen erfahren. Das wird wichtig sein, wenn wir demnächst Handelspartner sind. Also, carpe dies – nutzt die Tage!"

Um keine weitere Widerrede zu ernten, machte Jakob Fugger eine rollende Handbewegung, mit der er sich verabschiedete. Dabei beauftragte er Johann Vondeck, sich um seine Reisebegleiter zu kümmern und ihnen angemessene Zimmer im Kontor zuzuweisen. Johann Vondeck führte den Auftrag seines Herrn unverzüglich aus und brachte seine Gäste in das Dachgeschoss der Handelsniederlassung. Dort gab es mehrere kleine Zimmer, die vor allem für eine kurzzeitige Unterbringung gedacht waren. Johann Vondeck öffnete die Türen zu zwei nebeneinander liegenden Räumen und bat seine Gäste, die Zimmer zu beziehen. Schließlich übernahm Bruder Stephanus das kleinere der beiden Zimmer, während sich Hinrik Wulffes und Veit den anderen Raum teilten.

29

Bruder Stephanus wollte den Aufenthalt in Florenz nutzen und sich keineswegs einen Besuch in der größten Kirche der Christenheit, dem Florentiner Dom, entgehen lassen. Veit begleitete ihn, während Hinrik Wulffes sich in die Obhut von Johann Vondeck begab und in die Arbeitsweise des Fuggerschen Handelskontors in Florenz einweisen ließ. Veit war kaum zu bremsen. Schon in Augsburg hatte er jede Gelegenheit genutzt, Neues zu erfahren. Doch Florenz war noch viel interessanter. Immer wieder blieb er vor Gebäuden stehen und zählte die Stockwerke. Dann errechnete er anhand der Fenster, wie viele Menschen in so einem Palazzo wohnen könnten. Und in fast jeder Straße, in jeder Gasse, die sie passierten, wurden neue Paläste gebaut oder alte aufgestockt. Als sie die Piazza della Signoria mit dem Palazzo Vecchio erreichten, befanden sie sich mitten im politischen Herz von Florenz. Der große Platz vor dem Palazzo lag zur Hälfte im Schatten. Veit erkannte, dass es aber nicht einfach ein Schatten war, sondern dass der Schatten die Umrisse des Palazzo Vecchio abbildete. Dieser große Stadtpalast dominierte nicht nur in der Höhe, sondern verfolgte seine Besucher weit über seine Außenmauern hinaus. Veit trat in den Schatten des Gebäudes und fühlte sich wie von ihm vereinnahmt. Und wirklich: Florenz hatte ihn gefangen genommen. Er drehte sich mehrfach um seine eigene Achse, schloss dabei die Augen und sog die Luft der Großstadt ein. Dabei geriet er ins Wanken und wäre gestolpert, wenn ihn Bruder Stephanus nicht aufgefangen hätte.

„Sag Veit, was ist mit dir los? Bekommt dir die Großstadtluft nicht?“ wollte Bruder Stephanus wissen.

„Oh nein, ganz im Gegenteil, lieber Mitbruder. Ich fühle mich so befreit. Die vielen Menschen hier, die großartigen Gebäude, das pulsierende Leben. Und ich bin mittendrin."

Und während er sich wieder von Bruder Stephanus losmachte, begann er neue Pirouetten zu drehen.

„Ich bin so glücklich, dass ich das hier erleben darf. Ich glaube, hier könnte ich den Rest meines Lebens verbringen!" rief er laut heraus.

Bruder Stephanus schüttelte den Kopf, ließ den jungen Novizen aber gewähren. Veit drehte weiter seine Runden im Schatten des Palazzo, während Bruder Stephanus im gebührenden Abstand folgte. Dabei näherten sie sich immer mehr dem mächtigen Turm, der den Palast über alle anderen säkularen Gebäude der Stadt erhob. Endlich blieb Veit stehen, ließ die zuvor weit vom Körper abstehenden Arme sinken und den Kopf auf die Brust fallen. Mehrmals atmete er tief durch, dann öffnete er langsam seine Augen und hob den Kopf wieder leicht an. Bruder Stephanus trat gemessenen Schrittes an seine Seite und hoffte, dass sein junger Begleiter nun endlich wieder zur Besinnung gekommen war.

„Was ist denn das?"

Veit hatte kaum die Augen wieder geöffnet, da wurde er von einer übermächtigen Statue übermannt, die hoch über ihm auf einem Marmorsockel thronte.

Veit und Bruder Stephanus sahen sich erstaunt an, um sogleich ihre Blicke wieder auf die überlebensgroße Statue zu richten, die über ihnen zu schweben schien. Wie ein römischer Gott, mit welligem Haar, den Blick fest auf ein Ziel gerichtet, muskulös und doch irgendwie grazil, stand er vor ihnen. Und er war nackt. Eine nackte, männliche Statue, mitten in Florenz. Doch niemanden der Passanten störte es offensichtlich. Veit konnte es nicht fassen. Einerseits bewunderte er die perfekte Gestalt in allen

Einzelheiten, andererseits war er entsetzt, wie hier in aller Öffentlichkeit die Nacktheit zur Schau gestellt wurde. Auch Bruder Stephanus war der Anblick unangenehm. Er zupfte Veit leicht an seiner Kutte, um ihn zum Gehen zu animieren. Doch Veit stand weiter mit offenem Mund vor der erst kürzlich von Michelangelo gefertigten Figur des David. Auch die Florentiner waren in den ersten Wochen staunend vor ihr stehen geblieben, doch mittlerweile hatte sich ihr Interesse verflüchtigt und man nahm den David als zusätzliches Inventar der Schatzkammer Florenz zur alltäglichen Kenntnis.

Endlich riss sich Veit vom Anblick des Marmorblocks los. Nur wenige Meter weiter hatte sich eine größere Menschenmenge angesammelt. Während Bruder Stephanus gerade auf die mächtige Kuppel des Doms verweisen wollte, die sich majestätisch hinter zwei Palästen zu erkennen gab, war Veit schon im Pulk der Masse verschwunden. Nur mit Mühe konnte Bruder Stephanus folgen. Ohne Skrupel bahnte sich Veit den Weg bis in die vorderste Reihe: nun konnte er sehen, was hier geschah. Auf einer Mauer lagen drei Hüte. Vor jedem der Hüte waren Münzen platziert worden. Ein junger Mann nahm nun den ersten der drei Hüte hoch und ein Raunen ging durch die Menge. Unter dem Hut war nichts. Schnell sammelte er das vor dem Hut liegende Geld ein und verstaute es in seiner Hosentasche. Genauso machte er es mit dem zweiten Hut. Wieder landete das Geld zielsicher in seiner Hose. Nun wartete die Menge gespannt auf den dritten Hut, und tatsächlich, unter ihm befand sich eine kleine Kugel. Schnell reckten sich dem Hütchenspieler drei Hände entgegen und er zahlte diese nach Höhe ihrer Einsätze aus. Nun begann ein neues Spiel. Veit beobachtete den Hütchenspieler genau und war sich sicher zu wissen, unter welchem Hut die Kugel deponiert worden war. Noch mehrmals wechselten die Hüte ihre Plätze, ehe der Hütchenspieler das Zeichen gab, dass nun gesetzt werden könnte. Veit hatte von Hinrik Wulffes bevor er mit Bruder Stephanus aufgebrochen war ein paar Münzen erhalten, mit dem Hinweis, diese sinnvoll einzusetzen, wenn es denn notwendig sein würde. Veit fingerte in seiner Hose und setzte zwei seiner drei Florentiner auf den Hut, unter dem er die Kugel vermutete. Gebannt schaute er abwechselnd den Hütchenspieler und dann die Hütchen an. Auch die meisten anderen Mitspieler hatten diesen Hut ausgewählt. Nur hier konnte die Kugel liegen, da war sich Veit ganz sicher. Schon rieb er sich die Hände in Vorfreude auf den Gewinn. So konnte er Hinrik Wulffes sein Geld wieder zurückgeben und hatte noch genug für sich selbst. Denn eigentlich war es ihm unangenehm gewesen, vom Höxteraner Kaufmann Geld anzunehmen. Der Hütchenspieler öffnete jetzt den ersten Hut, und einige Spieler büßten ihren Einsatz ein. Dann kam er zu dem Hut, auf den Veit gesetzt hatte. Der Kreis um den Hütchenspieler wurde immer enger, da immer mehr Mitspieler in Erwartung des Gewinns dem Hut entgegenstrebten. Doch als der Hütchenspieler das Geheimnis lüftete, trat das große Entsetzen ein. Diesen Moment nutzte der Hütchenspieler, raffte das auf der Mauer liegende Geld zusammen, ließ es schnell wieder in seinen Hosentaschen verschwinden und sprang über die Mauer hinweg. Veit konnte noch immer nicht glauben, dass er falsch gelegen haben sollte. Der dritte Hut lag noch unberührt auf der Mauer. Schnell ergriff er ihn, hob ihn an und staunte erneut: auch unter diesem Hut lag keine Kugel. Der Hütchenspieler hatte betrogen. Einige Mitspieler machten sich auf die Verfolgung des Halunken, doch er hatte seine Flucht von langer Hand vorbereitet und war längst im Gewirr der Gassen und Hinterhöfe verschwunden. Morgen würde er an einer anderen Stelle in Florenz wieder auftauchen. Bruder Stephanus erreichte seinen Mitbruder, als dieser immer noch voller Entsetzen wie angewurzelt auf die Mauer starrte.

Bruder Stephanus hatte das Hütchenspiel von weitem gesehen und gehofft, dass Veit nur interessierter Zuschauer sein würde. Doch als er ihn endlich erreichte und ihn wie zur Salzsäule erstarrt auf den dritten Hut blicken sah, wusste er sofort, was passiert war. Bruder Stephanus legte seine Hand väterlich auf die Schulter von Veit. Veit drehte sich langsam um und sah den Mönch kurz tief in die Augen.

„Bruder Stephanus,..." stammelte er, doch der legte einen seiner Zeigefinger senkrecht auf seine Lippen und bedeutete dem Novizen zu schweigen.

„Verbuche den Verlust einfach unter das Kapitel „Erfahrungen sammeln". Du bist noch jung und wirst noch viele Fehler in Deinem Leben machen. Ich hoffe nur, das dieser dann nicht mehr dabei sein wird."

Veit wollte antworten, doch Bruder Stephanus zog ihn mit sich und ging schließlich schnellen Schrittes voran. Die Hochstimmung, die Veit noch vor wenigen Augenblicken beherrscht hatte, war verflogen. Doch je länger Veit darüber nachgrübelte, wie übel ihm mitgespielt worden war, umso mehr war er sich aber auch der Tatsache bewusst, dass er in Bruder Stephanus einen wahren Freund hatte. Jeder andere hätte ihm strenge Vorhaltungen gemacht. Wie konnte man nur so leichtsinnig mit geliehenem Geld umgehen? Wie konnte man in der ersten Situation in einer neuen, unbekannten Stadt nur so naiv sein? Und wie konnte man nur dem Zauber des schnellen Geldes so gedankenlos verfallen?

Veit machte sich viele Gedanken und konnte sich nur schwer damit abfinden, dass er auf einen Betrüger hereingefallen war. Doch er hatte seine Lektion gelernt und würde demnächst vorsichtiger sein. Was er aber jetzt nicht brauchte, war ein Oberlehrer, der ihm noch einmal erläuterte, was er falsch gemacht hatte. Wichtiger war jetzt ein Freund in der Not. Es würde ihm noch schwer genug fallen, Hinrik Wulffes Rechenschaft darüber abzugeben, was er mit dem ihm anvertrauten Geld gemacht hatte. Vielleicht war es ganz gut gewesen, dass er in seinem bisherigen Leben so gut wie nichts mit Geld zu tun hatte und dass er vielleicht für immer hinter den Mauern eines Klosters von dieser allzu weltlichen Last befreit sein würde. Das Leben in einem Kloster war schon schwierig genug, doch hier draußen und dann noch soweit entfernt von der Heimat war es noch viel schwieriger, dachte Veit. Doch Bruder Stephanus, der wusste, welche Gedanken Veit nun bewegten, schaffte es schnell, die Aufmerksamkeit des Novizen auf andere Dinge zu lenken.

Denn nun gelangten sie an eine herrliche Bronzetür, wie sie noch nie eine in ihrem Leben gesehen hatten. Insgesamt war die Tür in 28 Quadrate aufgeteilt. 20 Tafeln zeigten Szenen aus dem Leben Johannes des Täufers. Bruder Stephanus beobachtete alle Tafeln sehr genau und unternahm den Versuch, Veit dieses herrliche Werk zu erklären. Immer wieder strichen beide über die feine Goldschmiedearbeit und waren begeistert, ob des Reichtums, ob der Kunstfertigkeit. Wieder hatten sie hier in Florenz etwas entdeckt, was bis zu diesem Tag außerhalb ihrer Vorstellungskraft gelegen hatte. Und als sie das Südportal dieses Battistero Giovanni genannten Oktagons verließen und zur Nordseite gelangten, weiteten sich ihre Pupillen erneut. Hier hatte sich vor fast genau einhundert Jahren der Künstler Lorenzo Ghiberti ein Denkmal gesetzt. Er hatte auf ebenfalls 28 Quadraten Geschichten aus dem Neuen Testament dargestellt und zudem die vier Evangelisten und vier weitere Kirchenväter abgebildet. Und dann standen Bruder Stephanus und Veit vor dem

Hauptportal des Florentiner Domes. Bruder Stephanus bekreuzigte sich instinktiv, dann ließ er seinen Blick von der einen zur anderen Seite schweifen und wieder zurück. Veit tat es ihm nach. Bruder Stephanus sah zu Veit herüber und fragte:

„Wollen wir es wagen? Wollen wir in die größte Kirche gehen, die je zu Ehren unseres Herrn erbaut wurde?"

Veit nickte, immer noch mit offenem Mund dastehend, mehrfach leicht mit dem Kopf. Als sie das Eingangsportal passiert hatten, ging ihr Blick unwillkürlich wieder in die Höhe. Welche Dimensionen taten sich hier vor ihnen auf. Bis zu 25.000 Menschen sollten auf einmal Platz im Dom finden. Doch die Weite des Kirchenschiffes war längst nicht das Ende. Gemessenen Schrittes, immer wieder die Seitenwände und die Decke beobachtend, gelangten Bruder Stephanus und Veit schließlich in das Herz der Kathedrale direkt unter die großartige Kuppel. Eine Kuppel von solcher Spannweite hatte die Welt noch nicht gesehen. Spätestens hier hatten die Baumeister der Renaissance gezeigt, dass sie viel vom Wissen des antiken Roms übernommen hatten, und dieses Wissen weiterentwickeln konnten. Endlich war die Welt – zumindest in diesem Teil Italiens mit Florenz an der Spitze – aus dem jahrhundertelangen Dunkel heraus getreten, das überall geherrscht hatte. Endlich nahmen die Ingenieure wieder die Herausforderungen an und entwickelten neue, großartige Ideen, die in Gebäuden gipfelten wie diesem hier. Der Baumeister Filippo Brunelleschi hatte allen Kritikern bewiesen, wozu Menschen in der Lage sind, wenn sie ein festes Ziel vor Augen haben und sich auch durch immer wieder auftauchende Probleme nicht vom Weg abbringen lassen. Er hatte getüftelt und probiert, immer wieder hatte man angezweifelt, dass er sein Vorhaben tatsächlich würde verwirklichen können. Doch er hatte sich gegen seine Kritiker, schließlich auch gegen seinen alten Rivalen Ghiberti durchgesetzt, den man ihm gegen seinen Willen an die Seite gestellt hatte. Sechzehn lange Jahre hatte Brunelleschi gebraucht, dann endlich war die Kuppel als Krönung des Doms fertig gestellt gewesen. Sie spannte sich in einem Maße über diese Kathedrale, wie andere Kirchen hoch sind. Die Florentiner hatten mit diesem Bau alle anderen italienischen Städte überflügelt und vor allem Rom hinter sich gelassen.

An einem Seitenaltar wurde gerade eine Messe zelebriert. Bruder Stephanus wies mit seinem Kopf in die Richtung und forderte Veit damit auf, ihm zu folgen. Sie reihten sich in die kleine Schar der Gläubigen und folgten dem Gebet. Doch Veits Gedanken schweiften schnell ab, zumal es ihm schwer fiel, der merkwürdigen Aussprache des Lateinischen zu folgen, die der Priester an den Tag legte. Innerlich stritt er mit sich selbst, ob Florenz, Augsburg oder welche große Stadt auch immer der richtige Ort für sein weiteres Leben sein könnte, oder ob nicht doch das Leben hinter den dicken Klostermauern von Corvey der bessere Ort sei. Einerseits bewunderte er die vielen Menschen, die sich so ungezwungen in dieser Stadt bewegten. In den letzten Stunden hatte er gut verstanden, warum es im Volksmund hieß, Stadtluft macht frei. Und nun stellte er sich vor, wie er hier zusammen mit Alheyd in einem kleinen Haus wohnte und einem Handwerk nachging. Niemand würde fragen, woher er kam und was er zuvor getan hätte. Und eine Frau an seiner Seite wäre das Normalste auf der Welt. Und dann würden sie Kinder haben und eine Familie sein. Und Veit hätte endlich die Menschen an seiner Seite, die er zuletzt so vermisst hatte. Er würde nicht mehr allein sein.

Doch mitten in diese euphorischen Gedanken vom trauten Heim erinnerte er sich an sein Erlebnis mit dem

Hütchenspieler und damit auch an die unangenehmen Seiten des Großstadtlebens. Denn hier war der tägliche Kampf ums Überleben, der Kampf um das tägliche Brot viel härter und viel existenzieller als in seinem Heimatdorf oder gar in Corvey. Und was er bisher im Kontor der Fugger gehört und gesehen hatte, das hatte ihn weder dazu ermuntert, in der großen weiten Welt sein Glück zu suchen, vor allem aber nicht in Rom. Noch hatte es ihn in seinem Glauben zur Kirche bestärkt, die eben von jenem Papst in Rom geführt wurde, der sich sein Amt erkauft hatte. Schließlich neigte er sein Haupt ein wenig, um Bruder Stephanus kurz anzusehen. Dieser war tief in ein Gebet versunken und bemerkte nicht die Blicke des jungen Novizen.

Er steht fest zu Gott und seiner Kirche, dachte Veit. Ihn kann wohl nichts mehr erschüttern, und er hat längst seinen Frieden mit dieser Welt gemacht. Doch wie kann ich so werden wie er? Wie kann ich einen Platz in dieser Gemeinschaft finden, ohne dass ich das, was mir wichtig ist, verrate? Wie kann ich einem Abt, einem Bischof, einem Kardinal oder gar dem Papst dienen, wenn ich weiß, dass diese doch in erster Linie auf ihren eigenen Vorteil bedacht sind? Wie kann ich ihnen Gehorsam geloben, wenn ich doch weiß, dass sie jeden Tag ihren Gehorsam gegenüber Gott missachten?

Noch einmal drehte sich Veit ein wenig zu Bruder Stephanus und betrachtete ihn aus den Augenwinkeln.

Für wen betet er? Für sich oder für die vielen Menschen auf dieser Welt, die seine Gebete dringender benötigen? Ich weiß es nicht, aber ich werde ihn danach fragen.

30

Veit musste endlich einmal für sich allein sein. Seit ihrem Aufbruch aus Corvey war er ständig in Begleitung von Bruder Stephanus oder Hinrik Wulffes gewesen. Zwar war er es gewohnt, seit er nach Corvey gekommen war, ständig andere Menschen um sich zu haben, doch dort hatte er wenigstens seine Zelle gehabt, in die er sich zurückziehen konnte, oder seinen Platz im Schilf an der Weser. Seit Wochen hatte es aber so gut wie keine Möglichkeit gegeben, mal nur für sich allein zu sein. Johann Vondeck hatte seine drei Gäste zu einem gemeinsamen Frühstück eingeladen. Diese Gelegenheit nutze Veit. Da er wusste, dass Bruder Stephanus und Hinrik Wulffes diese Einladung nicht abschlagen konnten, verabschiedete er sich mit dem knappen Hinweis darauf, dass er noch einmal in den Dom gehen wolle. Doch anstatt in gerader Linie vorbei an der großen Kirche Santa Croce, zu der der heilige Franziskus selbst den Grundstein gelegt haben soll, auf den Dom zuzugehen, bog er in Richtung Arno ab. Der Fluss war nicht größer als die Weser, die Veit von zu Hause kannte, da sie direkt am Kloster Corvey vorbei floss. Aber die Häuser hier in Florenz waren bis nahe an das Flussufer herangebaut, ja durch die Häuser auf dem Ponte Vecchio, der bekanntesten und ältesten Brücke der Stadt, war der Fluss praktisch ein Teil der Bebauung geworden. Als Veit den Ponte Vecchio erreichte, musste er sich instinktiv die Nase zuhalten. So einen Gestank hatte er noch nicht erlebt. Wie konnten es die Menschen, die sich auf der Brücke befanden und dort arbeiteten, nur aushalten? Auf dem Ponte Vecchio hatten sich die Metzger von Florenz angesiedelt. Hier schlachteten sie vor allem Schweine, Hühner und Gänse. Immer noch die Hand vor der Nase, überquerte Veit in schnellem Schritt die Brücke, denn er wollte auf der anderen Arnoseite einen der Berge hinauf, um von dort einen besseren Überblick über die Stadt zu haben, die herrliche Frühlingssonne aufzusaugen und nicht zuletzt, um endlich einmal die Einsamkeit zu genießen. Schließlich fand er einen Platz am Rande eines kleinen Wäldchens, von dem aus ihm Florenz zu Füßen lag. Die Spitze des Turms vom Palazzo Vecchio zeichnete sich direkt vor seinem Lagerplatz ab, und die Kuppel des Doms glitzerte im Licht der Sonne nur wenig weiter rechts. Veit ließ seinen Blick langsam von der einen zur anderen Seite dieser Weltstadt und wieder zurück gleiten. Schließlich legte er sich flach auf den Rücken und schloss seine Augen, um so die Sonne und den Augenblick der Stille zu erleben. Nur das Singen der Vögel aus dem nahen Wald drang an sein Ohr. Jegliches menschliches Geräusch hatte er weit hinter sich gelassen. Hatten ihn am Vortag noch so viele Fragen beschäftigt, auf die er keine Antworten fand, so stellte sich jetzt wieder das Hochgefühl ein, das er bereits auf der Piazza della Signora verspürt hatte. Er, der Novize Veit, lag hier über Florenz, ganz allein, weit von der Heimat, weit von Corvey entfernt, auf dem Weg nach Rom, und genoss die südländische Frühlingssonne. Und schließlich gelang es ihm tatsächlich, Florenz und die Menschen auszublenden und sich ganz der warmen Sonne und dem Gesang der Vögel hinzugeben.

Als Veit die Augen wieder öffnete, merkte er es nicht sofort, doch dann wurde ihm klar, dass er beobachtet wurde. Er rieb sich durch die Augen, blinzelte einige Male, dann sah er sie: wenige Meter über ihm auf einem Stein saß ein Mädchen, sicher nicht älter als 16 Jahre alt. Veit legte seinen Kopf auf seine linke Schulter und sah das Mädchen fragend an. Zunächst hielt sie seinem Blick stand, dann legte es auch seinen Kopf schräg auf die rechte Schulter, so dass sie sich nun im gleichen Blickwinkel gegenseitig beobachten konnten. Nach einer Weile wechselte Veit die Lage seines Kopfes und bettete ihn auf die rechte Schulter um. Das Mädchen folgte ihm nur bedingt. Sie brachte ihren Kopf nun wieder in die senkrechte, natürliche Stellung. Schließlich fragte Veit auf Latein, die einzige Sprache, mit der er sich hier verständlich machen konnte: „Beobachtest du mich schon lange?"

Er war sich nicht sicher, ob das Mädchen ihn verstehen konnte, denn in Florenz sprach man eine dem Lateinischen zwar verwandte, aber letztlich doch andere Sprache, das Toskanische. Doch zu Veits Überraschung antwortete das Mädchen im gut verständlichen Latein:

„Du liegst auf meinem Platz!"

Veit erhob nun auch seinen Kopf und drückte sich leicht vom Boden nach oben. Da das Mädchen aber auch sofort reagierte und sich ebenfalls erheben wollte, ließ sich Veit wieder auf den Boden zurücksinken und antwortete:

„Oh, das habe ich nicht gewusst. Hier steht leider kein Schild, dass dieser Platz schon vergeben ist."

„Nun weißt Du es und ich hoffe, du gehst jetzt wieder!"

„Ja sicher, ich werde wieder aufbrechen müssen. Aber sag, kommst du jeden Tag hierher?"

„Ja, jeden Tag."

„Es ist ein schöner Ort. Aber was machst du hier jeden Tag?" wollte Veit nun wissen.

Jetzt stand das Mädchen doch auf und ließ Veit energisch wissen:

„Das geht dich gar nichts an! Und jetzt geh endlich!"

Als Veit sich nun seinerseits bemühte aufzustehen, entdeckte er in direkter Nähe zu seinem Lagerplatz unter ein wenig Gestrüpp eine Steinplatte. Auf den Knien überwand er die kurze Entfernung, bog die kleinen Äste zur Seite und las die auf der Platte eingravierten Namen „Jacobo und Isabell".

„Wer sind Jacobo und Isabell?“ fragte er sich wieder dem Mädchen zuwendend.

„Meine Eltern!“

„Oh, das tut mir leid. Dann kommst du täglich an diesen Platz, um bei Deinen Eltern zu sein?“

„Ja, ich habe sonst niemanden auf dieser Welt.“

Veit ging nun langsam auf das Mädchen zu. Dieses stand starr auf seinem Platz und sah mit leerem Blick in Richtung Florenz. Sie schien gar nicht wahrzunehmen, wie Veit sich ihr langsam näherte.

„Auch ich habe niemanden mehr aus meiner Familie“, sagte nun Veit. „Mein Großvater war der Letzte. Doch auch er ist verstorben.“

Erst hatte Veit den Eindruck, dass das Mädchen seine Worte gar nicht gehört hatte. Doch dann richtete sie ihren Blick aus der Leere direkt auf Veit und fragte: „Und was ist mit deinen Eltern geschehen?“

„Meinen Vater habe ich gar nicht gekannt und meine Mutter ist gestorben, als ich sechs Jahre alt war.“

„Dann könnten wir Bruder und Schwester sein!“

„Ja, das könnten wir. Zumindest Bruder und Schwester im gleichen Schicksal“, sagte Veit nachdenklich. Vielleicht ist es ja sogar vorherbestimmt gewesen, dass wir uns hier treffen, dachte Veit. Zwei Waisenkinder, die weit voneinander entfernt ihre Eltern früh verloren hatten. Manchmal spielt das Leben schon ein merkwürdiges Spiel. Doch vielleicht hatte das Mädchen es ihm ja auch angesehen, dass er etwas an sich hatte, das sie miteinander verband. Aber wie kann man so etwas erkennen? Steht es einem Menschen auf der Stirn geschrieben, welchen Weg er gegangen ist, welche Schicksale ihn ereilt haben? Doch wohl kaum. Wenn man etwas erkennen kann, dann in den Augen. Ja, überlegte Veit, die Augen sprechen. Wenn man genau hinschaut, dann verraten sie eine Menge über einen

Menschen. Glück und Zufriedenheit, Entschlossenheit und Selbstsicherheit, aber auch Kummer und Traurigkeit, Entmutigung und Hoffnungslosigkeit. Veit ging nun ganz nah an das Mädchen heran und sah ihm in die dunklen, braunen Augen. Und er glaubte, eine tiefe Traurigkeit darin erblicken zu können. Eine Traurigkeit, die alles andere überdeckte.

„Ich heiße Veit und komme aus Deutschland" sagte er nun und reichte dem Mädchen seine Hand. Jetzt kam auch sie ihm den letzten noch fehlenden Schritt entgegen und schüttelte mit einem weichen Druck die ausgestreckte Rechte von Veit.

„Wenn wir nun Bruder und Schwester sind, so kannst du mir ja vielleicht ein wenig von Florenz zeigen."

„Ja, mein Bruder, das kann ich tun. Dann musst du es aber auch schaffen mir zu folgen." Damit riss sie sich von Veit los und rannte direkt den Berghang hinunter. Veit folgte ihr so gut er konnte.

Erst am Ufer des Arno blieb sie endlich stehen. Veit war mächtig aus der Puste geraten, so schnell war das Mädchen gelaufen. Und er war mehrfach gestürzt und immer wieder auch etliche Meter den Berg hinunter gerollt. Dabei war er in ein Dornengeflecht geraten, das ihm Kratzer an Kinn, Hals und Armen eingebracht hatte. Und auch seine Hose war am linken Knie eingerissen. Aber erst jetzt bemerkte er seine Blessuren. Als er sicher war, dass das Mädchen nun auch eine Pause einlegte, ging er bis zum Fluss und schöpfte sich mit der flachen Hand ein wenig Wasser in den Mund. Dann wusch er sich seine lädierten Stellen. Das Mädchen beobachtete ihn amüsiert. Dann kam auch sie zum Fluss, um ein wenig Wasser zu schöpfen.

„Hier kann man das Wasser noch trinken, doch spätestens hinter dem Ponte Vecchio ist es ganz trüb und schmutzig", sagte nun das Mädchen. „Doch wenn du noch mehr von Deinem Blut an den Arno abgibst, dann ist es hier bald auch verseucht."

„Das hast du dann zu verantworten. Denn nur wegen dir bin ich in diese Dornenhecke geraten", konterte Veit seinerseits.

„Ich konnte nicht wissen, dass die Männer aus Deutschland so unbeholfen sind!"

„Von wegen unbeholfen, dir werd ich es noch zeigen!"

Und um seine Worte zu unterstreichen, spritze Veit das Mädchen mit dem Wasser des Arno nass. Doch sofort kam die Antwort, und es entwickelte sich eine schöne Wasserschlacht, die beide schließlich bis auf die Haut durchnässte. Danach ließen sie sich am Ufer nieder und die Sonne, die an diesem Frühlingstag so hoch am blauen Himmel stand, spendete viel Wärme, so dass ihre Kleider recht schnell wieder trockneten. Veit verspürte nun einen unbändigen Hunger und fragte das Mädchen, wo man ein billiges, aber reichhaltiges Mahl bekommen könnte. Das Mädchen führte Veit auf die andere Seite des Arno in eine Taverne in der Nähe von Santa Croce. Veit bestellte einen großen Teller Eintopf und zwei Löffel. Gemeinsam verschlangen sie die in der Terrine servierten Bohnen, die mit anderen, recht undefinierbaren Zutaten gewürzt waren. Dazu gab es trockenes Weißbrot. Veit hatte sicherlich schon besser gegessen, doch es war billig und viel und sie wurden beide satt. Als sich Veit gerade an seinem Ärmel den Mund abputzen wollte, betraten zwei Männer die Taverne. Instinktiv hatte Veit zur sich öffnenden Tür gesehen und reflexartig vergrub er seinen Kopf unter seinem Arm. Fast hätte ihn ein mächtiger Hustenanfall überwältigt, da er sich vor Schreck verschluckt hatte. Nur mit Mühe konnte er das Husten unterdrücken. Denn jetzt durfte er keinesfalls auffallen. Den Kopf tief auf den Tisch gesenkt, versuchte er zu erforschen, ob die beiden neuen Gäste von ihm Notiz nahmen. Doch zu seinem Glück wählten sie einen Tisch am anderen Ende der Taverne und kümmerten sich nicht um die anwesenden Gäste. Als sie nach dem Wirt riefen, legte Veit den schuldigen Geldbetrag auf den Tisch und forderte das Mädchen leise auf, mit ihm die Taverne zu verlassen. Die Hand möglichst unauffällig vor seinen Kopf haltend, ging er schnell zur Tür und gelangte ins Freie. Das Mädchen folgte ihm fragend.

„Warum bist du so schnell aufgebrochen? Ist dir das Essen nicht bekommen?"

„Nein, das war es nicht. Aber die zwei Männer, die gerade in die Taverne gekommen sind, die sollten mich hier besser nicht sehen."

„Was hast du mit ihnen zu schaffen?" wollte das Mädchen nun wissen.

„Das kann ich dir nicht sagen. Aber ich muss herausfinden, wo sie hier in Florenz Quartier bezogen haben."

„Wenn du mir sagst, um was es geht, kann ich dir vielleicht helfen."

„Nein, das wäre zu gefährlich. Ich will Dich nicht damit belasten."

„Du kennst dich aber in Florenz nicht aus. Ich dagegen lebe hier und weiß um jedes Schlupfloch", ließ das Mädchen nicht locker.

Veit grübelte. Eigentlich war es unverantwortlich, das Mädchen in seine Geschichte hineinzuziehen. Anderseits konnte er jetzt Hilfe gebrauchen. Denn wenn er von Bruder Severin entdeckt werden würde, dann wüsste dieser sofort, dass man ihm auf der Spur war. Und das würde das ganze Unternehmen in Gefahr bringen. So konnte das Mädchen tatsächlich sehr hilfreich sein, um herauszufinden, wo Bruder Severin und der Handschriftenhändler in Florenz untergekommen waren und was sie als nächstes unternehmen würden. Und vielleicht konnte er mit ihrer Hilfe sogar an die Handschrift gelangen.

„Also gut", entschied nun Veit, „ich erzähle dir die Geschichte, während wir hier darauf warten, dass die beiden Männer die Taverne wieder verlassen."

Veit blieb in seiner Darstellung möglichst vage, erzählte nur das Notwendigste. Er erwähnte kurz die Ereignisse in Corvey, den Handel mit der Handschrift, schließlich ihre Reise von Corvey über Augsburg nach Florenz. Jakob Fugger ließ er ganz aus dem Spiel. Er machte nur deutlich, wie wichtig es für die Abtei Corvey und den neu gewählten Abt sei, die Handschrift wieder in die richtigen Hände zu bekommen. Das Mädchen hatte Veit gespannt zugehört und die Situation ganz gut erfasst.

„Du musst mir aber versprechen, zu niemandem hierüber ein Wort zu verlieren. Kann ich mich darauf verlassen?" fragte nun Veit mit ein wenig Unsicherheit in seiner Stimme.

„Ja, das verspreche ich dir. Mit wem sollte ich auch schon hierüber sprechen?"

„Gut. Ich verlasse mich auf dich." Veit sah ihr nun tief in die Augen, um zu erforschen, ob sie auch tatsächlich die Wahrheit sprechen würde. Der Blick des Mädchens richtete sich auf die Tür zur Taverne und dort blieb er auch haften, obwohl sie bemerkte, dass Veit sie musterte.

„Jetzt sind wir Partner und ich glaube, da ist es üblich, sich mit Namen zu nennen. Ich heiße Veit."

Und er reichte ihr zum zweiten Mal an diesem Tag die rechte Hand, so wie er es gewohnt war. Das Mädchen kicherte ein wenig und sah dann Veit endlich an. Als sie ihm ihre Rechte entgegenstreckte, sagte sie: "Das ist aber ein merkwürdiger Name. Aber ich werde mich bestimmt an ihn gewöhnen. Ich heiße Isabella."

Isabella. Veit dachte kurz nach. Wo war ihm dieser Name schon begegnet? Richtig, der Name stand auf dem Grabstein, wo er das Mädchen getroffen hatte.

„Du trägst den Namen Deiner Mutter?“ fragte nun Veit.

„Ja, das ist das einzige, was ich noch von ihr habe. Eigentlich lautete mein erster Name Maria, Isabella war nur mein zweiter. Doch nach dem Tod meiner Eltern habe ich Isabella an die erste Stelle gestellt.“

In diesem Moment öffnete sich die Tür der Taverne und Bruder Severin trat mit dem Handschriftenhändler ins Freie.

31

Nach dem Frühstück hatte sich Bruder Stephanus von Johann Vondeck und Hinrik Wulffes verabschiedet, um noch einmal selbst in den Dom zu gehen. Einerseits wollte er dort noch einmal beten, andererseits aber machte er sich auch Sorgen um Veit, der allein in dieser Weltstadt unterwegs war.

Hinrik Wulffes dagegen folgte Johann Vondeck ins Kontor, oder wie man in Italien sagte, in den Fondaco, der im Erdgeschoss lag. Die Handelsniederlassung der Fugger in Florenz lief prächtig. In den ersten Jahren war es schwer gewesen, sich gegen die toskanische Konkurrenz zu behaupten. Jakob Fugger hatte von seinem Bruder Ulrich, unter dessen Namen das Fuggersche Geschäft lief und der 18 Jahre älter war, viel Kritik einstecken müssen. Doch das hatte Jakob Fugger nur noch mehr angespornt, und er hatte sich persönlich um den Aufbau gekümmert. Er sah Florenz als einen wichtigen Schlüssel im italienischen Geschäft. Nur Rom und Venedig waren noch bedeutender. Einerseits konnte man in Florenz von den toskanischen Kaufleuten viel lernen und andererseits konnte der Fondaco in Florenz auch gut als Rückzugsraum für Venedig und Rom genutzt werden. Die Florentiner hatten als erste erkannt, dass man das erwirtschaftete Geld wieder einsetzen und arbeiten lassen musste. Das versprach die größten Gewinne. Und mit der Kurie in Rom hatten die Florentiner einen Partner gefunden, der weltweit die meisten Geldgeschäfte zu erledigen hatte, stets einen großen Geldbedarf besaß und sich auch skrupellos über das vom Zweiten Laterankonzil erlassene Zinsverbot hinwegsetzte. Das Konzil hatte 1139 im Decretum Gratiani das schon in früheren

Jahrhunderten von der Kirche proklamierte Zinsverbot erneuert. Bereits im Alten Testament wurde mehrfach erwähnt, dass gegenüber Glaubensgenossen keine Zinsen für gewährte Darlehen genommen werden dürften. Das Decretum hatte dieses Verbot ausdrücklich wiederholt, wobei allerdings die Einbringung von Kapital in ein Geschäft und der sogenannte Rentenkauf zulässig waren. Auch Strafgebühren für verspätete Rückzahlungen von Darlehen sowie Geldwechselgeschäfte wurden akzeptiert. Doch schon Papst Alexander III. hatte einige Jahrzehnte nach dem Konzil den Juden als einzigen in Europa Zinsgeschäfte erlaubt. Und auch die Templer und vor allem die lombardischen Bankiers hatten das Zinsverbot geschickt umgangen, in dem sie einfach einen Zuschlag für ihre „Mühen“ verlangten.

Das Zinsverbot galt nun schon seit fast 400 Jahren unverändert, allein, was hin und wieder von der Kanzel gepredigt und was tatsächlich in den Hinterzimmern praktiziert wurde, waren zwei verschiedene paar Schuhe. Der Finanzbedarf des Vatikans hatte in den vergangenen Jahrzehnten immer gigantischere Ausmaße angenommen. Schon Sixtus IV. hatte durch seine Bauten, noch mehr aber durch seine Kriege viel Geld benötigt. Er wollte das Papsttum zu neuem Glanz erstrahlen lassen und sah sich in erster Linie als weltlicher Herrscher, der zudem ein besonderes Interesse daran hatte, seine zahlreichen Neffen und Nichten mit Pfründen zu versorgen. Allerdings hatten sich seine Beziehungen zu Florenz schwierig gestaltet und waren nach dem Attentat auf die Medici-Brüder, bei dem er Pate gestanden hatte, nahezu ganz zum Erliegen gekommen. Als Rodrigo Borgia als Alexander VI. in seine Fußstapfen trat, änderte sich nicht allzu viel. Nun waren nicht mehr Nichten und Neffen, sondern die leiblichen Kinder des Papstes zu versorgen. Alexander VI. aber nahm recht bald Fühlung zu den Florentinern auf und machte wieder Geschäfte mit der Stadt am Arno. Daran konnte auch der fanatische Prediger Girolamo Savonarola schließlich nichts ändern. Alexander VI. erwies sich als stärker und stürzte die Theokratie Savonarolas. Das war jetzt sieben Jahre her. Unter der Leitung von Soderini und den bekannten Kaufleuten baute Florenz wieder gute Beziehungen zur Kurie auf, und der Papst vertraute den Toskanern. Nun war mit Giuliano della Rovere einer jener früh von Sixtus IV. begünstigten Neffen Papst geworden. Und er zeigte schnell, dass er ein wahrer della Rovere sein würde. Er erklärte unverblümt, dass er Rom wieder im alten, antiken Glanz erstrahlen lassen werde. Nicht Venedig, nicht Florenz oder gar Mailand sollten als Perlen Italiens bezeichnet werden. Nur Rom stand dieser Titel zu.

Jakob Fugger wusste um die Ambitionen des neuen Papstes. Und er war der festen Überzeugung, dass in Rom das ganz große Geschäft zu machen sei. So hatte er zum Amtsantritt von Julius II. seinem Faktor Johannes Zink verschlüsselt geschrieben: „Schon die Medici sind durch die römische Kurie reich geworden. Es gibt kein besseres Geschäft auf dieser Welt als die Kirche. Deshalb werden wir Fugger die Finanziers des Papstes. Und wir werden die Nachfolger der Medici."

Das war das Ziel, das Jakob Fugger ausgegeben hatte und daran arbeiteten die Faktoreien in Rom und Florenz. Die Fugger hatten als erste nördlich der Alpen eine Bank etabliert, und König Maximilian I. hatte sich der Fugger als Kreditgeber ständig bedient. Der Habsburger war permanent in Geldnöten, und Jakob Fugger besorgte ihm die nötigen Summen. Dafür erhielt er vom König vor allem die Tiroler Silberminen, die den Reichtum der Fugger weiter festigten. Die Fugger boten hervorragende Voraussetzungen für das Geschäft mit der Kurie. Sie hatten Faktoreien in ganz Europa, konnten so überall, wo es gewünscht war, Geschäfte der Kurie abwickeln. Vor allem aber konnten sie über ihre Handelsniederlassungen Geld für den Papst einziehen. Mit Hilfe von Wechseln mussten nun nicht mehr Unmengen von Edelmetallen durch Europa transportiert werden. Das machte das Geschäft für alle Beteiligten sicherer. Und auch die unvermeidlichen Zinsen, die jede Bank durch das hohe Ausfallrisiko bei Krediten nehmen musste, um überhaupt bestehen zu können, konnten nun als Wechselgebühr oder im Umtauschkurs der einzelnen Münzsorten besser versteckt und damit umgangen werden. Das so unchristliche und verpönte Wort Zinsen wurde nun mit Mühen, Gefahren oder Kosten beschrieben. Unter dem Pontifikat von Alexander VI. hatten die Fugger schon die meisten Zahlungen aus Ungarn, Polen, Deutschland und den skandinavischen Ländern an die Kurie transferiert. Und die Seriosität der Fugger sprach sich auch schnell bei den Kardinälen herum. Niemand im Rom dieser Zeit hatte höhere Einkommen als die Kurienkardinäle, die alle mit immensen Pfründen gesegnet waren. Sie suchten für ihre Einnahmen einträgliche Geldanlagen. Was lag da näher, als das Geld gewinnbringend in einem Bankhaus zu deponieren. Aufgrund des Zinsverbotes musste dieses natürlich heimlich geschehen. Jakob Fugger hatte offene Ohren für diese Bedürfnisse der Kardinäle und wies Johannes Zink in Rom an, entsprechend zu verfahren. Seinem Geschäftspartner und Bruder Ulrich verschwieg er, woher die hohen Einlagen kamen. Inzwischen hatten nicht nur die Kardinäle aus Rom ihr Geld bei der Fuggerbank deponiert, sondern auch andere Würdenträger hatten die Vorteile erkannt. So hatte der Brixener Bischof Melchior von Meckau über 300.000 Gulden an die Fugger gegeben. Mit diesem Geld wiederum als Grundlage konnte Jakob Fugger Kredite vergeben, vor allem an Maximilian I. Und das

Fuggersche Handelshaus war zum ersten Ansprechpartner auch für zukünftige Finanzgeschäfte geworden.

Doch hiervon erfuhr Hinrik Wulffes nahezu nichts, als ihm Johann Vondeck die Arbeitsweise des Kontors erklärte. Zwar war auch von „römischen Geschäften" die Rede, doch darauf ging Johann Vondeck nicht näher ein und Hinrik Wulffes gebot es die Höflichkeit nicht nachzufragen. Er war auch mehr Kaufmann als Bankier und interessierte sich dafür, welche Waren für den italienischen Markt interessant sein könnten. Denn er hoffte über Augsburg und dem Haus Fugger seine Waren bis Italien verkaufen zu können. Und im Gegenzug wollte er in erster Linie Textilien aus Italien bis nach Norddeutschland vertreiben. Johann Vondeck erläuterte die einzelnen Umsätze und ließ ihn auch einen Blick in die Rechnungsbücher werfen. Sie basierten alle auf der doppelten Buchführung, die Jakob Fugger für alle Kontore verbindlich gemacht hatte. Und Hinrik Wulffes erfuhr auch, welches die besten und welches die gefährlichsten Handelsrouten waren.

Bruder Stephanus dagegen war direkt zum Dom gegangen. Vor dem Hauptportal hatte er erst noch ein wenig verweilt, dabei die Menschen beobachtet, die zwischen Dom und Baptisterium vorbeieilten und hatte die Dimensionen des riesigen Gebäudes nochmals auf sich wirken lassen, war dann aber zielgerichtet in den Dom gegangen. Durch das Hauptportal war er das riesige Kirchenschiff entlang gegangen, dann aber hatte er sein Ziel erreicht: eine Statue Jakobus des Älteren, die an einem der Tambourpfeiler angebracht war, direkt bevor sich die große Kuppel des Domes den Besuchern in ihrer ganze Pracht offenbart. Bruder Stephanus hatte sich niedergekniet, den Blick fest zum Heiligen Jakobus gerichtet und betete nun mit Hilfe seines Rosenkranzes das Ave Maria. Immer wieder musste er sich von neuem konzentrieren und den Faden wieder aufnehmen, da er sich dabei ertappte, wie seine Gedanken abschweiften. Seine Heimat war Corvey. Dort hatte er den weitaus größten Teil seines Lebens verbracht. Dort fühlte er sich aufgehoben, dort war er zu Hause. Er war viel in seinem Leben unterwegs gewesen, doch immer wohlbehalten nach Corvey zurückgekehrt. Eigentlich hatte er nun auf einen ruhigen Lebensabend gehofft, nachdem es ihm gelungen war, Franz von Ketteler nach Corvey zu bringen und ihn zum Abt wählen zu lassen. Doch es war anders gekommen. Und seine Zukunft war nun unsicherer denn je. Wenn er die päpstliche Bestätigung für Franz von Ketteler als neuen Abt von Corvey nicht erhalten würde, dann würde ihm eine Rückkehr nach Corvey unmöglich werden. Doch was sollte dann geschehen? Er wusste es nicht. Und was würde aus Corvey werden? Bruder Stephanus ließ seinen Rosenkranz sinken. Leise sprach er: „Herr, hilf uns die Handschrift wieder zu finden. Du weißt, wie wichtig das ist.“ Dann verstaute er den Rosenkranz wieder unter seiner Kutte an einem Bund, stand auf, bekreuzigte sich noch einmal und verließ den Dom.

Als Bruder Severin und der Handschriftenhändler aus der Taverne getreten waren, hatten sich Veit und Isabella auf die Verfolgung begeben. Veit blieb jedoch immer ein gutes Stück zurück, um auf keinen Fall von Bruder Severin entdeckt zu werden. Isabella dagegen konnte unauffällig und recht nah den beiden folgen. Veit hielt Blickkontakt mit dem Mädchen und hatte ihr für den Fall, das etwas Unvorhergesehenes geschehen würde, erklärt, dass sie ihn im Fondaco der Fugger erreichen könnte. Bruder Severin und sein Begleiter gingen in Richtung Stadtzentrum. Vor dem Palazzo Vecchio hielten sie kurz, um sich noch einmal zu beratschlagen, dann traten sie zielstrebig in den Palast ein, in dem die Stadtregierung beheimatet war. Veit fragte sich, was das zu bedeuten hatte. Auf jeden Fall würde es sein Unterfangen, die Handschrift zurück zu bekommen, nur erschweren, wenn allerhöchste Kreise in Florenz in den Fall verwickelt waren. Nun blieben ihm und Isabella aber nichts anderes übrig, als zu warten, bis Bruder Severin mit dem Handschriftenhändler wieder zurückkommen würde. Veit suchte sich einen Platz im Schatten unter einem Vorbau eines der großen Palazzi, die die Piazza della Signoria umsäumten. Isabella dagegen durchstreifte den großen Platz, so wie sie es gewohnt war, wenn sie in der Stadt unterwegs war.

Mehrere Stunden hatte Veit nun schon wartend auf dem Vorplatz der Stadtregierung verbracht, ohne dass es einen Hinweis auf den Verbleib von Bruder Severin gegeben hätte. Veit hatte schon darüber nachgedacht, ob sie den falschen Ausgang beobachteten, doch Isabella hatte ihn beruhigt und erklärt, dass Gäste nur dort wieder aus dem Palazzo Vecchio hinauskommen würden, wo sie hineingegangen seien. Die Sonne war inzwischen hinter den großen Palästen verschwunden und mit ihr auch der letzte Funke Hoffnung für Veit. Gerade als er Isabella erklären wollte, dass ein längeres Warten keinen Sinn mehr habe, traten Bruder Severin und der Handschriftenhändler vor den Palazzo Vecchio. Schnell zog Veit Isabella hinter einen Pfeiler und beide nahmen die Verfolgung wieder auf, Isabella voran, Veit wieder in einigem Abstand hinterher. Bruder Severin und sein Begleiter hatten es eilig. Schnellen Schrittes steuerten sie eine kleine Herberge an, die im Nordwesten der Stadt lag. Direkt hinter Bruder Severin betrat auch Isabella die Herberge. Veit hatte sie zurückhalten wollen, doch dafür war er zu weit entfernt gewesen. So blieb ihm nichts anderes übrig, als vor der Herberge zu warten. Nach wenigen Minuten kam Isabella mit einem Stück Brot in der Hand wieder hinaus.

„Bist du verrückt, da allein hineinzugehen?“ herrschte Veit sie an.

„Ich weiß schon, was ich tue. Und ich kann jetzt sagen, in welchem Zimmer sie untergebracht sind“, verteidigte sich Isabella und biss in das Stückchen Brot.

„Aber das war viel zu gefährlich“, ließ Veit nicht locker.

„Wieso? Sie kennen mich doch gar nicht. Und ich habe in der Herberge nur nach etwas Brot gefragt, denn ich habe Hunger.“

Veit schüttelte noch mit dem Kopf, doch eigentlich war er für den Mut von Isabella dankbar. Das würde ihm die Sache erleichtern. Isabella beschrieb ihm nun die Lage des Zimmers und Veit suchte nach einer Möglichkeit, unerkannt in den Raum eindringen zu können. Die Dämmerung setzte inzwischen schon ein. Das Zimmer lag im zweiten Stockwerk. Direkt unter dem Zimmerfenster war ein kleiner Stall für den Unterstand von Pferden gebaut worden. Veit ging zum Stall und stellte fest, dass es ihm keine Mühe bereiten würde, über einen der äußeren Pfosten auf das Dach des Stalles zu klettern. Von dort würde er das Fenster erreichen können. Veit wartete nun, bis die Dunkelheit komplett hereingebrochen war. Er hoffte darauf, dass Bruder Severin und der Handschriftenhändler ihr Zimmer vor Einbruch der Nacht noch einmal verlassen würden. Und tatsächlich, jetzt wurde das Licht im Zimmer gelöscht. Das war das Startsignal für Veit. Er wollte keine unnötige Zeit verstreichen lassen und machte sich auf den Weg nach oben. Isabella blieb auf dem Beobachtungsposten zurück. Schnell erklomm Veit den Pferdestall. Mit Hilfe eines Bundes Heu, das er zuvor aus dem Stall auf das Dach geworfen hatte, erreichte er ohne Mühe den Fenstersims und zog sich hoch. Zu seinem Glück war das Fenster nur angelehnt, so dass er schnell in das Fremdenzimmer gleiten konnte. Zwei Betten und ein kleiner Schrank waren das gesamte Innenleben, das es nun zu erforschen galt. Vorsichtig tastete Veit zunächst die Betten ab und nahm die Strohsäcke hoch. Doch dort war nichts zu finden. Dann öffnete er den Schrank und kramte zwei Taschen hervor. Auch diese tastete er vorsichtig ab, in der Hoffnung hierin die Handschrift zu entdecken. Aber wieder hatte er keinen Erfolg. Jetzt ärgerte er sich, dass er keine Kerze dabei hatte, um für ein wenig Licht zu sorgen. Also musste er nun den gesamten Raum abtasten, um vielleicht einen Hohlraum zu finden, in dem die Handschrift verborgen sein konnte. Er legte sich flach auf den Boden und strich mit der Innenseite seiner rechten Hand über die Holzbohlen. Zunächst waren alle eben und wiesen keine Lücke auf. Doch dann endlich: unter einem der Betten war eine Bohle etwas wackelig und tatsächlich, Veit schaffte es mit seinen Fingerspitzen die Bohle ein wenig hochzuheben. Schnell nahm er seine zweite Hand zur Hilfe und legte den Hohlraum frei. Dann griff er vorsichtig hinein und erfühlte ein Buch mit einem ledernen Umschlag. Das musste es sein. In diesem Moment ertönte ein Pfiff. Veit hielt inne. Dann folgte ein zweiter Pfiff. Nun war sich Veit sicher, dass die Pfiffe ihm gelten würden, und Isabella ihn warnen wollte. Schon hörte er Schritte auf der Holztreppe. Schnell nahm Veit die Handschrift an sich und flüchtete zum Fenster hinaus. Zur gleichen Zeit öffnete sich die Zimmertür und Bruder Severin betrat den Raum. Er brauchte nur eine Sekunde, um zu erkennen, dass jemand im Raum gewesen war, denn das Fenster stand offen und auch eines der Betten war verrückt. Bruder Severin rannte zum Fenster und hörte noch, wie jemand vom Pferdestall auf die Straße sprang. Sofort war ihm klar, dass die Handschrift gestohlen worden war. Zur Sicherheit leuchtete er kurz mit der Kerze, die er mitgebracht hatte, unter das Bett und sah die aufgebrochene Bohle. Schnell rannte er die Treppe wieder hinunter und forderte den

Handschriftenhändler auf, ihm nach draußen zu folgen. Hier teilten sie sich und jeder rannte die Straße, die vor der Herberge entlang führte, in entgegengesetzter Richtung entlang. Bruder Severin hatte Glück: zunächst hatte er nichts Verdächtiges erkennen können und wollte schon aufgeben. Als er jedoch zur Piazza della Signoria kam, rannten gerade zwei Menschen in Richtung Santa Croce. Das mussten sie sein. Obwohl er schon mächtig aus der Puste war, nahm er alle seine Kräfte zusammen und folgte den beiden, die nun aber ihre Schritte verlangsamten, da sie sich offensichtlich nicht mehr verfolgt fühlten. So konnte Bruder Severin immer näher herankommen. Gleich würde er zum Gegenangriff übergehen und die Handschrift wieder an sich bringen können. Doch jetzt blieben die beiden vor einem Fondaco stehen, sprachen noch kurz miteinander und trennten sich dann. Während der größere der beiden in den Fondaco hinein ging, wandte sich der zweite ab und ging in Richtung Arno. Bruder Severin überlegte kurz, merkte sich den Ort und nahm dann die Verfolgung des kleineren Flüchtigen auf.

32

Hastig stieg Veit die Treppen des Fuggerschen Fondaco hinauf. So schnell wie möglich wollte er Bruder Stephanus und Hinrik Wulffes von seinem Erfolg berichten. Er hoffte, dass sich beide schon in ihre Gemächer zurückgezogen hatten. Niemand aus dem Hause Fugger hatte bisher danach gefragt, warum die Mönche aus Corvey und der Höxteraner Kaufmann nach Italien gekommen waren, und es sollte auch niemand erfahren. Die Handschrift hielt Veit unter seinem Mantel verborgen. Jetzt hatte er die kleine Kammer im Obergeschoss erreicht. Leicht außer Atem öffnete er die Zimmertür und traf Bruder Stephanus auf dem Bett liegend an. Dieser war von dem plötzlichen Eintritt überrascht worden und aufgeschreckt. Im schwachen Licht der fast abgebrannten Kerze erkannte er nur mit Mühe, dass Veit in den Raum getreten war. Während er sich langsam aus dem Bett quälte, wollte er gerade Veit für sein stürmisches Eintreten tadeln, als dieser ihm schon die Handschrift entgegenhielt.

„Ich hab sie gefunden. Hier schaut, Bruder Stephanus!"

Damit übergab Veit dem alten Mönch das Werk, das der Grund ihrer langen Reise war. Und noch bevor Bruder Stephanus antworten konnte, drückte ihm Veit die Handschrift vor die Brust. Mit einem breiten Grinsen wartete er auf die Reaktion von Bruder Stephanus. Dieser sah Veit staunend an. Langsam löste er sich aus seiner Erstarrung, stand bedächtig auf und legte das Buch behutsam auf den Tisch, der zum spärlichen Mobiliar seines Zimmers gehörte. Dann bat er Veit, Hinrik Wulffes zu holen und einige Kerzen anzustecken, um mehr Licht für eine eingehende Prüfung der Handschrift zu haben. Schließlich beugte sich Bruder Stephanus über das Buch, öffnete vorsichtig die Beschläge und schlug die erste Seite auf.

„Tatsächlich, Veit, Du hast den Tacitus zurückgebracht."

Zur Sicherheit blätterte Bruder Stephanus weitere Seiten des Werkes um und nickte dabei bestätigend.

„Großartig. Nun kann Bruder Severin nichts mehr ausrichten. Der Prior hat sein Spiel verloren", sagte Bruder Stephanus zufrieden.

„Werden wir jetzt nach Corvey zurückkehren?" wollte Veit wissen.

„Nein, ich glaube nicht", antwortete Bruder Stephanus und sah dabei Hinrik Wulffes fragend an. „Ich glaube, wir sollten weiter nach Rom ziehen und die Bestätigung für Franz von Ketteler als neuen Abt von Corvey gleich mitnehmen. Was meint Ihr, Hinrik?"

„Ja, das ist der sicherste Weg. Wer weiß, was sich der Prior sonst noch einfallen lässt. Und bis Rom ist es ja nun nicht mehr weit. Zudem würde ich die Stadt gern einmal kennen lernen."

„Nun gut, dann werden wir uns so bald wie möglich auf zum Papst machen. Jetzt aber sollten wir uns schlafen legen. Und Veit", damit wandte sich der Mönch mit einem Lächeln an seinen jüngeren Mitbruder, „ich hoffe, wir frühstücken morgen Früh gemeinsam."

Veit antwortete mit einem leichten Kopfnicken und sagte dann:

„Das verspreche ich dir!"

Während Hinrik Wulffes neben ihm schnell in den Schlaf fand, lag Veit wach auf seinem Bett. Der Tag war einfach zu aufregend gewesen. Erst ging ihm Isabella nicht aus dem Kopf, dann musste er an Alheyd denken. Und er ertappte sich dabei, wie er Alheyd und Isabella miteinander verglich. Beide waren sie sehr schön und während er Isabella noch frisch vor Augen hatte, musste er schon angestrengt nachdenken, um sich Bilder von Alheyd von ihren gemeinsamen Begegnungen ins Gedächtnis zu rufen. Als er sich aber an ihren ersten Kuss erinnerte, da war es ihm so, als wenn das erst vor wenigen Stunden geschehen sei. So schön die Erinnerung an Alheyd auch war, so war da noch etwas anderes: die Tacitus-Handschrift, die für die Zukunft seines Klosters so große Bedeutung hatte. Was so ein Buch bewirken konnte. „Dabei sind es doch nur aneinander gereihte Buchstaben", dachte Veit, „ursprünglich vor 1400 Jahren von einem römischen Historiker geschrieben. Was soll daran so Besonderes sein? Gut, es ist sicherlich eine interessante Quelle, die das damalige Leben beschreibt, doch wir leben jetzt und hier. Was geht uns da die Vergangenheit an? Warum sind die Italiener eigentlich auf alles so versessen, was nur irgendwie nach früherer Zeit riecht?"

Schließlich glaubte Veit, dass er Antworten auf seine Fragen nur im Tacitus selbst erhalten würde. Also stand er wieder auf und bewegte sich leise in den Raum zu Bruder Stephanus. Die Handschrift lag auf einem Stuhl direkt vor dem Bett, in dem Bruder Stephanus schlief. Langsam nahm Veit das Buch an sich und ging zurück in sein Zimmer. Dort suchte er sich eine Kerze, steckte diese ein und schlich samt Tacitus hinaus. In einer Ecke des Dachgeschosses ließ er sich nieder und begann im schwachen Kerzenschein zu lesen.

Publius Cornelius Tacitus lebte zum Ende des ersten und zu Beginn des zweiten nachchristlichen Jahrhunderts. Er bekleidete viele bedeutende politische Ämter, war eng mit dem flavischen Kaiserhaus verbunden und begann nach dem Tod des tyrannischen Kaisers Domitian damit Bücher zu schreiben. Er hatte sich zur Aufgabe gemacht, die römische Geschichte der Kaiserzeit seit dem Ende des großen Augustus niederzuschreiben. Seine Annalen hatte er mit dem Titel „Ab excessu divi Augusti“ überschrieben. Soviel hatte Veit auf ihrer Reise von Bruder Stephanus über den römischen Autor der Handschrift erfahren. Nun schlug Veit die erste Seite des Buches auf und begann zu lesen. Die Annalen begannen mit den Worten:

> *Urbem Romam a principio reges habuere; libertatem et consulatum L. Brutus instituit. dictaturae ad tempus sumebantur; neque decemviralis potestas ultra biennium, neque tribunorum militum consulare ius diu valuit. non Cinnae, non Sullae longa dominatio; et Pompei Crassique potentia cito in Caesarem, Lepidi atque Antonii arma in Augustum cessere, qui cuncta discordiis civilibus fessa nomine principis sub imperium accepit. sed veteris populi Romani prospera vel adversa claris scriptoribus memorata sunt; temporibusque Augusti dicendis non defuere decora ingenia, donec gliscente adulatione deterrerentur. Tiberii Gaique et Claudii ac Neronis res florentibus ipsis ob metum falsae, postquam occiderant, recentibus odiis compositae sunt. inde consilium mihi pauca de Augusto et extrema tradere, mox Tiberii principatum et cetera, sine ira et studio, quorum causas procul habeo.*

> [Übersetzung:
> Könige regierten von Anfang an die Stadt Rom; die Freiheit und das Konsulat führte L. Brutus ein. Zu Diktaturen wurde nach Bedarf gegriffen. Und weder die Macht der zehn Männer währte über den Zeitraum von zwei Jahren, noch die Macht der Tribunen mit der Amtsgewalt eines Konsuls währte lange. Nicht Cinnas, nicht Sullas Herrschaft (währte) lange; Und des Pompeius und Crassus Macht gingen rasch auf Caesar über,

die Waffengewalt des Lepidus und Antonius auf Augustus, der alles durch Zwietracht der Bürger geschwächte unter dem Namen des Ersten unter seine Herrschaft nahm. Doch des alten römischen Volkes glückliche und unglückliche (Zustände) sind von berühmten Schriftstellern erwähnt, und der zu besprechenden Zeit des Augustus fehlten nicht ausgezeichnete Talente, bis sie sich durch sich ausdehnende Schmeichelei abschrecken ließen. Des Tiberius und Gaius und Claudius und Neros Sachen wurden, während sie selbst blühten, durch Angst falsch, nachdem sie starben, durch frische Hassgefühle dargestellt. Daher (habe ich) den Plan, das wenige von Augustus und die letzte (Zeit) zu überbringen, dann das Prinzipat von Tiberius und das übrige, ohne Zorn und Eifer, deren Gründe mir fern sind.]

Veit hatte in Corvey eine gute Lateinschule gehabt und konnte diese Sprache nicht nur sprechen, sondern auch problemlos lesen. Viel mehr Mühe bereitete ihm zunächst die Schrift, in der die Tacitus Annalen abgeschrieben worden waren. Die karolingische Minuskel war eine in der Zeit Karls des Großen entstandene Schrift, die zu einer vereinheitlichten Schriftsprache führen sollte. Die Minuskelschrift zeichnete sich insbesondere durch Ober- und Unterlängen aus, so dass die einzelnen Worte klar voneinander getrennt wurden, was das Lesen erheblich erleichterte. Und Zeilenanfänge wurden mit Schmuck- oder Großbuchstaben hervorgehoben. Vor allem die Mönche des Corveyer Mutterklosters in Corbie im westlichen Teil des Frankenreiches hatten erheblich zur Ausformung dieser besonderen Schrift beigetragen. Und von Corbie war sie direkt nach Corvey gekommen. Im Corveyer Skriptorium waren viele Werke in dieser Schrift entstanden. Doch die karolingische Minuskel war nur knapp dreihundert Jahre in Gebrauch, ehe sie durch die frühgotische Minuskel abgelöst wurde, die sich schnell über das westliche Europa verbreitete. Mit jeder Seite, die Veit weiter las, fiel es ihm leichter, die Worte zu entziffern. Schnell hatte er sich von der römischen Geschichte gefangen nehmen lassen. Zunächst war die Rede von den letzten Tagen des Kaisers Augustus und der Regierungsübernahme seines Nachfolgers und Adoptivsohnes Tiberius. Veit kannte beide Namen schon aus der Bibel. Umso faszinierter war er jetzt, Augustus und Tiberius in einem ganz anderen Kontext kennen zu lernen. Und das, was er vor allem von Tiberius zu lesen bekam, war alles andere als schön. Tacitus stellte den Imperator als machtgierigen und skrupellosen Tyrannen dar, der ohne Gewissen seine Frau, deren Liebhaber und ihren letzten noch lebenden Sohn aus ihrer ersten Ehe umbringen ließ, nur um unumschränkt herrschen zu können. Doch Veits Interesse wuchs von Seite zu Seite, vor allem als die Rede auf die am Rhein stehenden Legionen kamen, die von Germanicus, einem Neffen und Adoptivsohn des Tiberius befehligt wurden. Weniger die Niederschlagung der Rebellion, die unter den Soldaten nach dem Regierungsantritt des Tiberius ausgebrochen war, als vielmehr die Beschreibung der germanischen Stämme und schließlich der Feldzug des Germanicus in das Innere Germaniens hinein, hatten es Veit angetan. Erstmals las er von Chatten, Chaucen, Marsern, Ubiern, Bructerern, Friesen, Angrivarierern und den Cheruskern; germanischen Stämmen, die das Gebiet östlich des Rheins zu jener Zeit besiedelten. Und er erfuhr die lateinischen Namen von Flüssen in jenem Gebiet die da lauteten Adrana, Amisia oder Lupia. Doch während ihm diese Namen ebenso wenig sagten wie die verschiedenen

Stammesbezeichnungen, so horchte er auf, als er in einem späteren Kapitel den Flussnamen Visurgis las. Diese Bezeichnung für die Weser war ihm geläufig und er musste sich zwingen, nicht an seine Heimat zu denken, sondern sich weiter auf die Tacitus-Handschrift zu konzentrieren. Schließlich stieß er am Ende des ersten Buches auf die Beschreibung der größten Niederlage des kaiserlichen Rom in jener Zeit:

> *"ductum inde agmen ad ultimos Bructerorum, quantumque Amisiam et Lupiam amnis inter vastatum, haud procul Teutoburgiensi saltu in quo reliquiae Vari legionumque insepultae dicebantur."*
>
> [Übersetzung:
> Dann führte er (Germanicus) sein Heer weiter bis zu der äußersten Grenze der Bructerer und das ganze Gebiet zwischen den Flüssen Ems und Lippe, nicht weit enfernt von dem Teutoburger Wald, in dem, wie es hieß, die Überreste des Varus und seiner Legionen unbegraben lagen, wurde verwüstet.]

Im „Teutoburgiensis saltus" waren die Legionen des Varus von dem Cheruskerfürsten Arminius vernichtet worden. Germanicus blieb nun nichts anderes mehr übrig, als die Gebeine der Gefallenen zu bestatten und die Feldzeichen einzusammeln. Die Weltmacht Rom war in den Wäldern Germaniens geschlagen worden. Veit hatte zunächst Mühe, dieses Ereignis richtig einzuordnen. Doch mit jedem Satz, den er jetzt zu lesen bekam, wurde ihm deutlicher, welche Auswirkungen der Sieg des Arminius auf die weitere Geschichte Germaniens und auch Roms gehabt hatte. Dem großen Germanicus, diesen Namen, der eigentlich ein Titel war, führten er und seine gesamte

Familie aufgrund ruhmreicher Taten seines Vaters in eben jenem Germanien. Doch auch Germanicus selbst hatte inzwischen erfolgreich die Legionen am Rhein geführt und selbst zahlreiche Kämpfe siegreich bestanden. Er war der Liebling der römischen Massen und die große Hoffnung Roms. Doch er war nicht der Liebling des Princeps. Und deshalb hatte es Germanicus schwer. Umso ehrgeiziger war er, die Schmach des Varus hier in Germanien auszumerzen. Dazu gehörten nun fünf Jahre nach der Schlacht die Bestattung der Toten und das Einsammeln der Feldzeichen. Und als Letztes würde er Varus rächen, in dem er den cheruskischen Schlachtenführer Arminius vernichten würde. Das war das große Ziel des Germanicus, wie Veit nun nachlesen konnte. Doch Tiberius wollte den Ruhm des Germanicus nicht noch weiter mehren, hatte vielleicht auch Angst vor einer weiteren katastrophalen Niederlage im unwegsamen Germanien und berief daher seine Legion mit samt ihrem Anführer hinter die sichere Rheingrenze zurück. Bei diesem Rückzug, der vorwiegend über den Seeweg erfolgte, verlor Germanicus einen Großteil der Mannschaft aufgrund des widrigen Wetters. Trotzdem wurde Germanicus ein Triumph in Rom gewährt, etwas, wonach jeder Feldherr lechzte. Doch Germanicus war anders. Er hätte sich den Triumph gern aufgespart, bis er die Germanen und insbesondere Arminius endgültig besiegt hatte. Doch dazu sollte Germanicus nicht mehr kommen. Tiberius schickte seinen Adoptivsohn, der ihm vom großen Augustus aufgezwungen worden war, schon bald wieder aus Rom fort, um die Angelegenheiten im Osten zu regeln. Doch eigentlich hatte er, wenn man Tacitus Glauben konnte, von Germanicus nichts zu befürchten gehabt, da dieser treu zu Tiberius stand und keine eigenen Ambitionen hegte. Germanicus hatte aber auch noch andere Feinde. Einer von diesen war der skrupellose Cn. Calpurnius Piso, der von Tiberius eingesetzte Statthalter der Provinz Syrien. Auf seiner Rückreise von Ägypten nahm Germanicus bei ihm in Antiochia einen längeren Aufenthalt, da er kränkelte. Schließlich starb Germanicus auf unerklärliche Weise. In Rom wurde vermutet, das Piso ihn mit Gift langsam ermordet habe. Schließlich wurde Piso der Prozess gemacht und, wie in damaligen Zeiten bei angesehenen Personen üblich, in den Selbstmord getrieben. Da Tiberius einerseits Piso persönlich als Statthalter eingesetzt hatte und andererseits nicht öffentlich um seinen Adoptivsohn trauerte, gab man ihm einen gehörigen Teil Mitschuld am Tod des Hoffnungsträgers Germanicus.

Zur etwa gleichen Zeit starb aber nicht nur der römische Hoffnungsträger, sondern auch der cheruskische. Während Tacitus ausführlich auf den Tod des Germanicus einging, erwähnte er nur ganz zum Schluss des 2. Buches, dass Arminius „durch Hinterlist seiner Verwandten" ums Leben gekommen war.

Veit hatte nicht nur die Seiten über die Germanen, sondern auch über die römischen Intrigen und die Schwierigkeiten, ein solch großes Imperium zu beherrschen, mit großem Interesse gelesen. Doch als er nun im dritten Buch zu Tacitus langatmigen Ausführungen zur römischen Gesetzgebung kam, fielen ihm immer wieder die Augen zu. Mehrmals ließ er das schwere Buch fallen. Schließlich fasste er den Entschluss, das Buch zuzuklappen und wieder auf den Stuhl in Bruder Stephanus Zimmer zurückzubringen, um selbst ein wenig Schlaf zu bekommen. Unbemerkt schaffte er es, das Buch an seinen alten Platz zu legen und sich selbst in sein Bett.

Nach dem Frühstück am nächsten Morgen erschien Jakob Fugger im Fondaco. Er berichtete Johann Vondeck und seinen Reisebegleitern, dass er eine Lösung für die Sicherheitsprobleme des Papstes gefunden habe. Er hatte die Idee, über einen Kontaktmann Schweizer Gardisten anzuwerben. Die Schweizer hatten sich in langen Kämpfen eine weitgehende Unabhängigkeit vom Kaiser erkämpft. Seither waren ihre Soldaten bei allen Kriegsherren in Europa gefragte Söldner und ließen sich dieses Handwerk gut bezahlen. Sein Schweizer Gewährsmann hatte jedoch Jakob Fugger mitgeteilt, dass die Schweizer nicht so einfach zu haben sein würden. Doch der Augsburger Kaufmann wollte die Bindung zu Papst Julius II. weiter stärken und gab seinem Werber alle Freiheiten. Jakob Fugger wollte zunächst 150 Mann als besondere Leibwache für den Papst nach Rom holen und sich verpflichten, alle Kosten der Reise sowie den Sold für das erste Jahr zu übernehmen.

„Ich muss noch einige Kleinigkeiten hier in Florenz klären, möchte dann aber so schnell wie möglich weiter nach Rom zum Papst reisen. Da ja Rom auch Eurer Ziel war, könnt Ihr mich gern begleiten", sagte er nun an die Adresse von Bruder Stephanus.

„Sehr gern, verehrter Mester Fugger. Wir sind jederzeit abreisebereit und richten uns ganz nach Ihnen", antwortete Bruder Stephanus, der froh war, mit dem erfahrenen Kaufmann auch die letzten Meilen der Reise zurücklegen zu dürfen.

„Also abgemacht, übermorgen werden wir nach Rom aufbrechen!" verabschiedete sich Jakob Fugger.

33

Auch in der folgenden Nacht nahm Veit sich wieder die Handschrift aus dem Zimmer von Bruder Stephanus und las voller Erwartung im dritten Buch weiter. Tacitus zeichnete hier ein eindrucksvolles Bild der römischen Gesellschaft nach. Er berichtete von der Verwahrlosung der guten Sitten, sprach an, dass sich der Senat damit beschäftigte, wie man gegen die immer weiter verbreitete Ehe- und damit auch Kinderlosigkeit in Rom wirken könne, und problematisierte auch das Verhalten von Frauen, die ihren Männern in die Provinzen zum dortigen Dienst gefolgt waren. Schließlich ging er sogar auf die Völlerei ein, die in jener Zeit zu einem ernsthaften Problem geworden war. Veit lernte eine Gesellschaft kennen, die so ganz anders war, als die, die er von zu Hause aus kannte. Je mehr er von Tacitus erfuhr, umso unglaublicher erschien es ihm, wie die alten Römer gelebt hatten. Nicht die Sorge um das tägliche Brot, nicht die Religion, nicht Arbeit und Familie standen im Mittelpunkt, sondern Müßiggang und Ausschweifung, Machtgier und Ehrgeiz.

Im nächsten Kapitel fuhr Tacitus mit den politischen Ereignissen fort. Tiberius bestellte nach dem Tod des Germanicus seinen leiblichen Sohn Drusus quasi zu seinem Nachfolger, in dem er den Senat dazu veranlasste, diesem die tribunizische Gewalt zu übertragen. Gleichzeitig baute Seianus, Präfekt der Prätorianerkohorten, der Leibwache des Tiberius, seine Macht immer weiter aus. Seianus verfolgte hohe Ziele. Er hatte nichts weniger vor, als sich selbst zum alleinigen Machthaber über Rom aufzuschwingen. Dazu musste er die Mitglieder der Caesarenfamilie eliminieren. Als Ersten räumte er Drusus aus dem Weg, den Sohn des

Tiberius. Das schaffte er nicht zuletzt mit Hilfe von dessen Frau Livia, mit der er ein Verhältnis einging. Drusus wurde vergiftet. Als Seianus jedoch die Ehe mit Livia vom Princeps begehrte, zögerte dieser. Tiberius war ohnehin in vielen Dingen undurchschaubar. Schon lange hatte er den Plan, Rom zu verlassen und die Regierungsgeschäfte in andere Hände zu legen. So verließ er für die letzten 11 Jahre seines Lebens seine Heimatstadt, um nie wieder zurückzukehren. Nach verschiedenen Aufenthalten nahm er sich seinen Alterssitz auf der Insel Capri. Von dort aus bestimmte er weiter mit Hilfe seines Vertrauten Seianus die Politik und sorgte für zahlreiche Prozesse, denen viele Männer und später auch Frauen der römischen Elite zum Opfer fielen. Niemand war in Rom mehr sicher vor der Verfolgung des Princeps, des willfährigen Senats und einer Bande von Anklägern, die sich dadurch bereicherten, dass sie Teile des Vermögens der Beklagten nach einer Verurteilung erhielten. Doch mittlerweile ging Tiberius die Allmacht des Seianus zu weit. Mit Hilfe des neuen Prätorianerpräfekten Macro wurde Seianus im Senat festgesetzt und dort auch umgehend zum Tode verurteilt. Viele seiner Helfer und Gesinnungsgenossen wurden ebenfalls verhaftet und getötet und seine Familie ausgelöscht. Rom konnte nun für einige Zeit aufatmen und setzte seine Hoffnungen auf den letzten noch lebenden Sohn des Germanicus, Gaius Caesar, genannt Caligula, das heißt Stiefelchen. Dieser hatte zunächst das Vertrauen des Princeps. Doch als Tiberius feststellte, dass alle Welt Caligula als neuen Herrscher forderte und jeder nur noch Tiberius Tod wünschte, rätselte er über seine Nachfolge. Von seinem Sohn Drusus hatte er noch einen Enkel, der seinen Namen trug. Doch dieser war noch zu jung. Als Tiberius ernsthaft erkrankte, sahen Caligula und Macro, der längst für Caligula arbeitete, die Stunde des Wechsels gekommen. Doch

Tiberius tat ihnen noch nicht den Gefallen zu sterben. Da gab Macro den Prätorianern den Befehl, den Princeps zu ersticken. Umgehend wurde Caligula zum neuen Princeps ausgerufen. Doch kurz vor seinem Tode hatte Tiberius, der die Sternendeuterei beherrschte, dem Caligula geweissagt, dass er Macro, die Stütze seiner Macht, umbringen und dann auch selbst gewaltsam sterben werde.

Nachdenklich legte Veit das Buch beiseite. Die römische Geschichte war eine Geschichte voller Intrigen, voller Gewalt, voller Blut. Jetzt, da er sich erstmals damit beschäftigte, konnte er nicht verstehen, warum sich viele in Italien auf dieses Rom zurückbesinnen wollten. Was war das Besondere an dieser Vergangenheit? Was war so erstrebenswert an dieser Zeit? Bis jetzt hatte er nichts und niemanden in der Beschreibung des Tacitus gefunden, dem es lohnte nachzueifern. Mit diesen Gedanken im Kopf ließ er das Buch sinken und schlief ein.

Erst als die ersten Sonnenstrahlen in den Fondaco eindrangen und die Dienstboten weckten, wurde auch Veit wieder wach. Als er sich streckte, merkte er, dass er in dieser Nacht gar nicht in sein Bett zurück gefunden und noch immer die Tacitus-Handschrift neben sich liegen hatte. Schnell erhob er sich, um das Buch zu Bruder Stephanus zurückzubringen. Leise betrat er dessen Schlafgemach. Bruder Stephanus lag mit dem Rücken zur Tür gewandt regungslos im Bett. Als Veit jedoch das Buch auf den Stuhl, von dem er es genommen hatte, zurücklegen wollte, hörte er Bruder Stephanus in Richtung Wand sprechen:

„Guten Morgen, lieber Veit. Ich hoffe, du hast wenigstens ein bisschen in der letzten Nacht geschlafen."

Veit erschrak sich und hätte das Buch fast fallen gelassen. Er hatte darauf gesetzt, dass Bruder Stephanus noch schlief.

„Ja, Bruder, ich habe gut geschlafen", stammelte Veit nun eine Antwort und drehte sich bereits wieder der Tür zu.

„Veit, bitte warte einen Moment", hielt ihn Bruder Stephanus zurück und setzte sich dabei im Bett aufrecht.

„Du solltest ein solches Buch nicht ohne Anleitung lesen. Das könnte dich auf die falsche Bahn bringen."

Veit hatte die Türklinke schon gedrückt, hielt nun aber inne und drehte sich wieder Bruder Stephanus zu. In seinem Blick lag Erstaunen.

„Ich verstehe nicht, was du damit sagen willst."

„Ich will damit sagen, dass du das Buch nicht alleine lesen solltest. Oder hast du alles verstanden, was du von Tacitus aufgetischt bekommen hast?"

„Nun ja, etliche Namen konnte ich nicht richtig einordnen und vieles aus innerrömischen Angelegenheiten ist mir sehr fremd vorgekommen."

„Wie viel hast du denn schon gelesen?" wollte nun Bruder Stephanus wissen.

„Die ersten sechs Bücher bis zum Tode von Tiberius habe ich geschafft."

Bruder Stephanus atmete tief durch. Es klang wie Erleichterung. Doch das bemerkte Veit nicht. Er wollte nun so schnell wie möglich dieses Gespräch beenden. Langsam öffnete er die Tür und murmelte noch eine Entschuldigung. Dann verließ er das Zimmer.

Nach dem Frühstück verabschiedete sich Veit erneut aus dem Fondaco, um in die Stadt zu gehen. Bruder Stephanus sah das nicht gern, spürte aber, dass Veit sich nicht aufhalten lassen würde. Deshalb ermahnte er ihn, vorsichtig zu sein. Veit wollte Isabell aufsuchen. Dazu musste er zum Ospedale degli Innocenti, dem Waisenhaus. Denn dort war Isabell nach dem Tod ihrer Eltern untergebracht worden. Und seit zwei Jahren half sie nun dort selbst mit, Waisenkinder zu betreuen. Soviel hatte sie ihm dann doch noch verraten, als sie sich nicht mehr verfolgt wähnten, nachdem sie das Buch an sich gebracht hatten. Das Ospedale lag in unmittelbarer Nähe des Doms. Veit brauchte nur von der Kuppel des Domes der dort in nördliche Richtung sich entfernenden Straße zu folgen und schon lag das Waisenhaus zu seiner rechten Hand. Das Ospedale degli Innocenti, das Haus der Unschuldigen, war vor knapp 100 Jahren an dieser Stelle erbaut worden. Doch Waisenhäuser gab es in Florenz schon seit fast 200 Jahren. In ihnen wurden Kinder, die ihre Eltern verloren hatten, untergebracht, doch hier konnte man auch nicht erwünschte Kinder abgeben. Zeitweise waren mehrere Hundert Kinder im Ospedale. Isabella hatte Veit allerdings davor gewarnt, sie dort aufzusuchen, denn die Schwestern duldeten keine Fremden im Ospedale. Veit wollte Isabella aber unbedingt noch einmal wiedersehen, bevor er weiter nach Rom zog. Als er das Ospedale erreichte, bestaunte er zunächst die Architektur. Er hatte ein einfaches Haus ohne Komfort erwartet. Doch das Ospedale war von Filippo Brunelleschi gebaut worden. Und Brunelleschi hatte, wie man unschwer sehen konnte, einen hohen Etat gehabt, um das Bauwerk zu realisieren. Denn viele der vermögenden Florentiner Kaufleute hatten durch ihre Spenden ihr Gewissen erleichtert und somit dazu beigetragen, den elternlosen Kindern ein würdiges zu Hause zu schaffen.

Veit schritt die Front mehrmals ab, ohne einen Einlass zu finden, durch den er unerkannt in das Ospedale hätte gelangen können. Schließlich entdeckte er eine Drehtür, die auch sofort ein wenig nachgab, als er sich dagegen lehnte. Diese Tür war eingebaut worden, damit Eltern ihre nicht erwünschten Neugeborenen unerkannt in das Ospedale schieben konnten. Immer wieder wurde hiervon Gebrauch gemacht. Veit schlüpfte durch die Tür und befand sich nun im riesigen Innenraum des Ospedale. Etliche Kinder spielten dort, und einige Nonnen standen unter einer der Arkaden zum Gespräch zusammen. Wenige Meter neben ihm führte eine Treppe in den Keller hinunter. Schnell sprang Veit die Stufen hinab und hoffte, dass die Tür, die sich am Ende der Treppe befand, nicht verschlossen war. Und tatsächlich, sie ließ sich leicht öffnen. Im Inneren war es allerdings nahezu stockdunkel. Veit tastete sich mit einer Hand an der Wand des Flures entlang. Mit der anderen Hand musste er sich die Nase zuhalten, denn ein unglaublicher Gestank überwältigte ihn. An mehreren Türen vorbei kam er zu einem lang gestreckten Flur, an dessen Ende es heller wurde. Unsicheren Schrittes ging Veit den Flur entlang und kam in ein Treppenhaus, das nach oben führte. Wenn er Isabell finden wollte, musste er es wagen und auch auf die Gefahr hin, von den Nonnen entdeckt zu werden, in den Schlafräumen nach Isabell suchen. Er vermutete die Schlafräume in der oberen der beiden Etagen. Hier ging er von Raum zu Raum. Doch nirgends schien sich um diese Zeit jemand aufzuhalten. Als er alle Schlafräume durchsucht hatte, gelangte er am Ende des Flures zur Krankenstation. Vorsichtig öffnete er die Tür. Glücklicherweise befand sich keine Krankenschwester in der Station. Langsam ging Veit in den Raum hinein und zu einem der Betten, wo unter einer Decke jemand zu liegen schien. Ganz sachte berührte er das zusammengekauerte Bündel, um es möglichst nicht zu erschrecken. Als sich darauf hin etwas ruckartig umdrehte und ihm sein Gesicht zuwandte, fuhr ihm der Schreck in die Glieder. Eine fast undefinierbare Fratze streckte sich ihm entgegen. Das Bündel zitterte am ganzen Körper. Veit fuhr erschrocken hoch, musste sich dann aber dazu zwingen, wieder hinzusehen. Und seine Befürchtung bewahrheitete sich: das entstellte Etwas war Isabell. Ein Auge konnte sie überhaupt nicht öffnen, mit dem anderen starrte sie Veit ausdruckslos an. Das ganze Gesicht war mit Blutergüssen überzogen, an einigen Stellen klebte frisch getrocknetes Blut. Veit setzte sich auf die Bettkante und nahm Isabell in seine Arme, soweit das möglich war. Dabei traten ihm Tränen in die Augen. Nur langsam gewann Veit die Fassung wieder. Isabell dagegen wimmerte und wiegte sich in seinen Armen. Sie musste höllische Schmerzen haben.

„Isabell, arme Isabell, wer hat dir das angetan?" formte Veit endlich seine Zunge zu einer Frage.

Isabells Stimme war so schwach, dass Veit sich über sie lehnen und sein Ohr ganz nah an ihre Lippen führen musste, um folgendes zu verstehen:

„Wir sind verfolgt worden. Als du im Fondaco verschwunden warst, hat er mich von hinten gepackt und geschlagen."

„Wer war das?"

„Das weiß ich nicht. Er hat mich in eine Hausecke gezerrt und immer wieder geschlagen, solange bis ich ihm gesagt habe, wer du bist."

„Was wollte er noch von dir wissen?" bohrte Veit weiter.

„Was ich von der Handschrift weiß", stammelte Isabell.

„Und, was hast du ihm gesagt?"

„Die Wahrheit. Das ich nichts weiß." An dieser Stelle musste Isabell heftig husten.

„Doch das wollte er mir nicht glauben. Deshalb hat er mich weiter geschlagen, immer wieder geschlagen." Bei diesen Worten hielt sie ihre Hände vor das Gesicht, als wenn sie im nächsten Augenblick weitere Schläge erwartete.

„Es ist gut. Ich bin jetzt bei dir. Er wird dich nie wieder schlagen. Dafür werde ich sorgen."

Das Wimmern von Isabell wurde jetzt noch stärker.

„Halt mich fest", hauchte sie in sein Ohr. Veit schloss

seine Arme nun noch stärker um Isabell und ließ seinen Tränen freien Lauf. Doch es waren nicht nur Tränen der Trauer, sondern auch der Wut. Er wusste, wie gefährlich Bruder Severin und der Handschriftenhändler sein konnten. Dass sie sich aber an einem Mädchen vergreifen und es solchermaßen zurichten würden, hätte er niemals für möglich gehalten. Und ihm wurde nun klar, dass sie für die Wiedererlangung der Handschrift auch noch weiter gehen würden. Isabell war so geschwächt, dass sie in Veits Armen einschlief. Am liebsten wäre Veit bei ihr geblieben, doch er wusste, dass das nicht gehen würde. Es war nur noch eine Frage der Zeit, wann er entdeckt werden würde. Noch einmal streichelte er sanft über Isabells Schulter, dann entließ er sie aus seinen Armen, legte sie wieder auf ihr Bett, zog die Decke über sie und ging zurück zum Fondaco.

Als die Nacht hereingebrochen war, machte sich Veit erneut auf den Weg zum Ospedale. Wieder betrat er das Waisenhaus über den Keller, wo es zunächst genauso stockfinster wie am Morgen war. Doch schnell entdeckte Veit einen hellen Lichtschein, der unter eine der Türen ein wenig Helligkeit in den Flur warf. Vorsichtig näherte er sich der Tür und horchte. Da er nichts Verdächtiges hörte, spähte er durch das Schlüsselloch. Schemenhaft konnte er eine Gestalt erkennen, die im Gesicht eine Art Maske über Mund und Nase trug. Der Kopf war umhüllt von langen weißen Haaren, die, leicht gekräuselt, in wilden Strähnen herabhingen und ihr etwas Gespenstisches verliehen. In der linken Hand konnte Veit bei dem Wesen, das trotz aller Vorbehalte ein Mensch zu sein schien, eine Art Messer oder Skalpell erahnen. Mit diesem Skalpell fuhrwerkte die Gestalt in etwas herum, das vor ihr lag. Veit konnte aber durch seine eingeschränkte Sicht nicht erkennen, um was es sich dabei handelte. Und wieder machte ihn dieser beißende

Gestank wie bereits am Morgen zu schaffen. Veit atmete einmal tief durch und wollte gerade weitergehen, als er hinter der Tür einen kleinen Jubelruf hörte. Schnell beugte er sich wieder nieder und sah jetzt, dass die Gestalt in dem Raum einen menschlichen Arm waagerecht vor sich hielt. Was ging hier vor? Veit bekam es mit der Angst zu tun und entfernte sich schnell von der Tür. Leise, aber zielstrebig nahm er die Stufen des Treppenhauses und schlich sich zur Krankenstation. Niemand war im Ospedale zu sehen, und auch die Krankenstation war nicht besetzt. Nur eine Kerze brannte im Krankenzimmer. Veit ging langsam zum Bett von Isabell und berührte sie sanft an der Schulter.

„Isabell, ich bin´s, Veit", flüsterte er ihr zu.

Nur mühsam gelang es Isabell, die Augen zu öffnen.

Veit ergriff ihre rechte Hand und spürte, dass diese ganz kalt war.

„Isabell, wie geht es Dir?"

„Veit, was willst Du?" wisperte sie, ohne auf seine Frage einzugehen.

„Ich wollte noch einmal nach dir sehen. Denn schließlich bist du durch mich in diese Lage gekommen."

„Ach Veit, du kannst mir glauben, dass ich nicht zum ersten Mal auf dieser Krankenstation liege. Ich habe einfach Pech in meinem Leben."

„So darfst du nicht denken, Isabell."

Veit drückte nun Isabells Hand noch stärker, um seinen Worten ein wenig Nachdruck zu verleihen.

„Alles im Leben ist vorherbestimmt. Du kannst sicher sein, dass Gott seine schützende Hand über uns hält", versuchte Veit nun mit Hilfe des christlichen Glaubens, so wie er es von klein auf gelernt hatte, ein wenig mehr Trost zu spenden.

„Und wo war er gestern, als mich dieser Kerl so brutal überfallen und geschlagen hat?" klagte Isabell an.

„Die einen sagen, Gott kann nicht überall sein. Doch das glaube ich nicht. Denn in der Bibel steht, Gott ist allmächtig. Also war er auch in diesem schrecklichen Moment bei dir."

„Und warum hat er mir dann nicht geholfen?"

Isabells grüne Augen trafen Veit mitten ins Herz. Da lag sie nun, eine junge Frau voller Schmerzen. Schmerzen, die ihr die Begegnung mit ihm eingebracht hatte. Wie viel Leid hatte sie tatsächlich schon in ihrem Leben erleben müssen? Er versuchte wieder in ihren Augen zu lesen. Doch sie erwiderte den Blick nicht. Obwohl sie ihn anzusehen schien, war ihr Blick wie tot. Keine Regung, nur Trauer war zu lesen. Trauer und Schmerz. Warum musste sie so leiden? Wo lag der Sinn? Veit wollte ihr antworten, dass Gott jeden in seinem Leben Prüfungen auferlegt. Doch er wusste, dass das für Isabell kein Trost und auch keine Hoffnung waren. So stimmte er in ihr Schweigen ein, schloss dabei seine Augen und hielt Isabells Hand fest umschlungen. Nach einer Weile entzog ihm Isabell ihre Hand und drehte sich von ihm weg.

„Isabell, möchtest du schlafen?" fragte Veit. Isabell antwortete nicht.

„Ich möchte dir etwas schenken. Bitte nimm dies von mir."

Veit trug ein kleines Eisenkreuz an einer Kette um seinen Hals. Das stülpte er sich nun über den Kopf und hielt es Isabell hin. Eigentlich hatte er das Kreuz Alheyd bei ihrem Abschied geben wollen. Doch irgendwie hatte er das in der Hektik der knappen Zeit damals versäumt.

„Schau, Isabell, dieses Kreuz habe ich von meiner Großmutter kurz vor ihrem Tode erhalten. Es bedeutet mir sehr viel. Ich möchte, dass du es von mir nimmst."

Doch Isabell rührte sich nicht. Verzweifelt blickte Veit noch eine Weile auf ihre kalte Schulter. Dann legte er das Kreuz neben ihrem Kopfkissen ab und stand auf.

„Ich muss mich jetzt von dir verabschieden, bitte verzeih mir. Wir ziehen morgen weiter nach Rom zum Papst. Aber auf dem Rückweg komme ich wieder bei Dir vorbei. Das verspreche ich dir."

Leise entfernte sich Veit vom Krankenbett, ohne dass sich Isabell noch einmal geregt hätte. Veit traten wieder Tränen in die Augen, doch er konnte nichts weiter unternehmen.

Als er die Tür zur Krankenstation passiert hatte, überlegte er, ob er den gleichen Weg zurück nehmen oder sich einen anderen suchen sollte. Eigentlich wollte er an der erleuchteten Kellertür nicht wieder vorbei, doch einen anderen Weg zu finden, schien ihm noch riskanter zu sein. Als er in den Kellerflur eintrat, merkte er, wie sein Herz schneller zu schlagen begann. Wieder sah er den Kerzenschein, der von der Tür kam, die ihm dieses Schaudern eingebracht hatte. Er nahm seinen ganzen Mut zusammen und ging schnellen Schrittes voran. Als er jedoch auf der Höhe der Tür war, hörte er wieder diese Stimme, die leise jubelnd zu sagen schien: „Leonardo, du bist der Größte!"

Wer auch immer dieser Leonardo war, Veit wollte keinesfalls seine Bekanntschaft machen und begann nun zu rennen. Hastig und dabei auch sehr laut öffnete er die Tür, die zu der Treppe im Innenhof führte. Doch das war jetzt egal. Veit kannte nur noch ein Ziel, weg vom Ospedale. Durch die Drehtür gelangte er endlich auf die Straße. Hier orientierte er sich kurz in Richtung Dom und rannte dann so schnell er konnte zurück zum Fondaco. Auch in dieser Nacht fand er keinen richtigen Schlaf.

34

Am anderen Morgen ging alles ganz schnell. Jakob Fugger hatte es eilig, nach Rom zu kommen, um zunächst dem Papst die Schweizer Gardisten anzudienen und um dann in Verhandlungen über weitergehende Geschäftsbeziehungen einzusteigen. In Florenz hatte er eine neue Kutsche und zur Sicherheit gleich zwei neue Kutscher organisiert. Noch bevor die Sonne an Kraft gewann, hatte die Kutsche Florenz weit hinter sich gelassen. Auf geraden Straßen an einer weitgehend baumlosen Landschaft vorbei ging es in Richtung Süden. Hinrik Wulffes nutzte die Gelegenheit, um mit Jakob Fugger seine Gespräche über wirtschaftliche Fragen fortzusetzen. Vor allem die neuen, schier unbegrenzten Handelsmöglichkeiten mit den gerade neu entdeckten Erdteilen waren ein spannendes Thema. Für Jakob Fugger schien kein Weg zu weit, kein Land auf der Erde zu entfernt zu sein, um Handel zu treiben. Auch wenn die Fahrten über den Atlantik noch unsicher und die Ziele oft noch unbestimmt waren, so war er sich sicher, dass es nur noch wenige Jahre dauern würde, bis sich viele Europäer aus Spanien, Portugal, Frankreich, England, Flandern, Brabant, Italien oder Deutschland nach Übersee einschiffen würden, um dort ihr Glück zu versuchen. Und mit ihnen würden die Kaufleute dafür sorgen, dass ein reger Warenaustausch entsteht, der vor allem den Menschen in Europa großen Wohlstand verschaffen würde. Hinrik Wulffes war da skeptischer, da er die großen Risiken für unüberschaubar und letztlich nicht kalkulierbar hielt. An den Preisen für Pfeffer könnte man diese Risiken sehr gut ablesen. Doch Jakob Fugger ließ diesen Einwand nicht gelten. Er war fest von seiner Prognose überzeugt und meinte, dass nur Menschen mit großen Visionen die Welt voranbringen könnten. Und diese Menschen seien jetzt gefragt, denn die Welt lebe in einer Zeit des Aufbruchs, in einer Zeit der Entdeckungen, in einer Zeit des Fortschritts. Nie zuvor hätte es soviel Bewegung auf unserem Kontinent gegeben, nie zuvor hätte es soviel neues Gedankengut gegeben. Das Zeitalter der Ritter, das Zeitalter der Erstarrung, das Zeitalter des Vergessens sei vorbei. Man hätte nur mit wachen Augen durch Florenz gehen müssen, um die wiederentdeckten Errungenschaften der Antike zu erkennen. So sei der Kuppelbau des Doms eine architektonische Meisterleistung, die seit dem Bau des Pantheons in Rom nicht mehr vollbracht worden war. Hinrik Wulffes erkannte diese Leistungen an und würdigte das, was er sowohl in Augsburg als auch in Florenz gesehen hatte.

„Aber Mester Fugger", fuhr er nun fort, „müssen wir nicht aufpassen, dass dort, wo viel Licht ist, nicht zuviel Schatten geworfen wird?"

„Ja, da gebe ich Euch recht. Deshalb tragen alle, die an diesem Prozess in besonderer Weise teilhaben werden, auch eine besondere Verantwortung. Ich bin fest davon überzeugt, dass wir durch internationale Handelsbeziehungen den Menschen in der ganzen Welt Wohlstand bringen können. Doch, und da bin ich bei Euch, muss man sehr sorgfältig darauf achten, wie mit dem neuen Wohlstand umgegangen wird. Es entwickelt sich zur Zeit eine neue Qualität der Verantwortung. Während früher der Landesherr mit seinen Lehnsmannen die Macht und damit auch die Verantwortung ausübte, gibt es heute immer mehr, nun ich nenne sie einmal Patrone, denn so heißen sie hier in Italien, die für viele Menschen verantwortlich sind. Und diese Patrone müssen für ihre Klientel sorgen, und nur der ist ein guter Patron, der diese Verantwortung annimmt."

„Und wo bleibt bei alle dem der Glaube, wo bleibt Gott?" mischte sich nun Bruder Stephanus, der bisher das Gespräch stumm verfolgt hatte, ein.

„Jesus hat gesagt, gebet den Kaiser, was des Kaisers ist und gebt Gott, was Gottes ist. Der Glaube, die Religion ist die Privatangelegenheit jedes einzelnen. Er muss für sich selbst entscheiden, was er Gott gibt, und was er ihm nicht gibt. Jeder muss für sich selbst sein Seelenheil finden."

„Verzeiht, Mester Fugger, ich widerspreche Euch ungern", insistierte Bruder Stephanus erneut, „für das Seelenheil sind die Heilige Mutter Kirche und ihre treuen Diener, die Bischöfe, Pfarrer, Mönche und Nonnen zuständig. Wir haben Obacht zu geben, dass sich die Schafe der Herde nicht verirren."

„Bitte versteht mich nicht falsch, Bruder Stephanus. Ich will Euch keinesfalls Euren Auftrag und Eure Bestimmung abspenstig machen. Und ich hoffe, dass jeder Einzelne Eure Hilfe annimmt und sich den rechten Weg weisen lässt. Doch was ich sagen will ist: Jeder Mensch ist frei, für sich selbst zu bestimmen, welchen Weg er gehen möchte. Ob er auf Gottes Pfaden wandeln möchte, mit oder ohne Eure Hilfe, oder ob er eine andere Richtung einschlägt, das kann ihm niemand vorgeben."

Bruder Stephanus sah, dass er Jakob Fugger nicht von seiner Meinung abbringen würde. Der Augsburger Kaufmann war bekannt dafür, dass er bei aller Distanziertheit, die er sonst an den Tag legte, für seine Überzeugungen leidenschaftlich kämpfen konnte. Um mit ihm nicht in Streit zu geraten, zog Bruder Stephanus es vor, von nun an wieder zu schweigen. Sein missionarischer Eifer, andere von der Richtigkeit seiner Sicht der Dinge zu überzeugen, war längst dem Wunsch nach Frieden und harmonischem Miteinander gewichen. Es gab nicht wenige Menschen, die Bruder Stephanus kannte, die ausschließlich auf ihre Meinung fixiert waren und keinerlei Abweichung duldeten. Sie redeten solange und so engagiert, dass sie dadurch glaubten, ihre Wertungen durchzusetzen. Dabei bemerkten sie nicht, dass sich ihre Gesprächspartner immer häufiger von ihnen abwendeten und sie lieber mit ihren oft bornierten Vorstellungen allein ließen. Vor allem Menschen, die gewisse Machtpositionen erreicht hatten, konnten nur schwer zuhören, war Bruder Stephanus aufgefallen. Doch sollten nicht Sprechen und Zuhören bei einer gesunden Konversation möglichst gleichberechtigt nebeneinander stehen?

Als die Hitze des Mittags in der engen Kutsche unerträglich wurde, befahl Jakob Fugger den Kutschern, im nächstgelegenen Waldstückchen einen Halt einzulegen. Veit war froh, als die Kutsche endlich anhielt. Er sprang als Erster hinaus und schüttelte sich. Kutschfahrten auf den holprigen Straßen konnten anstrengender sein als Ausritte. Hinzu kamen die ungewohnten Temperaturen in Italien. Jakob Fugger erteilte den Kutschern noch ein paar Befehle, dann schlug er vor, ein schattiges Plätzchen zu suchen. Während sich die anderen gleich am Waldesrand niederließen, ging Veit tiefer in den Wald hinein. Bald entdeckte er dort einen kleinen See. Der kam wie gerufen, um sich zu erfrischen. Veit legte sich an den Rand des Sees und labte sich an dem angenehm kühlen Wasser. Dann ging er zu seinen Mitreisenden zurück, um auch ihnen eine Erfrischung vorzuschlagen. Während Hinrik Wulffes, Jakob Fugger und auch die Kutscher dankbar diese Entdeckung annahmen und Veit umgehend folgten, blieb Bruder Stephanus allein zurück. Er hatte sich an den Stamm eines Baumes gesetzt und atmete angestrengt. Schweißperlen hatten sich auf seiner Stirn gebildet, die er nur mühsam mit dem Ärmel seiner Kutte wegwischen konnte.

Veit rannte den anderen voraus, einerseits, um ihnen den Weg zu weisen, andererseits, weil er es nicht erwarten konnte, in den See zu springen. Kaum am See angelangt, entledigte er sich seiner Sachen und sprang hinein. Schon als kleiner Junge hatte er in der Weser Schwimmen gelernt. Doch dieser See hier forderte ihn kaum, da er nur so tief war, dass er an fast allen Stellen stehen konnte. Die anderen begnügten sich damit, sich Wasser über den Kopf zu gießen und sich so zu erfrischen. Veit hätte stundenlang im See bleiben können, doch schließlich rief Jakob Fugger zum Aufbruch. Veit zog sich wieder an und folgte den anderen mit einigem Abstand. Als sie sich der Kutsche näherten, schien alles wie zuvor. Das Pferdegespann, das an einem Baum angebunden worden war, stand ruhig im Schatten und regte sich nicht. Nur einige tief fliegende Schwalben störten die absolute Ruhe. Bruder Stephanus schien eingeschlafen zu sein, denn er saß nun nicht mehr am Baum, sondern hatte sich auf die Seite gelegt. Jakob Fugger ging als erster zur Kutsche zurück. Als er sie öffnete, wusste er sofort Bescheid. Die Kutsche war durchsucht worden.

„Wir sind überfallen worden", rief der Augsburger umgehend seine Erkenntnis den anderen zu. Veit blickte, gerade aus dem Wald tretend, zunächst zu Jakob Fugger, dann aber wandte er sich blitzartig der Stelle zu, an der Bruder Stephanus gesessen hatte. Veit sah seinen Mitbruder und wusste instinktiv, was geschehen war. Schnell rannte er zu Bruder Stephanus, beugte sich über ihn und drehte ihn langsam um. Dabei entdeckte er einen großen Blutfleck auf der Kutte des Mönches in Höhe der Brust.

„Nein, nicht Bruder Stephanus!" brüllte Veit.

Während die anderen zu Veit hinzueilten, öffnete Bruder Stephanus langsam seine Augen.

„Veit, es ist schön, dass du da bist", brachte er mühevoll und sehr leise über seine Lippen.

„So kann ich wenigstens in deinen Armen sterben."

„Nein, du darfst nicht sterben. Was sollen wir ohne dich tun?" erwiderte Veit.

„Veit, die Handschrift..." stammelte nun Bruder Stephanus.

„Die ist jetzt nicht wichtig."

„Doch. Du musst mir versprechen, sie wieder nach Corvey zu bringen."

„Ja, das verspreche." Veit wollte weiter sprechen, doch Bruder Stephanus unterbrach ihn mit letzter Kraft:

„Buch sieben bis elf."

„Was ist mit Buch sieben bis elf?"

„Rausreißen. Das darf niemand lesen. Versprich...." Doch mehr brachte Bruder Stephanus nicht mehr heraus.

Veit spürte, wie das Leben aus Bruder Stephanus entwich. Der Blick wurde starr. Der Corveyer Mönch war tot. Veit hielt ihn weiter fest in seinen Armen. Tränen rannen ungebremst uber seine Wangen. Bruder Stephanus war wie ein zweiter Vater zu ihm gewesen. Er hatte ihn in die Welt von Corvey eingeführt. Er hatte ihm fast alles Wissen beigebracht, über das er heute verfügte. Zu ihm konnte er mit allen Problemen kommen, die ihn berührten. Zusammen hatten sie diese lange Reise unternommen, um die Zukunft der Abtei Corvey zu sichern. Nun hatte Veit Freund und Vaterfigur zugleich verloren.

Die anderen Reisebegleiter ließen Veit noch eine Weile in seinem Abschiedsschmerz allein. Schließlich kniete sich Hinrik Wulffes an die Seite von Bruder Stephanus, bekreuzigte sich und drückte die Augen des Verstorbenen zur letzten Ruhe zu. Dann berührte er Veit sanft an der Schulter und zog ihn schließlich vom Toten weg. Beide gingen einige Schritte in den Wald hinein. Doch dann löste sich Veit von Hinrik Wulffes. Er wollte jetzt allein sein.

35

Zwischen Florenz und Rom, 1505

Die Dunkelheit war inzwischen hereingebrochen. Veit war den Rest des Tages einsam in dem kleinen Wäldchen herumgelaufen. Schließlich hatte er sich an einen Baumstamm gesetzt und den Kopf zwischen Arme und Knie verborgen. Hier grübelte und trauerte er zugleich. Nun hatte er alle Menschen verloren, die ihm einmal nahe gestanden hatten. Und er war Schuld. Da war er sich sicher. Was sollte er jetzt nur tun? Bruder Stephanus war seine Stütze gewesen. Er hatte ihm geholfen, wo immer er konnte. Er war ihm Lehrer, Vater und Freund zugleich gewesen. Seinen leiblichen Vater hatte er nie kennen gelernt, seine Mutter war früh verstorben, ebenso vor wenigen Jahren sein Großvater. Wo sollte er nun hin? Wenn Bruder Severin jetzt die Handschrift nach Rom bringen würde, und er war sicher, dass der Überfall von Bruder Severin und dem Handschriftenhändler durchgeführt worden war, dann würde der Prior der neue Abt von Corvey werden. Und dann war für ihn dort kein Platz mehr. Dann hatte er heute nicht nur seinen letzten Vertrauten, sondern auch noch seine Heimat und seine Zukunft verloren. Dann waren alle Anstrengungen der letzten Wochen vergeblich gewesen. Den ganzen Tag über hatte er zuviel Wut im Bauch gehabt, um zu weinen. Mit starrem Blick war er umher gerannt. Immer weiter, immer weiter. Jetzt spürte er aber nicht mehr die Wut, sondern jetzt breitete sich von der Bauchmitte ausgehend Verzweiflung aus. Verzweiflung, gepaart mit Zukunftsangst und dem Wunsch, die letzten Stunden ungeschehen zu machen. Nur eine einzige andere Entscheidung, und Bruder Stephanus wäre noch am Leben, davon war Veit fest überzeugt. Hätten sie nicht angehalten, zumindest nicht hier. Hätten sie Bruder Stephanus nur nicht allein gelassen. Oder wäre Bruder Stephanus mit zum Teich gekommen. Es wäre alles so einfach zu verhindern gewesen, doch es war geschehen. Bruder Stephanus war tot. Länger konnte sich Veit nun nicht mehr wehren. Er ließ seinen Tränen freien Lauf. In seinen Augen bildeten sich große Pfützen, die sich schließlich über seine Wangen ergossen.

Er wusste nicht, wie lange er so an diesem Baum gesessen hatte. Auch die Schritte, die sich ihm jetzt näherten, vernahm er nicht. Erst als Hinrik Wulffes sanft seine Schulter berührte, erwachte Veit aus der Abgeschiedenheit seiner Trauer.

„Veit, komm. Du musst etwas essen", versuchte Hinrik Wulffes nun den jungen Novizen zu bewegen, zur Kutsche zurückzukommen.

„Ich habe keinen Hunger", war die knappe, aber bestimmte Antwort.

„Veit, der Tod von Bruder Stephanus lastet auf uns allen schwer. Er war auch mir seit vielen Jahren ein guter Freund und Vertrauter. Ich habe ihm eine Menge zu verdanken. Er war für mich all die Jahre in den Corveyer Angelegenheiten derjenige, zu dem ich immer kommen konnte. Ohne ihn wäre die alte Reichsabtei wahrscheinlich schon längst untergegangen. Und ohne ihn würde ich heute noch im Verließ des Rathauses in Höxter sitzen."

„Und ich wäre nie Novize geworden", ergänzte Veit die Ausführungen des Höxteraner Kaufmanns. Hinrik Wulffes atmete kaum hörbar tief aus. Er hatte schon gedacht, dass er keinen Zugang zu Veit erhalten würde, da dieser zu tief vom Tode des Mönches getroffen war.

„Viele Menschen haben ihm viel zu verdanken. Bruder Stephanus war immer und zuerst für andere da. Und er war rastlos in seiner Mission für Gott und Corvey unterwegs", führte Hinrik Wulffes weiter aus.

Hinrik Wulffes ging nun um Veit herum, um ihm in die Augen sehen zu können. Doch Veit hielt seinen Kopf noch immer zwischen seinen Knien verborgen.

„Diese elenden Landstreicher", setzte Hinrik Wulffes jetzt wieder an, „ermorden einen Menschen für nichts."

Nun endlich nahm Veit seinen Kopf langsam in die Höhe und schaute Hinrik Wulffes an.

„Ja Veit, soviel wir überblicken können, haben sie nichts gestohlen."

„Es wurde nichts gestohlen?"

„Jakob Fugger sagt, es sei noch alles da. Und auch in meinen Sachen konnte ich keinen Verlust feststellen."

„Sie haben sich die Handschrift zurückgeholt!" sagte Veit fast unhörbar.

„Die Handschrift?" wiederholte Hinrik Wulffes ungläubig. „Du meinst... Du meinst, Bruder Severin und der Handschriftenhändler haben uns verfolgt, das unsägliche Buch wieder an sich gebracht und dabei Bruder Stephanus ermordet?"

„Ja", war die knappe Antwort des Novizen.

„Aber Veit, wie kommst Du darauf? Woher sollten sie wissen, mit wem wir reisen, wann und wohin?"

„Sie wussten es, weil sie mich verfolgt haben."

Veit nahm seinen Kopf wieder zwischen seine Knie und raufte sich die Haare.

Hinrik Wulffes sah ihn entsetzt an und wusste zunächst nicht, was er sagen sollte.

„Aber Veit, warum hast du uns das nicht wissen lassen? Und warum bist du dir so sicher, dass sie uns wirklich verfolgt haben?"

„Ich weiß es einfach", antwortete Veit kleinlaut und drückte dabei seinen Kopf noch tiefer zwischen seine Knie.

„Wir müssen zur Kutsche zurück und nachsehen, ob die Handschrift aus Bruder Stephanus Sachen gestohlen worden ist. Komm Veit, erst dann haben wir Gewissheit."

Doch Veit folgte der Aufforderung nicht, sondern blieb zusammen gesunken sitzen. Auch auf einen erneuten Versuch von Hinrik Wulffes reagierte er nicht.

„Ich bin an allem Schuld", gab Veit nun schluchzend von sich.

„Niemand ist schuld außer den Tätern", versuchte Hinrik Wulffes Veit wieder aufzubauen. Doch kaum hatte er seine Worte ausgesprochen, als er bemerkte, wie sich in ihm selbst eine große Unsicherheit breitmachte. War nicht auch er damals für den Tod eines Menschen verantwortlich gewesen. Hätte er nicht genauso wie Veit das Unheil vorhersehen müssen, das seinem Bruder den Tod gebracht hatte? Plötzlich waren alle Erinnerungen wieder da, die Hinrik Wulffes so gern verdrängt hätte, die sich aber nicht verdrängen ließen. Er wusste in diesem Augenblick nur zu gut, wie Veit sich fühlen musste. Nun würde Veit all das durchleben, was er selbst durchlebt und bis heute nicht verarbeitet hatte. Hinrik Wulffes atmete mehrmals tief durch, dann setzte er sich ganz nahe zu seinem jungen Gefährten.

„Komm Veit, erzähl mir, was dich bedrückt."

Und Hinrik Wulffes legte seinen rechten Arm um Veits Schultern, um ihm seine Nähe auch spüren zu lassen. Wie gut hätte es ihm damals getan, wenn er mit jemanden hätte sprechen können. Doch da war niemand gewesen. Vielleicht konnte er jetzt Veit die Situation erleichtern, wenn er ihn dazu brachte, ihm sein Herz auszuschütten. Aber es dauerte noch eine ganze Weile, ehe sich nach mehrfachem Schluchzen Veits Zunge langsam löste:

„Als ich die Handschrift an mich nahm, war ich nicht allein. Ein Mädchen aus Florenz hat mir geholfen.

Zusammen sind wir zum Fondaco der Fugger gelaufen, um das Buch in Sicherheit zu bringen. Dabei wurden wir verfolgt. Wir dachten aber, dass wir unsere Verfolger abgeschüttelt hätten. Als ich am nächsten Tag das Mädchen noch einmal aufgesucht habe, lag sie schwer verletzt auf der Krankenstation ihres Kinderheims. Sie muss nun unter meiner Unvorsichtigkeit leiden. Und Bruder Stephanus ist jetzt sogar tot."

Damit beendete Veit seine knappen Ausführungen. Mehr konnte und wollte er jetzt nicht sagen. Doch Hinrik Wulffes wurde nun klar, was geschehen war und er ließ seinen Arm weiter um Veit gespannt. So saßen sie noch eine Weile stumm zusammen. Veit spürte die Wärme, die von Hinrik Wulffes ausging, und Hinrik Wulffes war froh, in diesem Moment nicht mit seinen Gedanken allein sein zu müssen.

36

Rom, Frühjahr 1505

Hinrik Wulffes hatte gemeinsam mit Veit die Dinge, die Bruder Stephanus mit sich geführt hatte, durchsucht. Doch sie hatten die Handschrift nirgends finden können. Also hatte Veit mit seiner Vermutung recht gehabt. Danach hatten sie Bruder Stephanus in dem kleinen Wäldchen begraben. Der Mond hatte genug Licht gespendet, um ein Grab auszuheben. Dort hinein hatte man den Toten gelegt und Veit war die Aufgabe zugefallen, das Totengebet vorzutragen. Dabei hatte ihm mehrfach die Stimme versagt, doch schließlich hatte er es zu Ende gebracht. Dann hatte Jakob Fugger darauf gedrängt, diesen Ort des Schicksals zu verlassen und die Fahrt nach Rom fortzusetzen. Während die Kutscher die Pferde anspornten, waren die Insassen in einen unruhigen Schlaf gefallen. Doch sobald sich die Sonne am Horizont zeigte, wachten alle Mitreisenden auf, und Hinrik Wulffes informierte nun Jakob Fugger über den Verdacht, den Veit geäußert hatte. Hinrik Wulffes erklärte Jakob Fugger aber nur soviel, wie dieser unbedingt wissen musste. Er kam jedoch nicht umhin, den wahren Grund ihrer Reise nach Rom zu benennen und die Corveyer Verhältnisse darzulegen. Jakob Fugger verstand recht schnell die Beweggründe, und ihm war auch sofort klar, dass die Handschrift der Schlüssel für die Zukunft Corveys war. Er hatte ohnehin nicht daran geglaubt, dass seine drei Mitreisenden allein aus religiösen Gründen nach Rom unterwegs waren. Und er war sicher gewesen, dass er früher oder später den wahren Grund der Reise erfahren würde. Nun war er eingeweiht und versprach Hinrik Wulffes, bei der Wiederbeschaffung der Handschrift behilflich zu sein.

Denn es hatte ihm Spaß gemacht, dem Kaufmann aus Höxter die komplexe Welt seines Imperiums näher zu bringen, und schließlich hatte er in ihm einen neuen Geschäftspartner gefunden, der ihm vielleicht noch einmal sehr nützlich sein konnte. Außerdem tat es ihm um Bruder Stephanus leid. Zwar war ihm dieser fremd geblieben, obwohl Jakob Fugger selbst im Kloster erzogen und eigentlich für die geistliche Laufbahn vorgesehen gewesen war, doch er hatte die hohe Integrität von Bruder Stephanus schätzen und achten gelernt. Bruder Stephanus hatte eine Spiritualität ausgestrahlt, die er bisher nur bei sehr wenigen Menschen hatte feststellen können. Und er hatte erkannt, dass Bruder Stephanus die Fähigkeit hatte, andere Menschen durch sein eigenes Vorbild zu überzeugen, ohne selbst mit großen Worten oder spektakulären Taten in besonderer Weise auf sich aufmerksam machen zu müssen. Jakob Fugger hatte viele Menschen kennen gelernt. Die meisten versuchten sich bei ihm einzuschmeicheln, um von seinem Reichtum in irgendeiner Weise zu profitieren. Und so fand er nur sehr selten Menschen, die seinen Argumenten nicht folgten. Bei Bruder Stephanus hatte Jakob Fugger das Gefühl gehabt, dass es ihm egal war, wie er auf ihn wirkte. Gern hätte er sich mit ihm intensiver über verschiedene Themen unterhalten, doch dafür hatten sie keine Zeit gehabt. Jakob Fugger erinnerte sich jetzt zwar an das kurze Gespräch über die Verantwortung, die jeder einzelne für sich selbst zu übernehmen hat und die Rolle der Kirche dabei. Er erinnerte sich aber auch daran, dass Bruder Stephanus sich schnell aus dem Gespräch verabschiedet hatte, als sich ihre Meinungen widersprachen. Und Jakob Fugger begann nun von neuem über dieses Thema und seine eigene Meinung hierzu nachzudenken. Dabei beobachtete er Veit, der ihm schräg gegenüber in der Kutsche saß und seine Augen wieder geschlossen hielt. Wie viel hatte Bruder Stephanus ihm mit auf den Weg geben können? Was würde aus dem jungen Novizen ohne seinen Ziehvater werden? Veit hatte gute Ansätze gezeigt, doch würde das als Grundlage für ein ganzes Leben reichen? Wahrscheinlich würde sich Hinrik Wulffes des Jungen annehmen. Und dann könnte es sein, dass Veit ähnlich wie Jakob Fugger von der geistlichen doch zur kaufmännischen Laufbahn wechseln würde. Jakob Fugger würde das begrüßen, doch das würde allein die Angelegenheit seiner beiden Mitreisenden sein. Dann schloss auch Jakob Fugger noch für eine Weile seine Augen und versuchte ein wenig Schlaf nachzuholen.

Am frühen Nachmittag erreichte die Kutsche Rom. Die einstige Welthauptstadt war längst nicht mehr der glanzvolle Mittelpunkt eines Imperiums. Vor nicht einmal einhundert Jahren lebten nur noch etwa 20.000 Menschen hier. Erst als die Päpste endgültig aus Avignon nach Rom zurückgekehrt waren, war es wieder ein wenig aufwärts gegangen, und auch die Bevölkerung hatte sich wieder mehr als verdoppelt, aber bei Weitem noch nicht die Größe von Florenz erreicht. Und die Spuren des Niedergangs waren noch überall sichtbar. Vor allem die antiken Gebäude, einst Visitenkarten der Macht, waren zu Steinbrüchen verkommen, aus denen sich die Einwohner Roms nach Belieben bedienten. Aber in den letzten Jahren waren etliche neue Gebäude entstanden, die davon zeugten, dass Rom auf dem besten Wege zu alter Größe war. Die letzten Päpste hatten bereits viel Geld in den Neuaufbau der Stadt investiert und der aktuelle Pontifex Maximus Julius II. aus dem Hause della Rovere wollte seine Vorgänger noch übertrumpfen. Ihm schwebte ein Rom vor, das es mit dem antiken Vorgänger ohne weiteres aufnehmen konnte. Deshalb hatte er die besten Baumeister Italiens um sich geschart und zahlreiche Aufträge erteilt. In erster

Linie entstanden neue Kirchen oder die alten, zerfallenen wurden restauriert. Doch sein größtes Projekt hatte er noch nicht beginnen können: den Ausbau des Vatikans und die Errichtung seines eigenen Grabmales im Petersdom. Rom sollte endlich wieder das machtvolle Zentrum der römisch-katholischen Christenheit werden. Um dieses Ziel zu erreichen, fehlten ihm zwar noch die Mittel, aber er hatte in der kurzen Zeit seines bisherigen Pontifikats schon Wege ersonnen, sich den nötigen finanziellen Spielraum zu verschaffen. Und dabei sollte Jakob Fugger eine entscheidende Rolle einnehmen.

Viel sahen die Reisenden, die wie fast alle Besucher aus dem Norden über die Via Flaminia in die Stadt der sieben Hügel eingereist waren, nicht von Rom. Ihr erstes Ziel war die römische Faktorei der Fugger, die sich in der Nähe der Banco di San Spirito im Nordwesten der Stadt befand.

Der Vatikan lag in unmittelbarer Nähe auf der anderen Tiberseite. Der Standort für ihre Faktorei war von den Fuggern klug gewählt worden, da sie einerseits von hieraus jederzeit einen kurzen Weg zum Vatikan hatten, andererseits aber auch in der Nähe wichtiger Banken Roms lagen. 1495 war Georg Schwab als erster Treuhänder der Fugger nach Rom gekommen. Nur ein Jahr später hatte Jakob Fugger ihn allerdings durch den Florentiner Kleriker Jacopo de Doffis abgelöst, da er sich durch einen Italiener als Faktor bessere Geschäfte und größere Einflussnahme in die römischen Angelegenheiten versprach. Zudem konnte sich de Doffis als Mann der Kirche in der Kurie unauffällig bewegen und fädelte so zahlreiche Geschäfte für die Fugger mit dem Vatikan ein. Und auch sein Nachfolger, Johannes Zink, war ursprünglich ein Kurialer. Er hatte seine Karriere als Prokurator der Frauenchiemseer Äbtissin begonnen, war dann aber an die Kurie gegangen. 1501 war es Jakob Fugger gelungen, ihn für sein Haus zu gewinnen. Johannes Zink sollte sein wichtigster Mann in Rom und schließlich sein wichtigster Faktor aller Handelsniederlassungen werden. Denn er war der Garant für den Fuggerschen Eintritt in die Geschäfte mit dem Papst. Er hatte nicht nur schon gute Beziehungen zu Papst Alexander VI. unterhalten, sondern vor allem auch zum neuen Papst Julius II. geschaffen. Und darauf konnte Jakob Fugger nun aufbauen.

Der Empfang im römischen Handelskontor war nicht ganz so herzlich wie in Florenz. Veit und Hinrik Wulffes waren Jakob Fugger mit etwas Abstand in den Fondaco gefolgt. Der Augsburger Kaufmann ging zielgerichtet zum Büro von Johannes Zink, das im zweiten Stock lag. Auf der Treppe schauten sich mehrere Mitarbeiter, die mit Papierstapeln bewaffnet waren, nach den neuen Gästen um. Ob sie wussten, dass ihr Chef aus Augsburg gerade eingetroffen war, ließen sie dabei nicht erkennen. Veit und Hinrik Wulffes hatten Mühe, dem schnellen Schritt von Jakob Fugger zu folgen. Als sie endlich das Domizil von Johannes Zink erreicht hatten, waren sie ziemlich außer Atem gekommen. Jakob Fugger wurde per Handschlag von seinem Faktor empfangen, der sich mitten in einer geschäftlichen Verhandlung befand, die er aber sofort abbrach. Dann zogen sich Jakob Fugger und Johannes Zink in einen kleinen benachbarten Raum zurück, um die dringendsten Geschäfte zu besprechen, nachdem Jakob Fugger seine Reisebegleiter kurz vorgestellt hatte.

Zunächst gab Johannes Zink einen allgemeinen Überblick über die Lage des Fondaco. Jakob Fugger hörte gewohnt interessiert zu, stellte hin und wieder Fragen, ließ aber ansonsten seinem Faktor seinen Vortrag ungestört zu Ende bringen. Er hatte in den vielen Jahren, in denen er nun bereits an der Spitze der Fuggerschen Unternehmungen stand, gelernt, dass er am meisten von seinen Mitarbeitern erfuhr, wenn er sie reden ließ und sich selbst im Gespräch möglichst zurückhielt. Nur wenn jemand zu ausufernd berichtete und nicht auf das Wesentliche einging, dann versuchte er seinen Gegenüber mit gezielten Fragen wieder auf den geraden Weg zu bringen.

„Ich sehe, Mester Zink", begann nun Jakob Fugger, „dass Ihr wie immer zuverlässig und fleißig für das Haus Fugger hier in Rom gewirtschaftet habt. Doch nun lasst uns zum Kern meines Besuches kommen. Warum glaubt Ihr, will mich der Papst so dringend sprechen?"

„Das weiß man bei Julius nie so genau", wich Johannes Zink zunächst mit seiner Antwort aus. Als er aber merkte, dass Jakob Fugger eine solche Antwort nicht gelten lassen würde, ergänzte er:

„Ich glaube, viele haben diesen Papst unterschätzt. Als eine seiner ersten Handlungen hat er die Simonie bei Papstwahlen verboten. Damit hat er das gesamte Kardinalskollegium gegen sich aufgebracht, zumal er ja selbst reichlich Stimmen für seine eigene Wahl gekauft hatte, was übrigens im Vatikan kein großes Geheimnis war. Die Kardinäle hatten ihn aber nicht nur gewählt, weil er für entsprechende Bestechungsgelder gesorgt hat, sondern vor allem, weil er ein alter Mann ist und deshalb nicht lange Papst sein wird. Und wenn man ihn mit seinem langen grauen Bart und den eingefallenen Wangen sieht, dann kann man leicht glauben, dass das auch so kommen wird. Immerhin ist er im letzten Dezember bereits 61 Jahre alt geworden. Doch wer sich mit ihm unterhält, der stellt fest, welche Vitalität noch in ihm steckt. Und er hat große Pläne. Pläne, die er nicht nur anstoßen, sondern deren Verwirklichung er auch selbst noch erleben will. Und diese Pläne beziehen sich nicht so sehr auf religiöse Fragen, sondern als ein echter della Rovere geht es ihm um weltliche Macht. Aber er macht sich durch seine ehrgeizigen Ziele auch Feinde. Jeden Tag kommen ein paar Neue hinzu. Er weiß um diese Feinde und deshalb hat er Angst, Angst um sein Leben. So machtvoll, ja nahezu majestätisch er auch auftritt, umso ängstlicher ist er in seinem Innern. Und deshalb hat er mich im Vertrauen zu sich gerufen und mich gefragt, ob nicht das Haus Fugger eine Möglichkeit weiß, wirksam für seine Sicherheit zu sorgen. Und er ließ dabei durchblicken, dass es unser Schade nicht sein solle. Er machte die Angelegenheit sehr dringlich."

Jakob Fugger hatte es sich in seinem Sessel bequem gemacht und um seine Mundwinkel spielte nun ein süffisantes Lächeln. Dabei streckte er seinen rechten Arm nach vorn und hob und senkte seine geöffnete Handfläche, um damit seinem Faktor anzudeuten, er solle in seinen Ausführungen fortfahren. Doch Johannes Zink hielt nun inne und wartete eine Reaktion seines Besuchers ab.

Als die aber nicht kam, nahm Johannes Zink den Faden wieder auf und sagte stockend:

„Also, wenn Ihr mich fragt, ich würde, nun ich glaube, es wäre richtig, dem Papst seine Bitte zu erfüllen. Und dann werden wir mit dem Papst in weit reichende Verhandlungen eintreten, und er wird schließlich das Haus Fugger zu seiner Hausbank machen."

Jetzt klatschte Jakob Fugger in die Hände, stand auf und ging auf Johannes Zink zu.

„Glückwunsch, Mester Zink. Genauso machen wir es." Dann gab er ihm seine rechte Hand, um seine Wertschätzung zu unterstreichen. Auf Johannes Zink konnte man sich verlassen. Er denkt und handelt wie ich, dachte Jakob Fugger.

„Und wer soll seine Bewachung übernehmen?" fragte nun er nun weiter.

„Nur die Besten sind gerade gut genug für eine so wichtige Aufgabe. Und die Besten sind die Schweizer", gab Johannes Zink seine Einschätzung ab.

„Bravo, Mester Zink. So sehe ich das auch. Und deshalb war es gut, dass Ihr mir so frühzeitig Bescheid gegeben habt. So konnte ich mit den Schweizern Kontakt aufnehmen und hoffe, schon in Kürze dem Papst eine eigene Garde stellen zu können."

Johannes Zink war erleichtert, dass Jakob Fugger die gleichen Schlussfolgerungen wie er selbst gezogen hatte. Seine ganze Loyalität gehörte dem Haus Fugger, seit er die Faktorei in Rom übernommen hatte. Doch auch mit der Kurie wollte er es sich nicht verscherzen. So war in seinem Wirken vor allem diplomatisches Geschick erforderlich, und das besaß Johannes Zink in großem Maße. Jakob Fugger hatte sich inzwischen wieder in seinem Sessel niedergelassen und studierte einige Papiere, die ihm Johannes Zink überreicht hatte.

„Sagt, Mester Zink, Ihr kennt die Kurie wie kaum ein Zweiter. Wer könnte uns bei unseren Geschäften mit dem Papst in die Quere kommen?"

Johannes Zink überlegte kurz, bevor er eine Antwort formulierte: „Nun, der Vizekanzler, der Pönitentiar und der Camerlengo wachen eifersüchtig über ihre Zuständigkeiten. Es könnte gut sein, dass sie unsere Absichten hintertreiben. Selbst wenn der Papst etwas anordnet, mahlen die Mühlen im Vatikan recht langsam. Vieles von dem, was oben beschlossen wird, kommt unten nicht an oder wird auf dem Weg bis zur Ausführung verwässert. Doch hier wird es am Hause Fugger liegen, die richtigen Schlüsse zu ziehen und alles Notwendige von uns aus einzuleiten, so dass die Kurie gar nicht anders kann, als mit uns zusammen zu arbeiten."

„Und Ihr habt sicher auch schon die richtigen Ansatzpunkte vorbereitet?"

„Nun, ich habe gute Kontakte zu Domenico Grimani, seit kurzem Kardinal Grimani, aufgebaut. Er ist der treueste

Mitarbeiter des Papstes und kennt inzwischen viele Mittel und Wege, Anordnungen des Papstes umzusetzen. Da er einige Kinder zu versorgen hat, ist er stets für kleine, außerordentliche Zuwendungen dankbar. Und diese Dankbarkeit sollten wir uns nutzbar machen."

Johannes Zink legte wieder eine kleine Pause ein, in der er ein Blatt aus dem vor ihm liegenden Stapel hervorkramte.

„Mester Fugger, ich sehe eher ein anderes, möglicherweise gravierendes Problem, mit dem wir uns beschäftigen müssen."

Dabei stand er auf, ging zu Jakob Fugger hinüber und überreichte ihm das Blatt. Jakob Fugger warf einen schnellen Blick darauf und schaute seinen Faktor fragend an, der neben seinem Sessel stehen geblieben war.

„Was ist das für eine Zusammenstellung? Die meisten Namen sind mir bekannt. Doch was hat das mit unseren Geschäften mit dem Vatikan zu tun?" fragte der Augsburger Kaufmann.

„Eine ganze Menge. Das ist das Nonplusultra der italienischen Politik. Viele der berühmtesten italienischen Familien haben es in den letzten Jahren geschafft, mindestens für einen ihrer Sprösslinge einen Kardinalshut zu erobern. Beim Konklave, das Julius II. gewählt hat, waren nicht weniger als 5 Neffen von früheren Päpsten dabei. Und viele der aktuellen oder ehemaligen Herrscherhäuser sind vertreten."

Jakob Fugger und Johannes Zink gingen die Liste nun im Einzelnen durch. Auf ihr standen so klangvolle Namen wie Girolamo Basso della Rovere, Neffe des aktuellen Papstes, Oliviero Carafa, der das letzte Konklave als Dienstältester und ranghöchster Kardinal geleitet hatte und zugleich Neffe des Königs von Neapel war, Raffaele Sansoni Riario, Großneffe von Papst Sixtus IV. della Rovere, Giovanni Colonna und Allesandro Farnese aus den mächtigsten römischen Familien, Ascanio Maria Sforza Visconti, dessen Verwandte Mailand beherrschten und schließlich aus Florenz Francesco Soderini und Giovanni de Medici. Johannes Zink erläuterte nun, welche verschiedenen Interessen diese Kardinäle vertraten. Dabei ging es immer und nahezu ausschließlich um die Interessen ihrer Familien, um Pfründe und Vorteile, um Geld und Ansehen, schließlich um die Macht in Italien. Jakob Fugger faltete die Liste zusammen, gab sie Johannes Zink zurück und erbat sich eine Abschrift. Nun war er auf dem Laufenden, was die römischen Verhältnisse anbetraf und fieberte dem Gespräch mit dem Papst entgegen.

37

Johannes Zink hatte sich unmittelbar nach dem Gespräch mit Jakob Fugger in den Vatikan begeben, um eine Audienz für seinen Augsburger Herrn beim Papst zu erwirken. Kardinal Grimani hatte ihn allerdings vertrösten müssen, da der Papst Rom für einige Tage verlassen hatte. Er versprach ihm aber, unmittelbar nach der Rückkehr von Julius II. diesem von der Ankunft Jakob Fuggers zu berichten und eine Audienz für ihn zu arrangieren. Jakob Fugger war zunächst von dieser Botschaft enttäuscht, doch schließlich nutzte er die Zeit, sich intensiver mit dem römischen Fondaco der Fugger auseinander zu setzen und sich von Johannes Zink in viele Geschäfte genauen Einblick geben zu lassen. Hinrik Wulffes teilte er mit, dass er sich zusammen mit Veit bereithalten sollte, da er beide zur Papstaudienz mitnehmen wollte. Vielleicht würde sich eine Möglichkeit ergeben, die Corveyer Angelegenheit am Rande anzusprechen und im Sinne seiner Begleiter zu lösen.

Hinrik Wulffes Interesse galt natürlich dem Fondaco, und so war er sehr dankbar, hier weitere Erfahrungen in der Arbeitsweise einer Fuggerschen Kantorei sammeln zu dürfen. Veit dagegen langweilte sich. Schließlich sagte er sich, dass er in der bekanntesten Stadt des Abendlandes sei und noch gar nichts von ihr gesehen habe. Da ihn Hinrik Wulffes aber eindringlich vor weiteren Alleingängen wie zuletzt in Florenz gewarnt hatte, fragte Veit im Fuggerschen Kontor, ob er sich nicht irgendwie nützlich machen könnte. Und so wurde er für Botengänge eingeteilt, die ihn schließlich in den kommenden Tagen quer durch Rom führten und Veit die frühere Hauptstadt des Römischen Reiches kennenlernen ließen.

Vor allem die antiken Bauwerke wie das Colosseum, das Forum Romanum, der Circus Maximus, die Caracalla-Thermen und der Palatin sowie das Kapitol hatten sein besonderes Interesse hervorgerufen. Durch die Beschreibungen des Tacitus, die er in der Handschrift gelesen hatte, war er neugierig geworden, wie die Römer zu Zeiten des Imperiums gelebt hatten. Gleich am ersten Tag hatte er einen Botengang zu erfüllen, der ihn zunächst am Mausoleum des Augustus vorbei führte. Dann folgte er dem Tiberbogen und lenkte seine Schritte am ehemaligen Stadion des Domitian vorbei in Richtung Innenstadt. Plötzlich stand er staunend vor dem Pantheon. Und sein Staunen wurde noch größer, als er das zu einer Marienkirche umfunktionierte antike Gebäude betrat und durch das Loch in der Dachkuppel den blauen römischen Himmel sah. Waren für ihn die Bauten in Florenz schon kaum zu fassen gewesen, so blieb ihm auch hier nur ungläubiges Kopfschütteln, vor allem als er sich bewusst machte, dass dieses Bauwerk schon fast 1.500 Jahre hier stand. Über welches Wissen hatten die antiken Römer verfügt, um etwas so Großartiges wie das Pantheon zu errichten?

Vom Pantheon aus erklomm er den kapitolinischen Hügel, das frühere politische Zentrum der Stadt. Und dann lag ihm das Forum Romanum zu Füßen, das Symbol für Macht und Größe des antiken Rom. Nur leider war davon jetzt nicht mehr viel zu sehen. Veit konnte sich nur mit Mühe vorstellen, wie hier die großen Triumphzüge veranstaltet wurden, wie sich hier ein marmorverkleidetes Bauwerk an das andere gereiht hatte. Überall lagen Steine, Schutt und Scherben herum. Niemand schien den Zerfall aufhalten zu wollen. Vieles war überwuchert von Bäumen und Pflanzen, die sich das Forum langsam aber sicher zurückeroberten. Hier schien es schon lange niemanden mehr zu interessieren, was mit den Hinterlassenschaften einer längst vergangenen Zeit passierte. Und so war Veit auch ganz allein im weiten Areal des Forums und schließlich auch auf dem Palatin, auf den er anschließend zugesteuert war. Erst als er zum Colosseum kam, wurde das Straßenbild wieder belebter. Denn am Colosseum vorbei führte eine der Hauptverkehrsadern der Stadt. Veit war erneut beeindruckt. Dieses Mal von der Höhe des Gebäudes und der Vorstellung, wie viele tausende von Menschen im Colosseum Platz gefunden hatten. Durch einen der zahlreichen Eingänge trat er in das Stadion ein. Dann kletterte er auf eine der hoch gelegenen Emporen, um sich von dort einen besseren Überblick zu verschaffen. Dass hier die Plätze der untersten Klassen gewesen waren, interessierte Veit dabei herzlich wenig. Heute hatte er von hier aus den besten Überblick. Doch große Teile des Colosseums fehlten. Die Römer hatten sich wie bei vielen anderen antiken Gebäuden auch am Colosseum reichlich bedient. Vor allem die Eisenhalterungen, die die Steinblöcke zusammenhielten, waren äußerst begehrt gewesen. Veit machte es sich eine Weile bequem auf seinem hoch gelegenen Sitzplatz und versuchte sich vor seinem inneren Auge in die Zeit zurückzuversetzen, als hier in den ersten nachchristlichen Jahrhunderten dem Volk „panem et circensis“ geboten wurde. Doch je mehr er sich auf das alte Rom konzentrierte, je mehr wanderten seine Gedanken zur Handschrift des Tacitus und damit auch zu seiner eigenen Situation. Würde es mit Hilfe von Jakob Fugger gelingen, die Handschrift wieder zurückzuerhalten und den Papst davon zu überzeugen, dass Franz von Ketteler der rechtmäßige Abt von Corvey ist? Und wie ließe sich das gegen den Prior in Corvey durchsetzen? Nun fiel Veit auch wieder sein Versprechen ein, dass er Bruder Stephanus gegeben hatte. Und wieder fühlte er sich so allein. Als er sich wie zur Bestätigung im riesigen Oval des Colosseums umblickte, verstärkte sich dieses Gefühl noch einmal. Schließlich stand Veit auf, nahm immer zwei Treppenstufen auf einmal und verließ ganz schnell das Colosseum. An einer weiteren Besichtigung der antiken Stätten Roms hatte er jetzt jedes Interesse verloren, und so erledigte er zügig seinen Auftrag im Süden der Stadt.

Auf dem Rückweg zum Fondaco suchte Veit Menschen, Menschen, mit denen er lachen und weinen konnte, Menschen, denen er in die Augen blicken und die seine Blicke erwidern konnten. Rom bestand aus vielen Baustellen. In fast jeder Straße wurden neue Häuser hochgezogen oder alte renoviert. Veit hatte schon als kleiner Junge großes Interesse an handwerklichen Tätigkeiten gezeigt. Dieses Interesse hatte er sich erhalten. Es rührte wohl von seinem Großvater her, der als geschickter Bauer sein Brot verdient hatte. Veit wäre gern seinem Großvater in dessen Beruf gefolgt, doch dazu war es nicht gekommen. So war ihm nur das wenige an körperlicher Arbeit geblieben, das er in Corvey in seiner Novizenzeit hatte verrichten dürfen. Veit war nun vor einem Gebäude stehen geblieben, in dem die Bauarbeiter in Schwindel erregender Höhe, Veit zählte bereits vier fertige Stockwerke, weitere Steine aufeinandersetzen. Besonders interessant fand er den Flaschenzug, den sie hierfür benutzen. Er erleichterte den Arbeitern die Ausführung ihres Handwerks erheblich. Betrieben wurde der Flaschenzug von einem alten Esel, der nur widerwillig die schwere Last in Bewegung setzte, in dem er seine Runden um den Flaschenzug drehte. Ein Arbeiter malträtierte den Esel mit einem Stock und trieb ihn so an. Doch immer wieder blieb er stehen zur großen Verärgerung des Arbeiters, der seinerseits ständig lautstark von seinem Meister aufgefordert wurde, Nachschub nach oben zu liefern. Veit hatte Mitleid, Mitleid sowohl mit dem Esel als auch mit dem Eselstreiber. Er näherte sich nun langsam dem Tier, streichelte ihm über den Kopf und hielt ihm ein wenig Hafer hin, den er sich zuvor aus einem in der Nähe abgestellten Sack besorgt hatte. Dann sprach er ihm gut zu, übte ein wenig Druck auf den Hals des Esels aus und tatsächlich setzte sich dieser schon kurze Zeit später wieder in Bewegung. Veit hatte sich daran erinnert, wie sein Großvater mit seinem Esel umgegangen war. Der Esel war dessen wichtigster Gehilfe bei der schweren Feldarbeit gewesen. Ein Pferd hatte er sich damals nicht leisten können. Er gab nun dem Arbeiter ein Zeichen, seinen Stock nicht mehr zu gebrauchen. Dieser war zunächst verblüfft, doch er ließ Veit gewähren und kümmerte sich lieber um neue Materialien für seine Kollegen. Schließlich ließ Veit den Esel sogar alleine laufen und half dem Arbeiter bei seinen Aufgaben. Veit hatte jegliches Zeitgefühl verloren und erfreute sich an der Tätigkeit. Auch wenn er die Bauarbeiter nicht verstand, so fühlte er sich doch schnell integriert, denn sie hatten auch noch nicht erlebt, dass ihnen jemand freiwillig bei ihrer schweren Arbeit half. Erst als die Dämmerung langsam einsetzte und die Arbeiter ihr Tagewerk beendeten, verabschiedete sich auch Veit. Später hörte er, dass der Aufbau dieses Straßenzuges auf eine Initiative des Papstes persönlich zurückging und deshalb Via Giulia genannt wurde.

Für seinen Rückweg wählte er die Strecke am Tiber entlang. Sicher hätte es auch einen kürzeren Weg zurück zum Fondaco gegeben, doch Veit wollte nicht unnötig Zeit mit dem Suchen der richtigen Gassen im römischen Straßengewirr verbringen. Den Weg am Tiber hatte er sich gemerkt, und so machte es ihm auch nichts aus, dass es bereits langsam dunkel wurde. In Höhe einer Tiberbrücke hörte er rhythmisches Klatschen, das immer schneller wurde und schließlich in einem Beifallssturm mündete. Veit ging auf die Brücke und stellte fest, dass sich eine kleine

Menschenmenge unter der Brücke versammelt hatte und dort die Darbietungen einer Schauspieltruppe verfolgte. Kurz entschlossen unterbrach er seinen Heimweg und mischte sich unter das Publikum. Die Schauspieltruppe hatte ihre Wagen in einem Halbkreis unterhalb der Brücke aufgestellt und nutzte den dadurch entstandenen Innenraum als Manege. Gerade hatten Turner ihre Übungen absolviert. Die zahlreichen Flickflacks und Saltos hatten die Zuschauer zu ungläubigen Staunen, aber schließlich zu großem Applaus hingerissen. Nun trat ein schlanker, sehr großer Mann, der mit mehreren Messern bewaffnet war, auf. Ihm folgte eine junge Frau, die nur spärlich bekleidet war. Der Mann mit den Messern platzierte sich breitbeinig inmitten der Manege und warf das erste seiner Messer in Richtung eines der Wagen. Das Messer schlug mit der Spitze in einem Brett ein, das schräg an einem der Wagen angelehnt war. Nachdem er seine Messer nach und nach immer in die gleiche Richtung geworfen und dabei stets das Brett getroffen hatte, führte er nun die junge Frau zu diesem Brett, entfernte die Messer und schnürte seine Begleiterin auf dem Brett fest. Ein Seil legte er ihr um die Hüfte, ein zweites um den Hals und beide Arme wurden in Schlaufen gesteckt, die sich an den oberen Ecken des Brettes befanden. Dann ging er auf seinen Platz zurück und begann erneut damit, die Messer zum Brett zu werfen. Bei jedem Wurf ging ein Aufschrei durch die Menge. Veit musste jedes Mal, wenn ein Messer die Hand des Werfers verlassen hatte, seine Augen schließen. Erst wenn die Menge zu klatschen begann, öffnete er die Augen wieder zaghaft und war froh, dass die Frau unversehrt geblieben war. Als auch das letzte Messer zielgenau neben dem Kopf der Frau im Brett eingeschlagen war, brandete der Applaus noch stärker als zuvor auf und schien gar nicht mehr aufhören zu wollen. Veit war erleichtert und hatte genug gesehen. Er war sich nicht sicher, ob er eine weitere so gefährliche Aufführung aushalten würde. Doch als er sich zum Gehen wendete, stand plötzlich wie aus dem Nichts ein Mann vor ihm, eingehüllt in eine weiße Tunika, die am Hals mit einer weißen Krause abschloss. In der Mitte des Gewandes waren fünf rote, runde Stofffetzen auf das Gewand aufgenäht, die senkrecht von oben nach unten verliefen. Auf dem Kopf trug er eine weiße, zylindrisch zugeschnittene Kappe aus Pappe, die sich nach oben verjüngte und in einer Spitze gipfelte, die, wäre sie nicht aus Pappe gewesen, als gefährliche Waffe hätte dienen können. Auch das Gesicht war weiß getüncht, nur die Augen, tief in ihren Höhlen liegend, und eine knallrote Nase, Fortsetzung der Stofffetzen auf der Tunika, hoben sich aus der geisterhaften Erscheinung hervor. Unter den Augen war auf jeder Seite ein Dreieck aus schwarzer Farbe gemalt und die Linien der Lippen mit einem roten Stift verstärkt worden.

Veit blieb wie festgenagelt stehen. Die Gestalt fixierte ihn mit ihren Augen, die das Einzige zu sein schienen, was sie bewegen konnte. Die Augenlider halb niedergeschlagen, rollten die Pupillen in schneller Folge von links nach rechts, von oben nach unten. Veit wusste nicht, was er machen sollte. Auch die anderen Zuschauer hatten inzwischen Notiz von dem Mann genommen, der sich offensichtlich im Schutz der Dunkelheit von hinten an die Menge herangeschlichen haben musste. Alle standen wie gebannt da, niemand sagte ein Wort. Dann fuhr der Mann stakkatoartig wie auf ein unsichtbares Kommando seinen rechten Unterarm nach vorn und streckte Veit seine weißbehandschuhte Hand entgegen. Veit zögerte. Dann sagte die Gestalt: „Io Camillo, buongiorno!“ und zeigte dabei ein breites Grinsen.

Diese Begrüßung hatte Veit verstanden und streckte

ihm nun seinerseits seine Rechte entgegen und erwiderte: „Buongiorno!"

Der weiße Clown ging nun zu einer Reihe weiterer Zuschauer und begrüßte auch diese auf die gleiche Weise. Als er schließlich den als Manege dienenden Innenraum der Wagenburg erreicht hatte, zauberte er unter seinem Gewand eine Laute hervor und begann ein Lied zu singen. Die Sprache, derer er sich bediente, war weder für Veit noch für die römischen Zuhörer erkennbar. Die Melodie war herzzerreißend und erinnerte viele an ein Wiegenlied. Doch mitten in seinem Vortrag wechselte der Clown die Stimmungslage, sprang und hüpfte hin und her, nahm sich schließlich einige kleine Bälle und begann mit ihnen zu jonglieren. Das brachte ihm den begeisterten Beifall der Zuschauer ein. Aber noch im gleichen Moment, in dem der Beifall auf seinem Höhepunkt zu sein schien, spielte der Clown schon wieder auf seiner Laute und brachte die Leute damit erneut zum Schweigen. Wieder schaffte er es, eine Melancholie zu verbreiten, die jeden gefangen nahm, der sich in diesem Moment unter der Tiberbrücke befand. Aber wieder ließ der Clown seinen Zuhörern keine Zeit. Noch mehrmals wechselte er das Genre von traurig zu lustig, von lustig zu traurig, von langsam zu schnell, von schnell zu langsam. Veit war hin und her gerissen. Einerseits erfreute er sich an den lustigen Darstellungen des Clowns, andererseits verfiel er mit dem Clown in große Traurigkeit. Dabei konnte er gar nicht sagen, was ihm besser gefiel. Die Traurigkeit war ein so starkes Gefühl, das er nicht verdrängen konnte und wenn er ehrlich in sich hineinschaute, auch nicht verdrängen wollte. Doch genauso schön war es, einmal wieder unbeschwert lachen zu können. Veit spürte diese innere Zerrissenheit, gleichwohl er konnte nichts dagegen unternehmen. Gerade hatte der Clown wieder ein Lied, wohl ein Abschiedslied, soviel hatte Veit verstanden, zum Besten gegeben, als plötzlich der Messerwerfer in der Manege erschien und den Clown von hinten ergriff. Ein Aufschrei ging durch die Menge. Den dramatischen Moment unterstrich der Clown noch mit entsprechenden Klängen auf seiner Laute, die ihm der Messerwerfer aber abnahm. Dann führte der Messerwerfer den Clown zu dem gleichen Brett, an dem schon die junge Frau als sein Opfer angebunden war und befestigte ihn auf die gleiche Weise. Als er die Hände des Clowns durch die Schlaufen gesteckt hatte, ließ dieser seinen Kopf nach unten sinken. Sein spitzer Hut zeigte wie ein ausgestreckter Zeigefinger in die Zuschauermenge, die in der nun fast vollständigen Dunkelheit nur noch schemenhaft das weiße Kostüm sah, das auf die Entfernung wie an ein Kreuz angenagelt wirkte. Dann trat der Messerwerfer an seinen Platz. Jetzt hatte er nur ein Messer dabei. Die Zuschauer hielten den Atem an, denn auf die Entfernung konnte niemand genau ausmachen, wo sich der Körper des Clowns befand. Wie wollte es der Messerwerfer schaffen, den Clown zu verfehlen, aber das Brett zu treffen. Der Messerwerfer machte sich bereit, zielte einmal, zweimal, dreimal. Gerade als er sein Messer abwerfen wollte, hob der Clown seinen Kopf, als wollte er damit sagen: ich bin bereit. Der Messerwerfer ließ noch einmal sein Messer sinken, zielte dann von neuem und warf. Das Messer bohrte sich in die weiße Tunika und der Kopf des Clowns fiel auf dessen Brust.

38

Vatikan, Frühjahr 1505

Endlich war die Nachricht aus dem Vatikan eingetroffen, dass Papst Julius zurückgekehrt sei und nun Jakob Fugger empfangen könne. Der Augsburger Kaufmann machte sich unverzüglich zusammen mit Johannes Zink, Hinrik Wulffes und Veit auf zur Audienz. Veit hatte in den vergangenen Tagen bei seinen Botengängen vieles von Rom zu Gesicht bekommen. Neben den antiken Stätten hatte er auch einige der prächtigsten Kirchen der Stadt besucht. So war er beim Neubau von Santa Maria dell'Anima gewesen, der Kirche, die vor allem von den in Rom sich aufhaltenden Deutschen genutzt wurde, und hatte auch Santa Maria Maggiore nicht ausgelassen. Dieser Kathedrale hatte sich Papst Alexander VI. in besonderer Weise gewidmet und vor wenigen Jahren mit einer Kassettendecke ausgestattet, in die das erste Gold aus Amerika, dem neuen Kontinent, eingearbeitet worden war. Aber auch die frühchristlichen Mosaiken an den Langhauswänden, die Apsismosaiken und der Marmorfußboden zeugten von dem besonderen Reichtum dieses Gotteshauses. Schließlich hatte Veit zusammen mit Hinrik Wulffes an einem Gottesdienst in San Giovanni in Laterano teilgenommen. Die Lateranbasilika war die bekannteste und älteste Kirche der Christenheit und galt als Papstkirche. Sie diente dem Papst in seiner Eigenschaft als Bischof von Rom. An der Fassade las Veit den Spruch: Sacros Lateran – Eccles Omnium Urbis Et Orbis Ecclesiarum Mater Et Caput. Heiliger Lateran - der ganzen Stadt und des ganzen Erdkreises Kirchen Mutter und Haupt.

Doch Papst Julius wollte etwas Neues, etwas Einmaliges. Der Vatikan, errichtet über dem Grab des Apostelfürsten Petrus, sollte endgültig das sichtbare Zentrum der Christenheit werden. Und jeder sollte auch lange nach seinem Tod noch erkennen, dass er, Julius II., einst Guiliano della Rovere, hier als Papst residiert hatte. Je näher die kleine Gesellschaft dem Vatikan kam, desto nasser wurden Veits Hände. Das hatte nichts mit der Frühlingssonne zu tun, die seit ihrer Ankunft in Rom unaufhörlich über ihnen schien, sondern es war Ausdruck einer gewissen Nervosität, die sich breit machte. Und Veit glaubte die gleichen Anzeichen auch bei seinen Begleitern ausgemacht zu haben. Hatten sie sich anfangs noch angeregt unterhalten, so war das Gespräch nun verstummt und jeder schien sich intensiv auf die Papstaudienz vorzubereiten. Jakob Fugger und Johannes Zink gingen voran, Veit und Hinrik Wulffes folgten in kurzem Abstand. Nachdem sie den Tiber überquert hatten, gelangten sie zur Engelsburg. Veit konnte sich gut vorstellen, dass diese Trutzburg in Notzeiten den Päpsten gute Dienste erwies, denn die dicken und hohen Mauern schienen tatsächlich unbezwingbar zu sein. Und bisher war es auch niemandem gelungen, die Engelsburg einzunehmen. Seit fast dreihundert Jahren war der Vatikanische Papstpalast zudem mit einem unsichtbaren Gang mit der Engelsburg verbunden, so dass die Päpste bei Bedarf schnell und unerkannt in dieses Monstrum fliehen konnten. Aber in diese Notsituation waren die Päpste seit Gregor VII., der sich vor Kaiser Heinrich IV. in Sicherheit bringen musste, nicht mehr gekommen. Über die Via de Conciliazione betraten die vier Besucher jetzt den engeren Bezirk des Vatikans und wurden von Johannes Zink zielgerichtet an die Pforte des Papstpalastes gelenkt. Johannes Zink war durch seine zahlreichen Besuche kein Unbekannter und verlangte beim Pförtner den päpstlichen Sekretär Kardinal Grimani zu sprechen. Es dauerte eine Weile, bis ein junger Mönch im Habit der Franziskaner erschien und sich freundlich anbot, die Besucher zum Kardinal zu geleiten. Als sich die kleine Gruppe in Bewegung setzte, blickte Veit zu Hinrik Wulffes, der genauso gespannt wie er zu sein schien. Der Höxteraner Kaufmann erwiderte den Blick kurz, in dem er beide Augenbrauen nach oben zog. Meterhohe Türen öffneten sich, zahlreiche Gemälde schmückten den Weg und schließlich ging es über eine geräumige Treppe hoch in die zweite Etage. Auch hier mussten sie noch eine gehörige Strecke zurücklegen, doch dann blieb der Franziskaner endlich stehen, klopfte laut an eine schwere Eichentür und öffnete nach einem kurzen Moment des Wartens. Auf seine Aufforderung hin traten seine Begleiter in einen mit zahlreichen Wandmalereien prächtig ausgestalteten Raum, in dem hinter einem Schreibtisch Kardinal Grimani in seiner purpurnen Robe saß. Als der Mönch nun Johannes Zink ankündigte, erhob sich der Kardinal und kam lächelnd auf seine Besucher zu.

„Mester Zink, ich freue mich Euch zu sehen. Herzlich willkommen im Vatikanischen Palast."

„Euer Excellenz, vielen Dank für Eure Vermittlung und Eure Bereitschaft, uns zu empfangen", entgegnete Johannes Zink den freundlichen Empfang in perfektem Latein. „Darf ich Euch Jakob Fugger vorstellen?"

Bei seiner Frage wich Johannes Zink einen Schritt zurück und machte den Weg für den Augsburger Kaufmann frei, der zielstrebig zum Schreibtisch des Kardinals vorging und sich leicht verbeugte.

„Ich freue mich, Euch endlich persönlich kennenzulernen, Mester Fugger", begrüßte Kardinal Grimaldi nun Jakob Fugger, kam um seinen Schreibtisch herum und gab ihm die Hand. Sein Händedruck war fest, für Jakob Fugger eine Spur zu fest, denn er hasste es, wenn ihm beim Händedruck die Hand fast zerquetscht wurde. Er hatte Menschen kennengelernt, die behaupteten, dass man an der Art des Händedrucks erkennen könne, ob jemand eine harte oder weiche Natur habe. Jakob Fugger hielt das für ausgemachten Blödsinn.

„Der Heilige Vater hat viel mit Euch zu besprechen und ist froh, dass Ihr seine Bitte so schnell erfüllen und persönlich nach Rom kommen konntet", begann nun Kardinal Grimani das Gespräch. „Ich werde Euch umgehend beim Heiligen Vater melden."

„Excellenz, auch ich freue mich, endlich den Heiligen Vater kennenlernen zu dürfen. Und wenn ich ihm einen Wunsch erfüllen kann, werde ich das sehr gerne tun."

„Das freut mich zu hören, Mester Fugger. Ich sehe, Ihr habt noch weitere Mitarbeiter mitgebracht?" erkundigte sich nun der Kardinal nach Veit und Hinrik Wulffes.

„Nun, keine direkten Mitarbeiter", antwortete Jakob Fugger, „sondern vielmehr Freunde, die ein besonderes Anliegen haben, das sie gern dem Heiligen Vater vortragen würden. Glaubt Ihr, dass das möglich sein wird?"

„Hm, verzeiht mir bitte, aber Ihr müsst wissen, dass der Heilige Vater keine Überraschungen mag. Deshalb kann ich Euch zunächst nur allein zu ihm vorlassen. Doch vielleicht könnt Ihr ja abschließend Euren Wunsch noch einmal direkt dem Heiligen Vater vortragen. Er hat für vieles Verständnis und vielleicht besteht ja anschließend noch die Möglichkeit zu einer weiteren Audienz."

Jakob Fugger sah Hinrik Wulffes fragend an. Dieser beantwortete den Blick mit einem kurzen Nicken, das Einverständnis vermittelte. Auch Veit suchte den Blickkontakt mit Hinrik Wulffes und konnte dabei seine Enttäuschung nicht verbergen. Doch Hinrik Wulffes bedeutete ihm zu schweigen, indem er seinen rechten

Zeigefinger kurz auf seine Lippen legte. Veit schluckte und verzog dabei seine Mundwinkel, doch schließlich blieb ihm nichts anderes übrig, als sich mit der Situation zufriedenzugeben.

„Mester Fugger, wenn Ihr bereit seid, so bitte ich Euch, mir nun zum Heiligen Vater zu folgen."

Jakob Fugger war bereit, was er mit einem leichten Kopfnicken bestätigte. Kardinal Grimani bot seinen anderen Gästen Plätze auf einem geräumigen Sofa an und verließ zusammen mit Jakob Fugger den Raum.

Das Arbeitszimmer des Papstes lag auf dem gleichen Flur, nur zwei Türen weiter. Kardinal Grimani klopfte wie es Sitte war, laut an die Tür des Arbeitszimmers des Papstes und ein junger Priester öffnete. Er flüsterte dem Priester etwas in das Ohr und dieser verschwand ohne weitere Worte. Kardinal Grimani ging nun langsamen Schrittes voran und Jakob Fugger folgte. In einer Ecke des riesigen Raumes hörten sie eine feste, laute Stimme, die unentwegt auf jemanden einzuwirken schien. Denn je näher sie kamen, je deutlicher wurden die Worte.

„... es ist aber mein Wunsch... ich habe noch immer mein Ziel erreicht....Ihr seht immer und überall nur Bedenken.... Verschwendet nicht meine und Eure kostbare Zeit..." Und schließlich, sie waren schon nahe an den Redner herangetreten, der in einem mit Samt überzogenen Sessel saß, sagte er: „Michelangelo, ich will Ergebnisse sehen, deshalb habe ich Euch aus Florenz herkommen lassen. Ich gebe Euch bis Morgen Bedenkzeit."

Der mit Michelangelo angeredete Mann stand wie ein Schuljunge vor dem Redner, verbeugte sich aber jetzt, wobei er seine rechte Hand leicht nach vorn fallen ließ, drehte sich um und ging ohne jedes weitere Wort zum Ausgang. Erst in diesem Augenblick nahm der Mann im Stuhl seine neuen Gäste wahr.

Langsam neigte er den Kopf und sah Jakob Fugger herausfordernd an. Gerade wollte Kardinal Grimani ansetzen und den deutschen Kaufmann vorstellen, als aus dem Sessel eine Hand hervorschnellte und ihm Einhalt gebot.

„Sagt nichts, Kardinal Grimani. Lasst mich raten: Ihr bringt mir einen Kaufmann, einen deutschen Kaufmann, jemanden, den ich schon lange erwartet habe. Seid mir willkommen Mester Fugger."

Kardinal Grimani war es von Papst Julius II. gewohnt, dass dieser immer wieder sein Wissen zum Besten gab. Es war ein Mittel, seine Macht zu unterstreichen und seine Überlegenheit zu demonstrieren. Doch es nahm seinen Mitarbeitern auch allzu oft die Möglichkeit, selbst etwas zu einer Situation beizutragen. Der Kardinal verbeugte sich wie zum Zeichen der Zustimmung und entfernte sich einige Meter. Jakob Fugger dagegen blieb direkt vor dem Papst stehen und beobachtete den alten Mann sorgfältig, wie er in seinem kostbaren Gewand aus Seide, bestickt mit Fäden aus Gold, und darüber ein Kruzifix scheinbar aus Elfenbein, in seinem Sessel wie ein König thronte. An beiden Händen glitzerte je ein wertvoller Ring, wobei er an der Rechten den Fischerring, Zeichen seines Papsttums, trug. Julius II. gab Jakob Fugger die Zeit zur Beobachtung. Als sich jedoch ihre Blicke trafen, lud er seinen Gast mit einem kurzen Wink auf einen der bereitgestellten Stühle neben sich ein.

Jakob Fugger dankte mit einer weiteren Verbeugung und setzte sich.

„Ich freue mich sehr, dass Ihr unbeschadet in Rom angekommen seid, Mester Fugger", begann der Papst nun das Gespräch.

„Verzeiht mir bitte, dass ich es so dringlich gemacht habe, doch es war noch nie meine Art, etwas auf die lange Bank zu schieben."

„Das liegt mir auch nicht und deshalb bin ich Eurem Wunsch so schnell wie möglich gefolgt."

Jakob Fugger hatte sich auf einen Stuhl gesetzt, der dem Sessel des Papstes im rechten Winkel gegenüber stand. Von hier aus konnte er den Papst gut beobachten, aber auch selbst gut vom Papst gesehen werden.

„Ihr müsst wissen, Mester Fugger, dass ich noch Großes vorhabe. Doch leider ziehen nicht alle so mit, wie ich mir das vorstelle und wie ich es als Papst erwarten darf. Nehmt nur diesen Michelangelo. Ich habe ihn extra aus Florenz nach Rom kommen lassen. Zunächst soll er mir ein paar Wandgemälde hier im Vatikan fertigen, dann wartet auf ihn die Kapelle meines Onkels, des Papstes Sixtus, und schließlich möchte ich, dass er mir ein Grabmal baut. Das wäre Arbeit und gutes Einkommen für sein ganzes Leben. Doch dieser Künstler, wie er sich nennt, sieht überall nur Bedenken. Einmal sagt er, er sei gar kein Maler, sondern Bildhauer, dann gefällt ihm nicht der Untergrund, auf dem er Malen soll, dann ist ihm das Gewölbe der Kapelle zu gebogen und schließlich unsere Peterskirche für mein Grabmal zu klein. Dabei lasse ich ihm schon alle Freiheiten. Ich habe ihm gesagt, er solle selbst einen geeigneten Standort festlegen und alles, was ihm im Wege ist, beseitigen. Seit einigen Wochen geht das jetzt so, doch ich bin es leid. Morgen erwarte ich eine endgültige und verbindliche Antwort. Und wehe ihm, wenn er keine weiß."

Bei diesem letzten Satz griff der Papst mit seinen von der Gicht stark gekrümmten Fingern zu einem Stock, der an seinen Sessel gelehnt war, und schlug damit deutlich hörbar auf den Marmorboden.

Jakob Fugger zuckte einmal kurz zusammen, hatte sich dann aber wieder im Griff. Nicht nur die tief in ihren Höhlen liegenden, kleinen Augen verrieten die Entschlossenheit des Papstes, sondern sein ganzes Wesen strahlte Entschiedenheit aus. Seine schmalen Lippen hatten sich zu einem Strich verspannt, als er den Stock ergriffen hatte. Hinzu kam sein kantig vorspringendes Kinn und sein kurzer Nacken, die Durchsetzungsvermögen und Zielgerichtetheit vermittelten. Nur sein silbergrauer Bart passte nicht in dieses Bild, dachte Jakob Fugger.

Doch als wenn der Papst die Gedanken des Augsburgers hätte lesen können, sagte er jetzt:

„Wenn ich mir etwas in den Kopf gesetzt habe, dann gibt es kein zurück. Seht meinen Bart: noch muss ich ihn tragen, weil ich gelobt hatte, ihn solange nicht zu rasieren, wie auch nur ein französischer Soldat seinen Fuß auf italienischen Boden hat. Und Ihr könnt mir glauben, dass ich mich in diesem, meinem irdischen Leben noch rasieren und nicht mit einem grauen Bart in die Gruft gelegt werde."

„Eure Heiligkeit, ich bin überzeugt davon, dass Ihr das schaffen werdet."

Jakob Fugger hatte das nicht einfach so gesagt, um dem Papst zu gefallen, sondern er hatte mit seiner guten Menschenkenntnis schnell begriffen, dass ihm hier ein besonderer Mensch gegenübersaß, der das, was er wollte, auch wirklich in die Tat umsetzte.

„Doch sagt, wie kann ich Euch helfen?" fragte Jakob Fugger weiter.

„Nun, das ist nicht in einem Satz zusammengefasst. Zunächst einmal müsst Ihr wissen, dass man als Papst ein einsamer Mensch ist. Doch ich glaube, Ihr wisst das bereits. Denn jeder, der an der Spitze eines Unternehmens steht, sei es wie bei Euch in Eurer Firma, sei es wie bei mir an der Spitze der Mutter Kirche, ist einsam. Und man ist umgeben von Menschen, die einem vordergründig jeden Wunsch von den Lippen ablesen, aber hinter vorgehaltener Hand den Tod wünschen. Da ist es sehr schwer, sich die richtigen Gefolgsleute auszusuchen. Oder nehmt die Kardinäle:

eigentlich sind sie dem Papst zum Gehorsam verpflichtet, schließlich bin ich der Nachfolger Petri. Doch jeder ist nur auf die Sicherung oder besser Erweiterung seiner eigenen Pfründe aus. Bei den meisten kann ich mit gutem Gewissen behaupten, dass sie überhaupt kein Interesse an der Kirche oder gar an religiösen Fragen haben. Und seit ich die Simonie und den Nepotismus verboten habe, ist bei vielen Kardinälen ihre Ablehnung mir gegenüber deutlich zu Tage getreten. Viele von ihnen im Konklave hatten mich ja auch nur gewählt, weil sie glaubten, dass ich schon bald sterben würde. Eine alte Konklaveregel besagt nämlich, dass die besten Chancen auf eine Wahl derjenige hat, der den gebrechlichsten Eindruck macht. Und diesen Eindruck habe ich damals wohl wirklich vermittelt."

Bei den folgenden Worten senkte der Papst nun merklich seine Stimme, da sich Kardinal Grimani nach wie vor in dem großen Raum befand, aber inzwischen zu einem der an der anderen Seite liegenden Fenster gegangen war und vermutlich ohnehin nichts verstanden hätte von dem, was gesagt wurde.

„Da ich mich aber immer noch guter Gesundheit erfreue und tatkräftig an meine Aufgaben herangehe, habe ich ernsthafte Befürchtungen, dass mir einige der Herren Kardinäle wünschen, dass ich eines Morgens tot in meinem Bett liege. Und das möchte ich möglichst verhindern."

„Ihr sorgt Euch also um Euer Leben?" fragte Jakob Fugger im gleichen leisen Verschwörerton.

„Nun ja, zumindest um meine Sicherheit. Denn es sind ja nicht nur die Kardinäle. Rom war und ist ein unsicheres Pflaster. Ich bin oft in der Stadt unterwegs, um hier und da nach dem Rechten zu schauen, und da ist es für jeden jederzeit möglich, mir zu nahe zu kommen. Das will ich verhindert wissen."

„Also sucht Ihr eine Leibgarde?"

„Ja, das könnte man so sagen. Könnt Ihr mir in dieser Angelegenheit helfen?"

„Ich glaube, Heiliger Vater, dass ich Euch den besten Schutz verschaffen kann, den Ihr nur bekommen könnt. Ich habe gute Kontakte in die Schweizer Kantone. Und ich glaube, es gibt zurzeit keine besseren Söldner als die Schweizer."

„Das erscheint mir eine ausgezeichnete Idee. Doch wie werden wir die Schweizer dazu bewegen können nach Rom zu kommen?" fragte Julius II. und rieb sich dabei das spitze Kinn.

„Sie werden kommen, darauf könnt Ihr Euch verlassen. Sobald sie ihre Ernte eingebracht haben, werden sie sich auf den Weg nach Rom machen."

„Wie könnt Ihr Euch da so sicher sein?"

„Heiliger Vater, Ihr dürft mir glauben, dass auch ich mein Geschäft verstehe. Und wenn ich, Jakob Fugger, Euch versichere, dass die Schweizer zu Eurem Schutz nach Rom kommen und sich gern in Euren Dienst stellen werden, dann ist das so."

Jakob Fugger war selbst über seine klaren Worte überrascht und schaute nun, welche Wirkung sie beim Papst hinterlassen hatten. Doch der zeigte keine besondere Regung, sondern richtete seinen Blick starr gerade aus.

„Verzeiht mir bitte die deutliche Sprache, doch Ihr dürft Euch wirklich auf mich verlassen. Und ich habe auch bereits den Lohn für dieses und das nächste Jahr im Voraus bezahlt – insgesamt 7.350 Gulden."

„Bravo, Mester Fugger, bravo!" sprudelte es nun aus dem Papst hervor, und er erhob sich ruckartig auf seinen Stock gestützt aus seinem Sessel. „Ihr seid ein wirklich vorausschauend denkender Mensch. Ich glaube, wir werden gut zusammen arbeiten. Und bis die Schweizer kommen, werde ich mir eine kleine Leibwache aus Römern zusammenstellen."

Jakob Fugger war von dem Aufspringen des Papstes überrascht und beeilte sich, ebenfalls seinen Platz zu verlassen, um nicht unhöflich zu erscheinen. Gemeinsam gingen sie nun ein Stück durch den riesigen Raum bis sie schließlich Kardinal Grimani erreichten, der immer noch an einem der großen Fenster stand und von dort auf den Platz vor dem Papstpalast blickte.

„Kardinal Grimani ist meine rechte Hand und hat mein absolutes Vertrauen", stellte nun der Papst den Kardinal näher vor. „Er stammt aus einer der ersten Familien der Republik Venedig. Leider ist sein Vater dort vor einigen Jahren wegen einer unglücklichen militärischen Aktion in Ungnade gefallen und jetzt hier bei uns in Rom. Doch eines Tages wird er wieder nach Venedig zurückkehren und das nicht nur als einfacher Mann. Da bin ich ganz sicher. Doch Kardinal Grimani hat viele weitere Vorzüge: So unterhält er beste Beziehungen zu den klügsten Köpfen in ganz Europa. In Florenz hat er während seiner Studienzeit Lorenzo il Magnifico sowie Angelo Poliziano und Giovanni Pico della Mirandola kennengelernt. Heute steht er in regelmäßigem Kontakt zu vielen anderen Geistern unserer Zeit. Und wenn ihr mal etwas Besonderes lesen möchtet, vielleicht gar etwas Antikes, dann wendet Euch nur an Kardinal Grimani."

Der Kardinal hatte schweigend die Huldigung durch den Papst angehört. Doch jetzt relativierte er:

„Ich diene dem Heiligen Vater so gut es geht, mehr nicht."

„Das ist richtig", ergriff Julius II. sofort wieder das Wort und stützte sich nun auf einer der Fensterbänke auf. „Er ist mir ein wichtiger Berater in allen Angelegenheiten. Und wann immer ich etwas Großes plane, ist er von Beginn an involviert."

Der Papst blickte nun für einen längeren Augenblick in Gedanken versunken aus dem Fenster auf den vor ihm liegenden Platz und hinüber zur Peterskirche. Man merkte ihm deutlich an, wie es in ihm arbeitete. Und als wenn er verschiedene Stationen seiner Gedanken durchspielte, nickte er mehrmals deutlich mit seinem Kopf. Plötzlich wandte er sich zur Seite und sagte: „Kardinal Grimani, bringt mir unverzüglich diesen Michelangelo zurück. Ich weiß jetzt, was wir machen werden."

Und noch bevor der Kardinal den Raum verlassen hatte, sagte er zu Jakob Fugger:

„Mester Fugger, ich hoffe, Eure Zeit erlaubt Euch einen etwas längeren Aufenthalt in Rom. Denn ich brauche Euch noch. Ich lasse wieder nach Euch schicken."

Und ohne eine Antwort des Kaufmanns abzuwarten, drehte sich der Papst um und verließ unter den klackenden Geräuschen seines Stockes den Raum.

Jakob Fugger schaute noch einmal zu dem Fenster hinaus auf den Platz des Vatikans und die Peterskirche und fragte sich, was der Papst soeben beschlossen hatte.

39

Veit und Hinrik Wulffes hatten zusammen mit Johannes Zink gespannt im Arbeitszimmer von Kardinal Grimani auf die Rückkehr von Jakob Fugger gewartet. Als dieser endlich erschienen war, hatte er zunächst nichts über seine Audienz verlauten lassen. Erst als sie den Vatikan verlassen hatten und sich nun an der Engelsburg vorbei dem Tiber näherten, fasste er in knappen Worten sein Gespräch mit dem Papst zusammen. Johannes Zink nickte zufrieden und wollte gerade nachfragen, was es wohl sein könnte, was der Papst plane, als es aus Veit hervorplatzte:

„Und was ist mit der Handschrift? Was hat der Papst dazu gesagt? Wird er uns helfen können?"

„Es tut mir leid, Veit. Ich hatte keine Möglichkeit, den Papst auf die Handschrift anzusprechen. Aber ..."

„Aber was machen wir jetzt", unterbrach Veit Jakob Fugger. „Wir müssen die Handschrift wiederhaben und nach Corvey zurückbringen. Das haben wir Bruder Stephanus versprochen!"

Veit war jetzt stehen geblieben, um seinen Worten den nötigen Nachdruck zu verleihen. Jakob Fugger verstand den Frust des jungen Novizen. Er wandte sich um und ging auf Veit zu.

„Ich weiß, wie du dich jetzt fühlst, Veit. Doch bitte glaube mir, dass es heute nicht möglich war, mit dem Papst über Eure Angelegenheit zu sprechen. Ich werde aber in den nächsten Tagen noch mindestens eine weitere, wenn nicht sogar noch mehrere Audienzen beim Papst haben, und ich versichere dir, dass ich dann den Papst ins Bild setzen werde. Und wenn er das von mir will, was ich vermute“, und dabei blickte er Johannes Zink vielsagend an, „dann werden wir auch in dieser Angelegenheit Erfolg haben.“

Veit wusste nicht, ob der große Augsburger Kaufmann ihn, den kleinen Novizen, nur beschwichtigen wollte, oder ob Jakob Fugger wirklich eine Möglichkeit sah zu helfen. Veit war sich nicht sicher. Hinrik Wulffes schien sich mit der Auskunft zufrieden zu geben, da er sich gerade zum Weitergehen abwendete. Auch Jakob Fugger und Johannes Zink setzten nun ihren Gang fort. „Nein“, dachte Veit, „ich habe Bruder Stephanus versprochen, die Handschrift wieder nach Corvey zurückzubringen. So sehr die Hilfe von Jakob Fugger meine Aufgabe auch erleichtert hätte, so kann ich nicht darauf warten, bis es den hohen Herren genehm ist, sich der Sache anzunehmen. Ich bin wohl auf mich allein gestellt, wenn ich etwas erreichen will. Und ich muss jetzt handeln, denn jeder Tag, der vergeht, gibt Bruder Severin und damit auch dem Prior nur noch mehr Vorsprung. Und vielleicht ist es eines Tages zu spät, wenn endgültige Tatsachen geschaffen worden sind.“

Ohne sich weiter um seine Begleiter zu kümmern, drehte sich Veit um und ging zurück in den Vatikan. Er hatte keine Idee, wo er suchen oder wen er ansprechen sollte, um eine Spur der Handschrift zu entdecken. Doch er war sich sicher, dass die Handschrift inzwischen im Vatikan gelandet war und dass Bruder Severin mit ihrer Hilfe vom Papst die Bestätigung für Prior Johann von der Lippe als neuen Abt von Corvey anstrebte.

Veit überlegte, was Bruder Stephanus nun an seiner Stelle getan hätte. „Ach, wäre Bruder Stephanus doch noch bei uns, jetzt, wo wir im Vatikan sind“, dachte Veit wehmütig. Doch nun musste er allein weiterkommen. Er ging bis zum Petersdom und setzte sich auf die Brüstung einer Mauer. Von hier aus beobachtete er das Geschehen vor dem Petersdom und vor dem gegenüberliegenden Vatikanspalast in der Hoffnung, dass ihm das Richtige einfiele. Die Sonne stand bereits im Zenit des Tages, und nur wenige Menschen bewegten sich auf dem von Veit beobachteten Platz. Zumeist waren es Priester, die hier im Vatikan wirkten. Sie kamen aus dem Papstpalast und gingen entweder zum Petersdom oder in die Vatikanischen Gärten, die hinter dem Petersdom lagen und vor gut 20 Jahren von Papst Innozenz VIII. in der jetzigen Form zur Erholung angelegt worden waren. Dann sah Veit einen schon etwas älteren Franziskaner, der vor sich einen Stapel Bücher hertrug. Er hatte so viele Bücher auf seinen beiden Händen senkrecht gestapelt, dass er kaum erkennen konnte, wohin er trat. Entsprechend unsicher bewegte er sich über den Platz. Zudem machte ihm das Gewicht des Stapels zu schaffen.

„Bücher, das ist es", schoss es Veit durch den Kopf. „Ich muss in die Vatikanische Bibliothek, vielleicht komme ich dort weiter."

Schnell sprang er von der Mauer und folgte unauffällig dem Mönch mit seinen Büchern. Dieser ging zunächst am östlichen Rand des Petersdoms entlang und suchte sich dann einen Weg vorbei an den benachbarten Gebäuden in den hinteren Bereich des Vatikanischen Palastes. In einiger Entfernung zum Palast hatte Papst Sixtus IV. das Werk von Nikolaus V. fortgesetzt und für eine angemessene Unterbringung der sich ständig vergrößernden Bibliothek des Vatikans gesorgt. Ein eigens installierter Bibliothekar sorgte für Ordnung und hatte den unmissverständlichen Auftrag erhalten, die Bibliothek weiter zu vergrößern und vor allem antike griechische und lateinische Handschriften in ganz Europa zu sammeln. Somit beteiligte sich auch der Vatikan an der bereits in Florenz und anderen italienischen Städten ausgebrochenen Sammlerleidenschaft, die insbesondere auf antike Hinterlassenschaften abzielte.

Der Franziskaner war nun an der Pforte der Bibliothek angekommen und wollte die schwere Tür öffnen. Dabei purzelten einige seiner Bücher vom Stapel und vielen auf die Erde. Der Mönch fluchte, während Veit nun schnell hinzugeeilt kam und beim Aufsammeln der Bücher half. Dann hielt er die Tür auf, damit der Mönch seinen Buchstapel problemlos in das Innere des Gebäudes tragen konnte. Während ihm dieser dankbar zunickte und ein leises „Danke“ auf Italienisch von sich gab, nutzte Veit die Gelegenheit und sprach ihn an:

„Ist dieses hier die Vatikanische Bibliothek?“

„Ja, mein Sohn, so ist es“ war die zunächst knappe Antwort.

Veit blieb stehen und sah in das Innere des Gebäudes.

„Wenn Ihr mir auch noch die nächste Tür öffnet, dann zeige ich Euch gern die Bibliothek, sobald ich diese Bücher losgeworden bin.“

Veit traute seinen Ohren nicht, doch das war seine Chance.

„Oh, sehr gern.“ Schnell rannte er einige Schritte voraus und öffnete auch die nächste Tür, die in die eigentliche Bibliothek führte. Veit war beeindruckt von der Größe und vor allem Ordnung, die hier herrschte. Dabei kam ihm die Corveyer Bibliothek in Erinnerung, die seit vielen Jahren so verwahrlost vor sich hinschlummerte. In langen Regalen standen unzählige Bücher oder große Kodices, die übereinander gestapelt waren. Die Regale reichten bis an die Decke und vor den Regalen standen Leitern, mit deren Hilfe man an die oberen Stockwerke gelangen konnte. Der Raum war lichtdurchflutet und mit hellen Farben gestrichen. Der Franziskaner legte nun mit einem tiefen Seufzer der Erleichterung seinen Bücherstapel auf einem der Tische ab, holte anschließend eine dicke Kladde und begann damit, die Bücher in den Eintragungen abzuhaken.

Veit beobachtete ihn dabei und fragte schließlich:

„Was macht Ihr da?“

„Ich trage die Bücher wieder in den Bestand der Bibliothek ein. Jedes Buch, das ausgeliehen wird, wird hier eingetragen. So haben wir immer einen Überblick darüber, wo sich ein jedes Buch befindet. Diese Bücher waren alle zur Vorbereitung eines wissenschaftlichen Disputes bei der Heiligen Inquisition, und ich habe sie gerade zurückerhalten.“

„Und jeder kann sich hier die Bücher einfach ausleihen?“ wollte Veit nun wissen.

„Nun, nicht jeder“, gab der Mönch etwas erstaunt zurück. „Aber jeder, der hier im Vatikan lebt oder arbeitet, hat Zugang zur Bibliothek.“

Während der Mönch seine Eintragungen fortsetzte, schaute sich Veit weiter in der Bibliothek um. Schließlich klappte der Mönch sein Buch zu, stand auf und folgte Veit, der gerade vor einigen dicken Kodices stand.

„In den letzten Jahren hat sich der Bestand mehr als verdoppelt. Vor gut 20 Jahren zählten wir noch ungefähr 3.500 Handschriften. Heute erhalten wir fast täglich neue und mit der Buchdruckerkunst auch immer mehr Bücher in gedruckter Form. Wir werden bald unsere Räumlichkeiten erweitern müssen.“

„Der Bestand in unserem Kloster nimmt dagegen ständig ab. Unser Bibliothekar verkauft die Kodices lieber, als dass er sie erhält“, sagte Veit und es klang resignierend. Gleichzeitig nahm er einen der schweren Bände aus dem Regal und strich über das feine Schweinsleder.

„Aus welchem Kloster stammt Ihr?“ wollte nun der Franziskaner wissen.

„Der Name wird Euch wenig sagen. Es ist ein Kloster in Deutschland, an der Weser gelegen. Es heißt Corvey."

„Corvey, Corbeia nova", wiederholte und ergänzte der Mönch.

„Ihr kennt es?" fragte Veit erstaunt und richtete nun seinen Blick vom Kodex zu seinem Gegenüber.

„Aber sicher. Corvey verfügte in früheren Zeiten über eine der berühmtesten Schreibwerkstätten jenseits der Alpen. Und ich glaube, wir haben auch etwas aus Corvey hier zur Aufbewahrung."

Veits Herz machte einen Freudensprung. Am liebsten hätte er den Mönch umarmt. Doch er wusste, dass er vorsichtig sein musste und blieb entsprechend reserviert.

„Wie könnt Ihr das wissen? Kennt Ihr Euch so gut in der Bibliothek aus?" fragte Veit.

„Oh ja, mein Sohn. Ich bin die rechte Hand des Bibliothekars, und ich glaube ohne Übertreibung sagen zu dürfen, dass es zurzeit niemanden gibt, der sich hier besser auskennt als ich. Also, möchtet Ihr, dass wir uns auf die Suche nach einer Corveyer Handschrift begeben?"

„Sehr gern. Ich bin gespannt, ob Ihr etwas finden könnt", antwortete Veit und hatte dabei Mühe, seine Freude und sein besonderes Interesse zu verbergen.

Der Franziskaner ging mit Veit zurück zu einem großen Schreibtisch, auf dem sich verschiedene Bücher befanden, in die offensichtlich die Bestände der Bibliothek verzeichnet waren. Der Mönch blätterte Seite um Seite um und fuhr mit dem rechten Zeigefinger die einzelnen Spalten hinunter. Es dauerte eine Weile, doch dann hielt er inne.

„Hier, seht selbst." Er winkte Veit um den Schreibtisch herum und ließ ihn einen Blick in das Buch werfen. Mit dem Zeigefinger deutete er auf eine Eintragung und erläuterte: „Da ist die Terenz-Handschrift verzeichnet. Sie wurde wohl im 9.Jahrhundert in Corvey abgeschrieben." Dann nahm er sich einen kleinen Zettel vom Schreibtisch und schrieb sich eine Nummer auf, mit deren Hilfe er die Handschrift nun suchen ging. Veit folgte ihm und es dauerte nicht lange, bis der Mönch den Einband aus dem Regal zog. Vorsichtig legte er ihn auf einen Tisch und begann ihn gemeinsam mit Veit durchzublättern.

„Schaut nur, wie schön die vielen Illustrationen sind", erläuterte der Franziskaner und deutete dabei vor allem auf die Anfangsseiten einer jeden Szene. „Terenz war einer der berühmtesten Komödiendichter Roms. In diesem Band sind seine sechs uns bekannten Komödien zusammengefasst. Es ist ein beeindruckendes Werk, dass sowohl die Kunst des Skriptors als auch des Miniators beziehungsweise des Illustrators anschaulich bezeugt."

Veit blätterte Seite um Seite um und ließ sich von der kunstvollen Fertigung beeindrucken. Doch die Terenz-Handschrift war nicht das Ziel seines Besuches. Während er sich noch ganz in die Handschrift vertieft stellte, fragte er möglichst belanglos klingend:

„Habt Ihr noch weitere Handschriften aus Corvey?"

„Junger Freund, gefällt Euch etwa nicht, was Ihr seht?" fragte der Mönch die Stirn runzelnd zurück.

„Doch schon. Die Handschrift ist sehr schön", stammelte Veit und überlegte krampfhaft, wie er ohne Misstrauen zu erwecken, den Mitarbeiter des Bibliothekars davon überzeugen konnte, nach den Tacitus Annalen zu suchen. Schließlich suchte er sein Heil in der Flucht nach vorn.

„Verzeiht, verehrter Bruder im Herrn, doch ich hatte gehört, dass sich bei Euch eine Tacitus-Handschrift befinden solle. Und zwar jene, wo er den großen Kampf der Germanen, meines Volkes, gegen die Römer unter Varus beschreibt."

„Tacitus? Lasst mich überlegen. Tacitus..." Der Mönch rieb sich sein Kinn zwischen Daumen und Zeigefinger, dann kratzte er sich die Tonsur. „Wie war das denn mit Tacitus?“

Veit hatte offensichtlich den Jagdinstinkt bei dem älteren Mönch geweckt, der es nicht auf sich sitzen lassen wollte, Veits Frage nach dem Tacitus unbeantwortet zu lassen. Ohne weitere Erklärungen verschwand er in einem Nebenraum. Veit war sich nicht sicher, was er davon halten sollte. Suchte der Mönch wirklich an anderer Stelle nach dem Tacitus, oder hatte Veit zuviel gewagt und war mit seiner Frage in eine Falle getappt? Mit jeder Minute, die der Bibliothekarsgehilfe länger fern blieb, wurde Veit unsicherer. Doch dann öffnete sich die Tür zu dem Nebenraum und der Mönch kehrte zurück. In seinem Gesicht waren tiefe Spuren des Zweifels eingegraben, seine Stirn in zahlreiche Falten gelegt.

„Also, mein junger Freund“, sprach er Veit an, „ich wusste doch, dass ich schon etwas von dem Tacitus gehört hatte. Er war in den letzten Tagen unter den Neuzugängen und ich habe ihn persönlich in unserem Katalog verzeichnet und eine Signatur vergeben. Aber was das Merkwürdige ist, ich kann ihn nirgends finden. Der Bibliothekar hat mich angewiesen, alle Neuzugänge zunächst intensiv zu prüfen. Da ich dafür aber noch keine Zeit hatte, habe ich ihn wie die anderen neuen Bücher in mein Arbeitszimmer gelegt. Doch dort ist er nicht mehr.“

„Kann es denn nicht sein, dass er bereits hier im Saal unter seiner Signatur an die für ihn vorgesehene Stelle gestellt wurde“, hoffte Veit doch noch auf einen Erfolg und deutete mit seinem rechten Arm in die Richtung der Regale.

„Nein, mein Sohn. Bestimmt nicht. Denn der Tacitus, den Ihr mir beschrieben habt, und der bereits durch meine Hände gegangen ist, wird sicher nicht allgemein zugänglich sein.“

„Aber warum denn nicht. Die Terenz-Handschrift ist es doch auch?“ fragte Veit verblüfft.

„Das darf ich Euch leider nicht sagen, aber glaubt mir, es ist besser, wenn Ihr jetzt nicht weiter nach dem Tacitus fragt. Darf ich Euch noch etwas anderes zeigen. Vielleicht etwas von den neumodernen Werken, die jetzt so massenhaft mit der Buchdruckerkunst hergestellt werden und zu uns kommen?“

Veit war enttäuscht. Die letzte Frage des Mönches hatte er schon gar nicht mehr richtig wahrgenommen. Langsamen Schrittes verließ er den großen Saal der Bibliothek und ging, den Kopf fast bis zur Brust gesenkt, hinaus in die Vatikanischen Gärten.

40

Veit streifte gedankenverloren durch die schöne Parklandschaft. Er hatte keinen Blick für die farbenfroh gestalteten Beete, die überall Schatten spendenden Steineichen, Pinien, Zedern oder Zypressen. Der Garten war im Begriff, seine ganze Pracht zu entfalten. Die Vegetation war schon erstaunlich dicht und üppig und der warme Sonnentag lud zum sorglosen Verweilen in diesem herrlichen Stück Natur inmitten einer sich wieder im Wachsen befindenden Großstadt ein. Doch Veit war maßlos enttäuscht. Er hatte mit dem Betreten der Bibliothek geglaubt, seinem Ziel, der Tacitus-Handschrift, ganz nahe gekommen zu sein. Und als der Gehilfe des Bibliothekars dann auch noch von Corveyer Schriften berichtete und die Tacitus-Handschrift kannte, glaubte er es geschafft zu haben. Doch die Tacitus-Handschrift blieb für ihn unerreichbar und damit auch die Rückkehr nach Corvey. Veit suchte sich nun einen Platz auf einer Holzbank unter einer Zeder, die genügend Schatten spendete, in der Nähe eines Rondells, das mit vielen verschiedenfarbigen Pflanzen angelegt worden war. Veit stützte seine Ellbogen auf seinen Knien ab und legte seinen Kopf in beide Hände. Krampfhaft versuchte er nachzudenken. Was sollte er als Nächstes unternehmen? Würde es Sinn machen, noch einmal in die Bibliothek zu gehen? Wer hatte verfügt, dass die Tacitus-Handschrift nicht in den Bestand der Bibliothek aufgenommen werden darf? Und warum war dies geschehen?

Veit ging alle Fragen mehrfach durch, kam aber zu keinen Antworten. Sollte er sich einzig und allein auf Jacob Fugger verlassen müssen? Beim Namen Jacob Fugger fiel es ihm plötzlich wie Schuppen von den Augen. Auf ihrer gemeinsamen Reise war dieser Unfall. Dort hatte Veit einem Kirchenmann das Leben gerettet, und hatte er diesem Mann nicht beim mühsamen Ausstieg aus der Kutsche beinahe ein Amulett abgerissen? Als der Mann aufgeschrien hatte, hatte Veit sofort losgelassen. Aber waren auf diesem Amulett nicht sechs Kugeln auf einer Krone abgebildet gewesen? Und hatte er nicht schon einmal ein derartiges Amulett gesehen? Veit dachte krampfhaft nach und spulte die vergangenen Wochen in Gedanken zurück. Endlich, endlich wusste er, was er zu tun hatte. Das Amulett gehörte zu den Medicis. Es zeigte ihr Wappen. Er musste nach einem Medici fragen. Vielleicht einen Monsignore oder gar einen Bischof aus dem Hause Medici.

Veit verließ seine Bank und ging auf den nächsten Würdenträger zu, der in seiner Nähe war.

„Verzeiht, Excellenz, dass ich Euch so einfach anspreche, doch ich bin auf der Suche nach dem Monsignore aus dem Hause Medici. Könnt Ihr mir helfen?"

„Einem Monsignore aus dem Hause Medici?" wiederholte der Priester mit einem Lächeln. „Ihr meint sicher den Kardinal de Medici!"

„Oh, verzeiht, natürlich. Den Kardinal de Medici" korrigierte sich Veit schnell.

„Wenn Ihr Glück habt, dann ist er noch im Vatikan. Wartet. Vielleicht ist er sogar hier im Garten, denn Ihr müsst wissen, dass er diesen Park ganz besonders liebt."

Der Hals des Priester wurde immer länger, und er schaute sich in alle Richtungen um.

„Kommt mit, ich bringe Euch zu ihm, wenn er noch hier ist."

Veit hatte Mühe, den großen Schritten des Priesters zu folgen. Überall im Vatikanischen Garten standen Gruppen von Priestern, Mönchen oder gar Bischöfen in angeregten Gesprächen zusammen. Zumeist suchten sie dabei den Schatten von Zypressen. Doch sosehr sich der Priester auch bemühte, der Kardinal de Medici war nirgends zu sehen.

„Es tut mir leid, aber ich glaube, er hat den Vatikan schon verlassen", gab sich der Priester geschlagen und verabschiedete sich von Veit, der tief durchatmete. Während der Priester dem Ausgang zusteuerte, blieb Veit unschlüssig stehen. Schließlich ging er einen kleinen Hügel hinunter und an einer Hecke vorbei. Hinter der Hecke erblickte er einen Mann im purpurnen Gewand eines Kardinals auf einer Bank sitzend.

„Ist der Platz neben Euch noch frei?" fragte Veit und jubilierte innerlich. Schon von hinten hatte er erkannt, dass er am Ziel seiner Suche angelangt war.

Der Kardinal blickte sich um und bot dem Ankömmling höflich einen Platz an.

Und als er dabei Veit betrachtete, erkannte er ihn.

„Ihr seid doch mein Engel, der mich aus großer Not befreit hat. Was macht Ihr hier im Vatikan?"

„Und Ihr, Ihr ... seid Kardinal... de ... de Medici", stotterte Veit. „Aus dem berühmten Haus der Medici aus Florenz?"

„Ja, aus dem Haus der Medici in Florenz. Doch Florenz, das war einmal. Wir sind dort vertrieben worden und dürfen nicht zurückkehren. Wir haben unsere Heimat verloren."

„Dann geht es Euch wie mir", gab Veit nun etwas sicherer zurück, denn die Gutherzigkeit, die der Kardinal ausstrahlte, machte sich auch sofort auf Veits Gefühlszustand bemerkbar.

„Zwei Heimatlose im Vatikan. Das ist aber ein Zufall. Ihr müsst mir unbedingt Eure Geschichte erzählen", forderte Giovanni de Medici nun seinen Gesprächspartner auf.

Veit wunderte sich über das Interesse des Kardinals. Doch die warmherzige Art, die fast alle seine Sätze stets mit einem kleinen Lächeln um die Mundwinkel unterstrich, der offene Blick und die gesetzte, ja fast schon staatsmännische Gestik, flößten jedem Gesprächspartner von Giovanni de Medici Vertrauen ein. Und so fühlte sich auch Veit wie schon einmal in der Gegenwart des Medicis wohl. Doch er wusste nicht, wo er mit seiner Erzählung beginnen sollte. Also nahm er mit Hilfe des Kardinals den Faden zu dem Zeitpunkt auf, als sie kurz vor Florenz in den Unfall mit ihren Kutschen verwickelt gewesen waren. Giovanni de Medici bedankte sich nochmals herzlich für Veits damalige Hilfe, als er ihn kurz vor dem Ertrinken aus der verunglückten Kutsche gezogen hatte. Dann erzählte der junge Novize die ganze Geschichte ihrer Reise nach Italien bis zum Tod von Bruder Stephanus. Er berichtete in aller Ausführlichkeit beginnend mit den Ereignissen in Corvey, dann über ihr Zusammentreffen mit Jakob Fugger und ihren Weg über die Alpen bis hin zu den Geschehnissen in Florenz und endete schließlich mit dem Überfall und der Ermordung von Bruder Stephanus. Als Veit an dieser Stelle kurz ins Stocken geriet und ihm die Stimme versagte, unterbrach ihn der Kardinal:

„Das tut mir wahnsinnig leid, dass Ihr Euren Mentor auf so tragische Weise verloren habt. Und jetzt sucht Ihr hier allein im Vatikan nach der Tacitus-Handschrift?“

„Ja, doch leider ohne Erfolg. Der Gehilfe des Bibliothekars hat sie zwar in den Händen gehabt, doch er weiß plötzlich nicht mehr, wo sie geblieben ist. Das ist schon merkwürdig.“

Nach kurzem Überlegen stimmte ihm Giovanni de Medici zu: „Ja, das ist in der Tat merkwürdig.“

„Habt Ihr eine Idee, wo ich noch suchen könnte?“ fragte jetzt Veit rund heraus.

„Ich glaube kaum, dass Ihr allein Erfolg haben würdet. Der Vatikan kann ein Labyrinth sein, in dem man sich ganz schnell verläuft. Wer sich hier nicht auskennt und keine Beziehungen hat, der ist verloren."

Wäre Veit nicht zu sehr mit sich selbst beschäftigt gewesen, hätte er leicht spüren können, dass Giovanni de Medicis Worte aus tiefster Seele stammten. Er hatte in den langen Jahren seines Aufenthaltes an der Kurie alle Höhen und Tiefen, alle Freuden und Intrigen erlebt und wusste wie nur wenige im Vatikan, dass hier nahezu alles von den richtigen Beziehungen abhing.

Der Kardinal musterte nun Veit von der Seite und sah in seinen Augen die Entschlossenheit, die nur jemand haben kann, für den es um alles oder nichts geht. Die Tacitus-Handschrift hatte auch das Interesse des Kardinals geweckt, doch in einer anderen Weise. Hier schien mehr dahinterzustecken. Es reizte ihn zu erfahren, warum die Handschrift offensichtlich unter Verschluss gehalten wurde. Darum fragte er nun auch weiter:

„Habt Ihr die Handschrift gelesen?"

„Ja, in Teilen", war die ehrliche Antwort von Veit.

„Und könnt Ihr mir eine kurze Inhaltsangabe geben?"

Veit bemühte sich, das, was er gelesen hatte, in sein Gedächtnis zu rufen und dem Kardinal mitzuteilen. Dabei schmückte er allerdings die Rolle der Germanen unverhältnismäßig aus, während er die Taten der Römer und vor allem das von Tacitus in all seiner Dekadenz beschriebene römische Leben in ein schlechtes Licht rückte.

„War im Tacitus auch die Rede von Jesus und seinen Jüngern?" wollte der Kardinal nun wissen.

„Nein, in den ersten Büchern, die ich gelesen habe nicht. Aber wie kommt Ihr darauf, dass er über Jesus berichtet hätte?"

„Weil Tacitus genau über die Zeit im Römischen Reich berichtet, in dem Jesus öffentlich gewirkt hat. Und da hätte es gut sein können, dass er auch die Verhältnisse im damaligen Palästina beschreibt. Denn Ihr müsst wissen, dass Palästina damals zum Römischen Reich gehörte und dass zum Beispiel Varus, von dem Ihr mir eben erzählt habt, vor seinem Einsatz in Germanien Statthalter in Syrien war, also ganz in der Nähe von Palästina. Allerdings war das zu einer Zeit, bevor Jesus geboren war."

Veit war erstaunt, was der Kardinal ihm da über Varus an Hintergrundinformation gab. Das hatte er bisher nicht gewusst.

Giovanni de Medici tippte sich jetzt mit dem rechten Zeigefinger an sein Kinn und ergänzte für Veit kaum hörbar: „Und wenn in der Handschrift tatsächlich die Rede von Jesus ist, dann wäre sicherlich auch das gesteigerte Interesse des Vatikans zu erklären." Veit blickte zum Kardinal, doch dieser schien mit seinen Gedanken bereits weit weg zu sein. Dennoch traute sich Veit, seinen Banknachbarn in seinen Gedanken zu stören und fragte:

„Werdet Ihr mir helfen können, die Tacitus-Handschrift wiederzuerlangen?"

Es dauerte eine Weile, bis Giovanni de Medici eine Antwort formulierte, doch dann klopfte er Veit auf die Schulter, stand dabei auf und sagte:

„Nun gut. Ich glaube, dass ich jetzt genug weiß. Lieber Veit, Ihr habt mir vor Florenz das Leben gerettet und so bin ich Euch noch etwas schuldig. Ich werde versuchen, Euch zu helfen und die Tacitus-Handschrift wiederzufinden. Doch sagt, was wollt Ihr dann tun?"

„Dann werde ich zum Papst gehen, ihm die Handschrift übergeben und dafür die Bestätigung für den rechtmäßig gewählten Abt Franz von Ketteler verlangen."

Giovanni de Medici schmunzelte, ob der einfachen

Vorstellungskraft des Novizen oder der Entschiedenheit, mit der er an der Verwirklichung seines Zieles arbeitete. Er konnte es nicht sagen. Aber er bewunderte Veits Vitalität, und er war sich sicher, dass der junge Novize irgendwie auch zu seinem Ziel gelangen würde. Aber ihn interessierten nun auch die Handschrift und ihr mögliches Geheimnis. Giovanni de Medici schlug Veit vor, sich am folgenden Tag an gleicher Stelle zur gleichen Zeit wiederzutreffen. Vielleicht könnte er ihm dann schon mehr berichten.

41

Am nächsten Tag war Veit wie verabredet wieder in den Vatikanischen Gärten und wartete auf der Bank, auf der man sich am Vortag getroffen hatte, auf Giovanni de Medici. Doch der Kardinal kam nicht. Veit war inzwischen mehrfach aufgestanden und hatte die Umgebung abgesucht. Aber nirgendwo war eine Spur seines gestrigen Gesprächspartners zu finden. Als er sich bereits entschlossen hatte den Treffpunkt zu verlassen, kam ein junger Priester recht atemlos auf ihn zugestürmt.

„Verzeiht mir, seid Ihr Bruder Veit?"

„Ja, wieso wollt Ihr das wissen?"

„Ich überbringe Euch eine Botschaft von Kardinal de Medici", wurde Veits Frage im Flüsterton beantwortet. Dabei überreichte er ihm einen kleinen Zettel. Veit erbrach das Siegel und las die wenigen Zeilen.

Dann zerknüllte er das Papier und warf es achtlos in einen nahe stehenden Busch. Der Priester beeilte sich, das Papier wieder einzusammeln. Veit hatte sich schon zum Gehen gewendet, als der Bote ihm nachlief und am Ärmel zupfte.

„Werdet Ihr kommen?"

„Ja, natürlich", war die knappe Antwort.

Dann verließ Veit zielstrebig die Vatikanischen Gärten und begab sich zurück zum Fondaco der Fugger. Er ärgerte sich, dass wieder eine Verzögerung eintrat und er schon wieder zu einem neuen Treffpunkt bestellt wurde. An der Pforte des Fondaco wurde er von Hinrik Wulffes abgefangen.

„Veit, wo bist du gewesen?" war die erste Frage, die Veit bereits erwartet hatte.

„Ich war noch einmal im Vatikan. Da uns Jakob Fugger offensichtlich in unserer Angelegenheit nicht weiterhelfen kann, müssen wir selbst etwas unternehmen. Ich jedenfalls will mein Versprechen Bruder Stephanus gegenüber erfüllen."

„Das will ich auch, Veit. Doch ich möchte dich eindringlich bitten, nichts auf eigene Faust zu unternehmen. Ich brauche dich nicht an Florenz zu erinnern, oder?"

Veit ließ die Frage unbeantwortet. Dennoch rang er mit sich selbst, ob er Hinrik Wulffes von seiner Zusammenkunft mit Giovanni de Medici berichten oder es lieber verschweigen sollte. Er wusste nicht, wie der Höxteraner Kaufmann auf seinen erneuten Alleingang reagieren würde. Wenn er ihm das Treffen mit Kardinal de Medici verbieten würde, dann war auch diese Möglichkeit verstrichen. Sich nur auf Jakob Fugger und seine Gespräche mit dem Papst zu verlassen, war Veit einfach zu wenig und zu unsicher. So nickte Veit nur kurz und verschwand schnell im Innern des Fondaco.

Mit Einbruch der Dunkelheit hatte sich Veit durch einen Hinterausgang aus dem Fondaco gestohlen. Er hoffte, dass Hinrik Wulffes ihm abgenommen hatte, dass er sich nicht wohl fühlte und deshalb früh schlafen gehen wollte. In der Dunkelheit hatte er Mühe, sich in Rom zurechtzufinden. Mehrfach musste er nach dem Weg fragen, doch schließlich war er an seinem Ziel angelangt: dem römischen Palast der Medici, dem Palazzo San Eustaquio. Als Veit vor dem imposanten Gebäude angekommen war, waren alle lang gestreckten Fenster der Vorderfront des Palastes hell erleuchtet. Veit wunderte sich darüber sehr. Er hatte gedacht, dass Kardinal de Medici Veit lieber an einem verschwiegenen, ja nahezu geheimen Ort treffen wollte und deshalb auch die Verabredung in den Vatikanischen Gärten verschoben hatte. In diesem Palazzo dagegen schien reges Treiben zu herrschen. Veit überlegte kurz, ob er es wirklich wagen konnte, einfach an der hohen Eichentür zu klopfen und nach dem Kardinal zu fragen. Doch er sagte sich, dass es schließlich der Kardinal war, der ihn hierher bestellt habe, und dass dieser am besten wissen musste, warum er ihn hier treffen wollte. Und tatsächlich, kaum hatte Veit mit Hilfe des schweren bronzenen Türklopfers um Einlass gebeten, als er auch schon in die großzügige Halle geleitet wurde. Hier musste er kurz warten, ehe er in eine Art Salon geführt wurde, wo ihn Giovanni de Medici in Empfang nahm.

„Willkommen im Palast der Medici, junger Freund!"

Veit ging auf den Kardinal zu und verneigte sich kurz vor ihm.

„Hier habe ich einige Jahre meiner Jugend verbracht, als ich zunächst päpstlicher Pronotar war und dann – in pectore – zum Kardinal erhoben wurde. Dieser Palast ist so etwas wie meine zweite Heimat geworden. Ich habe ihn in frühen Jahren vom Bischof von Chiusi erworben, der damals Schatzmeister von Papst Sixtus V. war. Und jetzt plane ich, ihn ganz nach meinen Vorstellungen umzubauen. Der wichtigste Raum wird meine neue Bibliothek sein."

„Ihr wollt eine eigene Bibliothek errichten", war Veit mehr als verblüfft.

„Wo wollt Ihr denn die ganzen Bücher dafür herbekommen?"

Giovanni de Medici lachte. Mit so einer Frage hatte er nicht gerechnet. Doch nach kurzem Nachdenken war ihm klar, dass Veit sich kaum vorstellen konnte, wie ein Privatmann sich eine eigene Bibliothek leisten konnte.

„Nun, Veit, das ist eine Frage des Geldes und der Beziehungen. Kardinal Grimani, den Ihr gestern kennen gelernt habt, verfügt zum Beispiel in seinem Venezianischen Palast über eine Sammlung von über 8.000 Bänden. Und auch meine Kardinalskollegen Caraga, Farnese, Riario, Alidosi, Armellini oder der Papstneffe della Rovere besitzen ansehnliche Bibliotheken."

„Und da wollt Ihr nicht zurückstehen", wagte Veit zu sagen.

Wieder musste Giovanni de Medici schmunzeln. Er ließ sich nur selten provozieren und sicher nicht von einem recht unbedarften Novizen.

„Na ja, Veit, Ihr müsst wissen, dass mein Vater, Lorenzo de Medici, der reichste und vielleicht auch am meisten gebildete Mann von Florenz war. Und so hatten wir in unserem Haus in Florenz eine sehr große und sehr schöne Bibliothek, die sich praktisch täglich vergrößerte. Doch als wir von heute auf morgen Florenz verlassen mussten, konnten wir die Bestände leider nicht mitnehmen. Heute befinden sie sich zum größten Teil im Kloster San Marco. Doch ich glaube, auf Dauer sind sie auch dort nicht sicher, und deshalb versuche ich gerade, sie nach Rom zu transferieren."

Giovanni de Medici ließ nun seinen umfangreichen Körper in einen der monströsen Sessel fallen und nahm ein bereitgestelltes Glas Rotwein. Er bat auch Veit einen Platz und ein Glas an. Veit wäre lieber stehen geblieben, doch um nicht unhöflich zu sein, setzte er sich auch und versank dabei förmlich in einem der Sessel. Nur mit Mühe schaffte er es, sich einigermaßen gerade hinzusetzen.

„Bei diesen Sesseln weiß man nie genau, ob man noch sitzt oder doch schon mehr liegt" witzelte Giovanni de Medici. „Doch eigentlich sind sie sehr bequem. Auf Euer Wohl." Langsam erhob er das Glas und prostete Veit zu. Diesem blieb nichts anderes übrig, als auch das für ihn bereitgestellte Glas vom nahen Tisch zu ergreifen und mit anzustoßen. Der Rotwein war sehr schwer und trocken. Veit hatte noch nie etwas Vergleichbares getrunken, das bemerkte er sofort, obwohl er den Wein schnell herunterschluckte, anstatt ihn genussvoll auf der Zunge und im Gaumen zergehen zu lassen, so wie es offensichtlich Giovanni de Medici tat, der wusste, wie man die irdischen Freuden zu genießen hatte.

Veit setzte sein Glas schnell wieder auf den Tisch, faltete die Hände wie zum Gebet ein gutes Stück vor seiner Brust, lehnte sich leicht vor und fragte den Kardinal:

„Habt Ihr in meiner Sache schon etwas erreichen können?“

Giovanni de Medici lehnte sich in seinem Sessel noch ein Stück weiter zurück, und nun sah es tatsächlich so aus, als ob er im Sessel liegen würde. Sein Bauch bildete dabei einen wohlgeformten Hügel unter seiner Kardinalssoutane. Doch das schien ihm nichts auszumachen. Veit hingegen musste sich zusammenreißen, um nicht in lautes Lachen auszubrechen, denn dieser Anblick hatte nichts mehr mit der Würde eines hohen Kirchenmannes zu tun.

„Die Angelegenheit ist verzwickter als ich dachte“, gab Giovanni de Medici nun zu.

„Ich habe mit dem Bibliothekargehilfen gesprochen. Er hat mir bestätigt, dass die Tacitus-Handschrift bei ihm gewesen sei, nun aber nicht mehr auffindbar ist. Das ist schon sehr ungewöhnlich, zumal Bruder Marcus, so ist sein Name, sehr gewissenhaft ist.“

Giovanni de Medici nahm einen weiteren großen Schluck aus seinem Weinglas und setzte dann seine Brille ab, die er wegen seiner extremen Kurzsichtigkeit tragen musste. Er rieb sich seine Augen, die ihn offensichtlich schmerzten. Veit beobachtete den Kardinal ungeduldig, sagte aber nichts.

„Nun, lieber Bruder“, fuhr Giovanni de Medici schließlich fort, „ich habe dann Bruder Marcus gefragt, auf welchem Wege die Tacitus-Handschrift in den Bestand der Bibliothek gelangt sei.“

„Da bin ich jetzt aber gespannt, was der gute Bruder Marcus dazu gesagt hat“, unterbrach ihn Veit.

„Tja, leider nicht viel. Die Tacitus-Handschrift lag eines Tages auf dem Stapel neuer Bücher, und er konnte mir nicht erklären, wie sie dort hingekommen war. Und genauso unauffällig wie die Handschrift aufgetaucht ist, genauso unerkannt ist sie wieder verschwunden. Man könnte fast meinen, es handele sich um ein Phantasma.“

„Um was?“ musste Veit nachfragen.

„Um ein Phantasma, das ist griechisch und heißt Trugbild oder Erscheinung.“

„Ach so. Aber nein“, protestierte Veit. „Die Handschrift ist ganz wirklich. Ich habe sie in meinen Händen gehalten und stundenlang in ihr gelesen.“

„Ja, ich glaube Euch. Deshalb möchte ich sie ja auch gern wiederfinden und selbst einmal lesen. Tacitus hat uns ein anschauliches Bild des antiken Rom hinterlassen. Ihr müsst wissen, dass sich in meinem Besitz bereits ein anderes Werk von ihm befindet, die Historien. Dort beschreibt er die Geschichte des römischen Reiches von den Kaisern Galba bis Domitian, also praktisch die letzten 30 Jahre des ersten nachchristlichen Jahrhunderts. Wenn die Annalen jetzt tatsächlich die vorhergehende Zeit abdecken, dann würde sich unser Bild von den Anfängen der Kaiserzeit weiter vervollständigen. Und deshalb darf diese Handschrift auch nicht in irgendeinem Geheimarchiv verschwinden, sondern muss breiten Kreisen zugänglich gemacht werden. Je mehr Menschen um unsere Vergangenheit wissen, je mehr können wir daraus für unsere Zukunft lernen. Ich werde Himmel und Hölle, oh, verzeiht, ich wollte sagen, alle Hebel in Bewegung setzen, um diese Handschrift zu finden, da könnt Ihr gewiss sein.“

In diesem Moment öffnete sich schwungartig eine der großen Türen und eine zwergenhafte Gestalt kam auf Händen und Füßen hereingerollt. Blitzartig sprang der Zwerg auf die Lehne des Sessels, in dem Giovanni de Medici saß, ruderte mit den Armen und flüsterte dem Kardinal etwas ins Ohr.

Giovanni de Medici brach in lautes Lachen aus. Dann setzte er sich mit beiden Händen seine Brille wieder auf, legte die Bügel sorgsam hinter seine Ohren, nahm einen letzten Zug aus seinem Weinglas und stand ruckartig aus seinem Sessel auf. Veit folgte seinem Beispiel, ließ jedoch das Weinglas unberührt. Der Begrüßungsschluck hatte ihm gereicht.

„Sobald ich etwas herausgefunden habe, junger Freund, werde ich mich wieder bei Euch melden. Doch jetzt müsst Ihr mich leider entschuldigen, denn meine Gäste warten bereits auf mich."

Veits Blick hing noch immer an der merkwürdigen Gestalt fest, die Giovanni de Medici offensichtlich so vertraut war.

„Verzeiht", erläuterte jetzt der Hausherr, „das ist Fra Mariano, wenn Ihr so wollt, mein Hofnarr." Der Zwerg sprang von der Sessellehne und machte eine tiefe Verbeugung vor Veit, doch Veit wusste nicht, wie er darauf antworten sollte. Als er keine Regung zeigte, kam der Zwerg auf ihn zu gerannt und trat ihn vor das Schienenbein. Veit schrie vor Schmerz auf. Diesen Moment nutzte der Hofnarr, um so schnell, wie er gekommen war, auch wieder zu verschwinden.

Giovanni de Medici entschuldigte sich bei Veit für das Verhalten seines Narren und gab ihm zum Abschied die Hand. Dann kam ein Diener und geleitete den jungen Novizen zum Ausgang. Als Veit dabei wieder in die Halle des Hauses trat, nahm er den Duft von gebratenem Wild und Schwein wahr. In einem der benachbarten Räume hörte er ein Orchester spielen, und überall im Haus bewegten sich menschliche Gestalten, die allerdings merkwürdige Masken trugen. Während die Männer durch ihre modischen eng anliegenden Beinkleider zu erkennen waren, waren die Frauen in glanzvolle Kleider in grellen Farben gehüllt. Dass sie alle Kurtisanen waren, hätte Veit nie geglaubt, wenn es ihm jemand gesagt hätte. Ganz offensichtlich gab Giovanni de Medici an diesem Abend mal wieder einen der schon legendären Maskenbälle, mit denen sich die Kardinäle in Rom in letzter Zeit gegenseitig zu übertreffen versuchten.

42

Nur wenige Tage nach seiner ersten Audienz war Jakob Fugger erneut zum Papst gerufen worden. Dieses Mal war er ohne weitere Begleitung in den Vatikan gegangen. Er hatte zuvor nochmals ausführlich mit Johannes Zink alle möglichen Wünsche des Papstes durchgespielt und Antworten auf eventuelle Fragen formuliert. Jakob Fugger wollte unbedingt mit dem Papst ins Geschäft kommen. Die Beschaffung einer päpstlichen Leibgarde war dabei nur das Entree gewesen, jetzt sollten die eigentlichen Geschäfte folgen. Und Jakob Fugger ahnte bereits, was der Papst vorhatte. Er hatte bei seiner ersten Zusammenkunft schnell erkannt, welch Geistes Kind Julius II. war. Er wollte sich ein Denkmal für die Ewigkeit setzen. Die Welt sollte niemals vergessen, dass er einmal Papst war.

Jakob Fugger wurde wieder von Kardinal Grimani in das päpstliche Arbeitszimmer geleitet. Der Papst saß an seinem großen, aus Nussbaum gefertigten Schreibtisch. Vor ihm lag ein Buch, aus dem er fein säuberlich Seiten mit einer Rasierklinge heraustrennte und diese neben dem Buch stapelte. Als er seinen Gast mit dem Kardinal eintreten sah, klappte der das Buch zu. Kardinal Grimani kündigte Jakob Fugger an, und dieser trat zum Schreibtisch des Papstes, küsste den ihm entgegengehaltenen Fischerring und stand in starrer Haltung vor dem Papst.

„Lasst uns ans Fenster setzen. Dort ist es wärmer und heller", regte Julius II. an. Und mit Unterstützung seines Stockes stand er auf und kam um den Schreibtisch herum. Jakob Fugger folgte dem Papst und dem Kardinal zu einem der großen Fenster, wo sie auf einer mit Samtbrokat gepolsterten Sitzgruppe Platz nahmen.

„Wenn ich an Euch denke oder Euch sehe, Mester Fugger, dann ist die Qual des Alltäglichen vergessen“ eröffnete der Papst das Gespräch.

Jakob Fugger sah ihn, die Stirn in Falten gelegt an, und gab damit zu verstehen, dass er den Papst nicht verstand.

„Nun, mein Freund, ich hoffe, dass ich mit Eurer Hilfe das tägliche Einerlei aus Audienzen, Schreiben, Messen, Entscheidungen in ich weiß wirklich nicht was für albernen Angelegenheiten, kurz die ganzen täglichen und damit lässlichen Sorgen, die meinem Amt aufgebürdet werden, vergessen kann. Ich habe Euch schon bei unserem letzten Treffen zu verstehen gegeben, dass ich noch etwas Großes erreichen will – trotz meines fortgeschrittenen Alters. Und ich baue auf Euch, dass es mir mit Eurer Unterstützung gelingen wird.“

„Excellenz, alles, was in meiner Macht steht, will ich gern dazu beitragen, dass Euer Name mit der Ewigkeit verbunden wird.“

„Das freut mich, das freut mich wirklich, dass Ihr mich unterstützen werdet. Und so will ich Euch auch nicht länger auf die Folter spannen.“

Der Papst stand nun, wieder auf seinen Stock gestützt, auf und deutete auf den vor ihnen liegenden Petersdom.

„Seht nur, wie heruntergekommen und baufällig die erste Kirche der Christenheit ist. Ich hatte Euch ja gesagt, dass ich den Mester Michelangelo aus Florenz damit beauftragt hatte, mir dort ein Grabmal zu bauen. Doch der Petersdom ist einfach zu klein für ein richtiges Grabmal, so wie ich es mir vorstelle. Lange haben wir keine Lösung für das Problem gefunden. Dabei lag es doch auf der Hand, wir haben es nur nicht gesehen: Wenn der Petersdom zu klein für das ist, was wir planen, dann muss man ihn eben größer machen. Und so habe ich entschieden, dass der alte Petersdom abgerissen und ein neuer, viel größerer und prächtigerer an seine Stelle treten wird."

Der Papst umriss mit seinem Stock in etwa die Ausmaße, doch Jakob Fugger konnte sich noch nicht so richtig vorstellen, was der Papst mit seinem Baumeister Michelangelo plante.

„Wir werden hier die größte Kirche der Christenheit erbauen, größer und schöner gar als der Dom von Florenz. Die ganze Welt wird Augen machen und alle Christen werden zu dieser Kirche pilgern, so wie sie jetzt noch zum Grab des Heiligen Jakobus nach Santiago de Compostella gehen."

Jakob Fugger hatte geahnt, dass dieser Papst in der Lage war, die bekannten Dimensionen zu sprengen. Dass er sich aber an die alte, ehrwürdige, von Kaiser Konstantin vor über 1000 Jahren erbaute Peterskirche heranwagen würde, dass hatte er dann doch nicht für möglich gehalten. Der Papst setzte sich nun wieder in einen der Sessel und bat auch Kardinal Grimani und Jakob Fugger wieder Platz zu nehmen, die aus Höflichkeit mit ihm aufgestanden waren.

„Kardinal Grimani wird Euch nun erklären, wie Ihr bei diesem Projekt mitwirken könnt."

Das hast du schön ausgedrückt, du alter Fuchs, dachte Jakob Fugger, zeigte aber dem Papst gegenüber keine Regung. Dann bin ich aber gespannt, wie ich „mitwirken kann", brachte Jakob Fugger seinen Gedanken zu Ende.

„Ein Bauwerk dieser Dimension muss solide finanziert sein. Und zwar vom Anfang bis zum Ende. Das werdet Ihr verstehen", begann der Kardinal vorsichtig. Jakob Fugger nickte und lehnte sich nun in seinem Sessel zurück, so wie er es meistens tat, wenn er in Finanzverhandlungen eintrat.

„Der Vatikan verfügt natürlich nicht über die Mittel, die hierfür nötig sind. Die Einnahmen des Papstes und der Kurie werden zudem für andere Dinge gebraucht, so dass sie nicht für eine Finanzierung zur Verfügung stehen."

Das kann ich mir denken, sagte sich Jakob Fugger im Stillen. Niemand wird wegen dieses Baus auf seine Feste und Feiern, auf seine Pfründe und Mätressen verzichten wollen. Und auch die umfangreichen Familienclans sollen in der Zukunft deshalb sicher nicht zu kurz kommen.

„Wir werden diesen neuen Petersdom zum Wohle und zum Nutzen der gesamten Christenheit erbauen", fuhr Kardinal Grimani fort.

„Und deshalb sollte sich auch die gesamte Christenheit an der Finanzierung beteiligen. Wir werden von allen Christen einen Peterspfennig verlangen. Eine Abgabe, die ausschließlich für den Neubau verwendet wird."

Interessant, dachte Jakob Fugger und äußerst geschäftstüchtig.

„Der Peterspfennig ist keine neue Erfindung", fuhr der Kardinal nun fort. „Eigentlich gibt es den Denarius Sancti Petri bereits seit über 700 Jahren und stammt von englischen Christen, die den Heiligen Stuhl unterstützen wollten, damit englische Pilger in Rom eine gute Unterkunft und eine eigene Kirche zur Verfügung gestellt bekamen. Und auch andere Länder wie Schweden, Dänemark, Frankreich, Norwegen oder Preußen und Polen, ja sogar Island haben den Peterspfennig zeitweise eingezogen und nach Rom geschickt. Dieser neue Peterspfennig wird nun die besondere Verbindung der Christen in aller Welt zu ihrem Oberhirten, dem Bischof von Rom, dokumentieren und so bald wie möglich zweckgebunden für den Bau des Petersdoms in allen Ländern eingezogen. Dann hätten wir die Baukosten auf ein solides Fundament gestellt, und der Bau würde sicher schnelle Fortschritte machen. Was haltet Ihr von diesem Vorschlag?" fragte der Kardinal nun Jakob Fugger.

„Nun“, feilte der Augsburger Kaufmann wie zumeist wohl überlegt und langsam an seiner Antwort, „wenn ich es recht bedenke, erscheint mir Eure Idee tatsächlich eine solide Finanzierung darzustellen. Doch die Einziehung wird eine große logistische Aufgabe, die nicht leicht zu bewältigen sein wird.“

„Das sehen wir auch so“, stimmte Kardinal Grimani zu.

„Wir werden damit ein renommiertes, möglichst europaweit agierendes Bankhaus beauftragen, das über die Struktur verfügt, den Peterspfennig, egal, wo er eingenommen wird, sicher und schnell nach Rom zu transferieren.“

Jakob Fugger nickte zustimmend und wusste nun, was von ihm erwartet wurde. Doch so leicht wollte er es dem Papst und seinem Vertrauten nicht machen. Denn schließlich ging es hier ums Geschäft.

„Und Ihr glaubt, dass Ihr in allen bekannten Ländern dieser Welt den Peterspfennig bekommen werdet?“ hakte Jakob Fugger nach.

„Wir werden unsere Bischöfe in die Pflicht nehmen und diese ihre Priester. Und die Priester werden Sonntag für Sonntag von der Kanzel für die neue Kirche der Christenheit predigen.“

„Und dann wollt Ihr die Gläubigen jedes Jahr zwingen, einen Beitrag zum Bau des Petersdoms zu leisten?“

Nun mischte sich Papst Julius wieder in das Gespräch ein: „Mester Fugger, niemand wird gezwungen werden. Alles basiert auf freiwilliger Unterstützung unserer Gläubigen. Wir werden erhebliche Überzeugungsarbeit leisten müssen. Und wir wissen auch schon wie – Kardinal Grimani.“

Damit forderte er erneut den Kardinal auf, die vorbereiteten Pläne zu erläutern.

„Der Papst hat in seiner großen Güte verfügt, dass alle Gläubigen einen Ablassbrief erwerben können.“

„Einen Ablassbrief?" fragte Jakob Fugger erstaunt.

„Ja", erklärte Kardinal Grimani, „der Ablass ist die Erlassung – ganz oder teilweise – von Strafen für begangene Sünden. Jeder Sünder kann durch ein gutes Werk, also eine Art Wiedergutmachung oder ein Versöhnungsopfer, die Zeit im Fegefeuer verkürzen."

„Und der Kauf eines Ablassbriefes ist ein gutes Werk?" wunderte sich Jakob Fugger und drückte dass im Tonfall seiner Frage auch aus.

„Genau. Mit dem Kauf eines solchen Ablassbriefes begeht der gute Christenmensch ein gutes Werk, denn das Geld, das er dafür spendet, kommt der Mutter Kirche zugute und wird für den Bau der ersten Kirche der Christenheit verwendet. Und so sind alle Menschen glücklich, auf diese Weise von ihren lässlichen Sünden befreit zu werden, und wir hier in Rom können einen schönen, neuen Petersdom erbauen."

„Ich verstehe", begriff nun Jakob Fugger. „Aber wie kommen die Menschen an diese Ablassbriefe?"

„Wir werden Ablassprediger in alle Länder entsenden. Sie werden direkt zu den Menschen kommen und jedem, der möchte, einen Ablassbrief verkaufen."

„Oder mehrere", ergänzte der Papst.

„Oder mehrere", wiederholte der Kardinal. „Oder man spendet den Peterspfennig und beteiligt sich so am Bau des Petersdoms. Und vielleicht haben wir dann schon bald eine neue Kirche für die gesamte Christenheit hier in Rom."

Jakob Fugger verstand nun die Absichten des Vatikans. Doch noch war nicht klar, welche Rolle das Bankhaus Fugger dabei genau spielen sollte. Dass würden ihm seine Gesprächspartner sicherlich gleich auseinandersetzen.

Und tatsächlich: Kardinal Grimani machte keine langen Umwege. Der Papst hatte ihm durch ein kurzes Nicken sein Einverständnis erklärt, dass er nun Jakob Fugger und seinem Bankhaus ihre Rolle erklären konnte. Die Fugger sollten dafür sorgen, dass das Geld von den Ablasspredigern sicher an seinen Bestimmungsort Rom gelangte. Jeder Ablassprediger sollte von einem Mitarbeiter des Bankhauses begleitet werden. Alle Einnahmen abzüglich der Spesen würde der Bankmitarbeiter übernehmen, zur nächsten Filiale der Fugger schaffen, dort einzahlen und Rom die Höhe mitteilen. Über die Faktorei in Rom sollten schließlich die eingegangenen Gelder direkt an den Vatikan ausgezahlt beziehungsweise ihm gut geschrieben werden. Und da der Bau möglichst zügig vorangehen sollte, bat Kardinal Grimani Jakob Fugger um einen beträchtlichen Vorschuss auf die zu erwartenden Einnahmen aus den Ablassbriefen. Für diesen Vorschuss würden natürlich Zinsen berechnet, genauso wie für den Einzug und Transfer der Ablassgelder „Auslagen" fällig würden. Jakob Fugger musste nicht lange überlegen. Der Bau der Peterskirche würde unvorstellbare Summen verschlingen, das lag auf der Hand. Und wenn alle Christen zur Spende eines Peterspfennigs oder zum Erwerb eines Ablassbriefes animiert würden, dann klingelten nicht nur die Kassen des Vatikans, sondern auch des Bankhauses Fugger in bisher nicht gekanntem Ausmaße. Die Kosten für die Schweizer Garde, die Jakob Fugger verauslagt hatte, würden um ein Vielfaches wieder hereingeholt werden. Doch Jakob Fugger wusste, dass er vorsichtig sein musste. Deshalb verbarg er jede Freude über den Abschluss des Geschäftes. Und als auch die letzten Details besprochen waren, willigte er zunächst per Handschlag Kardinal Grimani gegenüber in die Übereinkunft ein.

Dann geleiteten der Kardinal und Jakob Fugger den Papst zurück an seinen Schreibtisch, wo sich Julius II. in seinen Sessel fallen ließ. Beim erneuten Kuss des Fischerringes stieß Jakob Fuggers Blick auf den auf dem

Buchrücken aufgedruckten Titel des Buches, aus dem der Papst bei seinem Kommen Seiten herausgetrennt hatte. Dort stand: Annales Tacitus.

43

Wir müssen Jakob Fugger unbedingt fragen, was seine erneute Audienz beim Papst in unserer Angelegenheit ergeben hat. Wir können nicht länger warten!"

Veit nahm erneut einen flachen Stein und warf ihn kraftvoll mit Hilfe des gekrümmten Zeigefingers und des Daumens auf den Tiber hinaus. Hier sprang er – Veit zählte bis 11 – kleine Wellen hinterlassend bis weit in den Fluss hinaus. Hinrik Wulffes dagegen saß ruhig auf einem großen Stein, den der Fluss hier an Land gespült hatte und beobachtete das Treiben des jungen Novizen, der sich nun wieder an den Kaufmann wandte:

„Bruder Severin wird mit der Bestätigung längst über alle Berge sein, und wenn er vor uns in Corvey ankommt, dann sitzt der Prior für alle Zeiten als Abt fest im Sattel."

„Ich weiß Veit, aber es liegt nicht in unserer Macht, daran etwas zu ändern. Wir müssen auf Mester Fugger vertrauen und hoffen, dass er etwas beim Papst erreicht. Ich wüsste nicht, wie wir sonst weiterkommen sollten."

Die Dämmerung hatte bereits eingesetzt. Dennoch war es angenehm warm und Veit und Hinrik Wulffes waren froh gewesen, noch ein wenig aus dem stickigen Fondaco entfliehen zu können. Auch wenn sie sich tagsüber zu beschäftigen wussten, so hofften sie doch auf ein baldiges Ende ihres Aufenthaltes in Rom. Und es zehrte vor allem an Veits Nerven, dass sie noch immer nicht wussten, ob sie eine Chance beim Papst bekommen würden.

„Ich möchte so schnell wie möglich wieder nach Hause. Doch wenn der Prior der neue Abt von Corvey wird, dann habe ich kein zu Hause mehr", sagte nun Veit und setzte sich zu Hinrik Wulffes auf den Stein.

„Ja, da geht es dir ähnlich wie mir. Auch ich weiß nicht, ob ich wieder nach Hause zurückkehren kann. Eigentlich müsste ich ja im Gefängnis im Rathaus von Höxter sitzen. Ich hoffe zwar, dass man den Mordfall inzwischen geklärt und den wahren Mörder gefunden hat, aber wenn nicht, dann wird man mich wohl wieder verhaften, es sei denn, der rechtmäßig gewählte Abt von Corvey weiß das zu verhindern."

„Ich finde, es gibt nichts Schlimmeres, als sein zu Hause zu verlieren", setzte Veit seinen Gedanken fort. „Für mich wäre es dann bereits das dritte Mal in meinem kurzen Leben."

„Erzähle es mir", forderte ihn nun Hinrik Wulffes auf, „eigentlich weiß ich gar nichts von dir, obwohl wir nun schon so lange gemeinsam unterwegs sind."

Veit wusste mal wieder nicht so recht, wo er beginnen sollte. Zu viele Bilder waren in seinem Kopf gespeichert, doch sie abzurufen, sie in Worte zu fassen, fiel ihm schwer. Schließlich begann er bei dem Begräbnis des alten Abtes und wie ihn dieses Ereignis an das Begräbnis seiner Mutter erinnert hatte. Wieder standen die Bilder von damals, als er noch ein kleiner Junge war, vor ihm. Doch jetzt verdrängte er sie und stellte nur fest:

„An diesem Tage hatte ich das erste Mal mein zu Hause verloren."

„Und dein Vater, was ist mit ihm geschehen?" fragte Hinrik Wulffes.

„Über meinen Vater weiß ich so gut wie nichts. Sowohl meine Mutter als auch später mein Großvater haben über ihn eigentlich nie erzählt. Es war fast so, als wenn er überhaupt nicht existiert hätte. Heute bin ich mir sicher, dass er schon früh gestorben ist, denn meine Mutter hat sich einmal so geäußert. Und ich glaube, und dass habe ich den Worten meines Großvaters entnommen, dass meine

Eltern nicht miteinander verheiratet waren. Ich hatte gehofft, dass mir mein Großvater mehr erzählen würde, doch dazu ist es nicht mehr gekommen, bevor er verstarb. Nach seinem Tod war ich dann zum zweiten Male allein."

„Und Bruder Stephanus, hast du mit ihm einmal über deinen Vater gesprochen? Er kannte sich doch in eurem Dorf aus."

„Nun ja, in meinen ersten Wochen in Corvey, als mich Bruder Stephanus unterrichtete, hat er mal so eine Andeutung gemacht. Es war am Martinstag, da haben wir uns nach der Vesper, es wurde schon dunkel und das Wetter war auch nicht mehr besonders schön, auf den Weg nach Höxter begeben. Er hatte nur gesagt, dass wir noch etwas zu erledigen hätten. Ich dachte, wir würden nach Höxter gehen, doch etwa auf halber Strecke unter einer alten Eiche hat Bruder Stephanus plötzlich angehalten und sich zum Gebet niedergekniet und mich aufgefordert, das Gleiche zu tun. Er hat dann nur gesagt, dass das hier eine Stelle sei, die ich immer in Ehren halten sollte. Sie sei so etwas wie ein Stück von mir."

„Mehr hat er nicht gesagt?" wollte Hinrik Wulffes wissen.

„Nein. Noch während unseres Gebetes fing es an zu regnen. Und als wir geendet hatten, gingen wir so schnell es ging ins Kloster zurück, denn es wurde bitter kalt. Danach hat er das Thema nie wieder aufgegriffen."

„Und kannst du dich noch an die Eiche erinnern? Ist dir dort etwas aufgefallen?"

Veit überlegte kurz.

„Ja, in doppelter Mannshöhe war gut sichtbar ein kleines Holzkreuz an den Baum geschlagen worden. Und im Kreuz waren zwei Buchstaben eingeritzt..." Veit musste nachdenken. Doch dann fielen sie ihm wieder ein: „Es waren die Buchstaben H und W."

Kaum hatte Veit dieses ausgesprochen, als er Hinrik Wulffes verblüfft ansah.

„Aber dass sind ja Eure Initialen. Habt Ihr etwas mit diesem Kreuz zu tun?“

Hinrik Wulffes zögerte noch mit einer Antwort. Noch war sein Bild nicht abgerundet.

„Sag, Veit, wie alt bist Du eigentlich?“

„Ich bin vor einigen Wochen 18 Jahre alt geworden.“

Veit merkte, wie es in Hinrik Wulffes arbeitete. Er rechnete und überlegte. Schließlich sagte er:

„Ja, Veit. Ich habe das Kreuz dort angebracht. Die Initialen sollen an meinen Bruder Helmbolt erinnern, der dort am Martinstag vor über 18 Jahren erschlagen worden ist. Zwei Brüder haben dort meinem Bruder aufgelauert, als er auf dem Weg nach Corvey war. Sie waren enge Vertraute des Priors, doch eine direkte Verbindung zum Prior in dieser Sache konnte nie nachgewiesen werden. Mein Bruder Bernd und ich haben einen Prozess angestrengt, um die Täter zu bestrafen. Aber es hat Jahre gedauert, bis endlich ein Schuldspruch durch die Räte des Herzogs von Braunschweig erging. Und das steinerne Kreuz, zu dessen Errichtung die Täter verpflichtet wurden, steht bis heute nicht. So ist mein Holzkreuz an der Eiche die einzige Erinnerung an den Tatort geblieben.“

„Doch was hat das mit mir zu tun?“ wollte Veit jetzt wissen.

„Ich kann es nur vermuten, Veit. Wissen tue ich es nicht. Aber mein Bruder Helmbolt hatte ein Mädchen in einem Dorf nahe Höxter. Er hat mir davon zwar nichts gesagt, doch so etwas merkt man schnell. In den Wochen vor seinem Tod war er irgendwie verändert. Ich habe gespürt, dass er mir etwas sagen wollte, aber offensichtlich nicht wusste, wie er es anfangen sollte. Und dann hat er mich nach seinem Erbe gefragt. Das macht man nur, wenn man beabsichtigt, einen eigenen Hausstand zu gründen. Mein Vater war nämlich bereits einige Jahre zuvor gestorben, so dass ich das Familienoberhaupt war. Und wenn er zum Beispiel heiraten wollte, hätte er das sicher nicht ohne mein Einverständnis getan."

Hinrik Wulffes stand nun von dem Stein auf und ging ein paar Schritte. Veit folgte ihm, denn er spürte, dass er jetzt vielleicht Entscheidendes über seine Herkunft erfuhr. Langsam drehte sich Hinrik Wulffes zu seinem jungen Freund um und legte ihm eine Hand auf die Schulter. So standen sie einen langen Augenblick voreinander, ehe Hinrik Wulffes mit belegter Stimme sagte:

„Nun, Veit, ich glaube, dass du der Sohn meines Bruders Helmbolt bist."

Veit schluckte. Dann drehte er sich langsam um und entfernte sich ein wenig von Hinrik Wulffes, indem er auf den Tiber zuschritt. Kurz vor dem Ufer blieb er stehen und blickte in den träge dahin fließenden Strom, auf dessen Oberfläche sich Millionen von Mücken und anderen Insekten zum munteren Tanz versammelt hatten. Ein paar Tränen rannen ihm die Wangen hinab, während sich Hinrik Wulffes behutsam dem jungen Novizen näherte. So standen sie eine Weile still nebeneinander, jeder mit seinen Gedanken allein.

Schließlich durchbrach Veit die Stille und fragte:

„Warum hat mir das Bruder Stephanus nicht gesagt, wenn er es gewusst hat?"

„Ich vermute, dass er über die Beziehung zwischen deiner Mutter und meinem Bruder im Beichtstuhl erfahren hat. Und das Beichtgeheimnis war ihm natürlich heilig."

„Natürlich", wiederholte Veit resignierend.

„Aber Du solltest Bruder Stephanus deswegen nicht grollen. Er hat dir die Stelle am Martinstag gezeigt, an der dein Vater erschlagen worden ist. Wenn er das nicht getan hätte, hättest du nie erfahren, wer dein Vater ist."

Veit sagte hierauf nichts. Soeben war wieder eine Welt für ihn zusammengebrochen, denn zwar freute er sich endlich erfahren zu haben, wer sein Vater war, doch gleichzeitig bedeutete dies, dass Alheyd seine Base war. Und damit war sie für ihn tabu. Beziehungen so enger Verwandter waren nicht erlaubt. Und Hinrik Wulffes hätte es sicher auch nicht zugelassen. Was war das nur für eine Welt?

Ohne Worte gingen sie noch eine Weile am Ufer des Tibers entlang. Inzwischen war die Dunkelheit fast vollständig hereingebrochen. Nur die Sterne funkelten am Firmament und erleuchteten mehr schlecht als recht den Weg, der sie in den Fondaco zurückführte.

Hinrik Wulffes und Veit waren in den Fondaco zurückgekehrt und hatten sich auf die Suche nach Jakob Fugger begeben. Sie fanden ihn bei Johannes Zink, wo die Kaufleute in intensiven Gesprächen vertieft waren. Doch als Hinrik Wulffes leise an die Tür geklopft hatte, hatten sie ihre Verhandlung unterbrochen und die Besucher hereingebeten. Jakob Fugger bot den Gästen Plätze am Tisch an, und Johannes Zink stellte zwei Weingläser bereit. Doch sowohl Hinrik Wulffes als auch Veit lehnten den dargebotenen Wein ab.

„Verzeiht die Störung", begann Hinrik Wulffes unsicher. „Doch uns drängt zu erfahren, ob Ihr beim Papst etwas in unserer Angelegenheit erreichen konntet?"

„Ich möchte Eure Frage mit einem Nein und einem Ja beantworten", gab Jakob Fugger viel sagend zurück.

Wie vermutet verstanden seine Zuhörer damit nichts anzufangen, so dass er nach kurzer Unterbrechung ergänzte:

„Nein, ich habe vom Papst hierzu nichts erfahren. Ja, ich habe gesehen, dass sich der Papst mit der Tacitus-Handschrift beschäftigt." Und Jakob Fugger erzählte, wie er beim Kuss des Fischerringes die Handschrift auf dem Schreibtisch des Papstes entdeckt hatte und wie er beim Eintreten gesehen hatte, dass der Papst eigenhändig Seiten aus dieser entfernt hatte.

Veit sackte wie ein Häufchen Elend in sich zusammen. Wäre nicht die Tischkante gewesen, man hätte meinen können, er wäre von seinem Hocker gefallen. Dieser Tag war einfach zu viel für ihn.

„Dann ist unsere Sache endgültig verloren. Bruder Severin hat es geschafft, die Handschrift dem Papst auszuhändigen und wir alle wissen, was er dafür als Gegenleistung erhalten hat: die Bestätigung für Prior Johann von der Lippe zum neuen Abt von Corvey", fasste Hinrik Wulffes als Erster die Mitteilung von Jakob Fugger zusammen. „Wahrscheinlich ist er schon auf dem Weg zurück nach Corvey."

„Das tut mir sehr leid für Euch", ließ sich Jakob Fugger vernehmen.

Veit holte tief Luft, richtete dann seinen Oberkörper wieder auf und schrie:

„Nein, nein, das kann nicht sein. Noch gibt es eine Möglichkeit!"

Dabei schlug er mehrfach mit der Faust auf den Tisch und rannte dann aus dem Zimmer.

44

Veit war aufgewühlt wie selten zuvor. Was sollte er machen? Er konnte sich nicht einfach in sein Schicksal fügen, sondern musste die letzte sich darbietende Chance nutzen. Und die hieß Giovanni de Medici. Von Jakob Fugger war offensichtlich nichts zu erwarten, sonst hätte dieser die Gelegenheit beim Papst wahrgenommen und ihn auf die Handschrift angesprochen. Er musste unbedingt mit dem Kardinal sprechen und ihm mitteilen, dass die Handschrift inzwischen auf dem Schreibtisch des Papstes gelandet war. Der Kardinal würde dann sicherlich einen Weg finden, um Veit zu helfen.

Trotz der Dunkelheit und des späten Abends schlug sich Veit durch die verlassenen Gassen Roms zum Palast der Medici. Und wie am Tag zuvor waren wieder alle Fenster am Palazzo Eustaquio hell erleuchtet. Umso besser, dachte sich Veit. Dann muss ich den Kardinal nicht wecken. Zielstrebig ging er auf die Eingangspforte zu und betätigte den schweren Türklopfer. Die Tür wurde von innen aufgezogen, doch niemand nahm ihn in Empfang. Erst als er um die geöffnete Tür herum sah, entdeckte er, dass sich dahinter der Hofnarr verborgen hatte. Dieser schaute ihn mit schiefen Augen von unten an.

„Das trifft sich gut", sagte Veit unverblümt, „wir beide haben noch eine Rechnung offen."

Die Antwort war eine noch hässlichere Fratze als zuvor, die Hohn und Abscheu zugleich vermittelte.

„Lass Deine Fratzen und bring mich sofort zum Kardinal, sonst…."

Mehr sagte Veit nicht, sondern ballte seine rechte Faust und hielt sie dem Zwerg unter die Nase.

Dieser hob zur Beschwichtigung beide Arme, drehte sich um und ging langsam durch die Vorhalle auf eine Zimmertür zu. Veit folgte ihm in kurzem Abstand und ließ den Hofnarren nicht aus den Augen.

Wieder war das Haus gefüllt mit Menschen, die diesmal jedoch ohne Verkleidung in Gruppen zusammenstanden und sich zwanglos unterhielten. Fast alle schwenkten dabei ihre Weingläser stilvoll zwischen Daumen und Zeigefinger. Und teilweise wiegten sie sich im Takt der Musik, die aus einem der Räume kommend das gesamte Haus erfüllte.

Doch niemand schien Notiz von Veit zu nehmen. Als sie zwei weitere Räume durchquert hatten, deutete der Hofnarr auf eine Tür, verneigte sich kurz und verschwand dann blitzschnell. Ohne weiter zu überlegen, ging Veit auf die Tür zu, klopfte kurz und öffnete im gleichen Augenblick. Ein Schwall süßlicher, öliger und vor allem schwüler Luft schlug ihm entgegen. Veit blickte sich um und erkannte eingehüllt in Nebelschwaden, dass er in die Badegemächer des Palastes gelangt war. Giovanni de Medici lag vollkommen nackt auf einem Tisch und ließ sich den ölbeschmierten Rücken von einem Muskelpaket massieren, das selbst auch nur mit einem Handtuch um die Hüften bekleidet war. Als Veit eingetreten war, erhob der Kardinal leicht den Kopf. Da er jedoch seine Brille abgelegt hatte, konnte er nicht erkennen, wer den Raum betreten hatte.

„Wer stört mich bei meiner abendlichen Massage?“

„Verzeiht mein Eindringen“, war die unverzügliche Antwort, „doch ich muss Euch unbedingt sprechen, Exzellenz.“

„Seid Ihr es, der Novize aus Deutschland?“ fragte Giovanni de Medici, da er Veit noch immer nicht erkennen konnte.

„Ja, so ist es.“

„Nun, ich lasse mich ungern bei meiner Massage stören, aber wenn Ihr schon einmal hier seid, dann sagt, was Ihr zu sagen habt." Es klang nicht freundlich, aber auch nicht unfreundlich. Giovanni de Medici hatte die besondere Gabe, auch kritische Töne lächelnd zu vermitteln. Doch Veit war es egal, was der Kardinal über sein Eindringen dachte. Er wollte keine unnötige Zeit mehr verlieren, und schließlich hatte er den Kardinal ja auch einmal das Leben gerettet.

„Ich weiß jetzt, wo sich die Tacitus-Handschrift befindet", platzte es aus Veit heraus.

„Na, dann ist ja Euer Problem so gut wie gelöst", antwortete Giovanni de Medici aus seiner liegenden Position.

„Das ist es ja eben. Die Handschrift ist bereits beim Papst. Er hat sie vom Falschen erhalten und sicherlich schon längst die Bestätigung für unseren Prior ausgesprochen. Unsere Sache ist verloren, wenn Ihr mir nicht helft!"

„Junger Freund, wenn dem wirklich so ist, wie soll ich Euch dann noch helfen?"

„Ich hatte gehofft, dass Ihr das wisst", antwortete Veit nun merklich resigniert.

„Gebt mir mein Handtuch", bat Giovanni de Medici den Masseur. „Es genügt für heute."

Er band sich das Handtuch um die Hüften und setzte sich in einen Stuhl. Dabei seufzte er vernehmlich. Währenddessen verließ der Masseur den Baderaum.

Veit erzählte nun, wie er erfahren hatte, dass sich die Handschrift bereits beim Papst befindet und dass dieser Seiten aus ihr herausgetrennt habe.

„Er hat was?" geriet Giovanni de Medici nun doch kurzzeitig aus der Fassung.

„Seiten herausgetrennt."

„Dass darf doch nicht wahr sein. Der Papst zerstört alte Handschriften? Das kann ich kaum glauben."

„Warum sollte Jakob Fugger uns angelogen haben?“ fragte nun Veit zurück.

„Schon gut. Ich glaube Euch und auch dem Herrn Fugger. Ich bin nur entsetzt darüber.“ Giovanni de Medici legte eine kurze Pause ein und überlegte.

Schließlich sagte er:

„Es ist gut, dass Ihr zu mir gekommen seid. Ich werde nun schnell handeln müssen. Für Euch und für den Erhalt der Handschrift. Ihr werdet wieder von mir hören.“

Giovanni de Medici legte sein Gesicht in seine rechte Hand und begann zu grübeln. Veit dagegen blieb wie angewurzelt weiter mitten im Raum stehen und rührte sich nicht. Schweißperlen bildeten sich auf seiner Stirn und liefen nun langsam an seinen Schläfen hinab. Doch das bemerkte er nicht. Er hatte sich fest vorgenommen, sich nun nicht mehr beiseite schieben zu lassen. Erst wenn er die päpstliche Bestätigung für Franz von Ketteler erhalten hatte, würde er Ruhe geben und die Heimreise antreten. Nach einer Weile bemerkte Giovanni de Medici, dass sich der Novize immer noch im Baderaum befand.

„Ihr dürft nun gehen, junger Freund“, forderte ihn der Kardinal freundlich auf.

„Nein“, war die unmissverständliche Antwort von Veit. „Ich werde Euch begleiten.“

Giovanni de Medici konnte sich ein Lachen nicht verkneifen. Mit dieser schon an Respektlosigkeit grenzenden Zielstrebigkeit hatte er nicht gerechnet. Er überlegte kurz, dann nickte er.

„Gut, ich bin einverstanden. Bleibt heute Nacht bei mir in meinem Palast. Und morgen werden wir sehen, ob uns der Papst empfängt.“

Nun zeigte sich endlich ein wenig Entspannung in Veits Zügen, wenn auch noch kein Lächeln. Mit einer tiefen Verbeugung vor dem sich gerade aus seinem Stuhl erhebenden Kardinal im Handtuch zeigte Veit seine Dankbarkeit.

„Ich werde mich jetzt zu meinem Nachtmahl begeben. Ihr dürft mich begleiten."

„Gern", antwortete Veit kurz und konnte sein Glück kaum fassen.

Veit wurde durch einen herbei gerufenen Diener in den großen Speisesaal geführt, während sich der Kardinal anzog. An einer Wand des Speisesaals war ein Bücherregal eingelassen worden, das prall gefüllt mit großen und kleinen, zumeist in Schweinsleder eingebundenen Werken war. Veit verkürzte sich die Wartezeit, indem er in dem einen oder anderen Band blätterte. Dabei bemerkte er zunächst nicht, dass sich der Saal hinter ihm langsam mit Menschen füllte.

„Ihr interessiert Euch für lateinische Verse?" vernahm Veit nun eine Stimme in seinem Rücken.

Veit ließ erschrocken das Buch sinken, das er gerade durchgeblättert hatte.

„Einiges ist gut, doch vieles ist Schund", hörte er den Unbekannten fortfahren.

„In letzter Zeit werden wir nur so mit Traktaten, Gedichten und Geschichten überschwemmt. Jeder kleine Narr glaubt ein großer Dichter zu sein."

Veit war ruhig stehengeblieben und hatte bisher nicht zu erkennen gegeben, ob er den Mann verstanden hatte. Das machte diesen jetzt unsicher. Langsam schritt er um Veit herum, um ihm ins Gesicht sehen zu können.

„Oh, oder seid Ihr vielleicht selbst einer jener neuen Dichter, junger Freund?" fragte er nun unverhohlen weiter.

Veit genoss das Spiel inkognito. Langsam zog er seine rechte Schulter hoch und führte ihm seinen Kopf entgegen, um damit anzudeuten, dass er zwar die Frage verstanden, eine Antwort aber schuldig bleiben wollte.

„Ihr stammt nicht aus Rom, habe ich Recht?" bohrte der Fremde weiter.

Veit spielte das Spiel mit, blickte seinen Gegenüber nun direkt an, zog beide Augenbrauen in die Höhe, spitzte seine Lippen ein wenig und nickte leicht mit dem Kopf.

„Eurem Aussehen nach zu urteilen stammt Ihr aus dem Norden. Stimmt es?"

Wieder antwortete Veit mit einem kaum wahrzunehmenden Nicken.

„Gut. Das soll als Antwort genügen. Jetzt zur Frage, warum Ihr hier seid." Der kriminalistische Spürsinn des Mannes schien kein Ende nehmen zu wollen. Inzwischen hatten sich auch weitere Gäste des Hauses Medici um Veit versammelt, um das kleine Fragespiel zu verfolgen.

„Ich vermute, der Kardinal hat Euch kommen lassen."

Veit legte nun das Buch wieder in das Regal zurück und rieb sich seine Hände, da er nicht wusste, wo er sie sonst lassen sollte. Die letzte Frage beantwortete er aber mit einem Kopfschütteln.

„Hm, Ihr seid also von selbst hierher gekommen?"

Veit nickte und lächelte dabei.

„Also wollt Ihr dem Kardinal Euer neuestes Werk andienen?"

„Aleander, Ihr habt wie immer den Nagel auf den Kopf getroffen. Doch es ist nicht so einfach, wie Ihr glaubt."

Die versammelte Gesellschaft drehte sich schlagartig um, denn Giovanni de Medici hatte den Raum betreten und die letzte Frage selbst beantwortet.

„Kommt, lasst uns Platz nehmen zum Essen, ich habe unbändigen Hunger", lud der Kardinal seine Gäste an die große Tafel ein, die bereits mit vielen Köstlichkeiten eingedeckt war. Bei Veit aber hakte sich Giovanni de Medici unter und führte ihn auf einen Stuhl direkt neben seinem eigenen.

„Aleander, ich weiß um Eure besondere Spürnase", setzte Giovanni de Medici die Unterhaltung nun fort.

„Und das schätze ich ja auch so an Euch. Doch dieser junge Herr hier gehört nicht zu den Dichtern, die mir eines ihrer Werke verkaufen wollen. Er bringt uns vielmehr etwas Altes und wahrscheinlich sehr Wertvolles. Und er hat mir das Leben gerettet."

Ein Raunen ging durch den Saal, und Veit bemerkte, wie nun die Augen aller Anwesenden noch gespannter als zuvor auf ihn gerichtet waren. Bevor jedoch Giovanni de Medici seinem Publikum die Geschichte seiner Rettung in der Nähe vor Florenz schilderte, wies er seine livrierten Bediensteten an, als ersten Gang eine Fischsuppe aufzutragen. Die Suppe war das bescheidene Entree zu einem üppigen Mal wie es Veit noch nie gesehen hatte. Nach der Suppe folgte Weißbrot mit frischem Ziegenkäse. Dazu gab es gleich mehrere Sorten Wein, die von den Dienern in kristallenen Karaffen den Gästen angeboten wurden. Veit entschied sich für einen trockenen italienischen Rotwein, der vorzüglich mit dem Käse harmonierte. Dann wurden filetierte Hähnchenbrüste mit feinen Erbsen aufgetischt, gefolgt von zartem Rinderfleisch in Rotweinsauce und schließlich gab es gebratene Täubchen. Veit probierte von allem etwas, blieb dabei aber bescheiden, obwohl sich mit dem Essen bei ihm der Hunger eingestellt hatte. Die Gesellschaft um ihn herum kannte dagegen kein Maß. Offensichtlich nahmen sich alle Giovanni de Medici zum Vorbild, der sich bei jedem Gang gleich mehrfach auffüllte. Veit staunte ob der großen Menge, die der Kardinal vertilgte. Noch erstaunlicher war für ihn jedoch, der es gewohnt war in aller Stille zu essen, die Redefertigkeit, die der Kardinal während des Essens an den Tag legte. Veit fragte sich, wie es Giovanni de Medici gelang, trotz der Fleischstücke, die beständig über seine Lippen wanderten, den Mund so frei zu haben, dass man ihn ohne Mühe verstehen konnte. Giovanni de Medici kam nun auf den Grund von Veits Besuch zu sprechen und berichtete von der im Kloster Corvey gefundenen Abschrift der Tacitus Annalen. Ausführlich ordnete er die Bedeutung dieser Handschrift in den Kontext der Erforschung der Antike ein, woraufhin sich eine lebhafte Diskussion über Tacitus und seine bisher bekannten Werke entwickelte. Veit konnte der Unterhaltung nur bedingt folgen, vieles von dem, was gesagt wurde, war für ihn unmöglich einzuordnen. Durch die Beschäftigung mit der Tacitus-Handschrift war zwar in ihm das Interesse für die Vergangenheit, besonders für die Antike geweckt worden. Doch hier hörte er nun von vielen anderen antiken Schriftstellern und ihren Werken, die sich vor allem mit innerrömischen Angelegenheiten beschäftigten. Für ihn aber war der Tacitus inhaltlich nur deshalb so interessant geworden, weil er sich mit den Germanen und ihrem Heerführer Arminius beschäftigt hatte. Nun forderte zudem der Wein seinen Tribut. Veit fühlte, wie sich eine große Müdigkeit in ihm breit machte, und nur mit Mühe konnte er seine Augen noch geöffnet halten. Endlich bemerkte auch Giovanni de Medici den Zustand seines Gastes. Er ließ seinen Hofnarren herbeirufen, der schließlich Veit in ein Gästezimmer geleitete. Hier sank er erschöpft in ein großes Bett und schlief tief und fest ein.

45

Etwas kitzelte an seiner Nasenspitze. Nur mühsam schaffte es Veit, den Störenfried zu verjagen. Doch er war penetrant. Immer wieder von neuem musste er sich der Sticheleien erwehren. Langsam wurde es ihm zu bunt, und er versuchte eines seiner Augen zu öffnen. Das fiel aber schwer. Einerseits brummte ihn der Schädel wie nie zuvor in seinem Leben, anderseits war das grelle Licht, das ihm nun entgegenstrahlte, sehr schmerzhaft für die Augen. Doch allmählich gewöhnte er sich an die Helligkeit und stellte jetzt auch fest, dass er nicht von einer Fliege oder einem anderen Insekt gepiesackt wurde, sondern dass ihn jemand mit einer langen Pfauenfeder ärgerte.

„Wenn man das Saufen nicht vertragen kann, dann sollte man es sein lassen", hörte er jetzt eine melodische Stimme direkt über seinem Kopf sagen. Und wieder zückte der Störenfried die Feder hervor. Doch diesmal war Veit vorbereitet. Schnell fasste er über seinen Kopf, genau dahin, wo er die Hand vermutete, die diese Feder führte, und er hatte Glück. Er bekam ein Handgelenk zwischen Daumen und Zeigefinger zu fassen, griff beherzt zu und zog die Hand zu sich hinunter. Mit einem lauten Aufschrei fiel ein menschliches Wirrwarr auf ihn. Nach kurzem Ringkampf gelang es Veit, den unförmigen Körper auf das feine Bettlaken zu drücken. Nun setzte er sich obenauf, um den Störenfried nicht entkommen zu lassen. Es war der Narr des Kardinals.

„Nun, mein Narr, was führt dich so früh zu mir in mein Schlafgemach?" ließ sich nun Veit mit dominierender Stimme vernehmen und blickte den Narren von oben herab direkt in die Augen. Als sei er in einer anderen Welt, starrte der Narr an Veit vorbei auf einen Punkt an der Decke und schien sich geschlagen zu geben.

„Gut, wenn du nicht mit mir reden willst, dann will ich es auch nicht."

Damit stieg Veit von dem Narren herunter und ging zu einer Schüssel, in die kaltes Wasser eingelassen worden war, das er sich jetzt durch Gesicht und Nacken träufelte. Doch auch das linderte seine Kopfschmerzen nicht. Als er sich wieder umdrehte, stand der Narr bereits in der Tür.

„Der Kardinal erwartet dich! Heute geht´s zum Papst!" waren seine letzten Worte. Dann verschwand er.

Nun ging alles ganz schnell. Kardinal Giovanni de Medici war bereits zur Abreise bereit. Veit verzichtete gern auf ein Frühstück, denn das hätte sein Magen an diesem Morgen ohnehin nicht vertragen. Mit einer standesgemäßen Kutsche fuhren sie in den Vatikan. Veit wurde mit zunehmender Fahrt immer blasser. Giovanni de Medici erkannte Veits Zustand, sagte aber nichts. Die Kutsche hielt vor dem Hauptportal von St. Peter. Giovanni de Medici verließ als Erster die Kutsche. Veit folgte ihm. Über zahlreiche Treppen und Flure gelangten sie in den großen Empfangssaal des Papstes, in dem zuvor auch schon Jakob Fugger mit dem Papst zusammengetroffen war. Ein Franziskaner hatte die Gäste begleitet und bot ihnen nun einen Platz am Fenster mit Blick auf den Petersdom an. Hier saßen sie und warteten. Veit hatte das Gefühl, dass es eine Ewigkeit dauern würde. Noch immer fühlte er sich elend. Giovanni de Medici blickte dagegen, in Gedanken versunken, zum Fenster hinaus. Dann endlich öffnete sich eine der großen Türen, und ein alter Mann trat langsam in gebückter Haltung ein, Papst Julius II.

Giovanni de Medici erhob sich, ging zum Papst und küsste den sich ihm entgegengestreckten Fischerring. Veit war ebenfalls aufgestanden, folgte dem Kardinal aber nur sehr zögerlich und wusste nicht, wie er sich weiter verhalten sollte. Doch Julius II. schritt am Kardinal vorbei und ging direkt auf Veit zu. Als er ihm seinen Ring hinhielt, kniete Veit auf einem Bein nieder und küsste wie zuvor der Kardinal den Ring des Papstes.

„Erhebt Euch, mein Sohn. Ihr seid also der Novize aus Deutschland?"

„Ja, so ist es, Euer Exzellenz."

„Ihr seid ja wirklich genauso blond und groß, wie schon damals Tacitus die Germanen beschrieben hat. Da hatte Piccolomini, einer meiner Vorgänger auf dem Stuhl Petri, wohl tatsächlich Recht, als er feststellte, dass die Germanen die Vorgänger der Deutschen waren. Ich jedenfalls teile seine Auffassung und werde immer wieder neu darin bestätigt. Ihr Deutsche seid schon ein besonderes Volk. Doch unsere Geschichte, die römische, ist um vieles älter und vor allem kultivierter. Und deshalb muss auch Rom nach den vielen dunklen Jahren wieder der Nabel der Welt werden. Da stimmt Ihr mir doch sicherlich zu?"

Veit war ganz in den Bann des Papstes geraten und wollte eine kurze Bestätigung auf diese vom Papst rein rhetorisch zu verstehende Frage geben. Doch seine Stimme versagte ihm im Angesicht des mächtigsten Mannes der Christenheit, seines Oberhirten.

Der Papst ging aber hierüber genauso hinweg, wie über alles, was ihn in seinen Gedankengängen aufhalten konnte. Bevor er weiter sprach, ließ er sich auf einem der bereit gestellten Stühle nieder. Giovanni de Medici und Veit folgten seinem Beispiel.

„Und deshalb ist es nur folgerichtig", dozierte der Papst weiter, „wenn auch die großen geistigen Hinterlassenschaften vergangener Jahrhunderte wieder dorthin zurückgelangen, wo sie entstanden sind. Nämlich hier nach Rom."

Veit hatte es bislang vermieden, den Papst direkt anzuschauen. Doch nun erhob er seinen Blick und musterte das mit Furchen und Runzeln durchzogene Antlitz des Papstes, das mit seinem langen grauen Bart wirklich so aussah, wie sich Veit die Apostel, vor allem Petrus, vorstellte. Aber ist er wirklich ein Heiliger? Oder verkündet er seine Weisheiten nur aus purem Eigennutz zur Entfaltung seiner Macht? Veit fiel es schwer, den Papst richtig einzuordnen. Seine klare, alles beherrschende und ja fast schon zu laute Stimme stand im krassen Gegensatz zu seinem Äußeren. Um was also ging es dem Papst?

„Ihr könnt sicher sein, dass ich alle Christen dazu verpflichten werde, dieses mehr als legitime Ansinnen zu unterstützen, ja mehr noch, es tatkräftig mit zu bewerkstelligen. Und auch Ihr könnt natürlich Euren Beitrag dazu leisten."

Jetzt schaute der Papst zu Veit hinüber, um festzustellen, ob der Novize ihn verstanden hatte. Doch Veit blieb regungslos. Julius II. war aber schon wieder einen Schritt weiter.

„Ihr behauptet also, wie mir berichtet wurde, dass der rechtmäßig gewählte Abt der alten Abtei Corvey fliehen musste und ein anderer sein erworbenes Amt usurpiert habe?"

Jetzt war Veits Stunde offensichtlich gekommen. Er räusperte sich, um nicht wieder Schiffbruch zu erleiden und sagte mit leiser Stimme:

„So ist es, Exzellenz. Der Konvent hat sich für Franz von Ketteler entschieden, doch Prior Johann von der Lippe, der in der Wahl unterlegen war, hat seine Niederlage nicht anerkannt und ein Komplott geschmiedet. Und mit Hilfe der im Kloster Corvey wiederentdeckten Annalen des Tacitus hat er Eure Bestätigung angestrebt."

„Und inzwischen erhalten, mein Sohn", unterbrach ihn der Papst.

„Das habe ich befürchtet“, antwortete Veit voller Verzweiflung.

„Könnt Ihr denn beweisen, dass Ihr die Wahrheit sprecht?“

Veit nahm allen Mut zusammen und antwortete mit einer Gegenfrage: „Konnte das denn die andere Partei?“

„Nun, ja. Mir wurde ein entsprechendes Schriftstück vorgelegt.“

„Und dem habt Ihr geglaubt?“ fragte Veit nun kleinlaut.

„Na ja, es war vom Prior, den Ihr für einen Betrüger haltet, unterzeichnet. Wenn Ihr mir etwas Besseres liefern könntet, ...?“

„Das kann ich!“ Jetzt schöpfte Veit neuen Mut und zog schnell das Schreiben des Abtes von Bursfelde hervor, dass dieser für Bruder Stephanus vor der Weiterreise aufgesetzt hatte, und das Veit inzwischen an sich genommen hatte.

„Hier, Euer Exzellenz. Das ist das Schreiben des Abtes von Bursfelde, jenes Abtes, der der Kongregation vorsteht, der sich auch Corvey angeschlossen hat.“

Der Papst nahm das Schriftstück und hielt es ganz nah vor die Augen. In kurzer Zeit hatte er es überflogen und legte es nun in seinen Schoss.

„Wem soll ich da nur glauben?“ fragte er ein wenig resigniert.

„Natürlich dem Abt von Bursfelde, Euer Exzellenz“, mischte sich jetzt Giovanni de Medici in das Gespräch ein. „Außerdem hat mir dieser Novize das Leben gerettet!“ In aller gebotenen Kürze erzählte nun Giovanni de Medici von dem Kutschunfall, wobei er allerdings verschwieg, dass sich der Unfall kurz vor Florenz ereignet hatte.

„Guter Medici, Ihr wisst, wie sehr ich Euch schätze. Und das nicht erst seit unserem gemeinsamen Aufenthalt in Savona, damals als das Wetter uns so übel mitspielte und der Borgia-Papst nach meinem Leben trachtete. Aber ich habe in dieser Angelegenheit eigentlich längst meine Entscheidung getroffen."

„Mein Vater pflegte zu sagen: Nur derjenige zeigt wahre Größe, der in der Lage ist, eine einmal getroffene Entscheidung zu revidieren, wenn er bessere Erkenntnisse gewonnen hat. Nichts ist verwerflicher, als eine falsche Entscheidung, die wider besseren Wissens getroffen wurde, weiter zu verfolgen."

„Euer Vater war ein kluger Mann. Ich gratuliere mir noch heute, dass ich ihn damals entgegen dem ausdrücklichen Befehl meines Onkels, Papst Sixtus IV., bei Euch in Florenz besucht habe. Ich habe viel von ihm in diesen wenigen Tagen gelernt. Vor allem habe ich aber seine Denkweise studiert und dadurch verstanden, warum er auch ohne offiziellen Titel die vollkommene Macht in Florenz inne hatte."

„Heiliger Vater, ich bin der Sohn meines Vaters. Ihr könnt meinem Urteilsvermögen in dieser Sache vollkommen vertrauen", versuchte nun Giovanni de Medici die Erinnerung des Papstes zu nutzen, „und ich verspreche Euch meine ganze Unterstützung bei Eurem nächsten großen Projekt." Bei diesen Worten stand er auf und zeigte hinaus auf den Petersdom.

„Das wird auch bitter nötig sein", ließ nun der Papst verlauten.

„Aber wenn ich Euch die Bestätigung für Franz von ....wie hieß er noch gleich?"

„Franz von Ketteler", half Veit geistesgegenwärtig aus.

„Richtig, wenn ich Euch also die Bestätigung für diesen Mann mitgebe, so müsst Ihr mir versprechen, junger Novize, und auch Ihr, Kardinal de Medici, dass zu meinen Lebzeiten niemand von der Existenz dieser Tacitus-Handschrift erfährt."

Veit sah schnell zu Giovanni de Medici. Mit einer

knappen Geste deutete dieser Veit an, ihm die Antwort zu überlassen.

„Was ist so besonderes an der Handschrift, dass Ihr Sie unter Verschluss halten wollt, Euer Excellenz?“ fragte der Medici nach.

„Teile des Inhalts sind nicht für die Öffentlichkeit bestimmt. Hattet Ihr Gelegenheit, die Handschrift zu lesen?“ wandte sich der Papst wieder an Veit.

Veit überlegte seine Antwort gut. Einerseits wollte er den Papst nicht anlügen, andererseits aber auch seine Mission nicht in Gefahr bringen. So antwortete er ausweichend:

„Die Handschrift wurde während unserer Reise durch meinen Mitbruder Stephanus sorgfältig aufbewahrt. Ich habe nur einmal einen kleinen Blick hinein werfen dürfen.“

„Und was sagt Ihr zum Inhalt?“ forschte Julius II. weiter.

„Ich bin nicht in der Lage, das zu beurteilen. Zudem war das, was ich gelesen habe, zu wenig, um mir ein Urteil zu erlauben.“

„Aber Ihr wisst doch, welchen Zeitraum Tacitus beschreibt?“

„Ich weiß nur, dass er von einer großen Schlacht der Römer in Germanien berichtet und dass die Germanen diese Schlacht gewonnen haben.“

„Und wie hieß der unsägliche römische Feldherr?“

„Ich glaube, sein Name war Varus“, gab Veit zur Antwort.

„Richtig. Und über was hat Tacitus noch geschrieben?“

„Verzeiht Heiliger Vater, aber ich habe nicht viel von dem verstanden, was in der Handschrift geschrieben steht. Ich glaube das ausschweifende Leben der Römer war noch ein Thema.“

„Genau, die römische Dekadenz zu beschreiben und damit seinen Landsleuten den Spiegel vorzuhalten, war ein Hauptanliegen des Tacitus. Und was hat er über unsere Glaubensbrüder, die ersten Christen berichtet?“

Veit blickte für einen kurzen Moment zum Papst und erkannte sofort, dass ihn dieser nun sehr genau prüfend beobachtete. Veit hatte tatsächlich etwas über die ersten Christen gelesen, die sich im damaligen Rom niedergelassen hatten. Tacitus hatte sie als schreckliche Sekte beschrieben, die Nero für den großen Brand von Rom verantwortlich gemacht hatte. Doch wenn er dem Papst preisgab, dass er diesen Teil des Buches kannte, dann würde es schwer fallen zu behaupten, dass er nur einen kleinen Ausschnitt zu Gesicht bekommen hatte. Deshalb zuckte er nur mit den Achseln, um möglichst schnell zu antworten.

„Aber Ihr habt doch sicherlich gelesen, was Tacitus über Jesus zu berichten wusste?“

Nun wurde es für Veit heikel. Wenn er zugab, was er gelesen hatte, dann war er ein Mitwisser. Der Papst hatte sehr deutlich zu verstehen gegeben, dass er die Handschrift unter Verschluss halten wollte. Und tatsächlich: Ein Teil des Inhaltes war brisant. Veit erinnerte sich, was er in Florenz am Ende des sechsten Buches über Jesus gelesen hatte. Tacitus berichtete über Jesus nicht wie über Gottes Sohn, sondern nannte ihn einen Wanderprediger, der durch obskure Wunderheilungen die Massen anzog. Als er schließlich zu einem Problem für den Sanhedrin, dem jüdischen Hohen Rat, geworden war, veranlassten diese Pontius Pilatus, den damaligen Präfekten von Judäa, ihn zu kreuzigen. Und Tacitus ließ kein gutes Haar an Jesus, den er als Aufwiegler und Sektenführer brandmarkte. Seine Lehre sei abstrus und gegen die guten Sitten gewesen. Er behauptete, seine Anhänger würden menschliches Fleisch verzehren und menschliches Blut trinken. Und seine Wunder basierten ausschließlich auf Betrug. Seine Anhänger wollten nichts anderes, als die Römer aus

Palästina vertreiben und ein neues Königreich für die Juden errichten. Und dieser neue König sollte dieser Jesus von Nazareth sein. Das hatte Pontius Pilatus veranlasst, Jesus zu kreuzigen. Damit standen die Darstellungen des Tacitus im Widerspruch zu den überlieferten Evangelien, die behaupteten, dass Pontius Pilatus keine Schuld bei Jesu gefunden habe. Tacitus hatte weiter berichtet, dass Pilatus wenig später als Prokurator von Judäa abberufen worden sei und sich dann selbst das Leben genommen habe. Veit hatte durchaus erkannt, dass eine solch vernichtende Einordnung Jesu von einem Schriftsteller, der nur wenige Jahrzehnte nach Jesus selbst gelebt hatte, höchste Brisanz für den Glauben der Christen in aller Welt in sich barg. Schon bei Bruder Stephanus hatte er bemerkt, wie dieser nicht gewollt hatte, dass er einen zu tiefen Einblick in die Handschrift erhielt. Und auch schon Bruder Stephanus hatte ihn ja dieser Befragung unterzogen, die der Papst jetzt allerdings viel intensiver durchführte.

„Also Veit, was habt Ihr über Jesus gelesen?" wiederholte der Papst nun seine Frage.

Veit räusperte sich noch einmal kurz, dann antwortete er:

„Ich weiß nicht, was Tacitus noch beschrieben hat. Wie gesagt, ich habe nur einen kleinen Ausschnitt lesen können."

Papst Julius II. sah Veit weiter prüfend an. Konnte er dem Novizen wirklich glauben?

„Gut. Über Jesus habt Ihr nichts gelesen. Doch wie sieht es mit den Aposteln Petrus und Jakobus aus?"

Er lässt nicht locker, dachte Veit. Und ich würde es wahrscheinlich auch nicht tun. Denn das, was Tacitus über das Verhältnis von Petrus und Jakobus berichtete, das würde möglicherweise den „Felsen, auf den die Kirche gebaut" war, einstürzen lassen. Jesus hatte nach herrschender Meinung Petrus zu seinem Nachfolger, zum

Apostelfürsten bestimmt. Und Petrus hatte das Ruder dann auch schließlich übernommen, und zusammen mit Paulus hatte er im gesamten Mittelmeerraum die neue Glaubensrichtung verbreitet und auch für Nichtjuden geöffnet. Schließlich hatten sie das Christentum sogar nach Rom getragen. Tacitus dagegen behauptete nun, dass der eigentliche, natürliche Nachfolger Jesu sein leiblicher Bruder Jakobus gewesen sei. Dieser hätte die Jerusalemer Gemeinde zusammengehalten und ein Juden-Christentum errichten wollen, das sich ganz eng an die Worte Jesu und seine Taten angelehnt hätte. Doch Petrus hätte schließlich Jakobus ausgeschaltet und den schwelenden Machtkampf gewonnen. Er wäre sogar so weit gegangen, dass er Jakobus an den Sanhedrin ausgeliefert hätte, der dann seinen Tod befohlen hätte. Veit hatte zunächst die Tragweite der Worte nicht verstanden. Doch seit Florenz waren ihm die einzelnen Ausführungen des Tacitus zum frühen Christentum nicht mehr aus dem Kopf gegangen. Er wollte Bruder Stephanus, wenn die ganze Angelegenheit vorbei war, auf seine Einschätzung ansprechen. Dazu war es nicht mehr gekommen. Ob er mit Hinrik Wulffes hierüber würde sprechen können, war er sich noch nicht sicher. Doch jetzt musste er dem Papst Rede und Antwort stehen. Und er hatte längst entschieden, den Unwissenden zu spielen, denn hier ging es um die Zukunft des Klosters Corvey und damit auch um seine Zukunft. Es fiel ihm schwer, den Papst anzulügen, doch es musste sein. So gab er auch auf die letzte Frage an, dass er nichts über die Apostel Petrus und Jakobus gelesen habe.

„Wer wusste in Eurem Kloster noch von dieser Handschrift?“ bohrte Julius II. weiter.

„Neben Bruder Stephanus, Gott hab ihn selig, nur noch Bruder Severin, den Ihr ja wohl schon kennengelernt habt, und der Prior.“

„Und glaubt Ihr, dass diese beiden die Handschrift gelesen haben?“

Veit strich sich mit Daumen und Zeigefinger über sein Kinn und sagte lachend: „Das glaube ich kaum, da beide wenig für Bücher übrig haben.“

„Ja, in der Tat, das ist wohl richtig. Jedenfalls schien mir Bruder Severin als Euer Bibliothekar wenig belesen zu sein. Und er hat mir diese Frage auch verneint.“

„Was ist so besonderes an dieser Handschrift“, mischte sich nun Giovanni de Medici ein, dem nicht aus dem Kopf gehen wollte, dass der Papst eigenhändig Seiten aus der Handschrift herausgetrennt hatte.

„Das, lieber Kardinal de Medici, soll Euch erst belasten, wenn Ihr selbst einmal auf dem Papstthron sitzen werdet. Und Ihr werdet eines Tages auf dem Stuhl Petri Platz nehmen.“

Diese Vorhersage war für jeden Kardinal eine Botschaft, die zu längerem Nachdenken anregte. Das wusste auch der Papst, der hoffte, keine weiteren Nachfragen des Medicis zu bekommen. Und so war es auch. Da es nun offensichtlich niemanden mehr gab, der außer ihm, dem Papst, den wahren Inhalt der Handschrift kannte, konnte er jetzt die Sache auch zum Abschluss bringen.

Er hatte alle Seiten, die nicht mit der offiziellen Kirchenmeinung im Einklang standen, aus der Handschrift entfernt. Eigentlich hatte er die Seiten verbrennen wollen, doch dann hatte er sie in das Vatikanische Geheimarchiv gegeben, wo viele solcher Schriftstücke aus den vergangenen Jahrhunderten lagerten. Vielleicht würden die Überlieferungen des Tacitus ja eines Tages noch einmal von Bedeutung sein, hatte Julius II. gedacht, doch jetzt passten sie nicht in die Zeit und die Politik des Vatikans und mussten weggeschlossen werden.

„Nun gut, mein junger Novize“, sagte jetzt der Papst, „Ihr wart in Eurer Argumentation sehr überzeugend. Ich glaube Euch. Doch Ihr wisst, auf Erden gibt es Nichts ohne eine Gegenleistung. Zug um Zug, wie es so schön heißt. Der Kardinal de Medici wird Euch das bestätigen können."

Giovanni de Medici grübelte immer noch über die Vorhersage des Papstes und nickte jetzt nur belanglos, um den Papst zu bestätigen.

„Ich habe gehört, dass sich in Eurer Begleitung ein Kaufmann aus einer Stadt in der Nähe Eures Klosters befindet. Das ist die ideale Verbindung. Ihr wisst um mein großes Ziel, die Erneuerung der Peterskirche. Und ich sagte ja bereits eingangs, dass alle Christen, also auch Ihr, einen Beitrag leisten müssen, damit diese neue Kirche entstehen kann. Euer Beitrag wird darin bestehen, für die Ablassbriefe zu predigen und der Euch begleitende Kaufmann wird nach näherer Maßgabe des Hauses Fugger dafür sorgen, dass das durch den Verkauf der Ablassbriefe zusammengekommene Geld hier nach Rom kommt."

Das darf doch nicht wahr sein, schoss es Veit durch den Kopf. Der Papst lässt alle nach seiner Pfeife tanzen und dabei ist ihm die Religion vollkommen egal. Ihm geht es ausschließlich um seinen Namen und seinen Ruhm. Was soll ich jetzt bloß machen? Hinrik Wulffes hatte gegenüber Jakob Fugger deutlich zu verstehen gegeben, dass er sich am Ablasshandel nicht beteiligen werde. Und das war auch richtig so. Aber wenn er es nicht tut, dann wird Franz von Ketteler kein Abt von Corvey. Er hatte also keine Wahl und signalisierte dem Papst sein Einverständnis.

„Mir scheint, dass Euer Kandidat der wahre und rechtmäßige neue Abt von Corvey ist und nicht der Prior. Ich revidiere, ganz im Sinne eines Lorenzo de Medici", jetzt machte der Papst eine einladende Handbewegung in Richtung Giovanni de Medici, der diese mit einem tiefen Diener quittierte, „ich revidiere also meine ursprüngliche Entscheidung und bestätigte Franz von..."

„Franz von Ketteler", half ihm Veit.

„Franz von Ketteler", fuhr der Papst fort, „zum neuen und rechtmäßigen Abt von Corvey. Holt einen Schreiber, auf dass er eine entsprechende Urkunde anfertige."

„Und Ihr schreibt auch, dass der Prior nicht Abt werde und Corvey zu verlassen habe?"

„Nun gut, auch das noch, wenn es Euch hilft. Doch jetzt genug. Auf mich wartet eine heikle diplomatische Mission. Ihr seid entlassen."

Veit kniete noch einmal vor dem Papst nieder und küsste den Fischerring. Dabei richtete er seinen Blick aber nicht auf den Ring, sondern direkt in die kleinen, fast nicht auszumachenden Augen des Papstes. Doch diese starrten ohne jede Regung vollkommen gefühllos ins Leere.

46

Mit der Bestätigungsurkunde des Papstes für Franz von Ketteler im Gepäck verließ Veit den Vatikanischen Palast. Giovanni de Medici bot ihm an, ihn mit seiner Urkunde zum Fondaco der Fugger zu fahren. Veit hatte dankend angenommen, da er nun keine unnötige Zeit mehr verschwenden und möglichst schnell zu Hinrik Wulffes gelangen wollte. Doch wie sollte er ihn davon überzeugen, dass er in den Ablasshandel einsteigen musste? Er hatte für ihn eine Entscheidung getroffen, obwohl er genau wusste, dass er dagegen war. Fieberhaft suchte Veit nach Argumenten, doch es fielen ihm keine ein.

Der Kardinal und der Novize hatten sich in der Kutsche direkt gegenüber gesetzt. Veit bemerkte nun, dass Giovanni de Medici ihn beobachtete. Dabei spielte ein Lächeln um die Mundwinkel des Kardinals, das deutlich zum Ausdruck brachte, dass Giovanni de Medici Veit durchschaut hatte. Veit versuchte angestrengt zum Fenster hinauszuschauen und ärgerte sich, dass er das Angebot mitzufahren angenommen hatte. Eine Weile saßen sie sich so schweigend in der Kutsche gegenüber. Als die Kutsche den Tiber erreichte, räusperte sich Giovanni de Medici vernehmlich und sagte:

„Es ist doch besser, wenn wir in einer Kutsche gemeinsam fahren, dann können wir uns nicht ins Gehege kommen und wieder zusammenstoßen, findet Ihr nicht auch?"

Was sollte das jetzt, fragte sich Veit. Worauf wollte der Kardinal hinaus? Er hatte Giovanni de Medici in den letzten Tagen etwas näher kennen gelernt und wusste, dass dieser nie eine Frage stellte, um bloß Konversation zu betreiben, sondern stets damit auch ein Ziel verfolgte. Veit brummte eine kurze Zustimmung, mehr nicht. Doch Giovanni de Medici fuhr fort: „Wir haben uns zu einem guten Gespann entwickelt, oder?"

Wieder antwortete Veit nur mit einem kurzen, stummen Nicken.

„Und ein Gespann sollte sich gegenseitig vertrauen, nicht wahr?"

Veit merkte förmlich wie ihn der Kardinal mit seinen Fragen einkreiste und in die Ecke drückte. Was sollte er tun? Spontan entschied er, dass Angriff die beste Verteidigung sei.

„Worauf wollt Ihr hinaus? Seid Ihr der Meinung, dass ich Euch nicht vertraue?"

„Das versuche ich gerade herauszufinden", antwortete Giovanni de Medici mit aller ihm zur Verfügung stehenden Gelassenheit. „Also, habt Ihr Vertrauen zu mir?"

„Ich habe so lange Vertrauen zu Euch, wie auch Ihr mir vertraut und mir die Wahrheit sagt."

Das war deutlich. Giovanni de Medici benötigte eine Weile, um diese überraschende Antwort zu verdauen. Dann räusperte er sich erneut, setzte wieder sein bekanntes, entwaffnendes Lächeln auf und antwortete: „Gut. Ich will nicht lange um den heißen Brei herumreden. Ich glaube, ja ich bin mir eigentlich sicher, dass der Papst Euch unterschätzt hat. Ihr habt die Tacitus Annalen komplett gelesen und wisst sehr genau, was Tacitus über Jesus und auch über die Apostel, insbesondere Petrus und Jakobus, geschrieben hat. Ich habe in Euren Augen Eure Zwangslage erkannt und Ihr habt intensiv mit Euch gerungen, ob Ihr es mit Eurem Gewissen vereinbaren könnt, den Papst anzulügen."

Jetzt sprang Veit auf und öffnete die Kutschtür einen Spalt, obwohl sie sich inmitten rasender Fahrt befanden.

Giovanni de Medici legte Veit eine Hand auf seinen Arm und zog ihn leicht zurück.

„Setzt Euch wieder. Ich will nur Euer Bestes. Ich bin Euer Freund."

Veit blickte den Kardinal eine Weile ungläubig an. Doch dann glaubte er in dessen Augen die Bestätigung für seine Worte zu lesen. Langsam zog er die Kutschtür wieder zu und setzte sich nun neben Giovanni de Medici.

„Ich verstehe Euch und Euer Handeln", sagte nun der Kardinal und klopfte Veit auf die Schulter. „Ihr seid hier nach Rom gekommen, um die Zukunft Eurer Abtei zu sichern. Ihr habt dafür einen hohen Preis bezahlt, in dem Ihr Euren väterlichen Freund verloren habt und den Papst, den obersten Vertreter unseres Glaubens, den Stellvertreter Christi auf Erden, habt anlügen müssen. Doch ich hätte es genauso gemacht."

Veit atmete gut hörbar einmal tief durch. Giovanni de Medici war ihm wirklich ein Freund geworden.

„Doch wie steht es mit dem Kaufmann, der Euch begleitet? Wird er auch seinen Teil zum Abkommen mit dem Papst beisteuern?"

Veit senkte nun seinen Kopf und nahm ihn zwischen seine beiden Hände. Ihm war, als wolle ihm sein Kopf zerspringen. Seine Gedanken drehten sich im Kreis, und er fand keinen Ausgang.

„Ich verstehe", sagte nun Giovanni de Medici, „Ihr habt über den Kopf des Kaufmanns hinweg entschieden und wisst nun nicht, wie Ihr ihn davon überzeugen sollt, in den Ablasshandel mit den Fuggern einzusteigen."

Veit löste ruckartig seinen Kopf aus seinen Händen und setzte sich wieder gerade hin.

„Es ist noch viel schlimmer: Mester Wulffes hat bereits eine Beteiligung am Ablasshandel auf eine entsprechende Anfrage des Fuggers rundweg abgelehnt."

Der Kardinal quittierte diese Aussage mit einem lang angezogenem leisen Pfeifton. Dann grübelte auch er eine Weile nach und kam zu folgendem Entschluss: „Lieber Veit, mein Vater hat mir von seinem Totenbett aus einen letzten Brief geschrieben. Darin hat er mich ermahnt, stets ein guter Gläubiger zu sein und mich angewiesen, meine Ehre und den Staat der Heiligen Kirche sowie den Heiligen Stuhl allen anderen Dingen der Welt voranzustellen. Dieses Vermächtnis meines großen Vaters ist seither die Richtschnur meines Lebens. Und so ist der Wille des Papstes mir stets Befehl. Ich kann Mester Wulffes verstehen, dass er nicht in den Ablasshandel einsteigen will. Doch der Papst will etwas Großes errichten zum Ruhme Gottes und der gesamten heiligen katholischen Kirche. Und dabei müssen wir ihn unterstützen. Da ich Euch in mein Herz geschlossen habe, lieber Veit, sagt Mester Wulffes, dass das Haus Medici seinen im Ablasshandel vorgesehenen Part übernehmen wird. Ich werde Euch jemanden an die Seite stellen, der mit Euch kommen wird, und alles, was erforderlich ist, wird er im Sinne des Papstes und des Hauses Fugger regeln."

Veit blickte kurz zum Medici hinüber. Wie einfach konnte die Welt doch sein, wenn man die richtigen Leute kannte, ja besser noch die richtigen Freunde hatte. Er hätte sich niemals träumen lassen, dass einmal ein italienischer Kardinal, noch dazu aus der bekanntesten Familie südlich der Alpen, ihn seinen Freund nennen und ihm in höchst brisanter Lage der wichtigste Helfer sein würde. Endlich entspannten sich seine Gesichtszüge und auch der ungeheure Druck in der Magengegend, den er seit Stunden verspürte, ließ nun merklich nach. Veit reichte jetzt dem Kardinal die Hand, die dieser mit beiden Händen ergriff.

„Ihr habt noch im Ohr, was der Papst sagte? Zug um Zug, es gibt auf Erden nichts ohne Gegenleistung."

Veit hatte längst gespürt, was den Kardinal in erster Linie umtrieb und woher das besondere Interesse an seiner Person herrührte. Natürlich wollte er sich dankbar für seine Rettung zeigen. Doch dabei konnte er sein besonderes Interesse an der Tacitus-Handschrift nicht verbergen. Veit sah nun seinerseits mit einem wissenden Lächeln ausgestattet zum Kardinal hinüber und sagte:

„Ich werde Euch eine Zusammenfassung dessen zukommen lassen, was ich geleugnet habe, gelesen zu haben. Und zwar dann, wenn in Corvey alles wieder im rechten Lot ist. Zug um Zug."

Beide brachen in herzhaftes Lachen aus, und als die Kutsche jetzt vor dem Fondaco der Fugger Halt machte, umarmte Giovanni de Medici Veit zum Abschied. Veit stieg aus und als die Kutsche an ihm vorbei davon fuhr, rollten einige Tränen seine Wangen hinunter und sammelten sich auf dem Bestätigungsschreiben des Papstes, das er vor seiner Brust mit beiden Händen festhielt.

EPILOG

Zwischen Rom und Florenz, Frühjahr 1505

Drei Paternoster und drei Ave Maria hatten Veit und Hinrik Wulffes gemeinsam laut am Grab von Bruder Stephanus gebetet. Jetzt entfernte sich Hinrik Wulffes langsam und ließ Veit allein zurück. Veit betete noch ein weiteres Paternoster, dann ging er in die Hocke hinunter, um näher am Grabhügel zu sein, unter dem sein Freund lag. Dann sagte er leise:

„Lieber Bruder Stephanus, alles wird gut. Das Ziel unserer Reise ist erreicht, Franz von Ketteler wird der neue Abt, und Corvey wird nicht untergehen. Ich musste dafür zwar den Papst anlügen, doch ich glaube, er wird es verschmerzen. Zudem ist er auch nicht ehrlich, denn er hat die Handschrift von allen brisanten Seiten beseitigt, die in Zusammenhang mit dem Leben Jesu und der Apostel stehen. Ich verstehe zu wenig davon, um sagen zu können, ob das richtig oder falsch war. Auch Ihr hattet ja große Sorgen um diese Teile der Handschrift. Ich sehe ein, dass Tacitus Römer und kein Christ war. Doch warum soll er in Bezug auf Jesus und die ersten Christen die Unwahrheit geschrieben haben? Ich werde jedenfalls nach meiner Rückkehr in Corvey nach weiteren alten Handschriften forschen und vielleicht finde ich ja noch andere Werke, die von dieser Zeit berichten."

Veit erhob sich langsam und hielt noch einen Moment inne. Dann kniete er erneut nieder und flüsterte:

„Übrigens: Wusstet Ihr, dass ich der Neffe von Hinrik Wulffes bin? Ah, ja sicher, Ihr habt es gewusst und mich deshalb zu der Stelle geführt, wo mein Vater erschlagen worden ist. Doch wie soll ich Alheyd nun erklären, dass wir nahe Verwandte sind und unsere Liebe keine Zukunft haben kann? Hinrik Wulffes hat mir angeboten, in seinem Kontor mitzuarbeiten. Das wäre sicherlich interessant und meine Zukunft gesichert. Doch allein wegen Alheyd wird das nicht gehen. Ich werde nach Corvey zurückkehren und Mönch werden. Ich denke, das ist ja auch ganz in deinem Sinne. Und vielleicht macht mich ja der neue Abt sogar zum Bibliothekar.

Bruder Severin wird direkt bei seiner Ankunft in Corvey verhaftet werden. Dafür ist gesorgt, und Hinrik Wulffes wird als freier Mann zurückkehren. Denn Mester Fugger hat das Bestätigungsschreiben für Franz von Ketteler sofort nach meiner Rückkehr aus dem Vatikan über seinen Kurierdienst nach Bursfelde und Abschriften zu den Corveyer Schutzherren sowie nach Höxter geschickt. Und ich habe einen Bericht über all das beigelegt, was ich über die Schandtaten des Priors und seines Handlangers, Bruder Severin, weiß. Jetzt endlich kann Corvey wieder das werden, was es einmal war: eine gottgefällige Stätte, in der man sich um das Seelenheil und nicht um Pfründe sorgt. Ruhe in Frieden, lieber Bruder."

Dann nahm Veit das Holzkreuz, das er auf dem Rückweg gefertigt hatte, drückte es in die lockere Erde des Grabhügels und verabschiedete sich mit einer tiefen Verbeugung von seinem Mitbruder.

NACHWORT

Die Idee zu diesem Buch entstand, als ich in der „Warte“ einen Artikel von Dr. Klemens Honselmann aus dem Jahre 1971 las, in dem er über den Diebstahl der Tacitus-Handschrift aus Corvey berichtete. Dabei blieben aber mehr Fragen offen als beantwortet wurden. Und auch meine daraufhin durchgeführten Recherchen in anderen Publikationen konnten schließlich nicht die Frage klären, wann und auf welchem Weg die Tacitus Annalen von Corvey in den Besitz der Familie Medici gelangt waren. Das beflügelte meine Fantasie und ich fragte mich, wie es zu Beginn des 16. Jahrhunderts um Corvey und Höxter bestellt war, welche Akteure dort wirkten, welche Machtverhältnisse bestanden und wie und in welchem Maße religiöses Leben in der Reichsabtei noch stattfand. Und natürlich interessierte mich auch der Zustand der berühmten Corveyer Bibliothek mit ihren Beständen, aus denen ja auch die Tacitus-Handschrift hervorgegangen war. Je tiefer ich in diese Fragestellungen eintauchte, je interessanter wurde es. Corvey war zu diesem Zeitpunkt heruntergewirtschaftet. Nur noch wenige Mönche gehörten dem Kapitel an, wobei es diesen ausschließlich um ihr eigenes Wohlergehen ging und sie nichts mehr mit den Mönchen der Vergangenheit gemein hatten. Zwar gab es Bestrebungen, sich der Bursfelder Kongregation, einer geistlichen Erneuerungsbewegung ausgehend vom Kloster Bursfelde, anzuschließen, doch die alteingesessenen Mönche verhinderten dieses immer wieder. So wurde der Anschluss tatsächlich erst unter dem neuen Abt Franz von Ketteler 1505 vollzogen.

Höxter dagegen war eine aufstrebende Stadt, die vor allem vom Handel lebte. Die Kaufmannsfamilien, die sich in der Groten Gilde zusammengeschlossen hatten, bestimmten das Geschehen in der Stadt und schanzten sich gegenseitig die wichtigen Posten in der Leitung der Stadt zu. Außenseiter hatten hier nur bedingt Aufstiegsmöglichkeiten. Daraus resultierte aber auch eine Unzufriedenheit, die sich 1513/14 in einem Aufstand der Bürger Bahn brach und die zumindest vorübergehend das Machtgefüge ins Wanken brachte. Einen sehr detaillierten Einblick in die gesellschaftlichen Verhältnisse in Höxter jener Zeit gibt das Buch „Höxter um 1500" von Prof. Heinrich Rüthing, das mir eine wichtige Quelle war.

Die Tacitus Annalen sind leider nicht in Gänze erhalten geblieben. Zu Beginn des 16. Jahrhunderts existierten in Italien nur noch die Bücher 11 bis 16. Umso erfreuter war man damals in humanistischen Kreisen, als man davon erfuhr, dass in Corvey die Bücher 1 bis 5 sowie ein Teil des 6. Buches wiederentdeckt worden waren. Tacitus hatte seine römische Geschichte nach 115 nach Christus begonnen. In den Annalen beschrieb er die Regierungsjahre unter Augustus und Tiberius. Allerdings bricht die Geschichte im 6. Buch in den 30er Jahren des ersten nachchristlichen Jahrhunderts ab. Hier stellt sich die Frage, warum es gerade in dieser Zeit diese Lücke gibt. War es reiner Zufall, dass die Bücher 6 bis 10 nicht erhalten geblieben sind oder wurde hier etwas bewusst zerstört? Immerhin handelt es sich genau um den Zeitraum, in dem Jesus gewirkt hat. Hat Tacitus über ihn berichtet und wenn ja, in welcher Form? Fragen, die Anlass zu Spekulationen geben, aber auch Fragen, die heute nicht mehr beantwortet werden können. Es sei denn, die fehlenden Bücher würden doch noch irgendwo auf der Welt auftauchen. Das wäre dann noch sensationeller, als der Fund zu Beginn des 16. Jahrhunderts in Corvey.

Und so war es genauso faszinierend, sich mit den Verhältnissen in Florenz und Rom zu jener Zeit zu beschäftigen. Denn hier wurden die Grundlagen gelegt, die in Deutschland in die Reformation mündeten. Die Päpste regierten wie Fürsten. Politik und die Versorgung der eigenen Familie waren viel wichtiger als religiöse Fragen. Vor allem Julius II. war ein machtgieriger Mensch, dem es darum ging, der Nachwelt ein Zeugnis seiner Herrschaft zu hinterlassen. Giovanni de Medici, der dann als Leo X. 1513 Papst wurde, war dagegen eher ein Schöngeist, der sich den humanistischen Ideen verschrieben hatte, der aber vor allem auch auf sein leibliches Wohl achtete, was man unschwer an seinem Körperumfang ablesen konnte. Er war wie seine gesamte Familie 1494 aus Florenz vertrieben worden, als der Prediger Girolamo Savonarola seine Priesterdiktatur dort aufbaute. Als Papst erkannte er aber nicht die Missstände in der Kirche und hatte so auch keine Antworten auf die berechtigten Vorwürfe des Mönches Martin Luther.

Das beginnende 16. Jahrhundert war eine spannende Zeit, in der sich die Welt in vielerlei Hinsicht veränderte. Und es war die Hochzeit der Renaissance, in der auch Corvey, wenn auch auf andere Art „wiedergeboren“ wurde.

Hubertus Grimm

Hubertus Grimm
wurde 1965 geboren, er ist verheiratet und hat zwei Kinder. Aufgewachsen in Jakobsberg und Beverungen, hat er 1984 in Beverungen sein Abitur gemacht und daraufhin zwei Semester Germanistik und Geschichte in Göttingen studiert.
Seit 1986 ist er bei der Stadt Höxter beschäftigt, von 2000 bis 2014 war er dort Pressesprecher. Am 9.3.2014 wurde er zum Bürgermeister der Stadt Beverungen gewählt.
Hubertus Grimm hat bereits mehrere Veröffentlichungen zu lokalen historischen Themen sowie zur Fußballgeschichte im Kreis Höxter vorgelegt.